LIENS DE SANG

COLLECTION TERREUR
dirigée par Patrice Duvic

F. PAUL WILSON

LIENS DE SANG

PRESSES DE LA CITÉ

Titre original :

SIBS

Traduit de l'américain
par Jacques GUIOD

ISBN 2-266-06543-2

MERCREDI 4 FÉVRIER

0 h 45

Ce fut une soirée des plus banales, elle devint complètement dingue. Une folie qui n'avait pas un instant effleuré l'esprit d'Ed Bannion lorsqu'il avait invité son frère cadet à le rejoindre à New York.

Phil avait pris sa Lincoln pour venir de Tinton Falls, dans le New Jersey, et Ed l'avait retrouvé dans un parking du centre ville. Pas pour une occasion particulière, seulement pour garder le contact. Ils avaient commencé par la partie sud de Manhattan pour remonter par étapes vers le nord : apéritif au Airplane de SoHo, pièce de théâtre d'avant-garde à Kips Bay, crevettes à la sauce verte au El Quijote de Chelsea, tout cela pour finir par un dernier verre au Oak Bar du Plaza. Ce fut là, au Oak Bar, au cœur même du joyau de la tiare d'Ivana Trump, alors qu'ils se tenaient l'un à côté de l'autre, le pied posé sur la rampe de cuivre, les yeux tournés vers le tableau exposé derrière la caisse enregistreuse, que la jeune blonde se faufila entre eux pour commander un double JD on the rocks.

« Bonsoir ! » leur lança-t-elle avec un sourire qui fit tressaillir Ed.

Un beau morceau. Elle paraissait dans les vingt-cinq ans peut-être même trente. Peu importe, elle était plus jeune qu'Ed. Ses cheveux blonds et ondulés formaient une sorte de nuage autour de la tête et son visage avait un air de fraîcheur qui contrastait vivement avec sa mini-jupe de cuir et son pull-over dont le décolleté généreux ne dissimulait pas grand-chose de ses seins. Un corps qu'on n'oublie pas. Sexy en diable et rien d'une sainte-nitouche.

« Alors, on vient s'encanailler au Plaza ?

— On n'est pas venus... commença Ed, mais Phil lui coupa la parole.

— On traîne un peu, dit Phil. On attend de voir.

— Ah oui ? fit-elle. Je m'appelle Ingrid et j'attends la même chose. C'est drôle, non ?

— Plutôt, oui », ronronna Phil.

Ed regarda son frère qui se mettait à jouer les séducteurs. Il l'aurait à peine reconnu. Ed était célibataire, mais, grands dieux, Phil avait une femme et un gosse dans le New Jersey !

« Vous vous ressemblez un peu. Vous êtes cousins ?

— On est frères », dit Ed, qui sentait qu'il devait mettre son grain de sel.

Le contraste entre l'attitude peu farouche de cette fille et son air angélique l'excitait littéralement.

« C'est moi l'aîné, mais pas de beaucoup.

— Ah oui ? dit-elle avec un sourire enjôleur. On ne dirait pas. Vous venez souvent ici ?

— C'est notre QG chaque fois qu'on descend à New York », dit Phil.

Ed avait envie de rire.

« Moi aussi, dit Ingrid. J'ai rendez-vous avec Mike Nichols cette semaine. Il va tourner son prochain film en plein Manhattan, vous savez, et mon agent m'a décroché une audition. Je tue le temps en attendant que Solly me confirme le jour et l'heure. Et vous faites quoi en ville ?

— On est dans le textile, dit Phil avec son sourire onctueux. Moquettes, tentures... On vend du tissu au kilomètre. »

Ed fut choqué par la facilité avec laquelle son frère mentait. Phil était gérant de restaurant, il n'aurait pas distingué un paillasson d'un tapis volant.

« Vraiment ? dit Ingrid. Ce ne doit pas être très marrant, non ? Et vous baisez des fois ? »

Ed vit son frère rouler des yeux et lui-même se retrouva bouche bée. Un visage aussi doux, des yeux aussi innocents. Avec un tel langage !

Phil lança un coup d'œil rapide en direction de son frère avant de revenir sur Ingrid.

« Qu'est-ce que vous croyez ? On n'est pas pédés.

— Je n'en sais rien, moi, dit-elle. Je suis coincée entre vous et vous n'avez même pas essayé de me peloter. C'est plutôt bizarre, non ?

— Mon frère et moi, on a été bien élevés, dit Phil.

— Oh, j'aime mieux ça, fit-elle en glissant un doigt sous la chemise de Phil, mais il faudrait un peu laisser tomber les bonnes manières. Vous voulez monter dans ma chambre ? Il y a une vue super sur le parc.

— Je ne sais pas, dit Phil. Qu'est-ce que ça va me coûter ? »

Il y avait de la douceur dans le sourire de la fille.

« Mais rien du tout. Je vous invite. A une condition. »

Ed n'aimait pas sa façon de dire cela.

« Phil, euh, tu devrais peut-être...

— Il faut que vous veniez tous les deux », dit Ingrid.

Ed s'humecta les lèvres.

« Vous nous voulez tous les deux ? »

Elle ne put s'empêcher de rire. L'expression de son visage devait refléter le trouble qui l'agitait.

« Mais oui ! Les mecs sont toujours claqués avant moi. Un seul ne me suffit pas, vous comprenez ? J'aime bien qu'il y ait une doublure. Mais peut-être que c'est trop vous demander. »

En un éclair, Ed pensa à l'herpès, à la syphilis, à la chaude-pisse et au sida. Puis elle lui mit la main à la braguette. Vu la tête que faisait Phil, Ed se douta qu'il subissait le même traitement.

La voix de Phil était un peu tendue.

« Quel étage ? »

Ils ne tardèrent pas à se retrouver douze étages au-dessus de Central Park South. Ingrid ne perdit pas de temps dès qu'ils furent dans la chambre. Elle leur proposa de la coke, en sniffa elle-même puis s'agenouilla entre eux et baissa la fermeture à glissière de leurs braguettes.

L'aventure devint de plus en plus folle. Visiblement, *elle en voulait*.

Tout cela pour en arriver au moment où Phil se retrouva nu sur le lit, gémissant, tandis qu'Ingrid s'occupait de lui. Elle était agenouillée sur le tapis, cuisses largement écartées, tandis que sa tête montait et descendait au-dessus du bas-ventre de Phil. Quant à Ed, il se tenait à genoux derrière elle, agrippé à son porte-jarretelles noir comme un cavalier de rodéo aux rênes de sa monture, pour écraser son ventre sur ses fesses lisses et aller et venir en elle.

Elle s'arrêta un instant et redressa la tête.

« Non, continue », dit Phil d'une voix pâteuse.

Elle tourna la tête et regarda Ed par-dessus son épaule. Dans la lumière qui filtrait par la porte de la salle de bains, il put voir son visage. Elle avait les yeux brillants, les joues rouges. Superbe, et aussi insatiable que libérée.

« Va plus vite, lui dit-elle. Et plus fort ! Je veux *jouir*, nom de Dieu ! »

Ed ne dit rien. Il avait déjà joui une fois et se préparait pour le deuxième acte. Il accéléra et s'enfonça plus profondément en elle.

« Oh ouiiii ! » gémit-elle avant de se consacrer à nouveau à Phil.

Je n'arrive pas à y croire ! se dit Ed pour au moins la centième fois de la soirée.

C'était vraiment le genre de chose qui n'arrivait que dans les films pornos ou dans les fantasmes, pas dans la vie de tous les jours, en tout cas. Surtout dans celle d'Ed Bannion. Quinze ans dans cette ville — seize en août — , et rien qui ressemble de près ou de loin à cela. Quand il avait été engagé à la Paramount, il n'était qu'un petit diplômé en droit qui ne rêvait que de starlettes faciles et de partouzes. Même s'il donnait dans le juridique et qu'il était basé à New York, la Paramount c'était la Paramount, non ? Eh bien non ! Il n'avait *jamais* vu la moindre starlette. Quant aux stars... La Paramount, tu parles ! Il aurait travaillé chez Exxon, ç'aurait été du pareil au même.

Mais ce soir... Son attente se trouvait enfin récompensée. Il emporterait le souvenir de cette soirée jusque dans la tombe. Et peut-être même au-delà.

Il sentait la tension monter en lui, lentement...

Il se pencha en avant et lui prit les seins à pleines mains.

... lentement...

Il enfouit son visage dans sa chevelure odorante et lui embrassa la nuque.

... inexorablement...

Soudain, il sut qu'il avait atteint le point de non-retour. Il se crispa, geignit et la mordit quand il explosa en elle.

Ingrid en cria de douleur. Elle se redressa et se retourna avant de repousser Ed. Elle était là, complètement nue à l'exception de son porte-jarretelles et de ses bas noirs, elle regardait Ed et son frère, la main devant la bouche, le regard horrifié, épouvanté.

« Qu'est-ce que tu as ? lui dit Phil.

— Oh non ! » gémit-elle.

Il n'y avait aucune passion dans ce cri, rien que de la révulsion et une misère incommensurable.

« Mon Dieu, non ! »

Ed en frissonna. Il se passait quelque chose de pas normal.

Elle s'élança vers le mur, qu'elle heurta violemment, puis elle repartit comme une aveugle en direction d'Ed.

« Mon Dieu, non ! La fenêtre ! » hurla Ed tout en essayant de l'attraper par la jambe.

Elle allait trop vite pour lui. Il la rata et dut se contenter de la regarder, impuissant, s'écraser contre le panneau inférieur de la fenêtre. Un instant, on eût pu croire qu'elle allait rebondir, mais il y eut un bruit formidable, comme une explosion, et le verre éclata tout autour d'elle et elle poursuivit sa course folle dans le vide, auréolée d'un million d'échardes de lumière. Quand elle eut disparu, il n'y eut plus dans son sillage qu'un long cri plaintif.

Ed resta agenouillé sur le tapis, paralysé, grelottant dans le vent qui s'engouffrait par la fenêtre, et il se disait que cela ne pouvait pas être vrai, que c'était un cauchemar, il écoutait ce cri de terreur qui résonna longtemps après qu'elle eut sauté, bien plus longtemps. C'est alors qu'il se rendit compte que ce cri jaillissait de sa propre gorge.

JEUDI 5 FÉVRIER

9 h 52

Kara sentit un frisson la parcourir quand la ville se dévoila à elle. Elle avait pris un express de la compagnie Amtrak qui avait traversé le New Jersey. Elle avait pu se contenir pendant tout le voyage, mais, quand le contrôleur avait annoncé « New York, prochain arrêt », elle avait éprouvé les premiers frémissements. Avant de se laisser envahir en apercevant les gratte-ciel de Manhattan dressés vers les nuages, de l'autre côté du fleuve.

Dix années auparavant, elle avait fui la ville, laissant derrière elle les deux personnes qui comptaient le plus au monde.

Manhattan. La ville qui ne dort jamais. La ville de toutes les chances. Elle et sa sœur jumelle, Kelly, étaient arrivées, fraîches émoulues de leurs écoles respectives — secrétariat et infirmière. Deux ingénues, deux filles de la Pennsylvanie profonde, qui avaient quitté la maison paternelle pour mordre à leur tour dans Big Apple, la Grosse Pomme.

Au début, tout s'était déroulé sans accrocs. Elles s'étaient installées chez leur tante Ellen en attendant de trouver du travail. Kelly décrocha presque immédiatement un poste d'infirmière — dans l'équipe de nuit, mais tant pis. Kara fit les petites annonces et choisit le travail temporaire pour un premier temps : elle se frotterait ainsi à diverses entreprises et à leurs méthodes. Quand elle en trouverait une bonne avec un salaire suffisant pour se payer des cours du soir, elle prendrait un poste permanent. Kara n'avait pas l'intention de rester secrétaire toute sa vie. Elle avait des projets. Elle voulait écrire, elle voulait se faire un chemin dans la publicité et le rédactionnel.

Kara entra donc comme intérimaire chez Kelly Girl. Le « Girl » du nom de la société ne l'emballait pas beaucoup, mais elle fit avec. Elle se considérait un peu comme un spadassin du secrétariat. Les traitements de texte n'existaient pas à cette époque. L'IBM Selectric était son arme de prédilection et elle la maniait avec une redoutable efficacité. La société Kelly payait bien et lui trouvait toujours un engagement.

Qui sait ce qu'elle serait devenue si elle était restée en ville ? Peut-être se serait-elle fait un nom chez Saatchi & Saatchi. Ou peut-être aurait-elle monté sa propre boîte d'intérim. A New York, son avenir lui semblait sans limites.

Jusqu'à l'incident de Central Park.

Kara avait alors découvert que la Grosse Pomme pouvait mordre à son tour et elle s'était empressée de rentrer au bercail.

Maintenant, dix ans s'étaient écoulés, et elle revenait pour identifier le corps de sa sœur. Seule. Sa mère était encore en Floride et il n'y avait que Kara pour faire ce sale boulot.

Kelly était morte ! Elle n'arrivait toujours pas à y croire ! Et la façon dont elle était morte ! Entièrement nue, écrasée sur le trottoir devant l'hôtel Plaza ? Comment avait-on pu lui faire ça ?

L'esprit de Kara butait sur cette question.

La vie de Kara avait pris des allures de cauchemar depuis le coup de fil reçu hier après-midi. Kelly, lui avait-on appris, était morte depuis plus d'une demi-journée avant que la police ne prît la peine de la contacter.

Et c'était Rob qui l'avait appelée.

Ils ne s'étaient pas parlé depuis dix ans, mais elle avait tout de suite reconnu sa voix. Elle avait tout de suite su qu'il était arrivé quelque chose de moche à Kelly. Sinon, pourquoi Rob l'appellerait-il de New York après toutes ces années ?

Rob Harris. Elle l'avait plaqué en beauté. Lors de leur première rencontre, il fréquentait l'école de police. Elle se souvenait toujours de lui en uniforme gris d'aspirant. Quand elle l'avait quitté, il était en uniforme bleu, et elle était convaincue que la ville aurait un jour sa peau.

Elle se demandait s'il avait pu lui pardonner.

Il allait falloir qu'ils se revoient. A la morgue. Devant le corps mutilé de cette pauvre Kelly.

Comment allait-elle supporter une telle épreuve ?

Kara avait un peu froid au milieu de la foule qui sortait de la gare de Penn Station. La ville n'avait pas beaucoup changé. Le quartier où se trouvaient Penn Station et Madison Square Garden avait seulement l'air un peu plus vieux, un peu plus sale. Elle remarqua que l'ancien Statler Hilton s'appelait désormais le Vista. Elle sentit les piétons s'agglutiner autour d'elle en attendant que les feux de la Septième Avenue passent au rouge. Elle serrait contre elle son livre de poche. Tous ces gens lui faisaient peur.

L'incident de Central Park déferla dans sa mémoire.

C'était un dimanche de juin ensoleillé. Kelly et elle descendaient la Cinquième Avenue, elles longeaient le parc après une visite au Metropolitan Museum. Elles savouraient la journée et les regards intéressés des hommes, elles tuaient le temps jusqu'au moment où elles ne manqueraient pas de rencontrer l'homme de leur vie. Kelly s'arrêta pour acheter un beignet et un Coca à un marchand ambulant. Pendant qu'elle faisait la queue, Kara s'engagea dans une allée pour écouter un vieux Noir qui jouait du blues à la guitare électrique.

Tout à coup, elle fut tirée en arrière et quelque chose de tranchant appuya sur la chair tendre de son cou. Elle tomba à terre et se sentit traînée sur le sol. Elle voulut crier, mais l'air lui manquait. Elle perçut des cris, entrevit des visages horrifiés. Mais personne ne chercha à l'aider.

Il y eut un bruit sec et la pression sur son cou cessa aussi rapidement qu'elle avait commencé.

Le souffle court, Kara roula dans la poussière pour voir le dos d'un homme qui s'enfuyait dans l'allée. Les badauds s'écartaient devant lui. Son collier en or, la lourde chaîne que son père lui avait offerte un an avant sa mort, avait disparu. Des gens se proposèrent pour la relever, mais elle les repoussa. Elle aurait voulu hurler, leur demander pourquoi personne ne lui avait porté assistance quand elle en avait le plus besoin, mais sa voix la trahit.

« Vous devriez pas mettre des bijoux comme ça pour aller au parc, lui dit une femme modeste d'un certain âge. Faut faire attention, ma petite. »

Kara l'aurait étranglée, mais Kelly arriva et Kara se jeta dans ses bras avant d'éclater en sanglots.

Maintenant, elle ne pleurait plus aussi facilement.

La Grosse Pomme s'était alors mise à pourrir pour Kara. Les choses ne seraient plus jamais pareilles. Elle regardait constamment par-dessus son épaule. Elle avait peur de sortir seule. Elle ne se promena *plus jamais* à Central Park.

Six mois après le vol de son collier, elle prenait le train pour ne plus jamais revenir à Manhattan.

Jusqu'à aujourd'hui.

Elle emprunta la 34e Rue en direction de l'est. Le centre hospitalier de Bellevue se trouvait par là, le long de la Première Avenue. La morgue était installée au sous-sol.

Elle ferma les yeux.

Qu'est-ce que je fous là ? Je n'ai rien à faire ici. Je n'ai rien à faire ici.

C'était exact. Sa présence n'accélérerait en rien le retour du corps de Kelly dans sa Pennsylvanie natale. Pourtant, il fallait qu'elle fût ici. Pour Kelly. Kara avait laissé sa sœur dans cette ville, le moins qu'elle pût faire était de la ramener à la maison.

Elle ignora les hordes de taxis et décida d'aller à pied. Cela retarderait un peu le moment fatidique.

Elle sursauta quand une main se referma sur sa fesse gauche. Elle chercha dans la foule celui qui avait pu faire ça.

Bon sang, comme elle détestait New York !

L'inspecteur de troisième classe Rob Harris était adossé au mur dans le hall du Bellevue, il fumait une cigarette et écoutait un couple bavarder près des cabines téléphoniques. Incroyable. Quelqu'un allait faire le coup de la substitution en plein hôpital. Il avait eu des soupçons en voyant la trousse d'écolier. Il s'était rapproché d'eux.

« Vous avez le pognon ? Cinq mille ? Faites-moi voir. Bon. Mettez-les là-dedans.

— Pourquoi ? » dit la femme. Un peu boulotte, la cinquantaine et la peau couleur moka, elle portait un vieux manteau informe.

« Par sécurité. Personne voudrait d'une vieille trousse. Tenez-la bien. Je veux même pas y toucher. »

La femme fourra les billets dans la trousse avant de la serrer sur son ample poitrine.

« Qu'est-ce qu'on fait maintenant ?

— On attend que Chico appelle pour donner le feu vert, comme ça vous pourrez aller au bureau du Loto pour chercher mon argent. »

Rob secoua la tête d'un air las. Les gens gobaient vraiment

n'importe quoi. Le gus faisait appel au dernier cri en matière de substitution : le faux billet de loterie. Voici comment cela fonctionne. L'arnaqueur détient un billet de loterie pour le tirage du 3 janvier, par exemple, avec le numéro gagnant. Seulement, c'est un billet pour le 31 janvier sur lequel le 1 a été effacé. Il se fait passer pour un émigré clandestin qui ne peut pas aller toucher son gain sous peine d'être reconduit à la frontière. Il déniche un gogo, de la même origine que lui habituellement, et lui demande de l'aider. Il promet de partager la cagnotte si l'autre se révèle « digne de confiance », puisqu'il va lui confier son billet « gagnant ». Le gogo consulte les résultats des tirages et constate que le billet porte bien le numéro gagnant. Pour prouver qu'elle était « digne de confiance », la femme avait retiré cinq mille dollars en espèces et les avait montrés à l'arnaqueur. Ils se trouvaient à présent dans la trousse.

Rob était certain que lorsque « Chico » appellerait, l'arnaqueur devrait aller le retrouver sans perdre un instant à cause d'un événement inattendu. Pour démontrer sa bonne foi, il laisserait son billet de loterie à la femme. Il le rangerait même dans la trousse à côté des billets. C'était alors que la substitution s'opérerait. Et elle se retrouverait avec une trousse parfaitement identique, mais ne contenant que des bouts de papier journal.

Rob se dirigea vers le téléphone devant lequel le couple discutait et tendit la main vers le combiné. L'homme l'en empêcha.

« On attend un coup de fil, mec. Prenez une autre cabine.

— Oh, bien sûr, fit Rob avec un sourire timide. Sans problème. »

Rob alla quatre cabines plus loin et glissa une pièce de vingt-cinq cents dans la fente. Il avait réussi à lire le numéro de l'appareil de l'arnaqueur. Il le composa.

La sonnerie retentit à quelques mètres de lui.

« C'est sûrement Chico, dit l'homme avant de décrocher. *Sí ?* Chico ?

— Hé, mec, *qué pasa ?* fit Rob avec un accent plus vrai que nature. Qu'est-ce qu'il y a ?

— Chico ?

— Chico est mort, trouduc, dit-il avec sa voix normale. Et tu vas subir le même sort si tu ne te casses pas tout de suite. Et n'essaye pas d'emporter la trousse avec toi parce que je te flinguerai avant que t'arrives à la porte. *Vamos*, ducon ! »

Rob avait sorti sa plaque de sa poche et la brandissait à bout de bras. L'arnaqueur raccrocha, livide. Il regarda autour de lui et aperçut la plaque de police. Son regard croisa un instant celui de Rob, puis il détala sans demander son reste.

Rob s'approcha de la femme.

« L'argent est toujours là, madame ? »

Elle le dévisagea sans comprendre avant d'ouvrir la fermeture à glissière. La liasse de billets de cent dollars n'avait pas bougé.

« Bon. Remettez tout ça à la banque et n'y touchez plus. Et la prochaine fois, montrez-vous plus méfiante. »

Rob alluma une autre cigarette et revint près de l'entrée de l'hôpital. Il consulta sa montre. Kara était en retard. En temps normal, il s'en moquait bien d'attendre. Il y était habitué. Cela faisait partie du boulot normal d'un inspecteur du NYPD. Il avait passé des heures tassé dans une voiture glaciale, les yeux rivés sur une porte. Ce matin, il était bien au chaud. Pourquoi se sentait-il aussi nerveux ?

Elle le prit par surprise. Rob pensait qu'elle arriverait en taxi et il n'avait pas prêté grande attention au trottoir. Il fut étonné en l'apercevant au coin de la 31e Rue, à quelques dizaines de mètres de là. Il aperçut d'abord ses cheveux blonds, puis sa démarche souple. Kara n'avait jamais appris à marcher comme une véritable New-Yorkaise.

Il l'observa, parcouru d'un délicieux frisson tandis qu'il la détaillait. Ses cheveux étaient toujours aussi blonds, mais plus longs qu'auparavant. Elle portait un grand manteau de drap rouge foncé, des bas assortis et des chaussures à petits talons. Sous son manteau, elle semblait toujours aussi mince. Elle paraissait incroyablement jeune. Sa peau était lisse et pâle, ses yeux d'un bleu très clair, ses lèvres admirablement dessinées. Quand elle gravit les premières marches, il constata qu'elle avait très peu de maquillage. Elle n'en avait jamais eu vraiment besoin. Il guetta la moindre ride, les plus petites pattes d'oie. Non. Son visage était plus fin, plus sérieux, mais son chagrin expliquait peut-être cela. Sinon, elle avait l'air parfaitement bien, comme si elle n'avait vieilli que de cinq ans pendant les dix années au cours desquelles ils ne s'étaient pas vus.

Était-ce de la déception qu'il éprouvait ? Espérait-il la trouver fanée depuis qu'elle l'avait quitté ? Pour se dire que c'était tant mieux s'ils avaient rompu. Ou cherchait-il la preuve qu'elle n'était pas aussi autonome qu'elle voulait en avoir l'air, qu'elle avait vraiment besoin de lui et ne pouvait rien faire sans sa présence ?

Peut-être.

En tout cas, Kara Wade semblait en pleine forme.

Quand elle arriva en haut des marches, Rob jeta sa cigarette et s'avança vers les portes en verre. Depuis leur brève conversation de la veille, il redoutait et espérait cette confrontation. Enfin, l'attente était terminée. Quand il vit quelle porte elle allait emprunter, il se hâta d'appuyer sur la barre métallique pour l'ouvrir. Elle lui jeta un regard.

« Merci, mons... commença-t-elle avant de le reconnaître. Rob, c'est toi ! »

Ils s'enlacèrent brièvement. Il fut surpris d'éprouver tant de plaisir à la serrer contre lui, même si ce ne fut que pendant quelques secondes. Chacun recula d'un pas. Il avait la bouche sèche et le cœur battant. Après toutes ces années ?

« Oui, c'est moi. Je t'ai dit que je serais ici.

— Oui, mais je ne m'attendais pas à ce que tu m'ouvres la porte. Qu'est-ce que tu as fait de ton uniforme ?

— Je suis passé inspecteur. Dans le centre ville.

— Félicitations.

— Cela ne fait pas de mal d'avoir comme père un ancien flic.

— Il a pris sa retraite ? »

Pendant une seconde, il fut surpris de sa question. Mais comment aurait-elle pu savoir ?

« Il a fait plusieurs attaques cardiaques. Il a des douleurs dans la poitrine rien qu'à traverser le living, mais il ne veut pas de pontage.

— Je suis désolée. »

Désolée. Ils étaient en train de parler de son père alors que Kelly...

« Tu sais, je suis désolé pour Kelly. C'est... une tragédie. »

Rob regarda sa gorge palpiter quand elle hocha la tête.

« Oui. » C'était à peine un murmure. « C'est de quel côté ?

— Je vais t'y conduire. »

Il la guida vers les ascenseurs. Il la sentait tendue, pratiquement sur le point de partir en courant. Hier, il lui avait bien dit que cette visite n'était pas nécessaire, mais elle avait insisté. Toujours aussi têtue. Il regarda son visage apeuré et se dit qu'il devait lui donner une dernière chance d'échapper à cette épreuve. Quand ils sortirent de la cabine au premier sous-sol, étage réservé à la morgue municipale, il la prit par le bras.

« Tu n'as pas besoin de faire ça, tu sais. »

Elle se tourna vers lui. Il avait énormément changé depuis leur dernière rencontre, dix ans plus tôt. Il avait rasé sa moustache, mais ça, ce n'était qu'un détail. Il était un peu plus gros et paraissait plus âgé, mais son visage n'avait pas vraiment vieilli ni pris de rides. Non, il semblait *usé*. Buriné. C'était peut-être normal après une douzaine d'années passées à faire le flic à New York.

En revanche, ses yeux bruns n'avaient rien perdu de leur éclat et, même ici, en pleine morgue municipale, il dégageait la même force physique qu'à l'époque où...

Au premier abord, elle s'était demandé s'il devait venir ici. C'était comme une intrusion dans son chagrin. Mais quand il lui avait tenu la porte, les vieux sentiments étaient revenus à la charge. C'était agréable de le revoir. C'était un réconfort que de trouver un visage familier dans un environnement aussi indifférent, surtout quand il appartenait à quelqu'un qui connaissait bien les lieux et pouvait franchir tous les barrages.

« D'habitude, il faut bien que quelqu'un reconnaisse le corps, non ? demanda Kara.

— La surveillante générale de l'hôpital St Vincent l'a fait hier. De plus, les empreintes digitales correspondent parfaitement. » Il détourna les yeux. « Surtout... ce n'est pas très joli. »

Elle en éprouva un certain ressentiment.

« Je ne m'attends pas à ce que ce soit *joli* », dit-elle avec froideur.

Rob ne s'excusa pas:

« C'est un vrai carnage, Kara. En plus, on l'a cisaillée.

— Cisaillée ?

— Autopsiée. »

Je le sais ! Je le sais ! Arrête de me le rappeler !

« Je veux la voir », dit Kara en détachant chaque mot. Elle non plus ne céderait pas. « C'est ma sœur. »

Elle se rendit compte qu'elle avait utilisé le présent. Elle continuerait probablement à le faire tant qu'elle n'aurait pas été confrontée au visage figé de Kelly. Kelly. Elle ne voulait pas la voir morte. Seigneur, elle aurait donné n'importe quoi pour échapper à cela. Il lui avait fallu un courage incroyable pour venir jusqu'ici. Elle aurait voulu hurler, fuir cet hôpital et cette ville immonde, prendre le premier train pour la Pennsylvanie. Mais elle savait qu'elle n'accepterait jamais la mort de sa sœur sans avoir vu son corps privé de vie.

« D'accord, mais je t'aurai prévenue », dit Rob sans desserrer les lèvres.

Kara retint son souffle en le suivant dans le couloir éclairé au néon et bordé de brancards, certains vides, d'autres pas. Des draps blancs recouvraient ceux-ci. Elle garda les yeux baissés et compta les bondes placées à intervalles réguliers dans le sol bétonné. Il lui fit franchir des portes en métal qui donnaient sur une pièce où un grand Noir qui ne devait pas avoir beaucoup plus de vingt ans était assis derrière un petit bureau, un gobelet de café fumant dans une main et une cigarette dans l'autre. Devant lui, le *Post* était ouvert à la page des sports. Rob lui tendit un bordereau de couleur jaune.

« Déjà été identifiée, dit le jeune homme après avoir jeté un coup d'œil au papier. On attend la levée du corps.

— Eh bien, elle le sera à nouveau », dit Rob très calmement.

Le préposé haussa les épaules et parcourut une liste. Il s'arrêta sur l'une des dernières lignes.

« Dix-sept B », dit-il en se levant de sa chaise.

Il leur fit passer des portes métalliques plus lourdes que les précédentes, et ils pénétrèrent dans une grande pièce où la température était inférieure de plusieurs degrés. Elle vit un sol de béton, des murs recouverts d'un carrelage blanc et des tiroirs fermés à clef. Le mur du fond était constitué d'une mosaïque de tiroirs si nombreux qu'elle renonça à les compter. Des tiroirs immenses. De la taille d'un être humain.

Kara se tenait un peu en retrait tandis que le préposé se dirigeait vers la rangée dix-sept. Il saisit la poignée du deuxième tiroir à partir du bas.

Une secousse sismique ébranla Kara.

Je ne peux pas faire ça !

Le tiroir s'ouvrit avec un grincement qui se répercuta entre les parois carrelées et elle se força à avancer. Si, il *fallait* qu'elle le fasse. Il n'y avait qu'elle pour cela.

Un grand sac était posé sur le plateau, à l'intérieur du tiroir. Kara l'entrevit, une bile acide lui remonta dans la gorge.

Ce n'est pas vrai. Dites-moi que je rêve.

Elle voulait ne rien éprouver. Les sentiments, ce serait pour plus tard. Elle se contenterait de regarder.

Elle vit le préposé descendre la fermeture à glissière et écarter les pans de plastique. Du coin de l'œil, elle vit Rob qui tournait la tête. Poings serrés, mâchoires crispées, elle s'obligea à regarder.

Ce n'était pas Kelly. Ces joues creusées, ce nez de travers, ce front gonflé, ce crâne déformé, cet œil ressorti, ces cheveux blonds maculés, cette peau criblée de cicatrices sur le visage et les épaules, cette énorme incision mal recousue qui partait du cou, passait entre les seins et se poursuivait jusqu'au bas-ventre, non, ce ne pouvait pas être Kelly, ce n'était pas Kelly, mais, Seigneur, c'était *pourtant* bien elle.

Kara sentit que tout vacillait autour d'elle.

« Vous ne vous sentez pas bien, madame ? » lui demanda le préposé.

Kara agita la main dans sa direction. *Mais ferme-la ! Ferme-la !*

« Si ça ne va pas, poursuivit-il, les toilettes sont par là. »

Elle ne vit pas ce qui correspondait à « par là ». La pièce réfrigérée s'était changée en une serre, sa peau était couverte de transpiration. Elle sentit ses genoux la lâcher.

Mais un bras s'enroula autour de sa taille.

« Je te tiens », lui dit Rob.

Il la conduisit dans une petite pièce malodorante et chichement éclairée. Il y avait là un évier sale, une cuvette de toilettes encore plus sale et une serpillière dans un seau. Il la soutint quand elle se pencha au-dessus de la cuvette pour rendre le café qu'elle avait pris en arrivant à Penn Station. Quand ses vomissements eurent cessé, il lui tendit une serviette en papier. Elle s'essuya les yeux et la bouche avant de s'appuyer au mur.

Kelly est morte. Ma petite Kelly !

Elle sentit le bras de Rob se poser sur ses épaules, mais elle le repoussa. Elle tiendrait le coup. Toute seule. Elle chercha sa voix, la trouva enfin.

« Tu peux me laisser quelques instants, Rob ?

— Bien sûr. Je t'attends dehors. »

Dès qu'elle fut seule, les sanglots montèrent en elle, comme surgis d'un gouffre sans fond.

11 h 22

« Tu veux un autre café ? lui demanda Rob.

— Non, merci.

— Un beignet ? Ils ne sont pas mauvais ici. »

Ils étaient installés près de la devanture d'un minuscule self de la 33e Rue Est. Ils avaient toute la place qu'ils voulaient, le déjeuner ne serait servi que dans une demi-heure. L'arôme puissant du potage au poulet flottait dans l'air, le parfum poivré du pastrami chaud enveloppait leur table.

« Non, merci. » Une pensée soudaine la tira de son brouillard. « Quand tu dis qu'ils ne sont pas mauvais, tu les recommandes ?

— Oui. Ça manque peut-être un peu de sucre, mais ils sont presque aussi bons que les miens. »

Un souvenir agréable s'imposa à elle. Le vendredi soir, dans l'appartement de Rob. Il s'activait dans la cuisine en se moquant bien que son personnage d'apprenti maître queux ne correspondît pas du tout à son image de flic impitoyable. Kara le regardait suivre une recette au pied de la lettre jusqu'au moment où il décidait qu'il pouvait l'améliorer. Le résultat était ordinairement désastreux.

« Tu devrais vraiment manger quelque chose.

— J'ai l'impression d'entendre ma grand-mère.

— Dans ce cas, écoute ta grand-mère : mange quelque chose. »

Kara s'autorisa un sourire. « Écrase, mémé.

— D'accord. Tu continues de fumer.

— Non, j'ai arrêté il y a plusieurs années.

— Ça te dérange si j'en allume une ?

— Oui. Et je suis étonnée que tu en sois toujours là. C'est du poison.

— Écrase, mémé », dit-il.

Kara sourit et s'abandonna au souvenir de sa rencontre avec Rob peu de temps après son arrivée en ville. Ils s'étaient connus dans une salle pleine d'hommes de la McSorley's Old Ale House, brasserie depuis toujours réservée aux hommes, mais que la législation contraignait depuis peu à accueillir les deux sexes. Kara était plus brave et moins sage à l'époque — l'incident de Central Park n'était pas encore survenu. Elle avait entraîné Kelly dans l'un des coins les plus pittoresques du Bowery pour le seul plaisir de boire une bière dans l'un des bastions de la virilité. Après un bon bout de temps, on leur avait apporté deux chopes de bière brune — chez McSorley's, on ne les servait que par deux. Quelques mâles de l'assistance avaient fait des remarques graveleuses, mais la plupart se contentaient de les regarder comme si les deux sœurs débarquaient d'une autre planète. Rob se trouvait parmi eux.

On le remarquait. Il n'était pas en uniforme et cela n'avait rien à voir avec la taille, bien que son mètre quatre-vingt-cinq le plaçât bien au-dessus des buveurs plutôt bedonnants. Non, c'était autre chose. D'autres consommateurs étaient plus grands, plus imposants par leur physique, mais il y avait en lui quelque chose qui, subtilement, indéniablement, le rendait incontournable. Il se dirigea vers leur table sans se préoccuper des ricanements de ses copains.

Ils partirent tous les trois ensemble, mais ce fut Kara qui craqua pour Rob. Désormais, ce ne fut plus que Rob et Kara. Jusqu'à ce qu'elle mît un terme à leur liaison.

Elle regarda dans la rue où les gens se pressaient dans le froid. La buée sur la vitre faisait d'eux des sortes d'ombres chinoises, des acteurs sur une télé mal réglée. Kara était contente de ne pouvoir distinguer leurs visages tandis qu'ils vaquaient à leurs affaires habituelles comme si rien de terrible ne s'était passé. Bon sang, Kelly était morte ! Ils n'en savaient donc *rien ?* Ils s'en foutaient *complètement ?*

Seigneur, comme elle détestait cette ville. Et tous ceux qui y habitaient.

Parce que c'était l'un d'eux qui avait tué sa sœur.

« Qui a fait le coup ?

— Aucune idée.

— Il n'y a pas de suspect ?

— Pas le moindre.

— Ah, bravo la police ! » Elle regretta aussitôt ses paroles. « Excuse-moi. Tu dois bien en savoir un peu tout de même.

— Oui. Nous savons que, vers une heure du matin, elle a quitté le Oak Bar en compagnie de deux hommes d'une trentaine d'années. Nous en avons une bonne description et nous avons relevé leurs empreintes dans la chambre — tu ne peux pas imaginer le nombre d'empreintes que l'on relève dans une chambre d'hôtel. Leur identification est toujours en cours. On ne croit pas qu'ils soient descendus au Plaza. Peu après deux heures du matin, elle a traversé la fenêtre du douzième étage. »

Kara ferma les yeux et frissonna.

« Est-ce qu'elle était consciente ?

— Des témoins l'ont entendue crier.

— Mon Dieu... »

Dans sa bouche, le café prit un goût acide. Elle sentit son estomac se soulever, mais cela se calma. Elle voulait un autre renseignement. Elle détourna les yeux de Rob en lui posant la question.

« Est-ce qu'elle a été... violée ? »

Il eut un long moment d'hésitation. Elle ouvrit les yeux et le regarda. Il avait la bouche pincée.

« Tu ne vas pas apprécier.

— Dis-le moi ! lui lança-t-elle avec une fureur dont elle ne se serait pas crue capable. Dis-moi *tout* !

— On a retrouvé des traces de sperme dans le vagin et la bouche. » Il avait dit cela sans la moindre intonation, comme un robot, comme s'il lisait un rapport. « L'analyse de l'ADN indique la présence de deux hommes. Il n'y a pas de traces de pénétration forcée. Il semble que Kelly ait fait cela de son plein gré. »

La colère de Kara s'apaisa instantanément. Elle avait à peine la force de parler.

« Je ne peux pas y croire. Deux types l'emmènent dans leur chambre, ils la violent avant de la balancer par la fenêtre, et toi, tu viens me dire qu'elle a pris son pied ? Tu as perdu toute sensibilité ou quoi ? C'est comme ça qu'on devient quand on est flic dans cette ville ? »

Rob contempla son café en silence. Quand elle eut terminé, il dit très doucement :

« C'était la chambre de Kelly.

— Quoi ?

— Kelly l'avait louée.

— Rob, qu'est-ce que tu me racontes là ? »

Il fixait toujours son café.

« Je suis en train de te dire que Kelly Wade, ta propre sœur, avait loué cette chambre. Et qu'elle s'était fait enregistrer sous le nom d'"Ingrid" Wade.

— Il doit y avoir une erreur.

— Non. C'était une habituée du Plaza depuis plusieurs mois. Elle réglait toujours en espèces. Parmi le personnel, on savait qu'elle était généreuse et... euh, pas farouche. Elle prenait une chambre, trouvait un type au bar — parfois deux — et montait avec.

— Non !

— On a aussi trouvé une boîte de coke dans son sac. »

Kara était effondrée.

Quand toute la famille s'était réunie pour Noël à la ferme, elle avait bien vu que quelque chose tracassait Kelly. Elle s'était dit que sa sœur pensait toujours à sa rupture avec Tom, le garçon qu'elle fréquentait l'année d'avant. Kara n'aurait jamais imaginé cela. Des passes dans un hôtel. De la cocaïne. Elle n'avait pas décelé le moindre signe d'usage de stupéfiants. Mais, au cœur du pays des Amish, qui en serait capable ?

Une pensée horrible lui vint à l'esprit. Est-ce qu'elle en était venue à...

« Elle... elle se prostituait ?

— Je ne le pense pas. L'expert n'a pas remarqué de dépendance à la coke. Et, d'après ce que l'on sait, elle ne monnayait pas ses charmes. Un des barmen du Plaza avait eu l'occasion de bavarder avec quelques-uns de ses... amis après leurs... rendez-vous. Ils disaient qu'ils n'en revenaient pas d'avoir eu... tout ça gratuitement. »

Kara le regardait droit dans les yeux.

« C'est vrai, Rob ? Tu me le jures ? » Elle réprima le sanglot qu'elle sentait monter en elle. « Ce n'est pas possible ! Tu ne me parles pas de ma sœur ! On est jumelles. On a passé ensemble chaque jour de notre vie. Je la *connaissais* ! Et toi, *tu* la connaissais ! Tu ne peux pas être en train de parler de Kelly, il y a eu confusion ! »

Tristement, il secoua la tête.

« Je voudrais bien, tu sais. Mon district n'est qu'à un pâté de maisons du Plaza. Quand je suis arrivé au boulot et que j'ai vu le nom de Wade sur le listing, je me suis réservé l'affaire. Comme ça. Jamais je n'aurais imaginé qu'il s'agît de Kelly. Quand j'ai vu le corps, j'ai cru que... que c'était toi. Plus j'apprenais de choses et plus je trouvais cela bizarre. Ce que je veux dire, c'est que je n'avais pas revu Kelly depuis notre... depuis ton départ. C'était il y a dix ans, mais bon sang, ce genre de vie ne correspondait pas du tout au souvenir que j'avais d'elle. Ah ça non !

— Elle était infirmière et elle travaillait à St Vincent ! dit Kara. Chaque fois qu'elle venait à la ferme, elle me racontait des choses épouvantables sur les drogués, les maladies vénériennes et le sida. Elle vivait cela tous les jours ! Je ne peux pas croire qu'elle soit devenue... une pute ! » Le mot lui laissa un goût de fiel dans la bouche. « Rob, dis-moi qu'il y a une chance que tu te sois trompé. »

Il avait l'air de souffrir.

« J'aimerais bien, tu sais. Mais il y a trop de preuves à l'appui. Les employés du Plaza la connaissaient bien. Selon eux, elle était devenue une figure de légende auprès des habitués du bar.

— Une figure de légende, répéta-t-elle avec dégoût. Ma sœur, une figure de légende... »

Peu à peu, le choc et l'incrédulité s'amoindrissaient et Kara sentait gonfler en elle une véritable rage à l'égard de Kelly. Elle n'était pas la victime innocente de l'un des milliers d'actes de violence qui se perpètrent dans cette ville. Elle l'avait cherché. Elle s'était mise dans une situation où l'on ne récolte que des ennuis.

Kara était furieuse. C'était cette ville, cette saloperie de ville pourrie qui avait fait ça à Kelly. Au début, elle n'était ni droguée ni obsédée sexuelle, mais elle avait terminé comme ça.

Saloperie de ville... Kara allait devoir la quitter le plus vite possible. Pour ne pas devenir folle. Pour ne pas se mettre à hurler.

Elle consulta sa montre.

« Je vais devoir y aller. Merci pour le café, merci pour tout.

— Je t'en prie. Tu es garée où ?

— J'ai pris le train. Je ne me sentais pas très en état de conduire.

— Tu as eu raison. Tu ne veux pas repartir demain ? »

Elle lui trouva un drôle d'air. Est-ce qu'il envisageait...

« Ce n'est pas ce que tu crois, dit-il. Tu peux venir chez moi.

— Tu habites toujours avec Tony ?

— Non, il s'est marié. Le loyer était trop élevé, je suis dans l'East Side maintenant. Mais, blague à part, tu peux venir chez moi. Je dormirai sur le canapé.

— C'est gentil, mais je ne sais pas quand ma mère doit arriver. Et puis, j'ai confié Jill à une voisine et...

— Jill ? C'est qui ? »

Seigneur, pourquoi avait-elle parlé de Jill ? Ça lui avait échappé. En tout cas, maintenant, c'était trop tard.

« Ma fille. »

Rob espérait ne pas avoir l'air aussi surpris qu'il l'était en réalité.

« Ta fille ? Tu as *un enfant* ? »

Machinalement, il prit une cigarette, puis il se souvint qu'elle l'avait prié de ne pas fumer en sa présence. Pourtant, il en avait vraiment envie.

« Oui. Jill Marie. Une vraie petite princesse. »

L'humeur de Kara s'était sensiblement modifiée. Ses yeux brillaient.

Pourquoi était-il aussi étonné ? Kara et lui-même n'avaient eu aucun contact depuis dix ans. Il ne s'était pas marié. Pourquoi se permettait-il de penser que Kara était restée célibataire ?

« Attends. A la morgue, tu as signé du nom de Kara Wade. C'est ton nom de jeune fille.

— C'est aussi mon nom de femme mariée.

— Tu as épousé un type qui s'appelait comme toi ?

— Non, Rob, fit-elle avec une patience exagérée. J'ai simplement gardé mon nom de jeune fille quand nous nous sommes mariés. Il n'y a aucune loi qui exige que je prenne celui de mon mari.

— Oh. » Il se souvint que Kara se sentait très proche du MLF. Apparemment, cela n'avait pas beaucoup changé. « Quel âge a ta fille ?

— Hein ? » Kara semblait revenir de très loin. « Jill ? Oh, elle a huit ans. »

Huit ans !

« Eh bien, tu n'as pas perdu de temps ! dit-il. Oh, excuse-moi.

— Ça va. » Elle sourit. « Tu as raison. C'était un amoureux transi que j'avais connu à l'université, il avait attendu mon retour.

— Je comprends. »

Rob avait, lui aussi, longtemps attendu le retour de Kara. Ou du moins un coup de fil.

« On a repris les choses là où on les avait laissées » dit-elle.

Rob essaya, en vain, de ne pas laisser affleurer le sarcasme. « Je jurerais que ce n'est pas un flic.

— Non, c'était un agent d'assurance tout ce qu'il y a de sain de corps et d'esprit.

— C'était ?

— Il a été tué un an après notre mariage. Sa voiture s'est fait coincer entre la falaise et un semi-remorque. Il neigeait, c'était la nuit.

— Je suis désolé. »

Elle le regarda d'un air un peu étonné.

« Tu penses que ce que tu dis ?

— Oui. C'est atroce, ce que tu me racontes. »

Les lèvres de Kara palpitèrent. Un instant, il crut qu'elle allait se mettre à pleurer, mais elle cligna des yeux, avala sa salive et reprit contrôle d'elle-même.

Rob la comprenait fort bien. Si elle l'avait quitté, c'était en partie parce qu'elle redoutait de se retrouver veuve prématurément.

Kara regardait par la vitre et ne disait rien.

Les pensées de Rob le ramenèrent à l'époque où ils avaient vécu ensemble, dans cette ville, dix années auparavant. Est-ce qu'il était depuis longtemps dans la police et elle, secrétaire intérimaire ? Après avoir travaillé deux ans à l'hôtel de ville, il s'était enfin stabilisé. Malgré sa mère qui le suppliait de se choisir un autre métier, il avait décidé de faire comme son père, d'entrer dans la police. Et quand les sœurs Wade étaient arrivées en ville, il avait trouvé une femme qui lui tenait vraiment à cœur — Kara.

Kara et Kelly, identiques en apparence, mais si opposées en profondeur. Kelly, esprit libre et ouvert à toutes choses, abordait Manhattan comme si elle attendait depuis toujours le jour où elle débarquerait dans la ville qui ne dort jamais. Kara, la penseuse, la réfléchie, n'avait eu aucun problème majeur jusqu'à ce qu'on lui vole son collier, à Central Park. Ensuite, elle s'était mise à imaginer partout le danger. Elle disait que Rob faisait un métier suicidaire. Leurs derniers mois ensemble n'avaient été qu'une longue dispute, un interminable affrontement. Elle voulait le voir donner sa démission, s'inscrire à l'université, décrocher un diplôme, n'importe quoi, et aller habiter en banlieue — le New Jersey, le Connecticut, le nord de l'État, n'importe où mais pas ici !

C'était une chose impossible. Le flic Rob aimait son boulot, le frisson qu'il lui procurait, et il aimait cette ville. Car c'était *sa* ville. Il y avait grandi. Il ne saisissait pas ce qu'elle avait de si effrayant.

Il n'y avait pas d'autre solution que la rupture. L'immobilisme le condamnait à New York. Et une force irrésistible la ramenait vers le comté de Lancaster, en Pennsylvanie. Elle disait qu'elle ne voulait pas être veuve à vingt-cinq ans.

Tout cela avait certainement quelque chose d'ironique, mais Rob se trouvait incapable d'en éprouver la moindre satisfaction.

Aujourd'hui, après toutes ces années, il s'en faisait toujours pour elle. Il s'intéressait toujours à elle.

« Je vais t'accompagner à la gare », dit-il.

Rob conduisait lentement dans la 34e Rue et restait dans la même file au lieu d'en changer sans arrêt comme il le faisait d'ordinaire. Autour de lui, les taxis se faisaient la course, comme d'habitude, et sur les trottoirs, les joueurs de bonneteau attendaient leur lot quotidien de gogos. Rob avait très envie d'une cigarette.

« Qu'est-ce que tu fais comme boulot ? demanda-t-il pour rompre le silence alors qu'ils passaient devant Macy's.

— J'écris.

— C'est vrai ? Des romans ? De la science-fiction ?

— Pas du tout. Des études, des articles de critique, ce genre de chose.

— J'en ai déjà lu ? »

Il ne se souvenait d'avoir vu nulle part la signature de Kara Wade.

« Il faudrait que tu sois abonné aux publications féministes.

— Féministes ? Tu écris des trucs *féministes* ? Je croyais que tu ne donnais pas dans la science-fiction.

— Très drôle, fit-elle avec un sourire contraint. J'aurais dû m'y attendre, à celle-là.

— Tu es toujours là-dedans, alors ?

— Écoute, Rob, on n'est ni "là-dedans" ni "en dehors", dit-elle tout en se rendant compte qu'elle prenait un ton des plus sérieux. Quand on croit vraiment à quelque chose, on s'y tient toujours.

— Comme quand on est flic ? »

Sa façon de le regarder s'était modifiée, il y avait une lueur dans ses yeux.

« Oui. Personnellement, je n'ai jamais pensé qu'être flic était une chose à laquelle on pût sérieusement croire, mais je suis sûre que tu es sincère. L'écriture, c'est mon truc. J'ai repris des cours du soir en rentrant à la maison, j'ai suivi des cours de sociologie féminine, j'ai eu mon diplôme... »

Rob s'interdit toute remarque. *Sociologie féminine ! Seigneur !*

« ... et je me suis mise à écrire.

— Tu peux gagner ta vie avec des articles féministes ?

— Non, mais ces articles m'ont donné assez de crédit pour signer le contrat d'un bouquin. J'y travaille depuis quelque temps. Je fais aussi du secrétariat à l'hôpital local — c'est très bien payé et j'ai l'esprit tout à fait libre pour écrire pour moi quand je rentre le soir. Je vis toujours à la ferme. Jill et moi nous entendons très bien. »

Il avait le sentiment qu'elle lui dissimulait quelque chose, mais il ne voulait pas la presser. Le lieu et le moment n'étaient pas des plus propices.

« Et ta mère… ? »

Rob se souvenait que le père de Kara était décédé quelques années avant son arrivée à New York. Il avait eu l'occasion de rencontrer Mme Wade, grande femme joviale qui ne ressemblait en rien à ses jumelles.

« Maman s'est remariée peu après la naissance de Jill. Elle et Bert vivent en Floride. Je suis en train de lui racheter la ferme. Je lui verse ce que je peux. Maman et Bert doivent revenir cet après-midi pour… »

Elle ne put achever sa phrase. Soudain, ses yeux s'emplirent de larmes. Rob ne savait que faire. Il aurait voulu la prendre dans ses bras et la serrer très fort, mais il conduisait une voiture. Penn Station était droit devant. Il contourna la gare par le sud et pénétra dans une zone interdite au public. Il se rangea le long du trottoir et se tourna vers elle. Il lui effleura l'épaule, ne sachant pas trop ce qu'il pouvait lui dire.

« Excuse-moi, fit-elle, je ne suis pas faite pour ce genre de situation.

— Personne ne l'est, tu sais. On n'accepte pas comme ça de perdre une sœur. Encore moins une jumelle.

— Je voudrais être plus forte. Je devrais être plus forte.

— Tu l'es déjà, lui dit Rob. Il faut du cran pour venir à la morgue, un sacré cran. »

Elle releva la tête et le regarda. Son visage était un peu rouge, ses joues humides, mais ses yeux brillaient et elle serrait les dents.

« Trouve-moi ces salauds, Rob !

— Je te le promets. » Il ne l'avait jamais vue dans un tel état. « Mais calme-toi, je t'en prie.

— Et quand tu les auras trouvés, je veux que tu m'appelles. Parce que je veux les voir, je veux voir les ordures qui ont fait ça à ma sœur !

— Dès que je saurai quelque chose, tu seras mise au courant. On les aura. L'affaire ne sera pas classée. Je m'en chargerai à titre personnel. Je te jure qu'on les aura.

— D'accord, dit-elle, je te crois. Je peux avoir ton numéro pour te contacter ? »

Rob chercha une carte de visite dans sa poche. Il n'essaya pas de lui expliquer qu'il y avait une énorme différence entre identifier les deux hommes qui s'étaient trouvés dans la chambre de Kelly et les accuser de l'avoir jetée par la fenêtre, surtout quand les experts assuraient qu'il n'y avait pas la moindre trace de lutte. Pour eux, cela se résumait à un suicide — un mot que Kara n'aimerait pas entendre.

Il dit : « Si je peux me libérer, je viendrai à l'enterrement.

— Non ! J'aimerais mieux que tu restes ici à travailler sur son dossier. »

Rob était certain qu'elle aurait ce genre de réponse.

« Je vais t'accompagner jusqu'au quai.

— Merci. Je vais y aller toute seule. » Elle descendit de voiture. « Je voulais te remercier, Rob. Quand il a oüvert le sac, à la morgue, tu as tourné la tête. J'ai beaucoup apprécié.

— Quoi ?

— Ça m'a laissé un peu plus d'intimité. Tu t'es montré très prévenant. Je suis contente de voir que tu n'es pas devenu comme tous les autres. »

Sur ce, elle referma la portière et se dirigea vers les portes de la gare.

De la prévenance, ça alors ! S'il n'avait pas pu regarder Kelly, c'est parce qu'elle ressemblait trop à Kara. Il ne voulait pas non plus voir Kara découvrir le corps mutilé de sa sœur, lire la douleur et le chagrin sur son visage. Et il avait tourné la tête. Rien de plus.

Il alluma une cigarette et fixa les portes de la gare longtemps après qu'elles se furent refermées sur elle. Kara avait changé. Elle avait toujours été très forte, très impulsive aussi, mais les années lui avaient donné davantage d'assurance. Il y avait du feu dans sa voix et une détermination glacée dans son regard. Bien qu'elle fût officiellement adulte quand ils sortaient ensemble, elle avait une mentalité de petite fille. Aujourd'hui, c'était une vraie femme.

D'une certaine façon, il savait qu'il ne devrait pas attendre dix nouvelles années avant de la revoir. Et il se rendit compte qu'il ne pensait qu'à cet instant.

LETTRES DU PURGATOIRE

Et voilà, encore une punition.

Mais je m'en remets. Au moins il n'a pas trouvé les lettres. N'a pas eu connaissance de mes écrits. Serait furieux autrement. Elles parlent trop de lui, de toutes nos relations. Il me punirait encore, pire qu'avant.

Mais je ne peux pas m'empêcher d'écrire. Il n'y a que ce bout de crayon et ces quelques feuilles qui me permettent de m'accrocher au peu de santé mentale qui me reste. Mon seul lien avec la réalité, si cela veut dire quelque chose. Ma réalité — un cauchemar permanent entrecoupé de trop brèves périodes d'éveil. Dois faire le compte de ces périodes pour bien m'assurer qu'elles existent. Que j'existe ! Cela vaut n'importe quelle punition.

Oh, les punitions. Il les inflige si machinalement ces jours-ci. Simplement pour l'avoir rabaissé parce qu'il a perdu la blonde. Pour avoir fait preuve de moquerie parce qu'elle lui a échappé. N'a pas apprécié mes sarcasmes, et ce porc a décidé de me punir.

Peu importe. J'ai survécu. Et dans la mort de cette pauvre infirmière j'ai trouvé l'espérance. La preuve qu'il n'est pas tout-puissant. Pas du tout l'Übermensch pour qui il se prend — pour qui je le prenais.

Elle lui a échappé.

Il y a peut-être encore de l'espoir pour moi.

SAMEDI 7 FÉVRIER

17 h 32

« Tu descends bientôt, maman ? »

Kara sursauta en entendant la voix de Jill. Dans la pâle lumière qui filtrait de la chambre, elle vit sa fille dans l'encadrement de la porte. Jill portait toujours la robe vert sombre et les collants blancs qu'elle avait mis pour l'enterrement. Ses longs cheveux bruns étaient rassemblés en une grosse natte.

« Cinq minutes, je voudrais me reposer encore un instant. »

Jill s'approcha de Kara, qui était assise près de la fenêtre, et elle posa la main sur son bras.

« Ça va, maman ? »

Kara prit Jill par les épaules et la serra contre elle. *Un jour, ça ira. Mais pas encore. Pas tout de suite.*

« Oui. Je suis seulement un peu triste. »

C'était fini. Enfin. Kelly avait été mise en terre à la suite d'une pénible cérémonie qui s'était déroulée en fin de matinée. Six infirmières étaient venues de Manhattan pour un dernier adieu. Kara avait été très touchée. Elles avaient raccompagné la famille à la maison et elles se trouvaient à présent au rez-de-chaussée en compagnie de sa mère, de Bert, de tante Ellen et de quelques voisins.

Kara savait qu'elle devrait se trouver parmi eux et jouer la maîtresse de maison, mais elle n'en avait pas la force. Elle ne voulait de personne dans sa maison ce soir. A l'exception de Jill. Et peut-être aussi de sa mère.

Kara voulait qu'ils rentrent tous et qu'ils la laissent seule avec son chagrin. Elle voulait s'accrocher à ce chagrin pour garder

Kelly en vie, pour faire revivre les souvenirs d'un passé qu'elles avaient si étroitement partagé.

Foutez le camp ! Foutez le camp !

On lui avait dit que cela faisait du bien de partager son chagrin. C'était à cela que servaient les veillées funèbres et les enterrements — ils ne s'adressaient pas aux morts, mais aux vivants. Pour Kara, c'était morbide, rien de plus.

« Dis, tante Kelly est avec le Bon Dieu ? »

Pour la centième fois, Kara rassura la petite fille. Oui, Kelly était au Ciel avec le Seigneur.

« Et elle est heureuse ? »

C'était si important pour Jill que sa tante fût heureuse. Cela l'aidait à accepter la mort de Kelly. Kara ne réagissait pas de la même manière.

« Très heureuse, elle est au Paradis et elle s'occupe des âmes blessées qui débarquent tous les jours du Purgatoire. Elle a beaucoup de travail, tu sais. »

Kara faillit éclater en sanglots en disant cela. Elle serra plus fort la petite fille.

Si je me mets à pleurer maintenant, je n'arriverai plus à m'arrêter.

Elle se maîtrisa et repoussa doucement Jill, satisfaite qu'elle n'eût pas allumé la lumière.

« Tu vas descendre faire la jeune fille de la maison. Je te rejoins un peu plus tard, c'est d'accord ? »

Jill s'illumina. Elle adorait avoir des responsabilités.

« D'accord ! »

Elles s'enlacèrent à nouveau. Kara ne ferait jamais assez de câlins à sa fille. Elle l'aimait plus qu'elle-même et se battait chaque jour pour lui donner autant d'affection que deux parents.

« Je t'aime, mon poussin », dit-elle.

Jill embrassa Kara sur la joue et descendit l'escalier en courant.

Kara s'adossa au rocking-chair et se balança comme elle le faisait alors qu'elle berçait Jill. Elle avait alors éprouvé des sensations si douces. Maintenant, elle voyait par la fenêtre le paysage morne, désolé. Il correspondait si bien à son humeur de l'instant.

La ferme. *Sa* ferme. Un peu plus de seize hectares plus une maison et une étable. C'est vrai, l'étable s'écroulait un peu et il n'y avait plus de bétail. Kara ne désirait pas vraiment être fermière, mais elle faisait tout de même des plantations : des sapins de Noël. Pour une question d'impôts, principalement. Un comptable lui avait dit que les taxes qu'elle payait pour la propriété diminueraient si une certaine superficie était boisée. Les pins sylvestres représentaient la solution idéale. Une fois plantés, il n'y avait plus à s'en occuper, ou si peu. Et, un jour, elle pourrait les vendre à Noël. Elle se balançait et écoutait. Elle entendait sa mère qui, au rez-de-chaussée, rangeait des choses dans la cuisine qui avait été la sienne pendant trente ans, mais qui était aujourd'hui celle de Kara. Sa mère semblait avoir vieilli de dix années depuis Noël. Elle ne disait pas grand-chose ; ce qui était surtout remarquable, c'était le manque de contact avec sa propre sœur, tante Ellen. Sans aucun doute planait entre elles le souvenir que c'était Ellen qui avait été la première à inciter les jumelles à vivre à New York. Parfois on entendait la voix de Bert. D'ordinaire si jovial, le beau-père de Kara était très discret. La mort de Kelly l'avait énormément affecté, comme s'il avait perdu sa propre fille. Kara lui en était reconnaissante. Ce que l'on entendait surtout, c'était la voix de Jill, suraiguë, incessante. Heureusement qu'elle était là.

Jill aimait tante Kelly, et elle le lui rendait bien. Bien que séparées par plus d'une vingtaine d'années, elles se chuchotaient des secrets à l'oreille comme deux sœurs, exactement comme Kara et Kelly quand elles étaient gamines.

Tant de souvenirs communs... Quelle relation, quelle existence partagée pourrait être plus intime que celle de deux vraies jumelles ? Kelly et Kara Wade s'habillaient et se coiffaient de la même façon, au point, bien entendu, de se faire parfois passer l'une pour l'autre.

Elle sourit en se rappelant comment, à la foire locale, elles s'étaient jouées de l'un des juges du concours de beauté en ne cessant de prendre la place l'une de l'autre. Elles s'étaient partagé le prix cette année-là.

Elles s'étaient différenciées au cours de ces dernières années parce qu'elles vivaient des choses très différentes, mais chaque fois qu'elles se retrouvaient, c'était comme si elles n'avaient jamais été séparées.

Kara avait toujours sincèrement pensé qu'elle le saurait instantanément s'il arrivait quelque chose de grave à Kelly. Est-ce qu'on ne disait pas qu'il existait un lien d'esprit entre les vrais jumeaux ? Mais, mardi, elle s'était couchée tôt et avait passé une excellente nuit. Kelly avait fait une chute de plus de trente mètres et s'était écrasée sur le trottoir sans que cela vienne affecter en quoi que ce soit le sommeil de Kara.

Ce n'était pas normal.

Rien, en fait, ne semblait normal cette nuit-là.

Kara prit la liste des effets personnels de Kelly, conservés à titre de pièces à conviction. Elle n'avait pas laissé sa mère la voir, *elle ne le pouvait pas.* La boîte contenant quelques grammes de cocaïne était l'objet le plus dur à accepter, mais la description des sous-vêtements était peut-être tout aussi délicate.

... un porte-jarretelles, noir... deux bas, noirs... un slip, noir, fendu à l'entrejambes... un soutien-gorge, noir, bonnets ajourés...

Kara se força à desserrer les dents. Ce n'était pas de sa sœur qu'ils parlaient. Un slip fendu ? Un soutien-gorge dont les bonnets laissent passer les pointes des seins ? Kelly n'aurait jamais porté ce genre de chose. Elle aurait éclaté de rire si quelqu'un lui avait demandé de mettre de telles cochonneries.

Ce n'est pas ma sœur !

C'était bien Kelly qu'ils avaient portée en terre aujourd'hui, mais qui était-elle devenue ? Qui l'avait fait devenir ainsi ?

Kara se devait de l'apprendre. Elle ne trouverait pas le repos tant qu'elle ne le saurait pas.

Et qui avait poussé Kelly par la fenêtre ?

Kara espérait que ces hommes, quels qu'ils fussent, crevaient de trouille à l'idée de se faire prendre. Quand Rob les arrêterait, elle espérait qu'ils écoperaient de la peine maximale et qu'ils en baveraient à chaque instant dans l'un des pénitenciers les plus durs.

Elle espérait que la terreur panique pourrirait chaque seconde de leur vie.

« Phil ? C'est moi, Ed.

— Tu es dingue de m'appeler à cette heure-ci, Julie et Kim doivent rentrer d'une minute à l'autre ! »

Ed hésita devant la colère de son frère. Il imaginait très bien Phil la mâchoire crispée, le poing serré.

« Il faut que je parle à quelqu'un, Phil. Je deviens cinglé.

— Tu as bu ?

— Quelques verres.

— Bon sang, il n'est même pas six heures ! Qu'est-ce que cela va donner ce soir ?

— J'irai me coucher... si je peux.

— Qu'est-ce tu veux dire par là ? »

Ed parcourut du regard son vaste appartement de l'Upper West Side, le quartier le plus huppé de toute la ville. Il était vide, comme d'habitude, mais il ne s'était jamais senti aussi seul. Il avait des centaines de connaissances, des gens avec qui il sortait le soir ou le week-end, des femmes qu'il voyait de manière assez privée parfois, des hommes avec qui il déjeunait ou jouait au squash. Il ne pouvait se confier à aucun d'entre eux. Il regrettait presque de s'être détourné de l'Église. Au moins, il aurait pu parler à un prêtre.

Mais il n'y avait personne d'autre que Phil. Et Phil ne voulait pas aborder ce sujet.

Il était assis à sa table de cuisine. Devant lui s'étalaient les journaux du mercredi, le *Times*, le *Post*, *News*, *Newsday*, *USA Today*, dans leurs éditions du matin ou du soir. Une superbe blonde seulement vêtue d'un porte-jarretelles et de ses bas traverse une fenêtre du Plaza pour s'écraser dans la rue — les gazettes à sensation en avaient fait leurs choux gras, et même le *Times* avait accordé une place importante à ce sujet. Les informations télévisées avaient évoqué le passé de la victime tout en précisant que la police ne pouvait fournir aucune explication. La famille de la victime se refusait à tout commentaire ; quant à ses collègues de travail à l'hôpital St Vincent de Greenwich Village, elles étaient tout simplement atterrées.

Voilà. Et le jeudi, personne n'en parlait plus. Vingt-quatre heures après sa mort tragique, les journaux et la télévision avaient tiré un trait sur Kelly Wade.

Mais pas la police — Ed en était sûr. Et Ed Bannion non plus.

« Je n'arrive pas à dormir, Phil. Dès que je ferme les yeux, je la revois passer à travers la fenêtre. Je l'entends...

— Écrase un peu, s'il te plaît ! Qu'est-ce que c'est que ces jérémiades ? »

Des images s'imposaient à la mémoire d'Ed — les deux frères pris de panique, tremblants de peur, sortant à moitié nus dans le couloir, s'habillant en hâte dans l'escalier, prenant l'ascenseur à un étage différent et profitant pour s'esquiver de la panique qui régnait dans le hall de l'hôtel.

La fuite éperdue de ces deux hommes, on aurait pu voir cela dans un film comique, une grosse pantalonnade hollywoodienne... si le contexte n'avait été tout autre.

« Ne me dis pas que tu t'en fous. »

La voix de Phil se fit plus douce.

« Non, je ne m'en fous pas. C'est dingue, ce qui est arrivé, mais ce n'est pas de notre faute, Ed. On n'a rien fait à cette Ingrid...

— Kelly. Les journaux disent que son vrai nom était Kelly Wade.

— Peu importe. Nous ne sommes pas responsables si elle s'est balancée. On n'a rien fait pour l'inciter à cela, il me semble !

— Je sais, mais...

— Rien du tout ! » Phil était furieux à présent. « La seule chose qui compte pour moi, c'est que je risque d'être interrogé et de voir mon mariage, ma carrière et ma réputation partir en fumée, tout cela parce que mon frère n'arrête pas de pleurnicher pour une pute à moitié camée qui s'est foutue par la fenêtre !

— Tu n'as pas vu son visage, Phil.

— Bien sûr que si !

— Pas quand elle s'est élancée dans la chambre. C'était...

— Je te laisse, Ed. Julie et Kim viennent de rentrer. Reste chez toi, ferme-la et ne prends pas d'initiatives. Compris ? C'est *moi* qui t'appellerai demain.

— Phil ? »

La communication était interrompue.

Ed raccrocha et prit la bouteille de vodka. Il remplit son verre. De l'Absolut Citron. Il n'avait jamais bu grand-chose en dehors du vin ou de la bière, mais il avait entendu dire que la meilleure façon de s'enivrer sans être malade était de boire de la vodka. Le discret parfum citronné de celle-ci la faisait mieux passer.

Il but en faisant la grimace.

Cela ne passait pas si bien que ça.

Il traversa la pièce principale de son luxueux appartement, dédaigna le coin loisirs — chaîne stéréo miniaturisée et écran de télé géant — , passa devant le salon et ses fauteuils en cuir. Il ne voulait rien voir ni entendre, il ne pouvait pas rester en place. Il se planta devant la baie vitrée qui donnait sur Sheridan Square. En temps normal, il était fier de ce coûteux pied-à-terre de Coronado, immeuble sis au coin de Broadway, d'Amsterdam Avenue et de la 70e Rue, en plein territoire yuppie. Aujourd'hui, il le laissait complètement froid.

« Tu n'as pas vu son visage, Phil, dit-il tout haut, les yeux rivés sur le flot des voitures. Tu n'as pas vu son visage. »

Si seulement il avait pu oublier le regard terrorisé de cette fille, une seconde avant qu'elle ne s'élance vers la fenêtre. Si seulement il avait pu chasser de son esprit l'ultime expression de son visage, peut-être aurait-il retrouvé le sommeil. Elle était alors si différente de la femme qui les avait accostés au bar ! Le visage qu'elle lui avait présenté en se retournant vers lui ne révélait plus que la surprise, le dégoût, l'horreur. Pis encore, le désespoir le plus total.

Pourquoi ? Oui, *pourquoi ?*

Il ne cessait de se poser cette question. Et, chaque fois, d'autres questions naissaient en lui.

Qui était cette femme qui se faisait appeler Ingrid mais dont le véritable prénom était Kelly ? Comment avait-elle pu passer, d'une seconde à l'autre, de l'état de fantasme incarné à celui de biche effarouchée ? Qui — ou quoi — avait bien pu la rendre ainsi ? Pourquoi avait-elle sauté par la fenêtre ?

Et surtout : en quoi Ed était-il responsable ?

Il ne dormirait pas tant qu'il ne connaîtrait pas toutes les réponses.

Voilà pourquoi il avait pratiquement consacré tout son temps depuis quatre jours à tenter de situer cette Kelly Wade, infirmière diplômée. Le mercredi, il s'était fait porter pâle et n'était pas allé travailler — il avait effectivement passé une journée épouvantable — , puis il avait tiré jusqu'au week-end. Il avait appelé Phil à plusieurs reprises et cherché à en savoir davantage sur la jeune femme décédée. Il avait eu recours à un certain nombre de ruses et contacté le service du personnel sous les prétextes les plus fallacieux, tout cela pour finir par apprendre qu'elle habitait vers la 60e Rue Est et que son enterrement était prévu pour le samedi suivant à Lancaster, en Pennsylvanie.

Il avait trouvé une certaine *Wade K.* dans l'annuaire de Manhattan, au 335 de la 63e Rue Est. Il avait composé une bonne quarantaine de fois le numéro de téléphone, toujours sans réponse. Ce devait être la bonne adresse.

Quand il en aurait la possibilité, il se rendrait sur place pour jeter un coup d'œil. Sans but précis, uniquement pour se faire une idée du quartier et essayer de glaner quelques renseignements.

Il savait fort bien que c'était à la fois stupide et risqué et que Phil l'étranglerait s'il venait à découvrir son projet, mais il fallait qu'il le fasse. Il avait besoin d'apprendre un détail de la vie de cette femme, un détail — il avait presque honte de nourrir cette idée — *négatif*. Quelque chose qui pût lui faire croire que Kelly Wade avait un long passé entaché par la drogue et le sexe et que tout cela ne pouvait se terminer que de façon dramatique.

Ça ne l'aiderait peut-être pas à dormir la nuit. Ça ne l'aiderait peut-être pas à oublier l'expression de terreur qu'il avait lue sur son visage, mais c'était un début.

Quant aux risques éventuels, il pouvait les écarter. Il lui suffisait de concocter un petit scénario par lequel il expliquerait son intérêt pour Kelly Wade au cas où quelqu'un lui poserait des questions.

Ed alla s'installer dans un fauteuil et se mit à réfléchir.

DIMANCHE 8 FÉVRIER

10 h 20

Rob Harris alluma une cigarette et contempla le ciel. Il était allongé dans son lit, la tête appuyée au dossier. Il pensait à ce qu'il avait fait depuis toutes ces années et où cela risquait de le mener — et cela ne l'enchantait guère.

Il regarda le papier peint jauni qui se trouvait déjà là le jour où il avait emménagé, suite au départ et au mariage de Tony. A son avis, c'était bien la première fois qu'il détaillait réellement cette pièce.

Qui est-ce qui habite ici? se demandait-il.

Il n'y avait pas un tableau au mur, pas une seule photo sur la commode. Une chambre de motel avait plus de personnalité.

Qu'est-ce que j'ai fait?

Il était allé au travail, et c'était tout. Il s'y était tellement investi, dans son sacro-saint Boulot, qu'il n'avait pratiquement laissé sa trace nulle part ailleurs. La seule chose qu'il avait un tant soit peu transformée, c'était la cuisine : il lui fallait bien un peu de place pour tous les ustensiles spécialisés accumulés au fil des années. Mais le reste de l'appartement ? Il avait déjà vu des asiles de nuit avec plus de caractère.

Il piétinait, voilà à peu près tout ce qu'il semblait faire. Mais pourquoi ? Qu'est-ce qu'il attendait ? Que Kara lui revienne ?

Il balaya cette pensée. C'était ridicule. Il ne s'était pas gardé pour Kara. Il y avait eu pas mal de femmes depuis Kara. Il se tourna vers la forme endormie à côté de lui. Connie, par exemple.

Mais il se rendait bien compte que Kara en avait fait largement plus que lui au cours de ces dix années. Elle s'était mariée, elle avait eu un enfant, elle avait fait des études et était en train de préparer un livre. Rob avait déjà son Boulot quand elle l'avait quitté. Il n'avait pas évolué. Et il se sentait... jaloux.

Par association d'idées, il se mit à penser à Kelly et se dit qu'il aurait vraiment dû assister à l'enterrement. Même si Kara lui avait fait comprendre que sa visite à la Pennsylvanie profonde n'était pas nécessaire, même s'il s'y fut trouvé mal à l'aise, il aurait dû y aller. Il n'avait pratiquement pas eu de contact avec Kelly depuis que sa sœur l'avait laissé tomber, mais il sentait qu'il lui devait de s'incliner devant sa tombe et de dire une petite prière.

« Quel pauvre type », dit-il tout haut.

Connie marmonna quelque chose et se tourna sur le dos. Ce mouvement exposa son sein droit, rose et généreux. Rob vit le téton sombre se dresser au contact de l'air froid de la chambre. Connie gémit, puis tira les couvertures.

Rob était adossé, les mains derrière la nuque, et méditait sur sa condition de pauvre type. Le concept de loyauté revenait souvent. Il ne pouvait s'empêcher de penser qu'il avait l'obligation d'être *là* pour tous ceux qu'il connaissait ou avec qui il avait eu des relations personnelles. Kelly Wade, par exemple.

Un pauvre type. Pourquoi est-ce qu'il pensait à elle, un dimanche matin, au lieu de faire la grasse matinée ? Est-ce qu'elle l'avait aidé tout au long des jours, des semaines, des mois difficiles qui avaient suivi le départ de Kara ? Non. Ils avaient déjeuné une ou deux fois ensemble et elle avait essayé de lui expliquer pourquoi Kara refusait de répondre à ses lettres ou à ses coups de téléphone, mais, en règle générale, elle l'évitait et menait sa vie sans s'occuper de Rob Harris. Dans ce cas, pourquoi regrettait-il de ne pas avoir assisté à son enterrement, dix ans plus tard ?

Parce que tu es un flic et qu'elle est morte dans ta ville.

Quelle connerie. Ce n'était pas sa ville, il n'en était pas le maire. Et ce n'était pas lui qui l'avait habillée comme une pute pour aller draguer au bar du Plaza.

Pourtant Kelly avait été une brave fille. Elle était morte en déclassée, mais elle serait toujours dans son souvenir la douce jeune fille d'il y a dix ans. Il sourit. Kara et Kelly Wade. Il se rappelait cette soirée chez McSorley's, et comment les sœurs Wade, avec leurs petits corps bien dessinés, leurs yeux bleus, leurs cheveux blonds et leurs sourires radieux avaient régné sur ce bastion de la virilité.

Il était *impossible* de ne pas les aimer. Elles avaient préparé un petit numéro : « Je suis Kara, la Kelly Girl — Et moi Kelly, la sœur de Kara. » De la part de n'importe qui, ç'aurait été ridicule, mais cela avait eu raison de Rob.

Et bien qu'il fût pratiquement impossible de les distinguer si ce n'est dans leur maquillage — Kelly en mettait toujours un peu plus — , Rob se trouva immédiatement attiré par Kara. Par quelque chose en elle...

Kara.

Finalement, elle ne lui avait apporté que des problèmes. Pourquoi pensait-il à Kara alors qu'il y avait cette femme belle et passionnée couchée auprès de lui ?

Peut-être parce que les instants de bonheur qu'ils avaient eus ensemble, lui et Kara, tenaient de la magie. Il n'avait jamais rien connu de tel, avant ou après.

Mais pourquoi se torturer l'esprit ? La passion, l'intimité et l'extase qu'ils avaient partagées avaient été largement contrebalancées par la colère, les cris et les souffrances. Et quand elle avait finalement dit pouce, ce n'était pas pour rire — elle s'était entièrement retranchée de lui, de cette ville, de tous ceux qu'elle y connaissait. Pas de coups de téléphone, pas de lettres, pas le plus petit mot. Kelly lui avait assuré que Kara vivait parfaitement bien à Elderun, mais qu'elle était résolue à ne plus jamais le revoir. Il ne l'avait pas crue. Il s'était rendu au pays des Amish et avait fini par retrouver la famille Wade. Il avait frappé à la porte de la maison. La mère l'avait fait entrer, mais Kara avait refusé de quitter sa chambre. Il avait attendu des heures auprès de Mme Wade, chaleureuse et patiente, mais Kara n'était pas descendue.

C'est seulement à ce moment que sa caboche d'Irlandais têtu avait fini par accepter l'idée que c'était bel et bien fini.

Il avait eu mal comme jamais auparavant. Comme si on lui avait arraché le cœur.

Rob s'étira. Tout cela, c'était du passé. Le temps guérit toute blessure. Du moins le dit-on.

Kara n'avait certainement pas eu besoin d'autant de temps pour guérir. Dès son retour, elle avait épousé l'Homme de sa vie. Il était mort, maintenant, mais, au moins, elle l'avait rencontré.

Et lui, quand trouverait-il la Femme de sa vie, si une telle personne existait ? Est-ce qu'il l'avait déjà laissée filer ? Ou est-ce que le Boulot remplacerait la Femme, comme c'était le cas pour bien des flics qu'il connaissait ?

Il se demanda de combien de chances l'on disposait.

Il aimait toujours le Boulot, mais ce n'était plus la même chose. Il s'en rendait compte depuis quelque temps. La misère humaine qu'il côtoyait quotidiennement lui paraissait plus profonde, plus émouvante ; et la racaille lui semblait encore plus crapuleuse. Était-ce la ville qui changeait en mal ou bien lui ?

Kara et lui avaient souvent rêvé d'ouvrir un petit restaurant. Kara n'était plus là, mais il y pensait toujours. Il concrétiserait la chose dans une vingtaine d'années, sa pension l'aiderait à faire tourner le restaurant. Il lui suffisait d'attendre que...

Il sentit une main se poser sur l'intérieur de sa cuisse. Il se tourna vers Connie. Elle était réveillée et le regardait. Ses longs cheveux bruns couvraient à moitié ses joues et sa gorge.

« On peut savoir à quoi tu penses ? lui demanda-t-elle.

— A rien de spécial.

— Allez, la tête que tu fais me rappelle la première fois où je t'ai fait manger du sushi.

— D'accord. Je pensais à un meurtre qui n'en est peut-être pas un et je me disais que je ne le saurais probablement jamais.

— Hé, c'est dimanche. Tu n'es pas là pour parler de ton travail, mais pour t'occuper de moi. »

Comme pour bien insister sur ce point, elle fit remonter sa main et se mit à le caresser. Rob éprouva un certain plaisir, mais sans plus. D'ordinaire, il réagissait autrement plus vite que cela.

« Ce n'est pas la grande forme, hein ? fit Connie au bout de plusieurs minutes.

— Pas vraiment, non.

— Je déteste ça quand tu es pris par une affaire. Tu n'es bon à rien d'autre dans ces cas-là.

— Tu ne disais pas ça en octobre 87. »

Elle se mit à rire et lui donna une tape sur le bras.

Il avait rencontré Connie au cours de l'enquête consécutive à un cambriolage perpétré dans l'Upper West Side. Son appartement était situé sur le même palier ; elle avait entendu des bruits suspects et, comme elle savait que ses voisins passaient la semaine à Tortola, elle avait appelé la police. Rob l'avait interrogée et avait appris qu'elle travaillait dans la finance auprès des frères Saloman. Quelques jours plus tard, elle lui avait demandé de repasser chez elle : elle se souvenait de certains détails. Elle lui avait ouvert la porte... complètement nue. Ils n'avaient pas cessé de se voir depuis.

L'un comme l'autre savaient très bien que cela ne les mènerait nulle part. Ils n'avaient pas de problèmes au lit, mais en dehors, oui. Ils évoluaient dans des cercles radicalement différents. Un jour, Rob avait emmené Connie chez Leo's, le bistrot où la plupart des flics de son district venaient prendre un verre. Leur annexe, en quelque sorte. Elle avait détesté cet endroit. Et Rob se sentait vraiment très loin de ses amies yuppies.

« On sort prendre un brunch ? demanda-t-elle.

— Un brunch ? Je ne prends jamais de brunch. »

Connie sauta du lit et se dirigea vers le miroir accroché au-dessus de la commode. Jamais Rob n'avait rencontré de femme qui fût aussi peu gênée par sa propre nudité. Peut-être parce qu'elle avait un corps superbe et le savait. Elle prit une brosse dans son sac et entreprit de se coiffer.

« Mais si. Chaque fois que tu demandes un petit déjeuner quand il est l'heure de déjeuner, tu fais un brunch.

— Bon, vas-y pour le brunch. »

Elle se tourna vers lui, les yeux brillants.

« J'ai une superbe idée ! On va aller dans ce café que Pete McCarthy et moi avons découvert dans Columbus Avenue. Chez Julio's.

— Encore un repaire de yuppies !

— Pas du tout. Cet établissement a vraiment de la classe. C'est un bar populaire qui a résisté à la gentrification. C'est si original, tu verras.

— Ce n'est pas ton genre, dirait-on.

— Pourtant si. En fait, cela ressemble un peu à Leo's, mais les hamburgers y sont géniaux. Pete et moi gardons le secret. Nous n'en parlons qu'à nos intimes, sinon ce serait la cohue.

— Super pour un dimanche, écouter tes amis parler de fric, dit-il en écrasant sa cigarette. C'est presque aussi marrant qu'un rappel de tétanos.

— Mais non. » Elle mit son slip et son soutien-gorge. « Ça te plaira. »

Rob secoua la tête. « C'est sûrement trop hilarant pour moi. Je crois que je vais y renoncer. »

Il ne s'adonnait pas vraiment au mouvement anti-yuppies.

C'est vrai, ils avaient plutôt l'air superficiels, mais il serait certainement comme eux si ses revenus se trouvaient décuplés du jour au lendemain. Non, il n'avait tout simplement rien à dire à ses amis. Eux voulaient l'entendre parler de son travail de policier, mais c'était bien la dernière chose qu'il eût faite un jour de congé.

« Tu vas venir, dit-elle en boutonnant son chemisier de soie. On va repasser chez moi et ensuite on ira chez Julio's. »

Rob ne réagit pas.

« Alors, tu viens ?

— Non, Connie, dit-il. Je trouve ça pénible. »

Ses yeux lancèrent des éclairs de fureur.

« C'est *toi* qui es pénible, Rob ! Tu fais la gueule depuis plusieurs jours. Mais qu'est-ce que tu as ? »

Rob n'avait pas du tout envie de se disputer ce matin.

« Rien, Connie. Laisse tomber.

— Laisser tomber ? Ah oui, je vais laisser tomber, mais il n'y a pas que ça que je vais laisser tomber ! Tu n'es pas marrant, Rob ! Et au lit, ce n'est pas la grande forme ! » Elle se dirigea vers la porte de la chambre. « Rendez-vous au cinéma !

— C'est ça. Dis bonjour pour moi à Pete McCarthy. »

Quelques secondes plus tard, les murs de l'appartement tremblèrent quand elle claqua la porte. Rob soupira.

« Les femmes... »

Il alluma une autre cigarette et se remit à contempler le ciel.

LUNDI 9 FÉVRIER

9 h 47

« Ça sent bizarre ici », dit Jill en fronçant le nez.

Kara toussota. « Plutôt, oui. »

Ça sent comme s'il y avait quelque chose de crevé.

C'était une pensée quelque peu déplacée, ici, dans l'appartement de Kelly. Sa sœur lui en avait confié la clef plusieurs années auparavant en lui disant qu'elle était à tout moment la bienvenue et qu'elle pouvait débarquer sans prévenir.

Kara laissa la porte ouverte.

« Attends-moi ici. »

Elle laissa Jill dans le couloir auprès de leurs sacs de voyage et jeta un coup d'œil, rapide dans toutes les pièces. Il n'y avait personne, pas d'intrus. L'odeur était plus forte dans la cuisine. Kara ouvrit la porte du placard sous l'évier et trouva la responsable : une barquette de cuisine chinoise. Elle ferma hermétiquement le sac poubelle et l'emporta dans le couloir. Elle le mettrait plus tard au vide-ordures.

« Problème réglé, dit-elle à Jill.

— C'était quoi ?

— Du riz cantonais de la semaine dernière, je pense.

— Beurk !

— Tout juste. »

Kara aida Jill à ôter son manteau avant de se débarrasser du sien. Elle se sentait un peu mal à l'aise dans cet appartement, elle se faisait l'effet d'être une profanatrice de sépulture, un vautour charognard. Mais il n'y avait pas que le riz cantonais qui était pourri. Dans la vie de sa sœur, quelque chose s'était mis à clocher. Et elle voulait savoir quoi.

Elle se tenait au milieu de la pièce principale. Elle tourna lentement sur elle-même.

Une pièce si ordinaire.

Cette banalité était certes rassurante, mais elle ne répondait malheureusement pas aux questions qui avaient amené ici Kara.

Le mobilier était discrètement moderne, quoique pas tout neuf. Sur les murs, il y avait deux aquarelles originales représentant des champs en fleurs ainsi que des affiches encadrées présentant quelques-uns des Van Gogh exposés au Metropolitan Museum. Sur une table étaient posées des photographies de Jill, de Kara et de Mme Wade. Un énorme ouvrage, *l'Art de Walt Disney,* reposait sur une table basse, à côté d'une pile de magazines de l'association des infirmières.

C'était bien là la Kelly qu'elle connaissait. Ce n'était ni une obsédée sexuelle, ni même une fille un peu légère, mais une personne solide comme un roc, qui aimait sincèrement son métier et la vie un peu folle de New York. Une jeune femme douce et attirante. Bien qu'elles fussent de vraies jumelles, Kara avait toujours pensé que Kelly avait quelque chose de plus qu'elle. Elle avait eu quelques histoires d'amour et en avait toujours parlé à Kara. Une fois ou deux, elle avait cru trouver l'Homme de sa vie. Quant à Tom, son ami le plus récent, il avait négligé de lui confier un détail important de son existence : sa femme et son gosse qui l'attendaient à Long Island.

Kelly paraissait se remettre de ce genre de désillusion comme de toute autre chose. Kara avait souvent regretté de ne pas être aussi forte, aussi fataliste que Kelly. C'était probablement pour cela que Kelly avait pu rester à New York et pas Kara : Kelly pouvait prendre la ville telle qu'elle se présentait à elle, Kara en avait sa propre conception.

Oui, c'était pour cela que Kara vivait en Pennsylvanie et Kelly à New York.

Et c'était peut-être également pour cela que Kelly était morte à New York.

Oui, mais moi, qu'est-ce que je suis venue faire ici ? se demandait Kara.

Pour dénicher un indice, n'importe quoi qui pût l'aider à comprendre ce qui était arrivé. Elle découvrirait pourquoi et comment Kelly avait tant changé ou était devenue à moitié folle à force d'essayer. Et, pour ce faire, elle mettrait l'appartement à sac s'il le fallait.

« Quand est-ce qu'on va chez tante Ellen ? lui demanda Jill.

— Bientôt. Je jette d'abord un petit coup d'œil d'accord ? »

Kara trouva un programme de télévision dans lequel sa fille se plongea, puis elle se dirigea vers la chambre. C'était par là qu'elle commencerait.

Rien.

Kara devait reconnaître que sa sœur était extraordinairement banale. Ce n'était pas un défaut, certes, mais, dans le cas présent, c'était plutôt stupéfiant.

Comment une femme pouvait-elle devenir « figure de légende » au bar du Plaza alors qu'elle buvait de la bière New Amsterdam, lisait Agatha Christie, Ed Gorman et John D. MacDonald, portait une robe de chambre en flanelle et avait été élue « Infirmière de l'année » de l'hôpital St Vincent à deux reprises au cours des cinq dernières années ? Son plus grand vice semblait être la crème de gruyère.

Les drogues ? Dans le tiroir du haut de la table de nuit, Kara avait trouvé un flacon de médicaments que lui avait prescrit un certain Dr Gates : « Halcion 0,25 mg. Un comprimé au moment du coucher. » Il en restait une vingtaine, ovales, bleus, au fond du flacon en plastique. Kelly souffrait donc d'insomnie ? Peut-être était-ce important, peut-être pas. L'armoire à pharmacie de la salle de bains la renseigna encore moins. Le médicament le plus puissant devait y être le Tylénol.

Kara ne put s'empêcher de secouer la tête en découvrant les innombrables produits de soins et de beauté soigneusement rangés sur la tablette de la salle de bains et sur le lavabo.

Regardez-moi ça !

Une crème hydratante pour le corps émanant de chez Giorgio de Beverly Hills ; des produits Lancôme : Progrès, Frescabel, Savon crème exfoliant, Effacil ; des shampoings et gels pour les cheveux de chez Sebastian ; mais c'était sans conteste Chanel qui avait de loin toutes ses préférences : Lotion n° 1, Crème n° 1, Fluide n° 1, Crème exfoliante, Lift Serum Correction Complex, Lotion Vivifiante, Démaquillant Fluide, Huile pour le Bain, Poudre après Bain de luxe, Crème pour le corps n° 5, Masque Lumière. Un flacon de Doussintim était posé au bord de la baignoire. Les tiroirs étaient pleins d'eye-liners, d'ombres à paupières, de tubes de rouge à lèvres, de produits de maquillage les plus divers.

Kara ne cessait de s'étonner de la crédulité de son sexe. Elle lui paraissait ne pas devoir connaître de limites. En dépit de décennies d'efforts incessants, le monstre de cynisme et de voracité qu'était l'industrie des cosmétiques ne cessait de se développer. La salle de bains de Kelly en était la preuve.

Kara avait toujours éprouvé une sourde colère à l'égard des cosmétiques et de leurs promesses creuses d'une hypothétique jeunesse éternelle. Elle avait même vendu quelques articles sur ce sujet — à des magazines féministes, bien entendu, des revues qui ne craignaient pas de perdre les apports publicitaires des cosmétologues, puisqu'ils n'y faisaient pas de publicité. En les écrivant, elle s'était demandé ce qui la poussait à agir de la sorte. Elle ne faisait que prêcher des converties. Ces articles n'étaient cependant pas tout à fait inutiles : ils la faisaient connaître, alimentaient son compte en banque et lui donnaient une aura d'écrivain quand elle contactait des éditeurs. Ses articles avaient aussi quelque chose d'unique, en ce que leur poison ne s'adressait pas à la seule industrie cosmétique. Elle fustigeait également la femme moderne, victime de cette duperie permanente.

Elle fut chagrinée de voir à quel point sa jumelle était tombée dans le panneau. Quant à ce que toutes ces cochonneries avaient dû coûter...

Kara se dit que les infirmières qualifiées ne devaient pas être payées aussi mal que ça.

Elle avait maintenant la preuve que Kelly atteignait le nirvana à coups de crèmes émollientes, mais nulle part elle ne trouva quelque chose qui ressemblât à une drogue illégale ou à un accessoire nécessaire à sa consommation : joint, gélule anonyme, miroir couvert d'une poudre blanche, petite cuillère tordue ou même lame de rasoir.

Elle avait fouillé la chambre, mis à sac la salle de séjour, vidé les boîtes des placards de cuisine.

Rien.

Les placards renfermaient les blouses d'infirmière de Kelly et un certain nombre de vêtements, quelques-uns assez coquins sans être vraiment provocants.

Elle trouva sous la télé des cassettes vidéo qui ne portaient pas d'étiquettes, mais n'étaient visiblement plus vierges. Elle se mordit la lèvre en se demandant ce qu'il pouvait bien y avoir dessus. Des pornos ? Kelly aurait-elle...

Jill regardait *Le Juste Prix*.

« Jill, lui dit-elle, je peux avoir la télévision quelques minutes ?

— Bien sûr. C'est toujours pareil. Et puis, ça exploite les femmes. »

Kara avait commencé très tôt à éveiller la conscience de sa fille. Parfois, elle se demandait si elle avait eu tort ou raison. Jill était souvent *trop* consciente des choses.

« *Le Juste Prix ?* dit Kara en se tournant vers l'écran où une mémère obèse battait des mains en sautant sur place. Tu le penses vraiment ?

— Toutes ces femmes ont l'air si stupides. On les exploite.

— Pas vraiment. Ce sont elles-mêmes qui se rendent stupides. *Le Juste Prix* est plutôt le chantre du matérialisme.

— C'est quoi, "le chantre du matérialisme" ? »

Kara eut une inspiration soudaine qui lui permettrait d'éloigner Jill du poste pendant quelques minutes.

« Il y a un dictionnaire, tu devrais regarder.

— D'accord. »

Tandis que Jill se dirigeait vers la bibliothèque, Kara glissa la cassette dans le magnétoscope et enclencha la lecture. En découvrant le générique de *Une femme de tête,* elle en aurait pleuré de soulagement. C'était le film préféré de Kelly. Sur l'autre cassette, il y avait *Le père de la mariée,* également un de ses films préférés.

Elle appela Jill.

« Tiens, viens plutôt voir ça. »

Kara s'en retourna dans la chambre et souleva le matelas pour voir s'il n'y avait rien de caché.

Non, il n'y avait rien, mais ce faisant, elle fit basculer la table de nuit avec sa lampe de chevet.

Et alors elle découvrit la cachette.

Kara avait déjà regardé dans les tiroirs et n'y avait trouvé que de vieux romans policiers. Elle n'avait pas complètement sorti le tiroir du fond. Elle serait alors tombée sur un véritable petit trésor.

Des sous-vêtements affriolants. Le genre de chose que propose Frederick's of Hollywood — slips fendus, soutien-gorge pigeonnants, porte-jarretelles écarlates ou bleu lavande. C'était la même chose sous l'autre table de chevet.

Quelque peu écœurée, Kara ouvrit l'armoire et retira les tiroirs. Dans un espace spécialement aménagé à cet effet, elle trouva des mini-jupes en cuir fendues sur le côté et des chemisiers très échancrés.

Kara éprouva une profonde tristesse pour sa sœur.

Qu'est-ce que tu cherchais, Kelly ? Qu'est-ce qui manquait à ta vie pour que tu ailles porter ces... saloperies ?

La tristesse céda la place à la colère. Pourquoi Kelly ne s'était-elle pas confiée à elle si elle avait un problème ? Pensait-elle ne pas pouvoir compter sur sa propre sœur ? Pourquoi Kelly l'avait-elle écartée au lieu de l'appeler au secours ?

Kara contempla la chambre en désordre. Elle ne connaîtrait peut-être jamais la vérité. Il devait bien y avoir une explication au fait que Kelly achetait des vêtements vulgaires et les cachait...

Un instant.

Les cachait ? Pourquoi Kelly aurait-elle dû dissimuler ses achats au fond d'un meuble ?

Kelly vivait seule.

Cela n'avait pas de sens. Kara avait fouillé le moindre recoin de l'appartement. Tout appartenait à Kelly. Personne d'autre n'habitait ici. Il n'y avait que Kelly.

Alors... à qui Kelly cachait-elle ces vêtements ?

C'était à peu près l'heure du déjeuner et Jill avait faim. Kara prépara un bouillon de poule au vermicelle.

Elle n'aurait pas pu avaler autre chose.

Puis elle prit dans son sac la carte de visite de Rob. Le moment n'était pas plus mauvais qu'un autre pour lui passer un coup de fil.

A la troisième sonnerie, il répondit.

« Harris.

— Rob ? C'est Kara Wade.

— Oh, Kara ? Je suis content de t'entendre. Tout va bien là-bas ? »

Là-bas. Il la croyait en Pennsylvanie. Autant ne pas le détromper. S'il la savait en ville, il voudrait l'emmener dîner quelque part et Kara ne pensait pas que ce fût une bonne idée. Pas quand Jill était là.

« Comme ci comme ça.

— L'enterrement... ?

— C'était pénible, mais ç'aurait pu être pire. Merci pour les fleurs.

— J'aurais dû venir...

— C'était très bien comme ça. » Kara hésita à lui poser la question qui lui brûlait les lèvres parce qu'elle en connaissait déjà la réponse. « Tu les as attrapés ?

— Non. » Elle perçut de la frustration dans son soupir. « Pas encore.

— Je m'y attendais.

— Ne recommence pas, Kara, ce n'est pas juste.

— Ah oui ? » C'était maintenant sa propre frustration qui éclatait. « Elle se serait appelée Ivana Trump, vous auriez déjà quelqu'un sous les verrous !

— Je ne sais rien de plus, Kara.

— Tu m'as dit que tu avais une description des deux hommes et le relevé de leurs empreintes digitales ! C'était il y a cinq jours !

— Oui, mais ce n'étaient pas des habitués du bar et ils n'y sont pas revenus depuis. Quant aux empreintes, elles ne nous servent à rien.

— Pourquoi cela ?

— Elles ne sont fichées nulle part. C'est assez logique, d'ailleurs.

— Explique-toi.

— Eh bien, ça corrobore la théorie de la drague. Si Kelly a choisi ces deux types au hasard parmi tous les consommateurs, il est très possible qu'ils n'aient pas de casiers judiciaires. S'ils n'ont pas de casiers, s'ils n'ont pas fait de demande de permis de port d'armes et n'occupent pas des postes touchant à la sécurité, il y a de grandes chances pour que leurs empreintes ne soient répertoriées nulle part, ni chez nous ni chez les Feds.

— Je vois. »

Elle sentit la colère monter à nouveau en elle. Elle aurait voulu crier, mais s'en garda bien pour ne pas affoler Jill.

« En un mot, tu n'en sais pas plus que jeudi dernier sur les meurtriers de Kelly.

— Je l'avoue. » Il hésita un instant. « Et je dois te dire que nous ne sommes même pas sûrs qu'il s'agit d'un meurtre.

— *Quoi* ?

— Écoute-moi, je t'en prie. Les experts disent qu'il n'y a pas de traces de lutte dans la chambre. Ils ne peuvent même pas affirmer si les deux types qu'elle a rencontrés étaient *encore* avec elle quand elle est passée par la fenêtre. »

Kara se sentit parcourue d'un frisson glacé.

« Ils veulent dire que Kelly a *sauté ?*

— Non, on n'en est pas là. Mais rien ne vient étayer l'idée qu'on a pu la pousser. Le légiste est d'accord. Il dit qu'elle n'a pas été frappée et que, si elle a été jetée par la fenêtre, elle ne s'est pas débattue — pas d'ongles cassés, pas de peau sous les ongles, pas de marques à la paume de la main. Les témoins disent qu'elle a crié tout au long de sa chute, elle était donc consciente.

— Kelly ne se serait pas suicidée », dit Kara tout en sachant que sa voix ne traduisait pas sa pleine conviction.

Après ce qu'elle venait de découvrir, elle n'était plus sûre de rien en ce qui concernait sa jumelle. Mais il restait tout de même un flacon de somnifères pratiquement entier dans le tiroir de sa table de nuit. Elle aurait très bien pu les prendre pour mettre fin à ses jours.

« Nous avons rencontré pas mal de ses collègues à St Vincent. Celles qui la connaissaient le mieux l'avaient trouvée assez différente ces derniers temps, pour ne pas dire déprimée. »

Kara réfléchit. Il n'était pas faux de dire que Kelly était légèrement différente depuis un an. Elles s'étaient vues un peu moins souvent et, dans ces moments-là, elle paraissait quelque peu renfermée. Mais de là à se suicider...

Si elle avait un problème insurmontable, pourquoi n'est-elle pas venue m'en parler ?

Kara se sentit soudainement assez déprimée à son tour.

« Est-ce que cela veut dire que Kelly doit être décrite comme une cinglée qui s'est balancée par la fenêtre d'un hôtel ?

— Non, certainement pas. Je ne retiens pas cette théorie. »

Cette dernière phrase lui remonta un peu le moral.

« Pourquoi donc ?

— Kelly a dû percuter cette fenêtre avec une force étonnante pour la traverser ainsi qu'elle l'a fait. Les suicidés ne pratiquent pas ainsi. Ils ouvrent la fenêtre, montent sur le rebord et sautent. Ce n'est pas du tout ce que Kelly a fait. Et puis, j'ai emprunté ses clefs pour effectuer une fouille rapide de son appartement, le lendemain de sa mort. Elle n'avait laissé aucun mot expliquant son acte. »

Kara s'expliquait enfin certains objets mal rangés qu'elle avait remarqués au cours de sa propre fouille.

« On en revient donc au crime, dit-elle.

— Je ne sais pas où on en est, Kara, dit Rob d'une voix lasse. Mais ce que je peux te promettre, c'est que je ne laisserai pas tomber l'affaire aussi longtemps que je n'en serai pas dessaisi.

— Merci, Rob. » Elle le croyait. « Je pourrai te rappeler ?
— Quand tu veux, tu le sais bien.
— Merci. »

Elle raccrocha et regarda les papiers qu'elle avait sortis d'un des placards. Elle allait devoir tout lire pour trouver une réponse.

Kelly se serait suicidée ? Impossible.

« C'était tante Ellen au téléphone ? » lui demanda Jill.

Kara éprouva le besoin formidable de lui avouer la vérité. *Non, poussin, c'était ton père.*

« Non, seulement un inspecteur. »

Elle dévisagea Jill. Elle ressemblait tant à Rob. L'idée que Jill et Rob pussent se trouver dans la même ville avait quelque chose d'énervant. S'ils se rencontraient, leur ressemblance ne leur échapperait pas. Il saurait alors qu'il a une fille.

Rob était un brave garçon. Le fait de le revoir avait atténué son sentiment de culpabilité. Elle n'aurait jamais dû lui dissimuler sa grossesse. Elle le comprenait fort bien aujourd'hui, mais, à l'époque, il lui semblait ne pouvoir agir autrement. Rien au monde ne l'aurait fait renoncer à cet enfant, mais rien n'aurait pu la convaincre de l'élever dans cette ville. Rob ne voulait déménager en aucun cas. Elle aurait pu lui faire du chantage pour le contraindre à démissionner du NYPD et à s'établir en banlieue, mais quel genre de mariage et d'existence aurait-ce été ? Il se serait senti prisonnier, otage. Il en aurait voulu à Kara et, peut-être même, à leur enfant. Pour tout le monde, la vie aurait été insupportable.

Kara avait donc dû se résoudre à prendre la décision la plus pénible de toute son existence. Elle avait quitté l'homme qu'elle aimait et s'en était revenue chez elle pour donner naissance à son enfant et l'élever seule. Cette idée avait choqué, embarrassé, voire blessé sa mère, et même Kelly s'était dit qu'elle était complètement folle, mais elles étaient restées à ses côtés. Pendant un certain temps, la ferme connut pas mal de discussions. Puis Jill vit le jour et tout redevint comme avant.

Non, élever seule un enfant n'était pas chose facile, mais Kara y était parvenue. Elle avait fait cela loin de la ville, en toute sécurité, et elle avait pu transmettre à Jill les valeurs en quoi elle croyait. Elle était fière du résultat. Jill était à son image et elle l'aimait plus intensément que tout ce qu'elle avait pu aimer jusque-là.

Mais avait-elle besoin d'un père ? Cette question hantait Kara depuis dix ans. Bientôt les questions vagues que Jill posait à propos d'un père qu'elle ne connaissait pas se feraient plus insistantes. Et les réponses vagues ne suffiraient plus. Que devrait-elle faire alors ?

Et Rob ? Kara se rendait bien compte qu'elle le considérait toujours avec beaucoup de bienveillance. Il avait le droit de savoir qu'il avait une fille, et Jill celui de savoir qu'elle avait un père.

Ce qui lui avait toujours paru si net, si franc, si tranché n'était plus aujourd'hui que confusion. Le chaos le plus total. Et il faudrait bien qu'elle y remette de l'ordre.

Un jour, se dit Kara. Oui, un jour, elle les mettrait en contact, tous les deux, en souhaitant très fort que tous deux lui pardonnent.

17 h 45

« Alors, on va chez tante Ellen ? » dit Jill.

Elle avait un ton geignard, ce qui voulait dire qu'elle avait faim.

« Après dîner.

— Où est-ce qu'on va manger ?

— N'importe où du moment qu'il n'y a pas la queue », dit Kara en aidant Jill à enfiler son manteau. En venant, elles étaient passées devant un établissement, le Pancho Villa, à quelques pâtés de maisons de là, sur la Première Avenue. « Ça te dirait de manger mexicain ?

— C'est quel genre ?

— Des tacos, par exemple. On en a déjà mangé, tu te rappelles ?

— Je crois que oui. Dis, maman, tu es en colère ? »

Cette question prit Kara par surprise.

— Non, Jill. » Elle lui sourit. « Je ne crois pas tout au moins. Pourquoi tu me demandes ça ?

— Tu as la tête de quelqu'un qui est en colère.

— Vraiment ? » *Elle a raison,* se dit-elle, *je le suis probablement.* « Désolée. Je ne voulais pas. En fait, je ne suis pas en colère, seulement un peu frustrée. Mais ça n'a rien à voir avec toi.

— Tu es frustrée ?

— Écoute, imagine que tu fais du canoë sur une rivière et que tu veux t'arrêter à un endroit précis de la rive, mais que le courant ne cesse de t'entraîner. Tu pagayes très fort, mais le courant est plus fort que toi et tu t'éloignes de plus en plus. Qu'est-ce que tu éprouverais ?

— J'aurais peur.

— Et tu aurais de quoi ! » dit-elle en serrant sa fille dans ses bras.

Peut-être que moi aussi j'ai peur.

Peur, parce qu'elle ne parvenait pas à appréhender ce qui avait bien pu se passer dans la vie de sa sœur jumelle. Kelly était devenue une énigme. Kara se posait encore plus de questions. Si l'on excepte les vêtements cachés, tout ce que Kara avait découvert était d'une banalité navrante. Elle avait fouillé dans les papiers de Kelly pendant la majeure partie de l'après-midi. Sa sœur était visiblement très ordonnée. Kara avait retrouvé un exemplaire du bail de l'appartement, les garanties et les manuels d'utilisation de tous les appareils électroménagers ainsi qu'un carton à chaussures rempli de factures et de tickets de caisse — pratiquement tout ce qu'elle avait acheté l'année précédente, en fait. Kelly se préparait, semblait-il, à faire sa déclaration d'impôts. Mais il n'y avait pas la moindre facture relative aux sous-vêtements sexy.

Bon sang, il y avait même les tickets de caisse des tubes de dentifrice ! Pourquoi n'y avait-il pas celui de la mini-jupe en cuir ?

Pourquoi la partie sordide de l'existence de Kelly était-elle si soigneusement cloisonnée ? A qui voulait-elle la dissimuler ?

Kara avait toujours cru connaître sa sœur. Elle en venait à se demander si elle ne s'était pas toujours trompée.

Il y avait au moins quelqu'un qui savait quelque chose : le Dr Gates, celui qui avait prescrit des somnifères à Kelly. Kara avait appelé la pharmacie où les médicaments avaient été achetés et on lui avait répondu que le Dr Lawrence Gates était psychiatre à Chelsea. Cette spécialité n'étonna pas Kara. Peut-être était-ce de cela que Kelly avait besoin. Dès demain, elle contacterait ce praticien.

Demain. Elle frémissait à l'idée de devoir dormir en ville, mais elle ne voyait pas comment faire autrement. Faire des heures en voiture était totalement ridicule. Et puis tante Ellen lui demandait depuis des années de venir passer quelques jours chez elle. Kara allait enfin lui faire plaisir. Elle n'avait pas à se presser à l'appartement, le carnet de chèques de Kelly indiquait que le loyer était payé jusqu'à la fin du mois.

« En route, dit-elle à Jill, c'est l'heure des tacos. »

Elles franchirent la porte de l'immeuble pour trouver le froid et la nuit et manquèrent rentrer dans un homme qui attendait en haut des marches.

« Excusez-moi », dit-il avec une ébauche de sourire.

Kara se préparait à lui rendre son sourire quand elle le vit écarquiller les yeux et changer littéralement de couleur.

« Mon Dieu, c'est toi ! s'écria-t-il. Tu es vivante ! »

Surprise, Kara serra Jill contre elle et se colla à la porte qui venait de se refermer.

« Qu'est-ce qu'il dit, maman ? » demanda Jill. Kara perçut de la terreur dans sa voix. « Qu'est-ce qu'il nous veut ? »

Kara ne répondit pas. Son esprit passait en revue toutes les prises qu'on lui avait enseignées aux cours d'autodéfense pour femmes. Mais il y avait une différence entre un plancher recouvert de matelas de gymnastique et un escalier en béton.

L'homme ne semblait pas menaçant. Il était plus troublé qu'autre chose. Il recula de quelques pas. Elle vit qu'il était bien habillé — la quarantaine, le genre cadre supérieur — , mais cela ne prouvait pas qu'il n'était pas cinglé. Kara attaqua de façon purement verbale.

« Je ne sais pas quel est ton problème, mon vieux, dit-elle de sa voix la plus grave, mais tu vas dégager et vite fait ! »

Du bas des marches, il la dévisagea. Il reprenait peu à peu des couleurs.

« Je suis... je suis vraiment désolé, dit-il d'une voix tremblante. Un instant, je vous ai pris pour quelqu'un d'autre, mais je vois bien que je me suis trompé. Vos cheveux sont plus raides, elle n'était pas maquillée comme vous... »

Une idée vint à l'esprit de Kara.

« Vous connaissiez ma sœur ? »

L'homme se raidit comme s'il allait s'enfuir à toutes jambes.

« Votre sœur ?

— Oui, Kelly Wade. »

L'homme regarda autour de lui, l'air indécis. Puis il prit son souffle et se tourna vers Kara.

« Oui. Je la connaissais. C'est terrible... ce qui lui est arrivé.

— Vous la connaissiez bien ?

— Non, très peu en fait. »

Les espoirs de Kara furent déçus. Cet individu ne lui serait d'aucun secours.

« Vous habitez ici ? lui demanda-t-elle.

— Euh, non. Je venais simplement, euh, voir s'il y avait quelqu'un de la famille pour lui présenter mes condoléances.

— Je suis de la famille.

— Oui, je le vois bien. » Il eut un sourire nerveux et rapide. « Vous pourriez être sa sœur jumelle.

— Je le suis effectivement. »

Autre sourire extrêmement rapide.

« Cela ne m'étonne pas, la ressemblance est étonnante.

— Et voici ma fille, la nièce de Kelly.

— Comment allez-vous ? » dit-il à Jill. Kara apprécia qu'il s'adressât directement à la petite fille. « Je suis terriblement désolé pour ce qui est arrivé à votre sœur, dit-il à Kara. Je ne sais pas trop quoi vous dire. »

Kara eut une idée. Ce type semblait inoffensif et sincèrement bouleversé. Il était la première personne à avoir connu Kelly qu'elle rencontrât de la journée. Peut-être pourrait-il lui parler des derniers mois de la vie de sa sœur à New York.

« Nous allions manger un morceau. Vous voulez nous accompagner ? »

Tant qu'ils restaient dans un lieu public, un restaurant, quel mal y avait-il ?

« Oh non, dit-il. Je dois m'en aller.

— Bien, dit Kara en descendant les marches. Au revoir. »

Elles n'avaient fait que quelques mètres sur le trottoir quand il les rattrapa.

« Quelques minutes alors.

— Bon, dit Kara en lui tendant la main. Je m'appelle Kara Wade. »

Il la lui serra et sembla réticent à dire son propre nom.

« Et moi, je m'appelle Ed, dit-il enfin. Ed Bannion. »

« Je l'ai rencontrée à l'hôpital St Vincent, dit Ed. Elle s'est très bien occupée de ma mère quand on a dû l'opérer de la vessie. Il y avait eu des complications. J'ai beaucoup apprécié. »

Ils étaient assis près de la fenêtre au premier étage du Pancho

Villa. Kara léchait le sel déposé sur le rebord de son verre de margarita et regardait la circulation s'intensifier tandis que la nuit tombait. Jill était installée à côté d'elle ; elle trempait des chips épicées dans une coupelle de salsa et écoutait un guitariste chanter doucement à deux tables de là. En face d'elle, Ed buvait également une margarita.

L'endroit était bien éclairé et Kara pouvait constater que cet homme avait plutôt bonne allure : la trentaine bien sonnée, des cheveux bruns qui se dégarnissaient. Il aurait été plus attirant s'il avait eu l'air moins fatigué. Il avait de grands traits noirs sous les yeux. Il paraissait très tendu.

« Donc vous ne travaillez pas à l'hôpital ? lui demanda Kara.

— Bien sûr que non. Pourquoi me demandez-vous cela ?

— Je croyais que vous étiez médecin.

— Non, je suis juriste.

— Vous connaissiez bien Kelly ?

— Pas vraiment, non. Nous avons déjeuné ensemble une ou deux fois. Je l'aimais bien. » Il haussa les épaules. « Un jour, peut-être, cela aurait pu... »

Kelly hocha la tête, elle comprenait.

« Je sentais bien que c'était une personne très spéciale, mais je ne savais rien de sa vie. Peut-être pourriez-vous m'en dire plus ? » ajouta-t-il.

Kara lui parla du goût de Kelly pour les romans policiers et le folk des années 60, elle lui raconta que son délassement préféré constituait à s'installer dans un bon canapé pour lire John MacDonald en écoutant les Byrds ou le Lovin' Spoonful et en grignotant des gâteaux à apéritif. Elle aimait Van Gogh et raffolait des films avec Spencer Tracy et Katharine Hepburn. Jill ajouta à ce portrait quelques anecdotes plus personnelles.

Ed l'écoutait avec attention. Voire avec un certain étonnement, comme s'il entendait des choses inattendues.

Le guitariste s'approcha de leur table et leur demanda s'ils désiraient un morceau particulier. Il était vêtu à la mexicaine, avec un grand sombrero. Kara allait répondre non quand Jill lança le titre de la seule chanson mexicaine qu'elle connût :

« La Bamba ! »

Kara et Ed écoutèrent poliment le chanteur. Son interprétation était plus traditionnelle que celle de Richie Valens ou de Los Lobos à laquelle Jill était habituée, mais elle paraissait néanmoins emballée.

Kara se rendait bien compte que cette discussion ne mènerait à rien. Ed en savait encore moins qu'elle sur la vie à New York de Kelly. Mais, pour l'instant, elle ne voyait pas comment mettre un terme à leur entretien.

Tous trois applaudirent quand le chanteur eut terminé. Il ajoutait une note plutôt sympathique à l'ambiance du restaurant, mais Kara fut heureuse de le voir passer à une autre table.

« Maman, je peux aller l'écouter ? dit Jill.

— Bien sûr, mais ne le dérange pas. »

Ed sourit en la voyant sortir de table.

« Je crois qu'il s'est fait une admiratrice.

— Jill aime beaucoup la musique, dit Kara. Kelly était comme elle.

— Quelle tristesse, dit Ed en baissant la tête. J'ai été si choqué en apprenant sa chute.

— Sa chute ? » Kara s'assura que Jill ne pouvait pas les entendre. « Kelly n'est pas tombée ! Elle a été poussée ! »

Ed redressa la tête. Il était blême et avait les yeux hagards.

« Non ! Elle est tombée ! C'était un accident ! »

Kara s'étonna de sa véhémence.

« Pourquoi dites-vous cela ?

— Parce que, fit-il avec une certaine maîtrise de soi, je ne peux pas croire que quelqu'un ait pu lui vouloir du mal.

— Moi non plus », dit Kara.

C'était une conclusion des plus logiques : qui aurait pu lui nuire au point de la tuer ?

« Mais malheureusement c'est ainsi, reprit Kara. Elle a été assassinée.

— Mon Dieu ! »

Il était vraiment bouleversé, se dit Kara, et il devait plus s'intéresser à elle qu'il ne voulait bien le dire. Visiblement, il ne savait rien du comportement sexuel plutôt étrange de Kelly — et ce n'était pas elle, Kara, qui lui révélerait quoi que ce soit.

« Désolée de vous avoir dit ça, fit Kara.

— C'est si brutal. Est-ce que la police a... une idée ?

— Pas la moindre, dit Kara sans chercher à dissimuler son amertume. Ils ont la description de deux types et une série d'empreintes, mais pas de suspect.

— Ils... touchent au but ?

— Apparemment non. Et j'ai bien peur qu'ils laissent tomber s'ils ne découvrent rien dans les jours qui viennent. En tout cas, moi, je n'abandonnerai pas. Je les harcèlerai. Je ne veux pas que le dossier de Kelly soit renvoyé au service des affaires classées.

— Vous avez raison », dit Ed d'une voix blanche.

Il avait toujours l'air en état de choc, mais avait tout de même repris des couleurs. Kara vit Jill revenir à leur table.

« Changeons de sujet, voulez-vous ?

— Volontiers. »

Son regard se perdit un instant dans le vide, puis il parut avoir pris une décision. Il plongea la main dans sa poche et en tira une carte de visite.

« Voici mon numéro. »

Kara reconnut la montagne du logo.

« Vous travaillez pour la Paramount ?

— Au service juridique, oui. Je m'occupe surtout de problèmes de contrat, mais je peux toujours vous aider auprès de la police. Je vous demande de me tenir informé de tout ce que vous apprenez. S'il y a le moindre problème ou s'ils vous font des histoires, je vous promets qu'ils entendront parler de moi. »

Kara était très touchée.

« C'est très aimable de votre part. Kelly avait de la chance d'avoir un ami comme vous.

— C'est le moins que je puisse faire. »

Je suis complètement cinglé, se dit Ed Bannion, confortablement installé à l'arrière d'un taxi. Il avait déposé la femme et la petite fille devant l'immeuble de la victime et n'avait qu'une hâte, retrouver son propre appartement de la 70e Rue Ouest. *Cinglé ! C'est la seule explication possible après ce que je viens de faire !*

Il mettait sa conduite sur la ressemblance troublante entre les deux jeunes femmes. L'espace d'une seconde, il avait vraiment cru que la morte était revenue le hanter. Il était tellement ébranlé qu'il avait décliné sa véritable identité. Quel idiot ! Il ne pouvait plus faire marche arrière à présent. Grâce au Ciel, il avait eu la bonne idée de concocter un petit scénario au cas où. Il aurait été bien incapable d'improviser.

Et elle qui parlait de sa sœur défunte comme si elle n'était que grâce et douceur, une vraie Florence Nightingale. La petite fille était du même avis. Difficile de croire qu'elles évoquaient la femelle lubrique qu'il avait rencontrée la semaine dernière au bar du Plaza.

Mais peut-être... peut-être que ce n'était pas d'elle qu'elles parlaient. Peut-être avaient-elles plutôt brossé le portrait de la créature misérable et terrorisée qu'il avait brièvement entrevue avant qu'elle se jetât par la fenêtre.

Et puis sa sœur — Kara, cette femme bien vivante — avait prononcé un mot : *assassinée.*

Un meurtre !

Il avait failli renverser sa margarita. Il frissonnait encore rien qu'à y penser. Comment pouvaient-ils songer à un meurtre ? Elle avait sauté par la fenêtre de son plein gré !

Ed se serait sauvé en courant du restaurant. Ou plutôt, il aurait prié Kara de l'excuser et se serait rendu aux toilettes avant de filer par une autre porte. Mais non, il s'était obligé à conserver son sang-froid. Une idée lui était alors venue. Et il était encore trop tôt pour dire si c'était la plus géniale ou la plus idiote de sa vie.

Il lui avait donné sa carte.

S'il pouvait rester en contact avec elle, elle le tiendrait au courant de l'enquête de la police. Pour l'heure, Phil et lui ne risquaient rien, visiblement. Rien ne les reliait à la fille ou au bar du Plaza. S'il y avait du nouveau, il voulait le savoir. Si les recherches étaient abandonnées, ce qu'il souhaitait ardemment, il voulait le savoir aussi.

Ce n'était pas tout.

Ed était étrangement attiré par cette Kara Wade. Elle était belle, oui, mais il y avait autre chose. Il se sentait curieusement proche d'elle. Comme si... comme s'il avait déjà eu des relations avec elle. Par le truchement de sa sœur, il lui avait déjà fait l'amour.

Plutôt bizarre.

Il se rendait bien compte que sa vie ne serait plus jamais la même. Quelque chose en lui s'était métamorphosé au cours de la nuit du mardi au mercredi, comme s'il avait franchi un cercle de feu et en était ressorti transformé, différent. Il allait devoir prendre un peu plus les choses en main au lieu de se complaire dans la passivité. Il avait aussi envie de protéger Kara Wade, comme s'il lui devait quelque chose.

Ou quelqu'un. Une sœur.

Quelle curieuse idée.

En tout cas, quoi qu'il advînt, il était résolu à mieux connaître cette Kara Wade.

Kara avait laissé Jill devant la télévision pour remettre un peu d'ordre dans l'appartement. Quand elle eut terminé, elle revint pour trouver Jill profondément endormie. L'idée de passer la nuit ici, dans l'appartement de Kelly, lui faisait froid dans le dos, mais elle n'avait pas le courage de réveiller Jill pour l'emmener chez tante Ellen. L'idée de se glisser dans le lit de Kelly lui paraissait plutôt malsaine et elle se recroquevilla sur le canapé à côté de Jill.

Kara ferma les yeux et tenta de chasser l'étouffant sentiment de solitude qu'elle éprouvait. Même blottie contre Jill, elle était seule.

Kelly était partie. S'y habituerait-elle un jour ? Elles avaient toujours été deux. Quand elles étaient venues ensemble à New York, elles chantaient souvent une chanson de Paul Williams, « You and Me Against the World », *toi et moi contre le monde entier*. Elle se rappela qu'elle préférait l'interprétation d'Helen Reddy tandis que Kelly aimait mieux celle de Paul Williams, à cause du pont musical qu'omettait Helen Reddy. Même lorsque Kara était retournée en Pennsylvanie, laissant Kelly seule à New York, sa sœur n'avait jamais été très loin, un coup de fil ou deux heures de voiture. Même si elle s'était trouvée à Pago Pago, le seul fait de savoir que Kelly se trouvait *quelque part où* elle eût pu la joindre aurait fait toute la différence.

Maintenant, c'était fini, elle ne pourrait plus *jamais* la joindre.

Kara réprima un sanglot et serra plus fort la petite fille. *Il n'y a plus que toi et moi, poussin. Toi et moi.*

MARDI 10 FÉVRIER

11 h 45

Kara arriva tôt chez le Dr Gates. Son cabinet se situait au troisième étage d'un immeuble de brique et de verre de la Septième Avenue, à Chelsea. Elle fut surprise par les dimensions de la salle d'attente. Elle était si petite. Mais il faut dire qu'un psychiatre qui ne reçoit qu'un patient toutes les heures n'a pas besoin de beaucoup d'espace. La pièce était confortable comme un salon avec ses couleurs chaudes, son mobilier discret, sa lumière tamisée et son grand aquarium tropical serti dans l'un des murs.

Jill se dirigea immédiatement vers l'aquarium. Kara s'avança vers la secrétaire occupée à travailler sur un clavier d'ordinateur. Sur sa droite, il y avait une lourde porte de bois portant une plaque : « CONSULTATION ».

Il ne lui avait pas été facile de s'insérer dans le carnet de rendez-vous du Dr Gates, mais, grâce à plusieurs coups de téléphone donnés dès les premières heures de la matinée et un refus systématique de s'entendre répondre par la négative, Kara avait réussi à lui arracher la promesse de quelques minutes d'entretien à l'heure du déjeuner.

La secrétaire lui dit que le docteur était avec sa dernière patiente de la matinée et qu'il la recevrait tout de suite après.

« Cela vous dérangerait si je vous laissais ma fille pendant que je vois le docteur ? » lui demanda Kara.

La secrétaire leva la tête et lui présenta une mine offusquée.

« Nous ne faisons pas de baby-sitting.

— J'en suis parfaitement consciente, répondit Kara, mais je

viens de loin et je n'ai personne chez qui la laisser. Je n'en aurai que pour quelques minutes. Elle ne vous gênera pas, je puis vous l'assurer.

— Dans ce cas... » Elle regarda Jill qui comptait patiemment les poissons de l'aquarium. « C'est bien pour cette fois-ci, mais il ne faudrait pas que cela devienne une habitude.

— Merci. »

Kara s'assit sur le divan et se demanda si Kelly s'installait à la même place quand elle avait rendez-vous. Une vague de tristesse désormais familière la balaya.

Kelly, Kelly, Kelly... qu'est-ce qui te torturait ?

Kara espérait que le Dr Gates le savait.

Une femme attirante d'une vingtaine d'années sortit de la salle de consultation. Elle avait l'air sombre. Elle ne regarda ni Jill ni Kara et alla tout de suite discuter avec la secrétaire de l'heure de son prochain rendez-vous. Kara en profita pour rappeler Jill.

« Bon, dit-elle en la prenant par la taille et en l'attirant à elle. Je vais rentrer dans le cabinet du Dr Gates pour parler avec lui de tante Kelly.

— Quand est-ce qu'on va chez tante Ellen ?

— Tout de suite après. Je ne vais en avoir que pour quelques minutes. Pendant ce temps-là, tu n'as qu'à regarder les poissons ou lire quelque chose.

— Je ne peux pas venir ?

— Ça va t'embêter. Ce sont des discussions d'adultes. Et puis je crois que le Dr Gates préférerait me voir seule. Tu n'as qu'à feuilleter les magazines.

— Ils ont l'air casse-pieds.

— C'est sûr. » Kara prit un exemplaire du *New Yorker* et tourna les pages avant de trouver les bandes dessinées. « Tiens, il y a des images dans celui-là. Avec un peu de chance, tu tomberas même sur la famille Adams.

— C'est vrai ? »

Elle prit le numéro et humecta son doigt pour attaquer la première page. Kara se dit qu'à ce rythme-là, il lui faudrait au moins une demi-journée pour passer en revue tous les magazines de la salle d'attente.

« Le docteur va vous recevoir », dit la secrétaire.

Kara sentit son estomac se nouer.

« Je suis à côté, dit-elle à Jill. Tu ne bouges pas, d'accord ?

— D'accord. »

Kara pénétra dans le cabinet. Sa décoration rappelait celle de la salle d'attente. Une baie vitrée occupait la quasi-totalité d'un mur ; la lumière du jour filtrait à travers les voilages. Des rangées de livres, certains si anciens que leurs dos en étaient craquelés, s'alignaient sur les trois autres murs. Il y avait également deux fauteuils, une sorte de siège à dossier réglable et un vieux bureau d'ébène qui devait mesurer près de deux mètres de long.

Où est le divan ? se demanda-t-elle.

Un homme était assis au bureau, il écrivait. Il leva les yeux vers Kara et se leva brusquement.

« *Ichtenem !*

— Qu'est-ce qui se passe ? »

Il se ressaisit et lui fit signe de s'avancer.

« Entrez, je vous en prie. » Il y avait dans sa voix une trace d'accent difficile à identifier. « Veuillez pardonner ma réaction, mais vous m'avez pris par surprise. C'est extraordinaire, vraiment extraordinaire ! La ressemblance est incroyable ! »

Kara était impressionnée par le personnage du Dr Gates. Grand et très mince, il devait avoir la cinquantaine, avec des yeux bleu pastel, des cheveux couleur sable grisonnant aux tempes et une moustache soigneusement taillée. Il portait des vêtements de prix, une veste de sport en poil de chameau, un pantalon sombre, une chemise jaune et un nœud papillon brun.

« Nous étions jumelles.

— Oui, je sais, elle m'a souvent parlé de vous. »

Kara était très curieuse de savoir en quels termes sa sœur avait parlé d'elle. Comme s'il lisait ses pensées, le Dr Gates le lui dit.

« Elle avait énormément d'affection pour vous. »

Kara sentit sa gorge se serrer. *C'était réciproque.*

« Asseyez-vous, je vous en prie, dit le Dr Gates en lui indiquant l'un des fauteuils. Et permettez-moi de vous dire à quel point je suis choqué et affligé par la mort de Kelly. Ça a été un coup terrible et les articles à sensation de la presse n'ont rien arrangé. Je la recevais depuis près d'un an et demi et je voyais plus en elle une amie qu'une patiente. Elle ne méritait pas cela.

— Merci, docteur. Je suis certaine que vous comprendrez pourquoi je tenais à vous voir. J'ai besoin de savoir pour quelle raison précise vous la soigniez.

— Je vois que tout le monde désire la même chose, fit-il avec un sourire sardonique. La police veut obtenir le même type d'information. »

Tant mieux, se dit Kara, *ils n'ont pas abandonné.*

« Et croyez-moi, mademoiselle Wade, je suis sincèrement désolé de devoir vous dire que je vous répondrai la même chose qu'à eux : pas de commentaires.

— C'était ma sœur, docteur Gates, ma sœur jumelle. Il ne s'agit pas de curiosité déplacée de ma part. Je dois savoir ce qui a poussé Kelly à se rendre au Plaza et à s'y faire tuer.

— Je crains de ne pouvoir discuter de cela avec vous, mademoiselle Wade. Le secret professionnel, comprenez-vous.

— Qu'est-ce que c'est que cette histoire ?

— La déontologie me l'interdit, c'est aussi simple que cela. »

La traversée de la ville d'est en ouest était épouvantable, comme d'habitude, et Rob arriva en peu en retard au cabinet du Dr Gates. Il se présenta à la secrétaire et fut soulagé d'apprendre qu'il se trouvait encore en consultation.

Le Dr Gates avait rejeté toute coopération au téléphone. Rob savait par expérience que beaucoup de médecins refusaient systématiquement de divulguer les informations médicales concernant leurs patients, même lorsque la mort semblait peu naturelle ; certains agissaient ainsi par volonté de puissance, d'autres parce qu'ils croyaient sincèrement protéger les droits de leurs patients défunts. Les psychiatres étaient les plus obtus. Mais il avait appris au fil des ans que la présence d'un inspecteur et la vision d'une plaque de police déliaient bien souvent les langues.

« Prenez un siège, je vous en prie, lui dit la secrétaire. Le docteur devrait être à vous dans quelques minutes. »

Rob vit la petite fille qui, assise dans un coin, feuilletait à toute allure des magazines.

« Un peu jeune pour une thérapie, non ? » dit-il à la secrétaire.

Elle ne daigna pas lui sourire.

« Sa mère est en consultation, dit-elle avec froideur. Asseyez-vous.

— Oui, merci. »

Il admira l'aquarium et ses poissons exotiques. Il ne connaissait pas leurs noms, mais cela importait peu ; ils étaient si beaux, si gracieux, avec leurs couleurs chatoyantes. Rob prit place sur le canapé faisant face à l'aquarium et jeta un coup d'œil à la petite fille. Elle tournait les pages du magazine et ne s'arrêtait que sur les dessins humoristiques. Elle portait une salopette de chez

Oshkosh et une chemise à carreaux ; ses longs cheveux bruns étaient réunis en une grosse tresse. Mignonne. Rob n'avait jamais été très attiré par les enfants — d'ordinaire, c'étaient de petites pestes — , mais celle-ci avait l'air très bien élevée. Elle semblait ne pas l'avoir remarqué. Tant mieux.

Pour quelque obscure raison, il pensa à Kara. Il s'appuya au dossier et soupira. D'une certaine façon, il était heureux de la savoir en Pennsylvanie. Cela facilitait un peu les choses quand il devait lui apprendre au téléphone que l'enquête ne progressait pas. Il faut dire qu'il n'avait pas grand-chose à se mettre sous la dent. Deux séries d'empreintes complètes et une incomplète plus la description de deux hommes de race blanche qui pouvait s'appliquer à pratiquement n'importe qui. Le légiste avait dit qu'il n'y avait pas de traces de violence. Il était heureux de ne pas avoir à regarder Kara dans les yeux pour lui avouer cela.

Ce psychiatre constituait son ultime espoir. Rob avait appris de l'une des collègues de travail de Kelly qu'elle se rendait régulièrement chez un certain Dr Gates. Depuis un peu plus d'un an, depuis le jour, en fait, où elle avait rompu avec un garçon avec qui elle sortait depuis quelque temps. Rob avait enquêté sur l'individu en question — marié, des enfants, rien que ça — et vérifié son emploi du temps la nuit du mardi au mercredi. Il n'y avait plus que le Dr Gates pour le mettre sur une piste valable. Du moins l'espérait-il.

Rob prit un magazine sur le haut de la pile. C'était *Cosmopolitan*. Il allait le remettre en place quand la peau largement dévoilée de la cover-girl attira son attention. A côté de son bras gauche, il y avait un titre : « 101 recettes pour satisfaire votre monsieur ! » Cela avait l'air intéressant. Il ouvrit la revue, mais une petite voix s'éleva à côté de lui.

« Ma mère dit que *Cosmo* exploite les femmes. »

Il leva la tête. La petite fille était toujours plongée dans son propre magazine. Mais comme il n'y avait personne d'autre...

« Pardon, tu as dit quelque chose ?

— *Cosmo* exploite les femmes, reprit-elle du même ton.

— Vraiment ?

— C'est ma mère qui le dit. »

Elle n'avait toujours pas bougé.

« Puisque tu le dis. Mais toi, qu'est-ce que tu en penses ?

— La même chose. »

Aïe, une féministe en miniature !

« Comment cela ? »

Enfin elle daigna le regarder. Elle était plus que mignonne avec ses yeux bleu ciel. Adorable. Et le cœur de Rob se réchauffa immédiatement.

« Tenez, on voit la naissance des seins », dit-elle en désignant la couverture.

Rob se mordit la lèvre pour ne pas éclater de rire. *La naissance des seins ?* Qu'est-ce que cette morveuse savait de la naissance des seins ?

« Quel âge as-tu ?

— Neuf ans.

— Non, tu en as au moins trente-neuf. Peut-être même quarante. »

Elle sourit, découvrant des dents blanches un peu trop grandes pour sa bouche.

« J'ai neuf ans. Et demi. » Elle indiqua la couverture de *Cosmo.* « Je suis désolée, mais on voit la naissance des seins. »

Rob regarda à son tour la couverture.

« Seigneur ! dit-il. Tu as raison ! Mais c'est affreux ! »

Il tira son stylo et se mit à gribouiller la photographie.

« Qu'est-ce que vous faites ? dit la petite fille en tendant le cou.

— Je vais cacher ces seins ! »

Elle bondit de sa chaise et se planta à côté de lui. Très intéressée, elle le vit recouvrir d'encre noire les parties dévêtues du mannequin. Elle jeta un coup d'œil à la secrétaire, occupée à écouter son dictaphone, puis à Rob.

« Vous n'avez pas le droit de faire ça ! lui dit-elle à voix basse.

— Mais si ! » Il dessinait à plus gros traits. « Je vais leur apprendre à exploiter les femmes, moi ! » Il ouvrit le magazine et le referma en toute hâte. « Oh, mon Dieu, des seins, des seins partout ! »

La petite fille riait. Rob aimait son rire, il ne voulait pas qu'elle s'arrête. Il lui tendit son stylo et prit des magazines au hasard dans la pile.

« Tiens, prends ceux-là ! On va faire la chasse aux seins ! » Elle riait de plus en plus fort. Il lui montra un autre numéro de *Cosmopolitan.* « Et là... Encore la naissance des seins ! Il ouvrit le *Time* de la semaine. « Oh Seigneur, c'est pire que tout ! »

Quand elle vit ce qu'il avait déniché, elle se mit à rire aux éclats, si fort que la secrétaire l'entendit malgré les écouteurs de son dictaphone.

Son rire était contagieux et Rob ne put que l'imiter.

« Vite ! dit-il en lui tendant le *Time*. Occupe-toi de celle-là ! C'est épouvantable ! »

Le Dr Gates était d'une insupportable arrogance. En pensant cela, Kara savait qu'elle était encore loin de la vérité.

Pendant tout le temps où elle lui avait demandé, à juste titre, des informations, il l'avait considérée du même air que ses patients lorsqu'ils regardaient les poissons de l'aquarium. Les mots glissaient sur lui comme sur une surface huilée.

Il était froid, distant. Il se moquait de l'angoisse de Kara qui ignorait totalement pourquoi Kelly avait terminé son existence sur le trottoir de l'hôtel Plaza. Il avait passé son index dans un porte-clefs qu'il faisait tourner à deux reprises avant de l'enfermer dans sa main. Ce geste, il le refaisait sans arrêt. Kara en était excédée, d'autant plus qu'elle piétinait.

« Vous comprenez, dit-elle, j'ai besoin de m'expliquer pourquoi Kelly avait caché des sous-vêtements vulgaires dans son appartement. Nous avons reçu une bonne éducation. Nos parents nous ont appris à nous respecter. A qui dissimulait-elle ces vêtements ? De qui avait-elle peur ? La police voudra le savoir.

— Je suis désolé, dit-il brusquement comme si une cloche venait de tinter. Je compatis sincèrement, mais cela ne change rien. Je ne discute jamais de mes patients avec qui que ce soit — parents, époux, enfants ou vraies jumelles. Je vous demanderai donc de bien vouloir vous en aller. »

Kara était abasourdie. Ce type avait un réveil dans la tête et il l'avait écoutée jusqu'à ce qu'il sonnât. Furieuse, elle passa à l'offensive.

« M'en aller ? dit-elle d'une voix dont elle maîtrisait difficilement la tonalité. Très bien, je m'en vais. Mais je vais aller trouver un avocat. Et je reviendrai avec un mandat de perquisition dans vos dossiers et peut-être même une assignation à comparaître. La police n'écarte pas la possibilité d'un suicide. Si cette hypothèse se révèle exacte, j'aimerais savoir pourquoi son psychiatre n'a pas entrevu ce risque et fait quoi que ce soit pour l'écarter. Vous pourriez très bien vous retrouver inculpé pour faute professionnelle, docteur Gates. »

Kara le vit se raidir. Elle avait percé la carapace. Enfin.

Soudain elle perçut un bruit en provenance de la salle d'attente. Le rire de Jill. Elle l'aurait reconnu entre mille.

« Excusez-moi un instant », dit-elle à Gates avant de se diriger vers la porte. Elle l'ouvrit en grand, passa la tête et demeura stupéfaite.

Rob était là. Et, mon Dieu, il était avec Jill.

Jill leva la tête et la vit. Elle avait les joues toute rouges d'avoir tant ri.

« Maman, regarde ! dit-elle en brandissant le *Time* sur lequel elle avait gribouillé. J'ai fait un soutien-gorge à cette dinde ! »

Rob leva les yeux à son tour. Son sourire s'effaça, remplacé par une expression de franche surprise.

« Kara ! Qu'est-ce que tu fais ici ?

— La même chose que toi, j'imagine », dit-elle en dissimulant son angoisse.

Elle sentit bouger derrière elle et vit Rob regarder dans la direction du cabinet.

« Docteur Gates ? » Il sortit son portefeuille et l'ouvrit pour exhiber un insigne de police. « Je suis l'inspecteur Harris, brigade criminelle. J'enquête sur la mort de Mlle Kelly Wade et j'aimerais... »

Gates s'approcha du bureau de la secrétaire et fouilla parmi une pile de lettres. Il ne daignait pas regarder celui à qui il s'adressait.

« Ne gaspillez pas votre salive, inspecteur, dit-il d'une voix pleine de lassitude. Ainsi que je l'ai dit ce matin à l'un de vos sous-fifres, je ne parle à personne de mes patients. Par *personne*, j'entends aussi bien les jumelles que leurs petits amis qui jouent les gendarmes.

— Dites donc... ! commença Kara.

— Je ne me laisserai pas intimider par de quelconques menaces.

— Vous poussez vos privilèges au paroxysme du ridicule », lui lança Kara.

Gates ouvrit la porte qui donnait sur le palier et posa sur Kara des yeux morts.

« Vous ne diriez pas cela si vous étiez l'une de mes patientes. Sortez tous les deux, je vous prie. »

Trop furieuse, trop frustrée pour répliquer, Kara attrapa Jill par la main et la tira hors de la salle d'attente. Alors qu'elles se dirigeaient vers l'ascenseur, elle entendit Rob converser avec Gates. Elle ne distinguait pas les mots, mais son ton était plutôt brutal. Elle espérait que la cabine serait là ; elle pourrait ainsi s'en aller sans avoir à lui parler. Mais il la rattrapa.

« Quel sale con », murmura-t-il en se plaçant à côté d'elle. Kara se tourna vers lui. Elle ne pouvait contenir sa rage.

« Tu es arrivé juste à l'heure !

— Moi ?

— Oui, toi ! Maintenant il croit que nous sommes ensemble et que je t'ai fait venir pour lui foutre la trouille ! »

Il rougit.

« Ah, l'enfoir... » Il s'arrêta parce que Jill était là. « C'est complètement dingue, je ne savais même pas que tu étais en ville. Si tu m'avais dit... »

L'ascenseur arriva. Il était vide. Ils y entrèrent tous les trois. Kara laissa Jill appuyer sur le bouton du rez-de-chaussée. Elle se rendit compte que sa réaction était trop vive. Peut-être était-ce le fait de le voir en compagnie de Jill.

L'ascenseur descendit et elle se tourna vers Rob.

« Excuse-moi, je ne pensais pas que j'avais besoin de te prévenir chaque fois que je traversais l'Hudson. De toute façon, je fiche le camp de cette ville pour ne plus côtoyer ses habitants, ils sont plus égoïstes que jamais. Qu'est-ce que je déteste New York !

— Tu ne veux pas déjeuner ?

— Non, merci. »

Il lui donna un petit coup de coude et lui sourit.

« Ce n'est pas parce qu'on déteste les gens qu'on n'apprécie pas leur cuisine. Et je parierais que ma copine Jill a une faim de loup.

— Oh oui, maman, j'ai drôlement faim, dit-elle en tirant Kara par la manche.

— On va déjeuner chez tante Ellen. Elle nous attend. » Elle se tourna vers Rob. « Tu te souviens d'Ellen ?

— Bien sûr, elle m'aimait bien.

— Elle aimerait n'importe qui du moment qu'il est irlandais.

— Ce sera pour une autre fois, dit Rob en haussant les épaules. Ou bien c'est toi que j'inviterai, Jill. Dans un restaurant où l'on n'exploite pas les femmes.

— Et où on ne sert pas de dinde sans soutien-gorge ! » fit Jill en riant.

Kara ne comprenait absolument rien à leur dialogue, mais leur complicité évidente la dérangeait.

« C'est une super môme que tu as là, Kara.

— Je croyais que tu n'aimais pas les gosses.

— Euh, la plupart sont assez pénibles, je l'avoue, mais Jill, c'est quelque chose ! Tu en as fait quelqu'un de bien, tu peux en être fière !

— Je le suis », dit-elle d'une voix à peine audible.

Les portes de l'ascenseur s'ouvrirent. Elle s'empressa de lui dire au revoir et entraîna Jill dans la rue.

14 h 06

« J'aurais aimé que vous restiez encore un jour ou deux », dit tante Ellen après avoir bu une gorgée de sherry.

Kara l'imita. Elle n'avait pas l'habitude de boire l'après-midi, encore moins celle de prendre du sherry. Mais une fois le côté doucereux oublié, ce n'était pas si mauvais que ça.

Ellen les avait accueillies sur le pas de la porte. Il y avait eu beaucoup d'effusions et quelques larmes versées. Elle avait l'air très en forme. Elle avait cinquante-huit ans, mais, avec ses cheveux teints et soigneusement coiffés, son maquillage discret et son visage lisse, elle paraissait dix années de moins.

Elles s'étaient installées dans la salle de séjour de son bel appartement de Turtle Bay et avaient bavardé un peu, puis Lucia, sa bonne philippine, avait servi le déjeuner. Kara se disait qu'elle ne pourrait jamais avoir de femme de ménage tout en reconnaissant qu'elle s'habituerait très vite à une cuisinière — surtout si elle était aussi talentueuse que Lucia. Pour sa tante, cela semblait évident. De son vivant, son mari était l'associé d'un gros courtier de Wall Street ; il n'était plus là, mais lui avait laissé largement de quoi vivre.

Après le déjeuner, le sherry avait été servi. Kara avait pratiquement refusé avant de se dire que cela ne lui ferait pas de mal. Après sa rencontre avec le Dr Gates et sa surprise de voir ensemble Jill et Rob, elle en avait bien besoin.

« Jill adore jouer avec Bella », dit Ellen.

Kara se tourna vers la fenêtre. Le persan noir d'Ellen était couché sur un fauteuil et Jill le caressait longuement.

« J'aimerais bien rester, dit Kara, mais il faut vraiment que je rentre à la ferme.

— Fi donc ! Pourquoi cela ? Ce n'est pas une vraie ferme, tu n'as ni cultures ni bétail dont il faut s'occuper. »

Kara sourit. Sa tante était bien la seule personne à pouvoir dire « fi donc ! » sans être ridicule.

« Je t'en prie, dit Kara, tu ne vas pas recommencer. Si tu veux en discuter avec quelqu'un, tu n'as qu'à appeler maman en Floride. »

Martha, la mère de Kara, était la sœur d'Ellen. Il semblait qu'Ellen avait vécu de toute éternité à Turtle Bay, à l'ombre des bâtiments de l'ONU, et que Martha n'avait jamais quitté sa ferme. Toute petite, Kelly les entendait déjà comparer leurs modes de vie respectifs. Elle et Kelly les avaient surnommées le Rat des villes et le Rat des champs.

C'est curieux comme les choses se répètent d'une génération à l'autre, se dit-elle. Martha et Ellen avaient choisi des routes qui bifurquent, tout comme Kara et Kelly. La seule différence, c'est qu'Ellen et Martha étaient encore toutes deux en vie.

« Tu ne m'as pas dit que Rob était chargé de l'enquête ?

— Pour l'instant, oui.

— Et tu as quand même amené Jill ? Tu crois que c'est prudent ? C'est tout de même son...

— Je n'avais pas d'autre possibilité. Je n'avais pas de voisins chez qui la laisser.

— Tu peux me la déposer quand tu veux, tu le sais bien. Ah, autre chose, les affaires de Kelly... »

Kara but un peu de sherry.

« Je ne sais pas. Il faudra que je revienne les chercher. »

Elle savait que la meilleure solution consistait à passer quelques jours dans l'appartement de Kelly, à tout emballer et à tout expédier à la ferme. Mais elle éprouvait le besoin irrépressible de fuir cette ville. Pas demain ni ce soir, mais tout de suite.

« C'est toi qui vois, ma chérie. Personne ne peut décider à ta place. »

Le son de sa voix incita Kara à regarder plus attentivement sa tante. Elle vit ses yeux briller, ses lèvres frémir doucement. Kara se leva et fit le tour de la table basse avant de s'asseoir à côté d'Ellen et de lui prendre la main.

« Qu'est-ce qui ne va pas ?

— Tu m'en veux, n'est-ce pas ? » Une larme coula sur sa joue, entraînant un peu de mascara. « C'est pour ça que tu ne veux pas rester.

— T'en vouloir pour quoi ?

— Pour la mort de Kelly ! »

Elle pleurait à présent. Kara la prit par les épaules.

« Ne sois pas ridicule, personne ne t'en veut.

— Si, Martha ! Elle ne me l'a pas dit ouvertement, mais je sais bien ce qu'elle pense : si je ne vous avais pas encouragées toutes les deux à venir vivre en ville, Kelly serait encore en vie ! »

Oui, se dit Kara avec un pincement de cœur, *elle serait probablement encore en vie.*

Mais elle ne pouvait l'avouer à Ellen.

« Elle ne pense rien de tel. Kelly a fait son choix. Il y a quelqu'un qui est responsable de la mort de Kelly, tante Ellen, mais ce n'est pas toi. Non, ce n'est pas toi. »

La vieille dame réprima ses sanglots, puis elle se redressa et s'essuya les yeux avec une serviette.

« Tu ne veux pas rester cette nuit ? Je me sens si seule depuis la mort de Kelly. Elle ne passait pas très souvent me voir, mais de la savoir ici, en ville, ça me donnait l'impression de ne pas être toute seule. Toi et Jill, vous ne pouvez pas ? Rien qu'une nuit.

— Bon, d'accord, tante Ellen, dit Kara avec un sourire un peu forcé. Mais cette nuit uniquement. »

Elle espérait qu'elle n'aurait pas à le regretter.

18 h 02

Avant le dîner, Kara fit un tour rapide à l'appartement de Kelly pour y prendre les affaires personnelles qu'elle y avait laissées. Elle allait repartir quand le téléphone sonna. Ce devait être Rob. Après trois sonneries, elle se demanda si ce n'était pas quelqu'un d'autre. Un ami de Kelly, pourquoi pas ? Elle décrocha.

« Mademoiselle Kara Wade ? »

C'était le Dr Gates. Elle reconnut immédiatement son accent discret.

« Soi-même.

— Je suis heureux que vous soyez là. J'ai passé pratiquement tout l'après-midi à faire ce numéro.

— Il y a un problème ?

— Je ne sais pas trop. »

Kara frissonna.

« Que voulez-vous dire ?

— Mademoiselle Wade, j'ai changé d'avis. Oh, ne croyez pas que ce sont vos menaces ou la présence de votre ami policier qui y soient pour quelque chose. Mais, après mûre réflexion, je suis arrivé à la conclusion qu'il serait dans l'intérêt de toutes les parties concernées que je viole le secret professionnel et que je discute avec vous du passé médical de votre sœur.

— De quel intérêt parlez-vous ?

— Je vous expliquerai tout demain matin, à dix heures, dans mon cabinet. Je ne reçois jamais le mercredi, nous aurons donc tout notre temps. Pouvez-vous vous libérer ?

— Oui, naturellement, mais je ne...

— A dix heures alors. Bonsoir. »

Sur ce, il raccrocha. Kara contempla un instant le combiné. Qu'est-ce qui avait bien pu le faire changer d'avis ? A nouveau, elle frissonna. Elle regrettait presque la décision du Dr Gates.

[illegible] à la [illegible] qui [illegible] dans l'[illegible]. [illegible]
[illegible]
[illegible] sans [illegible]
[illegible] voulez-vous ?

— Je vous attendrai une demi-heure [illegible]
[illegible]
[illegible] ? Pouvez-vous [illegible] ?
— Oui, [illegible].
— À [illegible] heure ?

[illegible]
[illegible]
[illegible]

LETTRES DU PURGATOIRE

La nouvelle est tout à fait comme celle d'avant, la blonde qu'il a perdue. Exactement comme elle. La ressemblance est vraiment remarquable.

Il veut la nouvelle. Ne m'a pas parlé d'elle, mais je sais très bien quand il désire quelqu'un. Peux le sentir à chaque fois qu'il est excité, et il est très excité par la nouvelle.

La pauvre. Pas la moindre chance. Son seul espoir, rester loin de lui, ne jamais l'approcher. Dès qu'il l'aura harponnée, ce sera terminé. Elle sera à sa merci.

C'est à elle de décider désormais. Se tenir à l'écart, très à l'écart, ou revenir et être réduite à la folie. Comme moi.

Moi. Pauvre créature folle. Cinglée. Dingue. Barjo.

Tout ça par sa faute. Ce porc puant, cette épave, ce parasite. J'aurais eu une vie normale et productive sans lui. J'aurais pu me marier, avoir un enfant, un avenir sans lui.

Mais je n'ai rien. Pas même l'espérance.

Je le tuerais si je le pouvais. Ah, si je le pouvais ! Si seulement j'en avais les moyens. Mais je ne les ai pas. Je me donnerais la mort si j'en avais le cran — je m'enfoncerais ce crayon dans l'œil, jusqu'au cerveau, et je mettrais un terme à toute cette misère. Mais non. Je ne suis que couardise. Il faudra que j'attende en espérant que quelqu'un fera cela à ma place. C'est mon seul espoir.

Mais pourquoi espérer ? Personne ne sait rien de lui ou de ce qu'il est capable de faire. Il n'y a que moi.

Dire que je l'ai jadis aimé.

MERCREDI 11 FÉVRIER

10 h 09

Ils occupaient les mêmes places que la veille : le Dr Gates derrière son grand bureau d'ébène et Kara dans un fauteuil, en face de lui. Un dossier était ouvert. Le praticien avait les mains jointes à hauteur de la bouche, comme s'il priait, et il fixait les yeux bleus de Kara.

Elle sentait peser sur son estomac le peu de choses qu'elle avait mangées au petit déjeuner — Lucia leur avait, en effet, préparé un repas des plus copieux. Elle avait laissé Jill chez tante Ellen, la petite fille pourrait tranquillement jouer avec le chat.

Le Dr Gates baissa enfin les mains. Il prit pour parler un ton assez solennel.

« Mademoiselle Wade, je tiens à insister sur le fait qu'il ne m'a pas été facile de me décider à vous faire venir ici. Un psychiatre connaît les détails les plus intimes de la vie de ses patients, des détails qu'ils dissimulent à leurs amis, à leurs maris ou à leurs femmes, même à leurs généralistes ou à leurs gynécologues. Cette connaissance privilégiée contraint le psychiatre à être le plus rigoureux de tous les hommes de l'art lorsqu'il s'agit de tenir secrets les dossiers de ses patients.

— Je comprends très bien, dit Kara qui le pensait sincèrement.

— Bien. Il y a cependant des détails extraordinaires dans le cas de votre sœur, des détails que vous auriez dû connaître en qualité de jumelle. Mais j'ai compris après notre conversation d'hier — votre tirade serait plus juste — que vous paraissez totalement ignorer ce que votre sœur a vécu. Il est par là même possible que vous présentiez le même type d'affection.

— Je ne vous suis pas, fit Kara avec une certaine inquiétude.

— Vous comprendrez lorsque j'en aurai terminé, mais ce que je vais vous dire risque fort de vous déplaire. Ce n'est pas agréable. Vous serez révoltée et vous n'accepterez pas mes propos. Mais commençons plutôt par le commencement.

— Je vous en prie », dit Kara, la bouche sèche.

Le Dr Gates s'appuya au dossier de son siège et s'empara d'un trousseau de clefs. Ainsi qu'il l'avait fait la veille, il passa l'index dans l'anneau du porte-clefs.

« La première visite de votre sœur remonte à seize mois. Elle se plaignait alors d'insomnie et de manque de concentration. Je consulte à St Vincent et je reçois parfois des infirmières à titre gracieux. L'événement qui a suscité sa visite semble être la rupture avec un homme dont elle était amoureuse et qui l'aurait trahie. »

Il devait certainement faire allusion à Tom, l'homme marié de Long Island. Quel salaud !

« Au cours de la thérapie, j'ai soupçonné chez votre sœur la présence d'un désordre autrement plus complexe et plus sérieux qu'un simple syndrome anxio-dépressif de réaction. Elle désirait poursuivre nos entretiens. Mes soupçons ne cessaient de se renforcer. Nous avons eu recours à l'hypnose. Mes craintes se sont alors confirmées. »

Il s'interrompit. Kara était crispée sur son siège. Qu'attendait-il donc ?

« Alors ?

— Votre sœur jumelle, Kelly Wade, abritait une personnalité multiple. »

Kara cligna des yeux et se détendit un peu. Personnalité multiple... elle avait déjà entendu parler de cela.

« Vous voulez dire comme dans *Sybil* ou *Les Trois Visages d'Ève* ?

— Précisément.

— Combien... combien avait-elle de personnalités ?

— Je n'en connais que deux. La Kelly Wade que vous et moi connaissions et l'autre. »

Kara était sous le choc. Un dédoublement de personnalité ? C'était étonnant, mais ç'eût pu être pire. C'était un diagnostic qu'elle pouvait accepter.

Mais tout de même... Une autre Kelly à l'intérieur de sa sœur... Comment ne s'en était-elle jamais rendu compte ?

« Cette autre personnalité s'est déjà manifestée ?

— Oui, à de nombreuses reprises. Ici même, lorsque Kelly était sous hypnose. »

C'était fascinant — troublant, certes, mais tout de même fascinant.

« A quoi ressemblait-elle ?

— Elle était très différente de Kelly. La seconde personne se faisait appeler Ingrid. »

Ce nom fit sursauter Kara.

« Ingrid ? *Ingrid ?* Kelly s'est fait enregistrer sous ce nom au Plaza ! Cela veut dire que c'était... que c'était "Ingrid" l'autre Kelly — qui draguait les hommes ? »

D'une certaine façon, c'était un énorme soulagement. Kelly n'avait pas changé — c'était l'autre personnalité qui prenait le dessus et commettait ces actes immondes !

« Il y a de fortes chances pour cela, dit le Dr Gates d'un ton froid et clinique. Ingrid était plutôt... chaude.

— Les vêtements ! C'est pour cela qu'ils étaient dissimulés. Kelly ne les cachait à personne. C'était Ingrid qui les cachait à Kelly ! Je comprends tout maintenant ! »

Kara se tourna et tenta de retenir les larmes qui lui venaient aux yeux. Cela lui faisait tant de bien de comprendre. La pauvre Kelly...

Kara se ressaisit.

« C'est tout de même bizarre. Qu'est-ce qui peut être la cause d'un tel comportement ?

— Il s'agit pratiquement toujours d'un traumatisme très important. » Ses yeux se rivèrent aux siens. « Un traumatisme *d'enfance.*

— Kelly n'était pas traumatisée par son enfance. Nous ne l'étions ni l'une ni l'autre. Nous étions les jumelles Wade, tout le monde nous aimait. Nous avons eu une enfance sans problème, une enfance merveilleuse.

— Ingrid avait une autre version des choses. »

Un frisson parcourut Kara.

« Qu'est-ce... qu'est-ce qu'elle disait ? »

Le Dr Gates se pencha en avant et la regarda fixement.

« Vous n'avez vraiment aucune idée de ce que je veux évoquer ? »

Kara affronta son regard et tenta de repousser sa crainte de l'entendre dire quelque chose d'horrible, d'inacceptable.

« Non, pas la moindre. »

Il se frotta les yeux et prit une profonde aspiration.

« Bien. Je ne vais pas tourner autour du pot. Selon Ingrid, on a régulièrement abusé d'elle, sexuellement parlant, entre l'âge de cinq ans et celui de neuf ans.

— Mais c'est complètement idiot ! Abuser d'elle ! Je voudrais bien savoir qui !

— Votre père. »

Kara eut l'impression de recevoir un direct en plein estomac. Tout vacilla autour d'elle pendant quelques secondes, puis elle reprit ses esprits. Elle ne put dire qu'un simple mot :

« *Quoi ?*

— C'est ce qu'Ingrid m'a raconté, avec force détails d'ailleurs.

— Mon père ? Jamais !

— Cela se tient, mademoiselle Wade. C'est ce genre d'abus, ce degré de traumatisme qui incite à la formation d'une seconde personnalité. »

Kara se leva brusquement.

« Écoutez-moi, docteur Gates ! Ce genre de chose n'est jamais arrivé et il vaudrait mieux que vous vous mettiez bien cela dans la tête : mon père n'a jamais commis l'inceste ! L'idée ne l'a même jamais effleuré. J'en saurais quelque chose, non ? »

Gates s'appuya au dossier de son siège. Il faisait toujours tourner son porte-clefs.

« Je vous ai dit que vous n'accepteriez pas les faits. Votre sœur est également passée par une période de refus. »

Ce n'était plus de la révulsion mais de la colère qui animait Kara.

« J'interdis à quiconque de parler ainsi de mon père ! C'était un brave homme. Il est mort depuis une douzaine d'années et il ne peut plus se défendre. Et puis Kelly m'en aurait parlé !

— Kelly ignorait tout. »

Prise par surprise, Kara ne sut que répondre.

« Écoutez-moi, lui dit-il, et peut-être comprendrez-vous pourquoi je vous ai priée de venir ici. Un traumatisme répété d'une telle importance peut pousser l'esprit d'un enfant à se créer une seconde personnalité : c'est un mécanisme de défense. Cette seconde personnalité prend le dessus pendant les épisodes traumatisants. Il n'y a aucune communication entre les deux personnalités. La personnalité seconde protège la personnalité première, elle dresse une barrière entre elle et une réalité intolérable, ce qui permet à l'enfant de vivre au quotidien comme s'il ne survenait rien de spécial. Et c'est vrai que, dans un certain sens, il n'arrive rien à la personnalité première — la personnalité seconde prend sur elle tous les traumatismes.

— Cela ne s'est jamais passé ainsi ! dit Kara.

— Quand le traumatisme prend fin, la personnalité que je qualifie de seconde n'est plus nécessaire. Mais elle ne se dissout pas pour autant, elle ne disparaît pas, elle devient seulement dormante, prête à resurgir à l'instant où un nouveau traumatisme devrait affecter la personnalité première. Je crois que l'aspect traumatisant de la dernière liaison de Kelly — les mensonges auxquels elle a cru, la trahison dont elle a souffert — a réveillé Ingrid. Kelly parvenait à affronter avec une certaine maturité le traumatisme émotionnel, mais Ingrid était réveillée. Et Ingrid voulait s'exprimer. C'est le conflit permanent de son inconscient et les trous de mémoire inexpliqués quand Ingrid se manifestait qui ont finalement poussé Kelly à venir me demander conseil. »

Kara ferma les yeux.

Kelly... Ingrid... ce devait être vrai. Cela expliquait tant de choses. Mais les causes de tout cela étaient si... ignobles !

« Bon, dit-elle d'une petite voix. J'accepte l'existence de cette deuxième personnalité, cette Ingrid. Mais c'est une menteuse. Vous dites qu'elle était très portée sur les choses du sexe...

— Les enfants victimes de violences sexuelles développent bien souvent un tel comportement. Cela reflète la façon dont ils ont appris malgré eux à envisager la relation avec le mâle. Il en va de même avec les enfants battus qui, une fois devenus adultes, cèdent facilement à la violence.

— Kelly n'a pas été violée, bon sang ! J'étais là ! J'ai grandi avec elle ! Son personnage d'Ingrid vous a menti !

— Peut-être. Je n'ai aucun moyen de le savoir. Mais Ingrid racontait volontiers que sa jumelle était, tout comme elle, souvent violée par leur père. »

Kara bondit une nouvelle fois de son fauteuil, prête à se jeter sur le Dr Gates.

« Vous êtes sourd ou quoi ? Cela n'est jamais arrivé ! » hurla-t-elle en détachant chaque syllabe.

Comment une telle chose aurait-elle pu se produire ? Elle revoyait le visage un peu fatigué de son père, son doux sourire, ses yeux bleus pleins de tendresse. Il n'avait même jamais haussé le ton. Son père était... oui, prude. Elle se souvenait de son air embarrassé quand elle et Kelly, devenues adolescentes, le rencontraient dans le hall et qu'elles ne portaient que leurs sous-vêtements. Il leur disait de passer au moins une robe de chambre. Il n'aurait jamais pu les...

« Ingrid disait que sa sœur jumelle s'appelait "Janine", reprit le Dr Gates.

— Ah ! Qu'est-ce que je vous disais ? Cette Ingrid est complètement cinglée ! Elle change mon prénom et vous voulez accorder du crédit à toute son histoire ? »

Kara se dirigea vers la porte. Elle en avait assez, de ces idioties !

« Merci, docteur Gates. J'ai appris tout ce que je désirais. »

Il ne leva pas la voix, mais, quand elle posa la main sur la poignée de la porte, Kara l'entendit parler avec un calme qui la glaça.

« Et si la Janine dont elle parle vivait effectivement en vous, mademoiselle Wade ? » Kara s'immobilisa. Sa colère fut instantanément remplacée par une terreur sans nom. Elle pivota et le regarda droit dans les yeux.

« A quoi jouez-vous avec moi ?

— Je ne joue à rien, je puis vous l'assurer. Je vous transmets les informations que vous m'avez demandées hier, des informations susceptibles de revêtir pour vous une importance capitale. »

Les genoux tremblants, elle tentait de comprendre l'inconcevable, mais les pensées ne réussissaient pas à prendre forme dans sa tête. Son esprit les repoussait avec force.

« Asseyez-vous, je vous en prie », dit le Dr Gates.

Pour la première fois, il y avait un semblant de sentiment dans sa voix.

« Non, terminez et je partirai.

— Comme vous voudrez. Je vais résumer la situation. Votre sœur jumelle s'est forgé une personnalité séparée pour se protéger d'un très gros traumatisme infantile. J'ai eu affaire à cette personnalité, je savais qu'elle existait. Comme vous et votre sœur avez grandi ensemble et comme vous n'avez aucun souvenir d'événements susceptibles d'expliquer le traumatisme de Kelly, je pense qu'il est plus juste et plus prudent de vous avertir d'une chose : il est tout à fait possible que vous-même ayez développé une seconde personnalité pour vous protéger du même traumatisme.

— D'accord, dit-elle avec lenteur. Vous m'avez prévenue. Il y a peut-être eu traumatisme. Peut-être l'avons-nous toutes deux réprimé. Mais rien ne vous permet d'expliquer cela par... l'inceste.

— A en juger par les mœurs sexuelles d'Ingrid, je dirais qu'il y a une forte probabilité pour...

— Mais vous n'avez pas la certitude *absolue*, n'est-ce pas ? » *Accordez-moi au moins cela !*

« Non, dit-il après un bref silence. Il est délicat d'être absolument certain de quoi que ce soit dans ce genre de cas. Surtout maintenant que Kelly n'est plus là. »

Oh merci.

Il y avait pourtant encore une chose qu'elle devait faire avant de fuir ce cabinet, cet homme, cette ville.

« Comment puis-je savoir si j'ai une autre personnalité ?

— Si vous avez des absences, des trous de mémoire, s'il y a chez vous des objets que vous ne vous souvenez pas d'avoir achetés, vous pouvez avoir des doutes. Mais, en dehors d'une discussion ou d'une rencontre avec un ami ou un parent alors que c'était la personnalité seconde qui tenait les rênes, vous n'avez *aucune* chance de savoir. A moins, naturellement...

— Quoi ? Dites-moi !

— L'hypnose ramène parfois au premier plan la personnalité seconde, mais il n'y a rien de sûr. Et puis il y a certains risques. »

Kara ouvrit la porte.

« Au revoir, docteur Gates, et merci de m'avoir reçue. »

Elle obligea ses jambes à la porter jusqu'à l'ascenseur, jusqu'au hall de l'immeuble, dans la rue. Autour d'elle tout lui semblait flou, comme si elle se mouvait dans le brouillard.

Je suis somnambule, se dit-elle. *C'est un cauchemar et je vais me réveiller d'une minute à l'autre.*

Elle prit un taxi pour regagner l'appartement de Kelly.

Elle ne pouvait pas affronter Jill et Ellen, non, pas maintenant, elle se sentait si mal, si... souillée. Elle devait se ressaisir, tout remettre à plat.

Mais comment ?

Dès qu'elle eut franchi la porte de l'appartement de Kelly, Kara comprit qu'elle avait commis une erreur. Elle ne voulait pas être là. Pas maintenant, en tout cas. Pas toute seule. Elle avait besoin de quelqu'un à qui parler, à qui *tout* raconter. Mais qui ? Certainement pas sa tante. Il n'y avait dans cette ville inhumaine qu'une personne qui pût l'entendre. Elle ne voulait pas l'appeler, mais il n'y avait pas d'autre solution.

3 h 51

Quand on le prévint qu'une femme le demandait au téléphone, Rob pensa qu'il s'agissait de Connie. Elle le harcelait depuis dimanche, disant qu'elle voulait oublier leur rupture et reprendre des relations normales. Rob n'était pas très chaud. Il fut étonné d'entendre la voix de Kara. Il s'attendait à ce qu'elle l'appelle dans quelques jours pour être mise au courant des progrès de l'enquête, mais pas si tôt, surtout après la façon dont elle l'avait fui hier.

« Tu es très occupé aujourd'hui ? » dit-elle.

Elle avait une voix étrange, légèrement caverneuse, comme si elle était sous sédatif.

« Oui, c'est un vrai cirque. Tu as regagné la ferme ?

— Non, je suis toujours en ville. Euh... »

Elle hésita. Rob attendit un instant.

« Kara, qu'est-ce qu'il y a ?

— Rob, tu ne pourrais pas venir ? dit-elle précipitamment.

— Venir ? Mais où donc ?

— Je suis chez Kelly.

— Qu'est-ce qui se passe ? Tu as trouvé quelque chose ?

— Non, mais j'ai appris des choses que tu devrais connaître. J'ai besoin d'en parler à quelqu'un. Tu peux venir quand ?

— J'en ai encore au moins pour deux heures, sinon plus. Cinq heures, ça te va ?

— Oui. Tu connais l'adresse ?

— 63e Rue Est.

— Oui. Ne sois pas en retard, d'accord ? Et si tu peux, viens plus tôt.

— Bien sûr. A tout à l'heure. »

Rob raccrocha. Que se passait-il ? Ce n'était pas là la Kara Wade à qui il avait affaire depuis une semaine. Elle paraissait si timide. Comme si quelqu'un l'avait écrasée de sa superbe.

Rob se hâta de boucler le rapport concernant le double crime de la 48e Rue Ouest, mais il était tout de même un peu plus de cinq heures quand il arriva au domicile de Kelly.

Dans le vestibule de l'immeuble, Rob se rendit compte qu'il avait hâte de revoir Kara. Pourquoi ? Elle l'attirait toujours, c'était certain, mais elle ne s'intéressait visiblement plus à lui. Elle paraissait même l'éviter. Pourquoi se paierait-il encore une bonne frustration ?

En tout cas, cette fois-ci, c'était elle qui avait fait le premier pas.

Ne te fais pas de cinoche, mon vieux, se dit-il au moment de presser le bouton de l'interphone.

Kara ouvrit immédiatement. Elle l'attendait sur le pas de la porte.

« Je suis contente de te voir, dit-elle. Entre. »

Elle avait une mine épouvantable. Elle avait l'air vidée et semblait toute menue dans son grand pull-over. Elle avait les traits tirés, les yeux rouges et le regard affolé.

« Tu vas bien ? dit-il en entrant et en se débarrassant de son manteau.

— Mais oui, bien sûr. »

Sa réponse avait la sincérité des déclarations d'une personne retenue en otage. Machinalement, il jeta un coup d'œil dans la pièce principale.

« Il y a quelqu'un ici ?

— Non. Tu veux quelque chose ?

— Pourquoi pas ?

— Tu es toujours au scotch ? »

Rob hocha la tête, très flatté qu'elle s'en fût souvenu.

« Tant mieux, parce que c'est tout ce qu'il y a.

— Avec des glaçons, s'il te plaît. »

Rob profita de ce que Kara alla dans la cuisine pour regarder dans la chambre. Il y régnait le plus grand désordre, comme si l'on avait tout fouillé de fond en comble. Depuis combien de temps était-elle ici ? Il la rejoignit dans la cuisine. Il remarqua un verre à moitié vide posé sur le comptoir à côté de la bouteille de whisky.

« Je vois que tu as commencé sans moi. »

Elle lui en versa avant de se resservir.

« J'en ai déjà bu quelques-uns », dit-elle en lui tendant son verre.

Il regarda plus attentivement ses yeux.

« J'en ai l'impression, oui.

— Mais ça ne m'aide pas beaucoup. » Elle leva son verre. « A la santé des psychiatres. »

Bien qu'il doutât de sa sincérité, Rob trinqua avec elle. Il but. Cela faisait du bien. Puis ils s'appuyèrent au comptoir sous la lumière crue du néon de la cuisine.

Une vision traversa l'esprit de Rob — eux deux, mariés, évoquant comme chaque soir les événements de la journée pendant que le dîner mijotait. Ce fut très bref, mais il en subsista une impression douce-amère.

Rob se reprit.

« Ne laisse pas ce Dr Gates avoir trop d'influence sur toi. J'aurai un mandat de perquisition, je pourrai avoir accès au dossier de Kelly. Cela prendra du temps, mais...

— Il m'a appelée hier soir, dit-elle. Il avait changé d'avis. Je suis allée le voir ce matin et il m'a tout raconté, toute l'histoire de Kelly.

— Eh bien, pour un revirement...

— Je regrette presque qu'il l'ait fait. »

Rob vit de la souffrance dans son regard et il comprit qu'elle n'exagérait pas.

« Tu veux en parler ?

— Non. Oui. Je ne sais pas. Je crois que tu devrais peut-être connaître ce qu'il y avait dans la tête de Kelly — enfin, selon le Dr Gates — au cours des mois qui ont précédé sa... sa chute.

— Cela pourrait peut-être m'aider.

— Oui, d'accord. Viens au salon. »

Ils allaient s'asseoir sur le canapé quand l'interphone sonna.

« Mais qui est-ce qui... » commença Kara avant de décrocher.

Un certain Ed était en bas. Elle paraissait le connaître et lui ouvrit la porte d'entrée.

Rob le jaugea d'un coup d'œil : près d'un mètre quatre-vingts, environ quarante ans, cheveux bruns, corpulence moyenne, le genre cadre dynamique.

« Oh, désolé, dit-il en découvrant Rob. Je ne voudrais pas déranger...

— Non, entrez, fit Kara d'un air résigné. Ed, voici Rob Harris. Rob, c'est Ed, un vieil ami de Kelly. »

Ils se serrèrent la main et Rob remarqua qu'Ed avait la paume moite.

« Enchanté, dit Rob. Votre nom, c'est ?

— Euh, Bannion.

— Ed est au service juridique de la Paramount, dit Kara. Il a proposé de me donner un coup de main s'il y avait des problèmes d'ordre légal. » Elle se tourna vers Rob. « Et Rob est inspecteur de police, il s'occupe de la mort de Kelly. »

Un instant, Rob crut que les yeux d'Ed allaient lui sortir des orbites.

« Oh, fit Ed, c'est intéressant. Mademoiselle Wade, enfin Kara, m'a dit que vous pensiez à un crime. Vous avez des suspects ?

— Pas encore, mais on est pratiquement certains qu'il y avait deux hommes. »

Le visage d'Ed ressemblait à un masque.

« C'est vrai ? Formidable, j'espère que vous allez bientôt les arrêter.

— Ce n'est qu'une question de temps. Mais dites-moi, comment avez-vous connu Kelly ?

— Elle s'est occupée de la mère d'Ed quand elle était à l'hôpital, intervint Kara, assez impatiente. Ed, vous devriez rester là pour entendre ce que j'ai à dire.

— Tu crois que c'est le moment ? » dit Rob.

Il ignorait totalement ce que Kara voulait révéler, mais il était certain qu'il devrait être le premier à l'entendre. De plus, elle parlait de manière quelque peu pâteuse et avait les jambes en coton. Combien de verres avait-elle bus ?

« Je ne sais pas si c'est le moment, mais Ed pensait beaucoup de bien de Kelly et, vu la façon dont les journaux ont parlé d'elle, il pourrait croire que c'était une pute. Je veux mettre les choses au clair pour qu'il comprenne qu'elle n'était pas responsable. Ed, vous voulez un verre ?

— Oui. Euh, non. Je crois qu'il ne vaudrait mieux pas. »

Ed avait l'air sur des charbons ardents et Rob se demanda pourquoi.

« Très bien, dit Kara. Je vais vous dire tout ce que je sais. »

Un flic ! Un inspecteur de la police de New York !

Ed sentait des gouttes de sueur s'accumuler sous ses aisselles.

Seigneur, qu'est-ce que je fous ici avec un flic ?

Il avait vraiment envie du verre que lui proposait Kara, mais il n'osait pas l'accepter. Il devait surveiller le moindre de ses mots. L'alcool pourrait le faire déraper. Et surtout il ne voulait pas laisser d'empreintes. Kara lui avait dit que la police avait relevé celles des deux suspects.

Pourquoi est-ce que je me suis fourré dans cette histoire ?

Il se rendit compte que Kara était en train de parler.

« Ce matin, j'ai rencontré le psychiatre de ma sœur. Je pense que vous devriez tous les deux savoir ce qu'il m'a dit. »

Elle but une gorgée de whisky. Ed vit qu'elle était sur le point de craquer.

« Il m'a expliqué que Kelly souffrait d'un trouble de la personnalité : elle avait une personnalité multiple.

— Oh ! fit Ed, qui avait lu deux fois *Sybil* et trouvé le sujet passionnant. Je pensais que ce genre de chose était plutôt rare.

— C'est vrai, mais Kelly avait une seconde personnalité du nom d'Ingrid. C 'est elle qui faisait tous ces trucs complètement dingues, pas Kelly. »

L'inspecteur Harris but à son tour.

« Ingrid, dis-tu ? C'est le nom qu'elle a donné au Plaza.

— Exact, fit Kara avant de s'adresser directement à Ed. C'est pour ça que je voulais vous mettre au courant. Je ne voulais pas que vous la preniez pour une sorte d'hypocrite qui jouait à Sœur Theresa le jour et à Irma la Douce la nuit. Elle avait un vrai problème et elle se battait contre. Je sais qu'elle aurait pu s'en tirer si elle avait eu plus... de temps. »

Ses lèvres frémirent et elle pencha la tête. Ed était bouleversé. Par elle. Et par sa sœur défunte. C'était apparemment une femme très perturbée. Il sentit son estomac se nouer. Il ignorait qu'elle était aussi vulnérable quand il l'avait... Oh Seigneur, il lui avait fait l'amour, il l'avait même *mordue*, cette pauvre fille qui ne savait même pas qui elle était.

Il se sentait très sale.

« Je comprends », fit-il. Il voulait sincèrement alléger la peine de Kara. « Mais soyez-en assurée, je ne penserai jamais de mal de votre sœur. »

Il remarqua que l'inspecteur Harris le fixait.

Rob hocha la tête comme pour lui dire merci. C'était vraiment étrange. Y avait-il quelque chose entre eux ?

Il éprouva le besoin de parler, de rompre le silence.

« Si je me souviens bien d'après ce que j'ai lu dans *Sybil*, les personnalités multiples ne sont-elles pas la conséquence de mauvais traitements subis pendant l'enfance ? »

Il se rendit immédiatement compte qu'il avait dit ce qu'il ne fallait pas. Kara posa violemment son verre sur la table et se leva. Elle était livide.

« Cela n'est jamais arrivé ! Jamais ! Je vous interdis de dire quoi que ce soit sur mon père ! »

Ed était abasourdi.

« Mais quoi ? je n'ai rien...

— Foutez le camp d'ici ! »

Ed se leva péniblement, imité par Harris.

« Vous feriez peut-être mieux...

— Oui. »

Harris le reconduisit jusqu'à la porte.

« Donnez-moi votre carte, dit-il. Je pourrais avoir à vous joindre. »

Ed sentit la panique l'envahir.

« Pourquoi ?

— De nombreuses questions concernant Kelly Wade demeurent encore sans réponse. Vous pourriez peut-être répondre à certaines.

— Bien sûr. »

Il glissa sa carte dans la main de l'inspecteur en espérant qu'il ne remarquerait pas qu'il tremblait.

Harris y jeta un coup d'œil et la rangea dans sa poche.

« Bien. On reste en contact. »

Ed s'éloigna dans le couloir. Quelle explication allait-il donner à son supérieur si la police de New York l'appelait à son bureau ? Il était furieux.

Merde, merde et merde ! Tu t'es foutu dans la merde, mais tu n'as que ce que tu mérites parce que tu es vraiment le roi des cons !

« Tu peux partir, toi aussi », dit Kara quand Rob eut refermé la porte sur Ed.

Il se retourna. Elle se tenait toujours près de la table, l'air totalement décomposé. Il n'allait quand même pas la laisser comme ça.

« Je peux d'abord finir mon verre ?

— Bien sûr. »

Il reprit sa chaise et but lentement. Kara finit par s'asseoir à son tour. Elle délaissa son verre et regarda fixement le mur.

« Qu'est-ce qui ne va pas, Kara ?

— Rien du tout.

— Tu veux en parler ?

— Non.

— Écoute, tu ne m'as pas fait venir ici rien que pour m'apprendre que Kelly avait une personnalité multiple. Tu aurais pu me le dire au téléphone. Si tu veux en parler, je suis tout ouïe. Si tu as besoin d'un ami, je suis là. »

Kara était toujours tournée vers le mur, mais il remarqua que ses yeux s'emplissaient de larmes. Elle parla, d'un ton si douloureux qu'il sentit sa propre gorge se serrer.

« Il a dit que notre père avait abusé de nous quand nous étions enfants. »

Rob eut du mal à répondre. Il n'avait jamais rencontré le père de Kara, celui-ci étant décédé avant son arrivée à New York.

« Seigneur ! Est-ce que c'est... vrai ?

— Non ! dit-elle entre ses dents. Jamais !

— Dans ce cas, quel est le problème ? »

Kara lui rapporta pratiquement mot pour mot sa conversation avec le Dr Gates. Rob l'écouta avec inquiétude. Il voyait les pièces du puzzle se mettre en place. Il savait ce qu'elle allait dire et n'avait pas du tout envie de l'entendre.

Kara était épuisée et ce fut lui-même qui énonça la conclusion de son exposé.

« Tu redoutes d'abriter également une seconde personnalité, cette "Janine" ? C'est cela, hein ?

— Oui et non, dit-elle avec un haussement d'épaules. Je sais qu'Ingrid mentait à propos de mon père, je le sais ! Mais est-ce que je le sais *vraiment ?* Je ne suis plus sûre de rien ! Dis, est-ce que je débloque complètement ou est-ce que tout ça se tient ? »

Rob posa la main sur la sienne. Elle ne chercha pas à se dégager.

« Oui, cela se tient, mais je ne vois pas comment t'aider ? Je voudrais bien pourtant. »

Elle se leva et se dirigea vers la salle de séjour. Rob pivota sur sa chaise pour la voir assise sur le canapé, la tête entre les genoux.

« Il faut que je sache, Rob. Je ne peux pas passer le restant de mes jours dans l'ignorance. J'ai un enfant et, si ce n'est pas pour moi, c'est au moins pour Jill, je dois savoir si je suis bien dans ma tête. Ce que je veux dire, c'est si je suis cohérente, ou est-ce qu'il y a dans ma tête une bombe à retardement qui s'appelle "Janine" et qui peut péter à n'importe quel moment. Je veux *savoir*, tu comprends ? »

Elle semblait si misérable, si désespérée. Rob alla s'asseoir à côté d'elle.

« Et l'hypnose ? Gates t'a bien dit que c'est comme ça qu'il a décelé la présence d'Ingrid.

— Oui, mais... »

Rob attendit.

« Oh, Rob, j'ai si peur ! »

Machinalement, il prit Kara par le cou et l'attira à lui. Elle enfouit son visage contre sa poitrine.

« Je veux connaître la vérité, mais je ne veux pas qu'elle me fasse mal. Tu comprends ? Si Ingrid disait la vérité, si Janine existait vraiment en moi...

— Tu ne penses pas que tu le saurais déjà ?

— Kelly ne l'a appris que grâce au Dr Gates. Qu'est-ce que je vais faire ? »

Rob s'efforçait de se mettre à sa place. Quelle était la meilleure solution ?

« Je vois les choses comme ça, dit-il sans se hâter. Si tu tentes le coup et que cela tourne mal, ce sera très douloureux, j'en suis certain, mais tu sauras au moins où tu en es et tu pourras affronter le problème. Pour l'instant, tu es dans l'ignorance la plus totale. Tu seras toujours dans le doute tant que tu ne prendras pas le taureau par les cornes.

— Est-ce que tu m'accompagneras ? » dit-elle après un long moment d'hésitation.

Elle avait visiblement pris une décision.

« Bien sûr.

— Tu resteras avec moi quand je me ferai hypnotiser ? »

Rob frissonna. Il risquait d'assister à une scène étrange si Kara recelait vraiment une autre personnalité. Mais lui aussi voulait connaître la vérité.

« Oui, mais il faut que Gates soit d'accord. »

Elle releva la tête, mais resta blottie contre lui.

« Il sera d'accord, sinon j'irai trouver quelqu'un d'autre !

— Tu ne lui fais pas confiance ?

— Je ne le connais pas assez bien pour m'enfermer seule dans une pièce avec lui, le laisser m'hypnotiser et me raconter ensuite tout ce que j'ai pu dire ou faire.

— Je comprends. Je serai là.

— Merci, Rob. Dis, tu pourrais me déposer chez tante Ellen ? Jill et moi, on est descendues chez elle.

— Sans problème. »

Ils demeurèrent un instant silencieux. Rob regarda Kara et il vit qu'elle s'était endormie. Pour la première fois depuis le jour de leurs retrouvailles, la semaine précédente, son visage avait l'air détendu, libre de tout chagrin et de tout souci. Ainsi qu'il devrait tout le temps l'être.

Il retira délicatement le bras et déposa sa tête sur un coussin, puis il lui souleva les jambes et l'allongea sur le canapé. Son pull se releva un peu, révélant son ventre doux et lisse. Rob sentit monter en lui une bouffée de désir, le désir de glisser la main sous ce pull et de la refermer sur l'un de ses seins. Il se rappelait les seins de Kara, leurs formes parfaites, leurs pointes roses, comment il les caressait et les embrassait…

Cela ne menait à rien. Il alla chercher une couverture et l'en couvrit avant d'aller fumer dans la cuisine une cigarette bien méritée. Il chercha le numéro de téléphone de tante Ellen dans le calepin de Kelly et l'appela pour lui expliquer la situation. Tante Ellen parut comprendre et dit qu'elle avertirait Jill.

Rob décida de passer la nuit ici. Il ne voulait pas que Kara se retrouve seule lorsqu'elle se réveillerait.

LETTRES DU PURGATOIRE

Quelle suffisance. Tant de suffisance, c'en est écœurant. Il a posé son piège. Il la voit tomber dedans, il voit les mâchoires se refermer, tout cela au ralenti. Il apprécie tellement ce spectacle qu'il en a oublié son insupportable impatience et qu'il prend tout son temps pour savourer sa machination.

Ce n'est qu'une question de temps, se dit-il. Sa confiance est sans limite.

Me donne envie de vomir.

Quelle terrible injustice qu'il puisse continuer ainsi, sans être défié, sans être soupçonné. Il faudrait faire quelque chose. Si au moins quelqu'un pouvait faire quelque chose. La situation doit de toute urgence être reprise en main.

On pourrait croire que Dieu en a assez vu, qu'il va intervenir et le broyer pour ce qu'il a fait, à moi et aux autres, qu'il va le broyer pour avoir perpétré une telle abomination.

Deus ex machina !

Je t'en supplie !

Mais il ne s'agit pas d'une tragédie grecque. C'est la vie, bien réelle, si du moins l'on peut appeler vie ce que je supporte. La mort serait encore meilleure.

Impossible de l'arrêter, mais il doit y avoir un moyen de mettre un obstacle à ses méfaits, ou, tout au moins, de le harceler.

Oui. Le harceler. Je devrais essayer. M'accrocher à lui, ce porc immonde. Il n'avait pas le droit de me punir comme ça quand je l'ai raillé. N'était pas juste. Rien de cela n'est juste, mais c'est allé encore plus loin que sa méchanceté habituelle.

Cruel. Il est si cruel envers moi.

Je me demande… me demande si je pourrais répliquer.

Va falloir y réfléchir. Après tout, j'ai tout mon temps pour y penser. Tout mon temps.

JEUDI 12 FÉVRIER

6 h 45

La journée commença de manière plutôt brutale.

Kara ouvrit les yeux dans la lumière de l'aube et ne comprit pas où elle se trouvait. Allongée sur un canapé dans une pièce inconnue. Avec cette migraine tenace, qui partait des tempes et irradiait vers les yeux et le cou. La pièce sentait le tabac ; un bruit sourd, terrifiant, résonnait entre les murs. Bien que cela lui fût pénible, elle souleva la tête et regarda autour d'elle.

Un homme assis sur une chaise, tout près d'elle.

Pas vraiment assis, en fait – plutôt effondré. La tête rejetée en arrière, les bras ballants, les jambes écartées. Un instant elle crut qu'il était mort, puis elle se rendit compte qu'il était à l'origine de ce bruit épouvantable. Il ronflait.

Et puis elle le reconnut.

« Rob ? »

Qu'est-ce qu'il faisait dans...

Elle se souvint brusquement de la veille au soir. Ce type, Ed, était venu. Elle leur avait révélé à tous les deux ce que le Dr Gates lui avait appris à propos de Kelly. Pourquoi ? Pourquoi avait-elle fait cela ? Et surtout pourquoi avait-elle autant bu ?

Rob se redressa et se frotta le visage tout en grommelant.

« Tout va bien, Kara, je suis là. »

Kara reposa la tête sur le coussin. Elle tâtonna sous la couverture. Elle était toujours habillée, ses boutons étaient toujours en place et sa fermeture à glissière n'était pas ouverte. Rob ne l'avait pas touchée. C'était évident. Le chevalier à l'armure étincelante avait veillé sur elle toute la nuit.

Kara geignit et ferma les yeux. Que lui devait-elle en retour ?

« Tu es sûre que tu n'as pas faim ? »

Kara secoua la tête en silence et but un peu de café lyophilisé.

« Vraiment ? Il y a des œufs au frigo. Ils ont l'air encore bons. Je pourrais te préparer une omelette au fromage avant de partir. C'est facile. »

Kara leva la main pour le faire taire. Elle avait oublié que Rob était en pleine forme dès qu'il se réveillait. Ce genre de détail lui revenait à l'esprit à présent. Même lorsque leurs relations étaient au beau fixe, cet aspect de son personnage l'avait toujours énervée. Il n'avait apparemment pas changé. Après une nuit entière passée sur une chaise, elle le retrouvait frais comme l'œil.

« Non. Merci. Je suis sûre. Je t'en prie. Va-t'en. Tu vas être en retard.

— Très bien. Tiens-moi au courant pour Gates. Essaye d'avoir un rendez-vous après cinq heures.

— D'accord. » Elle se tourna vers lui. « Merci, Rob. Tu n'étais pas obligé de rester là, cette nuit. J'apprécie beaucoup.

— Les amis sont faits pour ça, non ?

— Nous sommes toujours amis ? Après tout ce qui s'est passé... »

Il haussa les épaules.

« Tu sais, ça m'a pris un bon bout de temps avant d'arriver à comprendre que nous n'étions pas faits pour vieillir ensemble, mais cela ne veut pas dire que je ne me souciais plus de toi. Pourquoi ? Tu te fichais de moi, toi ? »

Kara secoua lentement la tête.

« Non. Et c'est bien pour cela que je ne voulais plus te parler. » *Disons que c'était en partie pour cela.* « Je savais que cela ne menait à rien, mais j'avais peur de changer d'avis si je te revoyais. »

Il eut un petit sourire un peu triste.

« J'espérais bien que tu me dirais quelque chose dans ce genre-là. On devrait peut-être être un peu plus relax l'un par rapport à l'autre, non ? »

Je le voudrais bien, Rob, mais je ne peux pas.

« Oui, ce serait mieux. Merci encore d'être resté. Je te revaudrai ça. »

Il cambra les reins et fit la grimace.

« J'espère bien. Tu vas d'ailleurs me prouver ta gratitude en me laissant te préparer un bon dîner avant ton départ. »

Sa migraine ne l'empêcha pas de rire au souvenir des mélanges épouvantables dont il avait le secret.

« Oh, Rob...

— Non, non, c'est sérieux. J'ai fait des progrès. Je suis même assez bon maintenant. S'il te plaît. C'est important pour moi et tu ne le regretteras pas. »

Elle l'observa avec plus d'attention. Son accord semblait vraiment compter beaucoup pour lui.

« Comme tu voudras. »

Il eut un sourire radieux et lui tendit la main.

« Marché conclu ?

— Marché conclu », dit-elle en lui serrant la main.

Il se dirigea alors vers la porte et tira une cigarette de son paquet. Il sifflotait, rien moins que ça.

16 h 42

Rob était assis dans la salle d'attente minuscule et délabrée de Doc Winters. Il consulta sa montre. Il n'était pas loin de cinq heures. Avant de retrouver Kara, il voulait avoir une petite conversation avec Doc Winters. C'était l'un des psy de la police. Il s'occupait des flics quand c'était nécessaire et leur servait également de conseiller chaque fois qu'ils croyaient avoir un cinglé en cavale.

Mais, pour l'heure, Rob était venu entendre ce que Doc Winters savait d'un confrère du nom de Lawrence Gates.

Rob avait éprouvé un dégoût immédiat à l'encontre de Gates et, maintenant que le psychiatre allait mettre Kara sous hypnose, il voulait se faire une idée plus précise de sa personnalité. Il avait cherché aux sommiers — rien, pas de casier judiciaire, de blâmes de la part du Conseil de l'Ordre, pas même de contravention impayée. Rien à redire. Son passé ? Un CPEM à l'université de New York, un doctorat en médecine, une spécialisation en psychiatrie au centre médical de Brooklyn. Parfait. Sa formation était excellente. Mais ce n'était pas dans les archives de la police ou de l'université que Rob apprendrait ce qu'il voulait savoir. Il avait besoin de quelqu'un qui connût cet individu.

Et Doc Winters était dans ce cas-là.

Rob aurait pu téléphoner à Doc et lui poser des questions à propos de Gates, mais il tenait absolument à se trouver en présence de Winters, à voir ses yeux quand il lui répondrait. Les psy constituaient une sorte de société secrète, ils ne disaient jamais de mal de leurs confrères quand ils avaient affaire à un profane. En rencontrant personnellement Doc Winters, Rob saurait s'il était sincère ou non.

La porte du cabinet s'ouvrit et Rob vit sortir Bobby Kurtzman. Les deux hommes échangèrent un signe de tête. Ce pauvre Kurtzman. Il avait tiré sur un gosse qu'il croyait armé. Il s'était révélé qu'il ne l'était pas. Le gosse s'était remis de ses blessures, mais Kurtzman ne serait probablement plus jamais le même.

Rob entra et se trouva face à Doc Winters, un homme trapu et chenu d'une soixantaine d'années. Il portait une chemise blanche et un pantalon gris. Son veston n'était visible nulle part. Le cabinet était assez petit et le bureau couvert de journaux, de dossiers de patients et de documents divers.

Rob l'avait déjà rencontré à plusieurs reprises, mais il prit tout de même la peine de se présenter.

« Mais oui, Harris. Je me souviens de vous. Vous m'avez appelé à propos de Lawrence Gates, c'est bien cela ?

— C'est exact.

— Il a des ennuis ?

— Pourquoi, il devrait ?

— Ne jouez pas les malins avec moi, inspecteur. »

Rob se rendit compte que sa réflexion n'était pas très intelligente. Il avait oublié que Doc Winters avait la réputation d'être un rusé.

« Désolé. Je désire simplement une opinion personnelle de cet homme. Il va traiter l'une de mes connaissances et j'aimerais savoir s'il est vraiment compétent.

— C'est quoi, son problème ?

— C'est encore flou. Peut-être une personnalité multiple. »

Doc Winters leva les sourcils.

« Vraiment ? On n'en rencontre pas souvent. En tout cas, votre amie ne pourrait pas être mieux tombée.

— Qu'est-ce qui vous fait dire que c'est une femme ?

— Neuf fois sur dix, les personnes qui souffrent de personnalités multiples sont des femmes. Larry est expert en la matière. Je l'ai eu un moment comme résident quand j'étais en poste à Brooklyn. Un type brillant. Dès le début, il s'est passionné pour les personnalités multiples. Il a écrit quelques articles à ce sujet. »

Doc Winters paraissait sincèrement enthousiaste. Rob se sentit un peu rassuré.

« Je vois qu'elle est dans de bonnes mains, dit Rob. Merci, Doc.

— A propos, il est hongrois, fit Doc au moment où Rob allait prendre congé. C'est un émigré. Son vrai nom est... attendez. » Il tapota son stylo contre sa mâchoire. « Ah, c'est cela ! Gati. Lazlo Gati. Il a changé de nom au CPEM, je crois bien. Il a travaillé dur pour perdre son accent. Il disait qu'il était américain à part entière. C'est remarquable, quelqu'un d'aussi déterminé.

— Plutôt, oui.

— S'il voulait, il n'aurait même pas à pratiquer. Je crois savoir qu'il est riche comme Crésus depuis que sa sœur est morte en Virginie-Occidentale, il y a quelques années de cela. Mais il continue son boulot. Un type très dévoué.

— Merci encore, toubib. »

Lazlo Gati, se dit Rob en fonçant vers sa voiture. Il allait se renseigner sur ce Lazlo Gati.

Kara attendait Rob.

Dans le froid, à l'extérieur de la maison des Arts médicaux où le Dr Gates avait son cabinet, elle respirait les vapeurs d'essence des voitures circulant sur la Septième Avenue. Elle aurait pu entrer dans le vestibule, où il faisait plus chaud, mais une vague appréhension lui interdisait de pénétrer seule dans ce bâtiment.

Elle avait laissé un message destiné à Rob au planton du commissariat ainsi que sur le répondeur de son domicile. Elle ne savait pas s'il l'avait reçu, mais ce dont elle était certaine, c'est qu'elle ne se rendrait pas seule chez le Dr Lawrence Gates.

Kara avait appelé le secrétariat du Dr Gates dans la matinée. Le praticien l'avait rappelée une vingtaine de minutes plus tard pour lui proposer de la rencontrer quelques instants au moment du déjeuner. Comme elle trouvait que cela ne suffisait pas, il avait accepté de la recevoir après ses consultations, vers cinq heures et quart.

Elle consulta sa montre. 17 h 14.

C'est alors qu'une voiture sale, tout à fait banale, apparut au coin de la rue et s'arrêta sous le panneau rouge et blanc DÉFENSE DE STATIONNER — ENLÈVEMENT IMMÉDIAT. Rob en sortit. Il portait un blazer, une chemise ouverte et pas de manteau. Il lui sourit.

« Juste à l'heure !

— Tu crois que tu vas retrouver ta voiture en redescendant ? » dit Kara en lui désignant le panneau d'interdiction.

Il lui indiqua la carte de police apposée derrière le pare-brise.

« Avec ça, je peux me garer n'importe où. Viens, entrons, on gèle ici. »

La secrétaire du Dr Gates semblait sur le point de partir ; en fait, elle n'attendait que leur arrivée.

« Il va vous recevoir », dit-elle en montrant le cabinet de consultation.

Sur ce, elle s'en alla, fermant à clef la porte derrière elle.

Le Dr Gates ne put dissimuler son étonnement en voyant Rob accompagner Kara.

« Je pensais que vous viendriez seule, mademoiselle Wade, dit-il avec son discret accent.

— L'inspecteur Harris est ici au titre d'ami, dit-elle.

— C'est absurde. Je pensais vous avoir bien expliqué que je ne voulais évoquer avec qui que ce soit le passé médical de votre sœur. *Surtout pas* avec un représentant de la police. »

Kara sentait Rob s'impatienter. Elle lui pinça le bras.

« Je ne suis pas venue parler de Kelly. Je suis là pour découvrir qui je suis. Je veux apprendre si j'abrite moi aussi une seconde personnalité.

— Fort bien. Nous allons prendre rendez-vous et entamer une thérapie. »

Kara ne fut pas surprise par ce genre de réaction.

« Je ne peux pas attendre aussi longtemps, docteur. J'ai besoin de savoir tout de suite. Aujourd'hui même. Je retourne demain en Pennsylvanie. Si vous me refusez votre aide, je trouverai quelqu'un d'autre qui me recevra sans problème.

— Je ne peux tout de même pas vous venir en aide en une soirée !

— Je ne veux pas de thérapie, docteur Gates. Du moins tant que je ne connaîtrai pas le diagnostic. Et vous m'avez dit pouvoir en poser un par le biais de l'hypnose.

— Non, fit Gates en secouant la tête, c'est bien trop risqué.

— De quel risque parlez-vous ? L'hypnose se pratique même sur les scènes de music-hall. Je croyais que c'était inoffensif.

— Dans votre cas, ce pourrait très bien ne pas l'être. Si vous avez une seconde personnalité semblable à celle de votre sœur, il y a de fortes chances pour qu'elle soit dormante. En tentant de l'atteindre sous hypnose, nous prenons le risque de la réveiller. Peut-être avez-vous une seconde personnalité, mademoiselle Wade, peut-être pas. Si vous en avez une, c'est actuellement un problème *virtuel*, et je ne souhaite pas être celui qui le rendra *réel*.

— Tu sais, il n'a pas tort », dit Rob.

Kara ne lui adressa pas le moindre regard. Elle n'avait pas envisagé cette éventualité. Cette hypothèse lui nouait l'estomac, mais elle ne pouvait pas s'en aller sans savoir.

Et puis il n'y a personne en moi que moi.

« J'accepte de prendre ce risque.

— Eh bien, vous le prendrez sans moi.

— Parfait. » Kara posa la main sur la poignée de la porte. « Je trouverai quelqu'un qui m'aidera. Et quand ce sera fini, je lui demanderai de vous envoyer un petit mot pour vous tenir au courant. Viens, Rob, on s'en va. »

C'était l'as dans sa manche. Elle espérait qu'il marcherait. Elle misait sur le fait qu'il ne pouvait se permettre de laisser passer pareille occasion : pensez donc, deux jumelles ayant chacune une personnalité multiple ! Il ne voudrait pas partager sa découverte avec un autre psy.

Elle traversa la salle d'attente. Il ne la rappelait toujours pas et elle croyait avoir perdu la partie. C'est seulement quand elle fut prête à sortir qu'elle entendit sa voix.

« Attendez, je vous prie. »

Kara se retourna, mais ne revint pas dans le cabinet.

« Pour moi, il n'y avait rien à discuter. »

Il se leva de derrière son bureau et s'approcha d'elle.

« Vous êtes vraiment déterminée à en passer par là ?

— Absolument. »

Il lui fit signe de reprendre place.

« Très bien. Mais nous devons débroussailler certains détails avant de commencer. »

Rob se devait de le reconnaître : Kara avait un caractère en acier trempé.

Pas question de jouer au poker avec toi, se dit-il alors qu'il la regardait faire front au Dr Gates.

Rob se moquait bien de la haute opinion que Doc Winters pouvait avoir de Gates. Son antipathie après leur brève rencontre de la veille était renforcée par la suffisance que le médecin affichait aujourd'hui. Ce type pensait détenir toutes les réponses, comme s'il conversait chaque soir avec Dieu le Père.

Mais ce n'était pas tout. Rob ne lui faisait pas confiance. Il n'avait pas de raison précise, rien qu'une sorte d'instinct primitif qui lui dictait de ne jamais tourner le dos au Dr Lawrence Gates, alias Lazlo Gati. Au fil des années, Rob avait appris à se fier à ses intuitions.

En tout cas, son accent n'était plus un mystère.

Il était heureux d'être ici. Il ne voulait pas laisser Kara seule avec lui, surtout sous hypnose.

« Je pense que ma position est des plus claires, dit-il.

— Tout à fait, répondit Kara. Vous m'avez expliqué les risques encourus. Je sais où je vais. L'inspecteur Harris est ici à titre de témoin : je ne vous tiendrai en aucun cas responsable si les choses tournent mal. »

Le Dr Gates posa sur Rob un regard glacé.

« Êtes-vous vraiment témoin, inspecteur ?

— Oui, mais bien malgré moi.

— Ah, vous voyez ? fit Gates en s'adressant à Kara. Votre ami est aussi réservé que moi.

— Parce que je suis son *ami*, justement », dit Rob.

Toute cette histoire lui déplaisait. Cela lui paraissait douteux. Pourquoi Kara ne s'en tenait-elle pas là ?

« J'apprécie beaucoup, dit Kara, mais ni l'un ni l'autre ne vivez peut-être avec une "Janine" en vous. J'ai pris ma décision. Ce qui est dit est dit.

— Très bien, dit Gates en haussant les épaules. Inspecteur Harris, veuillez m'excuser, mais je vais...

— Je ne bouge pas, dit Rob. Je suis son témoin. »

Les yeux de Gates se posèrent alternativement sur Rob et sur Kara.

« La confiance ne règne pas, me semble-t-il. »

Exact, mon vieux, pensa Rob, mais il ne dit rien. Il allait se contenter d'assister. Gates n'aurait pas la possibilité de faire une découverte « sans précédent » en fabriquant une seconde personnalité ou en déposant quelques suggestions post-hypnotiques. Les choses resteraient extrêmement simples, Rob était là pour s'en assurer.

« Ne vous offusquez pas, docteur, lui dit Kara. Vous-même, vous accepteriez de vous faire hypnotiser par une personne dont le nom vous était totalement inconnu quelques jours plus tôt ? »

Rob trouvait cela plutôt logique, mais le visage de Gates était plus sombre que jamais. Et, soudain, il sourit. L'effet fut étonnant : c'était la première fois que cela lui arrivait.

« Touché, mademoiselle Wade. Votre ami peut assister à notre entretien. »

La technique employée fut bien moins spectaculaire que ce à quoi Rob s'attendait. Pas de pendule qui se balance au bout d'une chaîne, pas de disque tournoyant décoré d'une spirale. Kara était assise à un peu plus d'un mètre de Rob. Gates baissa la lumière et déclencha un métronome. Il dit ensuite à Kara de fermer les yeux et d'écouter le tic-tac du métronome. Il lui parla d'une voix douce, lui demandant de détendre chaque partie de son corps. Cela suffit.

« Kara Wade, dit-il, je veux que vous vous souveniez, que vous reveniez dans votre enfance. Vous rappelez-vous quand vous aviez six ans ?

— Oui », fit Kara d'une voix lointaine.

Elle avait les yeux clos et semblait parfaitement détendue.

« Vous vous rappelez être restée seule avec votre père ?

— Oui.

— Rappelez-vous, est-ce qu'il vous a déshabillée et touchée à des endroits où il ne vous touchait jamais ?

— Non », dit-elle, comme si cette question était la plus naturelle qui fût.

Rob était convaincu que Kara était en transe. Il savait ce qu'elle éprouvait pour sa famille. Eût-elle été réveillée qu'elle se fût jetée sur le médecin, toutes griffes dehors.

« Est-ce que quelqu'un d'autre perçoit ma voix ? demanda Gates. Est-ce qu'une nommée Janine m'écoute en ce moment ? J'aimerais beaucoup lui parler. »

Janine. Kara avait prononcé ce nom. Rob retint son souffle, prêt à entendre une voix semblable à celle de la fillette de *L'exorciste*. Mais Kara demeura silencieuse, Dieu merci.

Gates jouait avec un porte-clefs. Un tour autour de son doigt, un deuxième, avant de le rattraper dans la paume de la main. *Un tour, deux tours, stop. Un tour, deux tours, stop.* Cela commençait à lui taper sur les nerfs.

« Janine ! dit Gates avec autorité. Est-ce que vous êtes là ? Répondez-moi si vous m'entendez ! Parlez, je vous l'ordonne ! »

Toujours pas de réponse. Rob soupira.

Gates griffonna quelques mots sur une page de bloc qu'il tendit à Rob.

Je vais consulter mes dossiers. Surveillez-la.

Rob hocha la tête et Gates emprunta une porte située derrière son bureau. Il regarda Kara, assise, les yeux clos comme si elle était endormie, mais bien droite sur sa chaise. Puis il balaya la pièce du regard, découvrant avec curiosité les meubles anciens et les centaines de livres rangés sur des étagères.

Quelque chose ramena son attention sur Kara.

Elle avait les yeux ouverts.

Ils clignèrent une fois, deux fois, puis elle tourna lentement la tête vers lui, mécaniquement, comme la tourelle d'un tank. Ses yeux s'arrêtèrent sur lui, ils paraissaient dans le vague. Puis ils focalisèrent.

Et elle sourit.

Rob faillit en tomber de son siège. Il n'avait jamais vu de sourire pareil, chez Kara tout au moins. Les lèvres étaient retroussées sur les dents, rien de plus. Il n'y avait pas la moindre chaleur dans ce sourire. En fait, il n'y avait rien dans son regard qui pût confirmer que c'était un vrai sourire. Peut-être n'était-ce qu'un mouvement nerveux des lèvres. En tout cas, Rob en eut froid dans le dos.

Il ne savait pas ce que c'était, mais ce n'était pas le sourire de Kara.

La tête de Kara tourna à nouveau pour reprendre sa position initiale et le rictus disparut. Ses yeux se refermèrent. Le reste de son corps était immobile.

Gates revint au bout de quelques minutes, un dossier à la main. Il vit Rob et lui demanda :

« Qu'est-ce qu'il y a ? Il s'est passé quelque chose ? »

Ce fut Kara qui répondit la première.

« Non. »

Rob sursauta au son de sa voix et rassembla ses pensées. Il ne dirait rien au Dr Gates.

« Non, fit-il à son tour avec un petit geste de la main. Tout va bien. »

Rob n'avait nullement l'intention de fournir des munitions à Gates. Il n'avait qu'à se débrouiller seul.

Le temps s'écoula et les efforts du Dr Gates ne débouchèrent sur rien. Il posa à Kara toutes sortes de questions plutôt délicates sur ses rapports avec son père — certaines étaient même franchement sordides — et elle répondit toujours par la négative.

Au bout d'une heure, Rob en eut assez.

« Vous ne croyez pas qu'il serait temps de fermer boutique ? »

Gates le regarda, se cala dans son fauteuil et hocha la tête. Il semblait déçu.

« Je pense que vous avez raison. » Il s'adressa à Kara. « Kara Wade, je vais compter jusqu'à trois et claquer des doigts. Vous vous réveillerez alors, parfaitement détendue, sans le moindre souvenir de l'heure qui vient de s'écouler. »

Il compta et fit claquer ses doigts. Kara ouvrit les yeux.

« Alors ? dit-elle en les interrogeant du regard. Il s'est passé quelque chose ?

— Rien du tout, dit Gates en secouant la tête.

— C'est vrai ? » demanda-t-elle à Rob avec un sourire plein d'espoir.

Rob se leva lentement, pour faire fonctionner les muscles endoloris de ses jambes, mais aussi pour se donner le temps de la réflexion. Que faire ? Lui parler de ce sourire de prédateur, aussi déplacé sur son visage qu'une svastika sur la façade d'une synagogue ? Lui raconter cela et voir s'éteindre la lueur d'espoir qui brillait dans ses yeux avant de la condamner au doute jusqu'à la fin de ses jours ? Ou se taire et voir comment tourneraient les choses ?

« C'est vrai », dit-il avec un sourire.

Elle bondit de son siège et lui tomba dans les bras en riant.

« Oh merci, mon Dieu, merci ! »

Elle éclata en sanglots et cacha son visage contre sa poitrine. Il la tint un instant serrée dans ses bras.

Un instant trop bref. Elle se ressaisit.

« Excusez-moi, dit-elle en reniflant et en s'essuyant les yeux. Mais j'étais si inquiète...

— Nous ne devrions pas nous réjouir aussi vite, mademoiselle Wade, dit le Dr Gates. Nous n'avons pas totalement évacué la possibilité d'une autre personnalité.

— Vous, peut-être, mais pour moi c'est un problème réglé. » Elle lui tendit la main. « Merci, docteur. Faites-moi connaître le montant de vos honoraires. »

Gates lui serra brièvement la main.

« Soyez sur vos gardes, mademoiselle Wade. Il est toujours possible que cette expérience ait réveillé quelque chose. Si vous avez des trous de mémoire, des idées incongrues, quoi que ce soit, n'hésitez pas à m'appeler.

— Ne vous en faites pas, dit-elle avec un sourire radieux, vous serez le premier prévenu. »

Elle prit Rob par le bras et ils sortirent du cabinet.

« On va fêter ça ! »

9 h 20

Ce n'était pas exactement ce que Kara avait envisagé quand elle avait parlé de « fêter ça ».

Elle avait pensé à un bar ou un restaurant, un endroit où il y ait du monde et des rires, même des rires forcés. Mais Rob l'avait emmenée chez lui pour lui faire à dîner. Il avait insisté pour qu'Ellen et Jill se joignent à eux.

Kara avait catégoriquement refusé, mais Rob n'en avait pas tenu compte et avait téléphoné chez Ellen. La vieille dame avait décliné l'invitation, mais Jill avait poussé des cris de joie, ce qui ne laissait plus vraiment le choix à Kara. Sur le coup, elle avait été furieuse, puis elle s'était souvenu de tout ce que Rob avait fait pour elle et sa colère était tombée. Il ne lui restait plus qu'une certaine angoisse à l'idée de les voir tous les deux ensemble, Jill et Rob.

Installée dans la minuscule salle de séjour de l'appartement de Rob, elle buvait du vin et le regardait expliquer à Jill, dans la petite cuisine, comment éplucher des échalotes. L'air était embaumé par l'ail et l'huile qui cuisaient dans le wok ; les rires de Jill et de Rob se mêlaient aux bruits de la télévision qui retransmettait un match de basket.

Rob et Jill. Leur complicité était étonnante. Rob, qui avait l'habitude de dire qu'il ne voulait pas se laisser piéger par des enfants, avait dû réprimer son envie de paternité pendant toutes ces années. Jill avait réussi à la réveiller. Peut-être était-ce le sang qui parlait. Au plus profond d'eux-mêmes, sur le plan de l'inconscient, peut-être s'étaient-ils reconnus. En tout cas, ils étaient devenus de vrais copains.

Kara se sentait très mal à l'aise. Elle ne voulait pas créer de nouveaux liens avec Rob. Leur rupture, dix années auparavant, avait été particulièrement douloureuse. Elle ne voulait pas — pour eux deux — que cela recommence. Et elle ne voulait *surtout pas* tenter d'expliquer pourquoi elle avait élevé seule sa fille sans le mettre au courant de son existence. Parce qu'elle-même n'en savait trop rien.

Les bons rapports entre Jill et Rob n'expliquaient toutefois pas qu'elle fût aussi tendue. Après avoir subi l'épreuve de l'hypnose, elle s'était attendue à se sentir soulagée, tranquille, libre, *purifiée*. Tout cela, elle l'avait été, mais très brièvement. Un malaise indéfinissable s'était ensuite installé.

Peut-être était-ce la faute de la ville. Oui, sûrement. C'était toujours la faute de la ville. Une bonne chose qu'elle et Jill repartent le lendemain. Il pourrait arriver n'importe quoi si elle séjournait plus longuement à New York. Elle pourrait même, pourquoi pas ? tomber une seconde fois amoureuse de Rob.

Elle se demanda si elle avait jamais cessé de l'aimer.

« Jill, dit-elle en se redressant, viens plutôt me voir et laisse M. Harris faire la cuisine. »

Jill sauta à bas de son tabouret et courut vers sa mère. Rob lui avait noué un tablier à la taille. Il lui tombait jusqu'aux chevilles au risque de la faire tomber.

« Il a besoin de moi, maman, dit-elle à voix basse. Il veut que je coupe les échalotes en lamelles épaisses et nous, on fait toujours des lamelles fines.

— On doit les faire épaisses quand on cuisine au wok, j'imagine, dit Kara.

— Tu crois ? » Elle considéra Rob avec un respect accru. « Pourquoi on n'a pas de wok ?

— On en achètera un, si tu veux. Dès qu'on sera revenues à la ferme.

— Super ! »

Ses yeux brillaient de plaisir. Elle adorait faire la cuisine.

Elle lança un regard furtif à Rob et baissa encore la voix.

« Il n'exploite pas les femmes, lui. »

C'était une affirmation.

« Qu'est-ce que tu veux dire ?

— Que c'est lui qui fait la cuisine pendant que toi tu attends devant la télé. C'est bien, non ?

— Et *toi*, tu l'aides. Le partage des tâches, c'est ça qui compte vraiment.

— Oui », fit Jill d'un air grave.

Elle repartit vers la cuisine.

« Où tu vas, poussin ?

— Je vais l'aider avec les crevettes. Il ne les épluche pas aussi bien que nous.

— Vraiment ?

— Il laisse un peu de noir, dit Jill, la mine dégoutée.

— Dans ce cas, il vaut mieux que tu ailles l'aider. »

Après dîner, Rob servit le café et du Kahlua. Quand Jill sortit de table pour se rendre aux toilettes, Rob se tourna vers Kara.

« C'est vraiment une gosse super ! Je l'adore ! »

Kara tint sa tasse à deux mains pour ne pas la renverser.

« Merci.

— Même si elle est un peu empotée, ajouta-t-il avec un sourire.

— Eh, c'est la première fois qu'elle mange avec des baguettes !

— Bon, d'accord. Tiens, je vais lui en offrir une paire et elle pourra s'exercer. Quand tu reviendras en ville, je vous ferai à manger chinois et je suis sûr qu'elle sera devenue une vraie pro. »

Il n'y aura pas de prochaine fois, pensa Kara avec un sincère regret.

« Qu'est-ce que tu fais demain ? lui demanda-t-il.

— J'ai rendez-vous avec mon éditeur pour voir si je peux reculer la date de remise de mon manuscrit. Ensuite, retour à la ferme.

— Tu n'envisages jamais de t'installer en ville ? C'est idéal pour les écrivains. »

Kara lui répliqua du tac au tac.

« Pourquoi tu n'ouvres pas le restaurant dont tu parlais tout le temps ? Un établissement de qualité, ça ne ferait pas de mal à Lancaster. De toute façon, New York est un endroit vraiment pourri pour élever un enfant, même si c'est idéal pour écrire. Et puis, j'aime travailler à la ferme. »

Rob eut un soupir résigné.

« Tu as un titre pour ton bouquin ? »

Kara était heureuse de changer de sujet.

« Oui, *Féminisme et fascisme*.

— Ah bon ? fit-il en levant les sourcils. Et ça parle de quoi ?

— C'est une sorte de mise en garde. Je montre comment certaines méthodes radicales du mouvement et certaines dispositions juridiques risquent de se retourner contre nous et de nous faire plus de mal que de bien. En ce moment, je suis sur un chapitre qui dit que nous devrions arrêter de nous lamenter et de protester contre l'aspect "sexuel" des tests psychotechniques. La raison de notre mouvement, c'est de prouver que nous sommes aussi intelligentes que les hommes ; le meilleur moyen d'y parvenir, c'est de faire de meilleurs scores que les hommes sur leurs propres tests. Si nous sommes leurs égales, pourquoi insister pour avoir un traitement particulier ?

— J'achèterai le premier exemplaire, dit Rob. La sortie est prévue pour quand ? »

Avant même qu'elle pût répondre, Jill poussa un cri strident dans les toilettes.

« Ah ! *Ça,* c'est de l'exploitation de la femme ! »

Rob bondit de sa chaise.

« Seigneur, ma collection de *Penthouse !* »

« On va bientôt revoir Rob ? demanda Jill dès qu'elles eurent regagné l'appartement de tante Ellen.

— Ah, tu l'appelles "Rob", maintenant ? »

Kara était soulagée de l'avoir quitté sans rien lui promettre.

« C'est lui qui me l'a demandé.

— Tu devrais quand même dire "M. Harris".

— On ne peut pas l'inviter à la ferme ?

— La prochaine fois qu'il passera à Elderun, je promets qu'on l'invitera à dîner.

— Oui ! Je l'aime beaucoup, tu sais », dit-elle avant de partir en courant dans sa chambre.

Kara se mordit la lèvre en voyant disparaître sa fille. Tôt ou tard, il faudrait qu'elle leur dise la vérité. Mais *quand ?*

LETTRES DU PURGATOIRE

Si excité. Ne me rappelle pas l'avoir vu si excité. Croit qu'il la tient maintenant. En est absolument sûr.

Dommage. Parce qu'il se trompe rarement.

Son seul espoir est de s'enfuir, le plus loin possible tant qu'elle le peut. Mais elle ne le fera pas. Elles ne le font jamais. Il ne le leur permet pas. Surtout à celle-ci. Il la désire tant.

Me demande pourquoi.

Il ne me le dirait pas, même si je le lui demandais, mais je crois savoir pourquoi. Parce qu'elle est la sœur jumelle de l'autre. Si furieux de l'avoir perdue. Personne ne lui a jamais échappé ainsi. Avoir la nouvelle, la sœur jumelle de l'autre, c'est comme retrouver celle qu'il a perdue.

Ce doit être là la raison de son exaltation. Comme un petit enfant, vraiment : furieux quand il ne fait pas ce qu'il veut, euphorique dans le cas contraire.

J'aimerais le voir à nouveau contrarié. Voudrais trouver le moyen de prévenir la nouvelle, mais c'est bien entendu impossible tant que je passerai mon temps comme une bête en cage.

Doit y avoir un moyen. Je vais y réfléchir. Oui. C'est mon projet.

Bien sûr, si la nouvelle blonde s'en va assez loin, je n'aurai pas à l'avertir. Vais quand même travailler à mon idée. Car je ne crois pas qu'elle ait sa chance.

VENDREDI 13 FÉVRIER

7 h 36

Ed Bannion avait passé pas mal de temps à la bibliothèque municipale depuis sa visite à Kara Wade, deux jours plus tôt. Il avait feuilleté le maximum d'ouvrages et décortiqué tout un tas de bulletins psychiatriques. Il avait lu énormément de choses sur le problème des personnalités multiples et était devenu un as en matière de décryptage du jargon spécialisé. A côté, les termes juridiques semblaient d'une simplicité navrante.

Plus il lisait et plus il était convaincu que la profession médicale ne connaissait rien à l'esprit humain. Pour l'heure, il étudiait la section consacrée aux troubles de la personnalité dans la classification *DSM-III-R*. Les personnalités multiples y étaient étudiées. Il avait si souvent parcouru ce texte qu'il connaissait par cœur les critères de diagnostic.

Critères de diagnostic pour 300.14 Personnalité multiple (personnalité partagée) :

A. L'existence au sein de la personne de deux ou plus de deux personnalités distinctes ou états de personnalité (avec chaque fois schéma relativement durable de perception du monde et de soi-même).

B. Au moins deux de ces personnalités ou états de personnalité prennent de manière récurrente le contrôle total du comportement de l'individu.

Pourquoi relisait-il cela ? Et surtout que faisait-il *ici ?* C'était l'heure de la sortie des bureaux, du départ en week-end, il aurait dû boire un verre en compagnie de ses collègues dans un bistrot à la mode. Mais de cela, il n'avait nulle envie.

A cause de cette fille, cette Kelly Wade. Le visage tourmenté qu'elle lui avait présenté avant de se jeter dans le vide le hantait.

Au moins il avait une explication. C'était la seconde personnalité, celle dénommée Ingrid, qui les avait dragués, Phil et lui. Et puis, pour quelque raison inconnue, Kelly était réapparue. Elle avait été horrifiée par la situation dans laquelle elle se retrouvait. Elle avait compris ce dans quoi l'autre moitié d'elle-même l'entraînait. Prise de panique, elle avait couru en tout sens et s'était heurtée aux murs dans l'espoir de trouver une sortie. Malheureusement la fenêtre s'était présentée à elle avant la porte. Elle ignorait certainement qu'elle était au douzième étage.

Était-ce bien sûr ? Pour elle, cette fenêtre n'était-elle pas un moyen de quitter autre chose que la chambre d'hôtel ?

Ed soupira et se frotta les yeux. Dans un cas comme dans l'autre, il n'était pas responsable. Son frère et lui s'étaient contentés d'accompagner « Ingrid » dans sa chambre pour quelques ébats entre adultes consentants. La suite ne dépendait pas d'eux.

Oui, mais pourquoi est-ce que je me sens aussi coupable ?

Il leva la tête et vit les employés de la bibliothèque faire sortir les derniers lecteurs. C'était l'heure de la fermeture. Ed abandonna ses revues et s'en alla. Il soufflait un vent glacé et Ed releva le col de son manteau avant de se frayer un chemin parmi la foule agglutinée au carrefour de la Cinquième Avenue et de la 42e Rue.

Il faisait nuit. Un vendredi soir dans la Grosse Pomme. Les jeunes venus de Jersey et de Long Island faisaient déjà leur entrée en ville. Il observa leurs visages avides, leurs yeux brillants, il les regarda tirer sur leurs cigarettes et se donner un air dur ou désinvolte pour passer pour de vrais new-yorkais, alors que leurs sweat-shirts illustrés trahissaient leurs origines. Ed réalisa brusquement qu'il avait une vingtaine d'années de plus qu'eux et il se demanda s'il avait jamais paru aussi jeune, s'il s'était jamais senti aussi vivant.

Il héla un taxi et ne cessa de se poser le problème de sa culpabilité pendant tout le trajet. Quand il pénétra dans son appartement, la question avait trouvé sa solution. La fille était morte, il n'y pouvait rien.

Il se rendit aussitôt dans la cuisine et se prépara une vodka on the rocks. Il commençait à vraiment apprécier ce breuvage, ce qui l'inquiétait un peu d'ailleurs. Il but à petites gorgées et alla dans le living, où le complexe audio-vidéo occupait la majeure partie de l'un des murs. Il parcourut du regard sa collection de

CD. Il avait un nouveau lecteur multi-disques et venait de s'acheter des enceintes ultra-plates munies de basses fabuleuses, mais il ne trouva rien qu'il voulût écouter. Il alluma la télévision. Il avait un écran géant de 120 cm et recevait toutes les chaînes câblées. Entre MSG, ESPN et Sports Channel, il y avait bien quelque chose de divertissant, n'importe quoi.

Ah, il y avait un match avec les Knicks. Il s'assit et essaya de comprendre pourquoi leur équipe n'était pas meilleure.

Cela ne marcha pas.

Kelly Wade le regardait avec dégoût, comme s'il n'était qu'un gros cafard.

Ed ferma les yeux. La culpabilité n'expliquait pas tout. Il ne se sentait pas seulement *coupable*, il se sentait surtout très *sale*. Il avait fait l'amour avec une fille souffrant de maladie mentale et il avait *aimé* cela. C'est vrai, il ne le savait pas sur le coup, mais il ne l'ignorait plus à présent et il y prenait toujours plaisir. Il voyait ses cheveux blonds, sa toison blonde, son porte-jarretelles noir sur sa peau laiteuse, la courbe de ses hanches, sa bouche gourmande...

Il avait *encore* envie d'elle !

Mais seulement d'elle, pas seulement d'Ingrid. Il voulait aussi Kelly. Il les désirait toutes les deux, la madone et la putain.

Ed secoua la tête.

Bon Dieu, voilà que tu deviens pervers.

Il se sentit encore plus coupable. Comme pris dans un manège infernal.

Et ce manège l'entraîna vers l'autre jumelle, Kara. Mercredi soir, elle avait l'air presque aussi tourmentée que sa sœur. Et quand Ed avait fait allusion aux mauvais traitements infligés aux enfants, elle avait explosé et s'était mise à parler de son père.

Quelle merde...

Il alla se servir un autre verre. *Mauvais traitements infligés aux enfants.* Quel monde de dingues. Il était heureux de ne pas avoir de gosses. Mais qu'avait-il au juste ? Il regarda autour de lui. Il vit le mobilier design aux tons pastel qui s'accordait si bien avec les toiles abstraites, les gadgets électroniques qui l'entouraient. Il atteignait la quarantaine. De quoi pouvait-il être fier ? Il avait un salaire confortable, mais sa carrière ne progressait plus depuis cinq ans ; il n'avait pas de femme, pas de famille et un appartement qui ressemblait plus à un décor de théâtre qu'à un foyer véritable. Avant, rien de cela n'avait d'importance. Mais aujourd'hui, son appartement lui semblait nu, dépouillé. Vide même lorsqu'il s'y trouvait. *Surtout* lorsqu'il s'y trouvait.

Il était temps de changer.

D'accord, facile à dire, mais le pouvait-il *vraiment ?*

Oui, parce qu'il le désirait ardemment. L'incident du Plaza avait modifié sa perception des choses. De toute chose. Comme si une horloge intérieure venait de sonner la fin de l'enfance. Il était temps de trouver autre chose de plus passionnant que le dernier bistrot à la mode. Temps de grandir. Temps de commencer à ne plus vivre en égoïste. Il avait conscience d'un besoin croissant, d'un désir profond de l'autre, pas seulement pour partager son appartement, mais aussi sa vie.

Kara Wade représentait peut-être la réponse à ses interrogations. Elle aussi avait besoin de quelqu'un, c'était évident. Et il se sentait attiré vers elle. Peut-être était-ce sur elle qu'il devait se concentrer. Il pourrait l'aider. Vraiment. Ensuite peut-être se sentirait-elle aussi attirée vers lui. Ce serait formidable. Et même si les choses ne prenaient pas cette tournure, il pourrait tout de même l'aider. Efficacement.

SAMEDI 14 FÉVRIER

5 h 42

Kara se réveilla dans son lit, dans sa maison, avec les premières lueurs du jour qui filtraient par la fenêtre de sa chambre. C'était si bon d'être de retour.

Elle sauta à bas du lit et marcha pieds nus sur les lames du parquet pour aller contempler la ferme. *Sa* ferme. Elle se frotta les yeux et regarda les pins sylvestres se dessiner dans le levant. Elle ouvrit la fenêtre pour présenter sa tête et ses épaules au vent frais du matin.

L'aube lui appartenait. Pendant quelques minutes, elle en était propriétaire. Exclusivement. A New York, ce genre de chose était impossible. Elle avait essayé. Elle avait veillé toute la nuit ou s'était levée avant le soleil, mais elle n'avait jamais eu la ville rien que pour elle. Le dernier noctambule n'était pas encore rentré que, déjà, les camions de livraison essaimaient dans toute la ville.

Ici, à la ferme, le lever du jour lui appartenait. Et, un jour, quand elle aurait fini de payer, la ferme lui appartiendrait également. Ce jour, elle l'attendait avec impatience.

Elle referma la fenêtre et se frotta les mains, heureuse de disposer de son week-end pour remettre de l'ordre dans la maison et travailler à son bouquin. Lundi matin, Jill retournerait à l'école et elle à l'hôpital. Il était temps de mettre en parenthèses l'horreur de la mort de Kelly et de reprendre une vie normale.

Elle vit l'Apple II+ posé sur son bureau. Elle l'avait acheté d'occasion pour écrire son livre et il lui faisait signe. Heureuse idée. L'éditeur avait refusé de repousser la date de remise du manuscrit. L'ouvrage était prévu pour le printemps et il n'était pas question de bouleverser le planning. Elle avait vraiment intérêt à s'y mettre.

Le chapitre traitant de l'avortement lui posait des problèmes. Sur le plan intellectuel, elle était pour. Mais, sur le plan émotionnel, elle était très partagée. Elle ne pouvait s'empêcher de penser que son aventure avec Rob aurait pu se terminer autrement : s'il l'avait battue ou trompée, par exemple, elle aurait eu recours à l'avortement plutôt que de garder son enfant. Et Jill, la merveilleuse Jill, n'aurait jamais vu le jour. Rien que d'y penser, elle en avait froid dans le dos.

Cela n'expliquait cependant pas les problèmes conceptuels que lui posait ce chapitre. Elle avait été profondément troublée par les plus récentes statistiques en provenance de l'Inde. Sur les 8000 avortements pratiqués à Bombay, il n'y avait qu'un seul fœtus de sexe masculin. Les Indiennes avaient recours à l'amniocentèse : quand l'enfant était une fille, elles se faisaient avorter.

Kara comprenait bien que la notion d'avortement devenait une arme à double tranchant maintenant que les progrès en matière d'obstétrique touchaient le commun des mortels : les tests de grossesse étaient depuis longtemps sur le marché et on trouverait bientôt des abortifs oraux ou des tests d'amniocentèse à domicile. En Inde, il était ruineux de doter une fille, de sorte que les femmes décidaient par milliers de ne pas en avoir. Dans les pays occidentaux, quel effet aurait une tendance comme celle-ci sur les mouvements féministes ? Et quelles seraient les prochaines caractéristiques à disparaître ? Les taches de rousseur ? Les yeux verts ? La petite taille ? Les cheveux bouclés ? Où cela s'arrêterait-il ?

Peut-être était-ce sous cet angle qu'elle devait envisager les choses : où fallait-il établir la frontière, la ligne à ne pas dépasser ?

Kara se sentit pleine d'entrain. En se mettant tout de suite au travail, elle aurait écrit une page avant que Jill ne se...

« Maman ! Maman ! »

Jill arriva en courant dans la chambre et se jeta à son cou. Elle tremblait de tous ses membres.

« Jill, mon poussin, qu'est-ce qui se passe ?

— Où tu étais cette nuit, maman ? Où tu étais partie ?

— Mais je ne suis allée nulle part.

— Si ! Je suis venue te voir cette nuit et tu n'étais plus là !

— Allons, ne sois pas ridicule, tu as dû rêver. »

Kara regarda Jill. Sa peur n'était pas feinte. Elle semblait même sur le point de pleurer.

« Non ! J'ai entendu un bruit et j'ai eu peur, alors je suis venue dans ta chambre et tu n'étais plus là ! je t'ai appelée plusieurs fois et tu ne répondais pas ! Je t'ai cherchée partout ! Je croyais que tu m'avais abandonnée !

— Je n'ai pas quitté mon lit. Qu'est-ce que tu as fait après ça ?

— Je suis retournée dans mon lit et je me suis cachée sous les couvertures. J'ai pleuré et puis... je crois bien que je me suis rendormie.

— Tu vois bien que je suis ici. C'était un cauchemar, Jill. Tu as seulement *rêvé* que tu me cherchais. » Elle serra très fort sa fille. « Je ne partirais jamais sans toi. Tu le sais, ça, hein ? »

Jill hocha la tête.

« Ça avait l'air si *vrai !*

— Je sais, dit-elle en l'embrassant. Les pires cauchemars sont toujours comme ça. Mais c'est fini maintenant. Tu ne penses pas que tu devrais passer ton peignoir ? On va préparer le petit déjeuner.

— On peut faire des œufs brouillés ?

— Bien sûr.

— Super ! Je vais pouvoir essayer mes baguettes ! »

Jill s'en alla et Kara s'assit au bord du lit pour mettre ses pantoufles. Les baguettes lui avaient fait penser à Rob. C'était aussi un peu à cause de lui si elle était revenue à la ferme. Elle avait vécu la majeure partie de la semaine dans l'angoisse : n'allait-il pas déceler une certaine ressemblance entre lui-même et Jill ? Comment avait-il pu ne rien remarquer ? C'était pourtant ce qui s'était passé.

Cela ne servait à rien de s'en faire pour une chose qui ne s'était pas produite. Et puis, elle avait un petit déjeuner à préparer et un livre à écrire.

Elle trouva ses pantoufles. Au moment de les enfiler, elle entrevit sa plante de pied gauche.

Elle était sale.

Elle regarda la droite. Elle était dans le même état. Ses deux plantes de pied étaient recouvertes de terre. Pas de poussière d'intérieur. De terre.

Elle avait pourtant pris une douche avant de se coucher. Ses pieds étaient propres, elle en était sûre. C'était impossible, à moins...

Un frisson la parcourut. Le rêve de Jill. Et si ce n'en était pas un ? Si Jill était vraiment venue dans sa chambre et qu'elle ne l'avait pas trouvée ? Mais où était-elle allée ? Dehors, dans le jardin ? Pieds nus ? C'était complètement dingue.

Dingue, oui. Le Dr Gates l'avait priée de lui faire savoir s'il survenait quelque chose d'étrange, des trous de mémoire par exemple. Voulait-il aussi parler du somnambulisme ? Kara n'avait jamais eu ce type de crise auparavant. Du moins le pensait-elle.

Qu'est-ce qui m'arrive ?

Rien, probablement. Rien qu'une réaction au stress de la semaine passée. Mais si ce genre d'incident se produisait à nouveau, elle s'empresserait de téléphoner au Dr Gates. Ce type lui déplaisait fortement, mais il avait plusieurs longueurs d'avance sur tous les autres psy en ce qui la concernait.

Kara enfila ses pantoufles et son peignoir. Elle se rendit compte que le jour avait brusquement changé. La matinée n'était plus lumineuse. L'enthousiasme qu'elle avait éprouvé avait cédé la place à une chape de plomb d'incertitude. L'Apple ne l'appelait plus. Elle avait le sentiment que la journée serait vraiment très longue. Et la nuit prochaine encore plus longue.

16 h 20

« Vous passez un temps incroyable sur cette affaire, Harris. »

Rob s'y attendait. Il était même surpris d'avoir pu aller si loin. Mais le moment fatidique était venu et voici qu'il se retrouvait dans le bureau de l'inspecteur principal James Mooney, responsable du commissariat de police du district. Le bureau de Mooney était extrêmement banal, avec son mobilier métallique vert et sa fenêtre recouverte d'un grillage au travers duquel filtrait la lumière en cette fin d'après-midi.

Mooney était une sorte de bouledogue obèse à moitié chauve, un mégot de cigare collé en permanence au coin des lèvres. Il avait l'air d'une brute — jusqu'à ce qu'il se mit à parler de sa voix un peu nasillarde. Il avait la parfaite maîtrise de ses inspecteurs mais restait toujours abordable.

Rob était de garde pendant le week-end en compagnie de Mooney. L'inspecteur principal adorait passer ses samedis à classer le maximum d'affaires.

« Il est possible qu'elle n'ait pas sauté toute seule par la fenêtre, lui dit Rob. On l'a peut-être poussée.

— Le légiste ne le croit pas.

— On a déjà vu des légistes se tromper. »

Mooney décrocha son cigare pour boire dans une chope emplie d'un liquide indéfinissable provenant de la bouteille qu'il cachait dans le tiroir du bas. De la cendre tomba sur la chemise cartonnée regroupant les divers documents afférents à Kelly Wade.

« J'ai besoin de votre rapport, Harris. On a là une fille plutôt dérangée, suivie par un psychiatre, qui saute à poil par la fenêtre d'une chambre où les experts ne découvrent aucune trace de lutte. Le légiste ne signale aucune marque de violence sur son corps, à l'exception d'une morsure infime sur son cou. Faite pendant l'amour, certainement. On a ici tout un tas de types qui se sont fait éclater la tête et qui attendent qu'on retrouve leurs assassins. Ne paumez pas votre temps sur ce coup, Harris. Classez l'affaire ! »

C'était justement ce que Rob tentait d'éviter.

« Je crois qu'on passe à côté du problème, chef, dit-il. J'ai le sentiment que ce psychiatre y est pour quelque chose.

— Vous avez du concret ?

— Non, mais...

— Alors vous classez.

— Encore une semaine, chef. C'est tout ce que je vous demande. Ça ne m'empêchera pas de travailler sur les affaires DiGilio et Stern. »

Mooney ferma à demi les yeux.

« Vous vous sentez impliqué là-dedans ?

— Non », fit Rob, qui espérait avoir l'air convaincant. Mooney n'aimait pas que ses hommes s'occupent d'affaires les touchant de près. « Ça m'intéresse, c'est tout. Vous n'êtes jamais tombé sur une affaire qui vous titille et que vous ne voulez plus lâcher ? »

Les yeux de Mooney n'étaient plus que des fentes.

« Vous ne pensez pas à écrire un bouquin ou ce genre de truc, hein ?

— Voyons, chef, fit Rob en riant, vous avez lu mes rapports ! Franchement... »

Mooney coinça à nouveau le cigare entre ses lèvres.

« Bon, vous marquez un point. Mais bon Dieu ! tous les types de ce service ont l'air de ne penser qu'à ça ! »

Rob acquiesça. Depuis que William J. Caunitz, ancien inspecteur comme Mooney, était entré dans la liste des best-sellers et se montrait à la télévision dans *Good Morning, America*, bon nombre de policiers se frottaient au roman, mais pas avec autant de succès.

« Encore une semaine, chef. Si je n'arrive pas à prouver qu'il y a eu meurtre, je boucle l'affaire.

— Vaudrait mieux. Mais ne revenez pas la semaine prochaine avec une théorie à la noix. Je veux du concret sinon terminé ! Pigé ?

— Pigé. »

Rob savait que Mooney espérait qu'il ne découvrirait rien. L'inspecteur principal aimait les enquêtes simples, celles qu'on ouvre et qu'on referme. Si l'affaire Kelly Wade demeurait un suicide, l'affaire serait bouclée et oubliée. Mais si elle était reclassée comme meurtre, le dossier resterait ouvert tant qu'il n'y aurait pas de solution. Les meurtres non résolus n'étaient jamais bouclés.

Rob prit la chemise et regagna son propre bureau, semblable à celui de Mooney, quoique plus défraîchi. Quelques messages téléphonés l'attendaient. Pas un seul de Connie. Il se demanda pourquoi il se sentait soulagé. Encore une aventure à mettre à la poubelle. Cela devenait une habitude.

Il sortit les notes qu'il avait prises la veille. Elles concernaient ce juriste, cet Ed Bannion. Rien à redire. Ce type était malgré tout assez nerveux. Rob glissa la feuille de papier dans le dossier de Kelly, puis il s'intéressa aux nouvelles informations relatives au Dr Gates — ou plutôt, à Lazlo Gati.

Ce n'avait pas été facile. Les documents d'immigration du petit Lazlo indiquaient qu'il était entré à sept ans aux États-Unis. A vingt et un ans, il prêtait serment et devenait citoyen américain ; la même année, il changeait son nom en Lawrence Gates. Rob n'avait rien trouvé d'autre, mais il s'était souvenu que Doc Winters avait fait allusion à une sœur décédée en Virginie-Occidentale. Un contact dans un journal de Wheeling lui avait faxé un certain nombre d'articles. Le premier datait d'il y a trois ans et avait trait à la mort de Marta Gati dans l'incendie qui avait ravagé sa maison. Les circonstances étaient des plus douteuses, surtout que la gouvernante et l'homme à tout faire avaient disparu. C'était intéressant, mais cela ne renseignait en rien Rob sur le Dr Gates. Le second article était plus ancien. On y parlait du fils aîné de la famille Gati, Karl, propriétaire de mines décédé à la suite d'une crise cardiaque.

Cet article contenait surtout une interview de la sœur de Karl, Marta, tout au long de laquelle elle racontait l'histoire de sa famille. Une histoire passionnante.

La famille Gati possédait l'un des plus importants complexes miniers de Hongrie depuis la fin du siècle précédent. Les pots-de-vin et l'influence politique leur permirent de survivre à l'occupation du pays par les Nazis ; la fortune familiale était demeurée pratiquement intacte. Les Gati décidèrent cependant de s'enfuir quand les communistes s'emparèrent du pouvoir. Ils rassemblèrent l'or et les bijoux qu'ils avaient cachés avant la guerre et se dirigèrent vers la frontière. Mama et Papa Gati firent d'abord passer les enfants. Ils devaient les suivre de près mais, en réalité, ils ne sortirent jamais du pays. Les enfants apprirent plus tard que les militaires soviétiques les avaient capturés et fusillés. Karl, l'aîné des trois frères, avait vingt ans. Il devint chef de famille. Il n'y eut pas de contestation. Lazlo n'était qu'un petit garçon, à l'époque ; Marta et l'autre frère, Gabor, souffraient depuis toujours de maladies qui les handicapaient beaucoup — l'article ne précisait pas lesquelles et disait seulement que Marta était rivée à un fauteuil roulant.

Karl vendit l'or et les bijoux en arrivant aux États-Unis avec sa famille. Il s'installa en Virginie-Occidentale, où il investit dans l'industrie minière. Il prospéra et devint extrêmement riche, lui qui l'était déjà pas mal. Lazlo s'inscrivit au CPEM et alla vivre à New York, non sans emmener avec lui le malheureux Gabor. Tous pensaient que Gabor recevrait les meilleurs soins dans les divers centres médicaux de New York, mais il mourut tout de même. Marta était fière de son petit frère, Lazlo — elle ne l'appelait jamais par son nom américain — , devenu entre-temps un psychiatre réputé. Maintenant que Karl était mort, Marta vivait seule dans la grande demeure qu'il lui avait fait construire. Elle n'avait pas peur car elle avait de loyaux serviteurs pour prendre soin d'elle.

Rob secoua la tête. Il plia en deux les pages de fax et les rangea dans la chemise. De loyaux serviteurs ! La maison avait été rasée par un incendie quelques années plus tard et Marta y avait laissé la vie.

Il détenait une dernière feuille de papier concernant la famille Gati : une copie du certificat de décès de Gabor Gati, rédigé huit années auparavant.

Cause principale du décès : *collapsus cardiaque avec effondrement de la plèvre ;*

faisant suite à : *infection généralisée ;*

faisant suite à : *tares congénitales multiples.*

Ainsi la sœur et les deux frères du Dr Lawrence Gates étaient tous trois morts à quelques années d'intervalle, faisant de Gates l'unique héritier de leur considérable fortune. Comme cela tombait bien.

C'était tout de même un problème annexe. On pouvait trouver cela bizarre, mais cela n'avait aucune incidence sur l'affaire Kelly Wade, au premier abord en tout cas.

Rob avait à moitié refermé la chemise quand la signature du médecin ayant constaté le décès attira son attention. Il cligna des yeux et regarda de plus près. Non, il ne se trompait pas.

C'était bien celle du Dr Lawrence Gates.

Cela n'avait rien d'illégal, mais c'était quand même très étonnant de voir quelqu'un signer le certificat de décès de son propre frère.

Rob décida d'avoir une nouvelle entrevue avec Doc Winters à propos de son ancien résident.

DIMANCHE 15 FÉVRIER

5 h 33

Elle était réveillée.

Dès qu'elle s'en fut rendu compte, elle rejeta le drap et la couverture et inspecta la plante de ses pieds. L'aube pointait à peine et elle ne voyait pas très bien, mais ils avaient l'air impeccable. Elle alluma la lampe de chevet.

Propres. Dieu merci, ils étaient *propres* !

Elle en aurait pleuré de joie.

Elle n'avait jamais vraiment été préoccupée par ses pieds, elle les lavait en prenant sa douche. Mais la veille au soir, juste avant de se coucher, elle les avait nettoyés avec soin et les avait bien regardés avant d'aller au lit.

Le sommeil avait été long à venir, sans cesse repoussé par l'idée horrible qu'il pourrait libérer une autre personnalité qui se servirait de son propre corps. Kara luttait contre cette idée, mais elle semblait la plus forte. Et puis la fatigue avait eu le dessus et elle s'était endormie.

Ses pieds étaient aussi propres que la veille au soir.

Elle sauta à bas du lit. Ses muscles lui faisaient un peu mal suite aux exercices d'aérobic pratiqués au gymnase, mais c'était une saine douleur. Une douleur constructive.

Elle se dirigea vers la salle de bains pour s'y brosser les dents et se passer un peu d'eau sur la figure. L'armoire à pharmacie au-dessus du lavabo était mal fermée. Jill avait dû se lever pendant la nuit et oublier de la refermer. Elle prit le tube de dentifrice et poussa le battant de la porte.

Elle ouvrit tout grands les yeux.

Des mots étaient écrits au rouge à lèvres sur le miroir de l'armoire à pharmacie.

Kara je t'en prie
ne m'en veux pas
Je veux revenir

Kara sentit le tube de dentifrice lui échapper. Elle tremblait de tous ses membres et il lui fallut faire un effort surhumain pour ne pas hurler. Elle s'appuya au lavabo et tenta de se calmer. Elle devait reprendre en main la situation. Et surtout elle devait protéger Jill. Sa fille ne devait pas voir cette inscription, elle ne devait pas voir sa mère dans cet état.

Kara prit une poignée de kleenex et frotta les lettres. Elles se brouillèrent, puis se mêlèrent pour disparaître finalement, au prix de longs efforts. Quand le miroir ne refléta plus que son visage livide, Kara prit les kleenex pour aller les jeter dans la poubelle du rez-de-chaussée.

Une fois dans la cuisine, elle éprouva une sorte de malaise, tant physique que mental, comme si elle était sur le point de craquer. Ce serait si facile que de céder à ses impulsions, de s'enfuir de la maison en hurlant. Mais il y avait Jill. Et aussi le sentiment implacable qu'elle ne pouvait échapper à son destin.

Elle fouilla dans son sac et trouva la carte de visite du Dr Gates. Il était très tôt, c'était dimanche matin, mais il fallait qu'elle l'appelle *immédiatement*. Elle devait faire quelque chose, n'importe quoi, essayer de parler avec quelqu'un qui connût ce genre de chose. Même si elle tombait sur un répondeur, elle laisserait un message et révélerait toute sa détresse.

« Secrétariat du Dr Gates », dit une voix de femme à la troisième sonnerie.

Une personne véritable ! Un secrétariat téléphonique ! Ils savent sûrement où il se trouve !

« Bonjour, je m'appelle Kara Wade et je suis une patiente du Dr Gates. Il faut que je lui parle tout de suite, vous pouvez me le passer ?

— Je suis désolée, mais le Dr Gates est absent pour le

week-end. Il prendra ses messages dès demain matin. C'est le Dr Fleischer qui s'occupe des urgences. Je peux lui demander de vous rappeler ? »

Non, cela n'allait pas. Seul le Dr Gates était à même de comprendre la situation et de savoir qu'elle n'avait pas eu d'hallucinations. Elle remercia la femme et raccrocha. Il faudrait attendre lundi matin.

Illusions... hallucinations... Elle ouvrit la poubelle de cuisine. Les kleenex souillés étaient toujours là. Bien réels.

Elle leva les yeux vers la pendule murale. Six heures moins dix. Elle allait devoir attendre plus de vingt-quatre heures. C'était horriblement long, mais elle y arriverait, elle tiendrait le coup.

23 h 35

Kara regardait la télévision. Un vieil épisode en noir et blanc de *Chapeau melon et bottes de cuir* passait pour la énième fois sur le canal 12, mais elle n'y prêtait pas attention. Elle était épuisée. Son corps réclamait le droit de se reposer, mais cette perspective la terrorisait.

Elle ne dormirait pas.

Le sommeil était un luxe qu'elle ne pouvait se permettre. Pendant le sommeil, on ne se maîtrise plus. La solution était simple : rester éveillée toute la nuit. Elle avait du café, elle avait la télévision. Jill était paisiblement endormie au premier. Kara resterait en bas et elle veillerait.

Janine. Ce nom l'avait hantée toute la journée. Écrire lui était impossible parce qu'elle ne pouvait s'empêcher de penser à Janine. S'il existait vraiment une Janine à l'intérieur d'elle-même, où avait-elle trouvé ce nom ? Même si son inconscient avait inventé ce personnage pendant son enfance, d'où sortait-elle ce nom qu'elle n'avait jamais entendu ? Ou, tout au moins, qu'elle ne se souvenait pas d'avoir entendu. L'origine de ce prénom était peut-être associée à la personne qui le portait.

Une autre question se posait sans cesse à elle : Janine existait-elle vraiment, ou ce qui arrivait à Kara depuis deux jours n'était-il qu'une réaction à la mort de Kelly ? Elle se cramponnait à cette explication.

Elle aurait certainement pu apporter une solution à tous ses problèmes en passant un coup de téléphone à sa mère. Mais que lui aurait-elle dit ? *Maman ? Est-ce que papa nous a régulièrement violées, Kelly et moi, quand on était petites ?*

Impossible.

Frissonnant d'horreur, elle alla se verser une grande tasse de café, puis elle s'assit sur une chaise en bois et tenta de se plonger dans l'intrigue d'un feuilleton britannique vieux d'une trentaine d'années.

LUNDI 16 FÉVRIER

5 h 45

Kara réalisa qu'elle s'était endormie.

Elle sauta à bas de sa chaise et regarda autour d'elle d'un air frénétique. Seigneur, c'était déjà le matin ! La télévision était toujours allumée. Combien de temps avait-elle cédé au sommeil ? Rien n'avait-il changé ? Est-ce qu'elle avait fait quelque chose pendant ce temps-là ? Elle vérifia l'état de ses pieds : ils étaient propres. Mais cela n'avait rien voulu dire hier. Elle jeta un coup d'œil dans la cuisine. Tout semblait en ordre sauf...

... le couteau à découper posé sur le comptoir.

Au bord du malaise, Kara entra dans la cuisine.

Mon Dieu, faites qu'il n'y ait pas de sang sur ce couteau !

Il n'y en avait pas. La lame était immaculée. C'était le vieux couteau à découper de son père. Un cadeau reçu lors de son mariage, trente-cinq ans plus tôt. Il s'en était si souvent servi avec les dindes de Thanksgiving, les jambons de Noël et les pièces de bœuf en été que la largeur de la lame avait diminué de moitié. Kara ne l'avait jamais jeté. Et, aujourd'hui, elle ne voulait pas le toucher. Elle le fit pourtant.

Elle s'en saisit du bout des doigts et le mit dans l'évier. Elle constata alors que la pointe en était brisée. Elle ne se souvenait pas de cette caractéristique. Comment ce...

« Maman ? »

C'était la voix de Jill, au premier. Elle avait l'air un peu inquiète. Elle la cherchait, probablement. Kara alla jusqu'au pied de l'escalier.

« Je suis en bas, poussin. Tout va bien ? »

Elle retint son souffle. *Dis oui, je t'en supplie.*
« Bien sûr », fit Jill, souriante, en haut des marches.
Kara soupira.
Mais Jill dit :
« Maman, c'est qui, Janine ? »
Kara réprima un cri et chassa les ténèbres qui obscurcissaient sa vision pour monter à toute allure jusqu'au premier.
« Où... où as-tu entendu ce nom ?
— Eh, maman, ça va bien ?
— Réponds-moi !
— Je l'ai lu, maman, pourquoi ?
— Où ça ? Dans la salle de bains ?
— Non, dans ma chambre. »
Kara écarta sa fille et courut jusqu'à la chambre située tout au bout du couloir. Elle poussa violemment la porte et ne remarqua rien tout d'abord. Puis elle découvrit les lettres gravées dans le mur, juste au-dessus du lit de Jill.

JANINE AIME LES PETITES FILLES
TOUT COMME SON PAPA

C'en était trop. Kara se mit à hurler.

6 h 50

Elles atteignirent en un temps record l'autoroute du New Jersey.
Après s'être calmée et avoir réconforté une Jill apeurée et totalement perdue, elle appela le Dr Gates. Il n'était pas encore disponible, selon le secrétariat téléphonique. Kara ne pouvait attendre. Il fallait qu'elle quitte la ferme, qu'elle mette de la distance entre elle et les mots gravés au-dessus du lit de Jill. Elle jeta quelques affaires dans deux valises, chargea la voiture et prit la direction de New York.
Tout le long du chemin, Kara s'arrêta dans les restauroutes et composa le numéro de Gates. Elle se trouvait non loin de l'aéroport de Newark quand elle réussit à le joindre.

« Il m'arrive des choses bizarres, lui dit-elle. Des choses qui me font peur. »

La voix du Dr Gates était aussi tranquille que s'il se renseignait sur l'horaire des trains.

« Quoi, par exemple ? »

Elle ne voulait pas en parler maintenant, elle ne voulait surtout pas qu'il refuse de la recevoir.

« Je ne suis qu'à une demi-heure de voiture de la ville. Je vous appellerai quand je serai arrivée. Vous pouvez me prendre quand ?

— Eh bien, mon emploi du temps est déjà très chargé. Je pourrais peut-être...

— Il faut que ce soit aujourd'hui. Si vous ne pouvez pas me caser, vous pouvez peut-être me recommander à quelqu'un. »

Kara ne voulait pas voir un autre psychiatre, mais elle avait le sentiment que Gates n'accepterait pas qu'elle voie un confrère, un rival.

« Eh bien, puisque vous semblez croire qu'il y a urgence, je pourrais peut-être vous recevoir en fin de journée. Soyez à mon cabinet à cinq heures.

— J'y serai. »

Quand elle raccrocha, elle se sentait un peu mieux. Le sentiment de prémonition était encore là, accroché à elle comme un suaire, mais au moins elle passait à l'offensive. Elle avait fait le premier pas. Et elle gagnerait. Kara avait structuré sa vie pour disposer d'une autonomie maximum. Personne ne la dominait. Et personne ne le ferait jamais.

Surtout pas cette créature, cette personne qui se faisait appeler « Janine ».

10 h 29

Rob reconnut immédiatement sa voix. Un peu de piment dans un lundi qui s'annonçait morose.

« Kara, tu vas bien ? Et la ferme ?

— Ça va », dit-elle. Elle paraissait en état de choc. « Rob, il faut que je te demande quelque chose. »

Rob jeta un coup d'œil autour de lui. Son bureau se trouvait près de l'entrée de la salle de garde. Il aurait souhaité plus d'intimité, mais le seul bureau fermé était réservé au chef. Cela n'avait pas trop d'importance pour l'instant. Karpinsky et Reddington se trouvaient dans un coin de la salle et avaient une discussion animée avec le partenaire de Rob, Augustino Manetti ; Madsen et Carter étaient assis à leurs places et tapaient des rapports à la machine. Il y avait assez de bruit pour couvrir leur conversation.

« Bien sûr, vas-y.

— Tu étais bien avec moi jeudi dernier quand le Dr Gates m'a hypnotisée ?

— Oui.

— Tu as été tout le temps avec moi ? Je veux dire... tu n'as pas quitté la pièce ?

— Pas un instant. Gates s'est absenté quelque temps pour aller consulter des dossiers, mais je n'ai pas bougé de ma chaise.

— Il ne m'a pas implanté de suggestions post-hypnotiques, n'est-ce pas ? »

Rob commençait à être inquiet. Et il sentait Kara bouleversée.

« Kara, qu'est-ce qui se passe.

— Il m'est arrivé des trucs bizarres pendant le week-end. »

Rob sentit sa gorge se serrer.

« Quel genre ?

— Je ne veux pas en parler maintenant. Mais tu es bien sûr qu'il ne s'est rien passé quand j'étais hypnotisée ? Une dénommée "Janine" n'aurait pas répondu à ma place ?

— Gates a souvent interrogé cette "Janine", mais elle n'a jamais répondu. Tu ne lui parlais que quand il t'appelait par ton nom, Kara. Tu avais l'air tout le temps endormie, sauf quand...

— Quand quoi ? »

Il revit Kara qui tournait la tête vers lui, mécaniquement, ses lèvres retroussées.

« Quand tu m'as regardé pour me sourire.

— Je ne t'ai rien dit ?

— Non. Gates est revenu à ce moment-là. Tu t'es contentée de sourire. »

Donner à cette grimace le nom de sourire, c'était comme qualifier de chien-chien un loup enragé. Mais il ne voulait pas la tourmenter plus qu'elle ne l'était déjà. Cela ne servirait à rien.

« Pourquoi tu ne m'as rien dit ?

— Parce que je n'en ai rien pensé. » *Parce que je n'ai rien voulu en penser.* « C'est grave, Kara ? »

Il y eut un long silence suivi d'un profond soupir.

« J'ai peut-être la même chose que Kelly. »

Rob était agrippé au combiné.

« Où es-tu ? Je viens te chercher.

— Ça va, Rob, je tiens le choc. J'ai pris rendez-vous avec Gates. A cinq heures. Je veux démarrer tout de suite une thérapie.

— Je te retrouverai là-bas et j'assisterai à l'entretien.

— Merci, mais ça ne sera pas nécessaire cette fois-ci.

— Je n'ai pas confiance en lui, Kara.

— Peut-être, mais moi, il *faut* que je lui fasse confiance. Je n'ai pas le choix.

— Il y a plein de psy dans cette ville, tu sais.

— Oui, mais il est déjà au courant du problème. Avec un autre, il faudrait que je reprenne à zéro. »

Elle n'avait pas tort, mais cela ne plaisait pas à Rob.

« Bon. Appelle-moi quand tu seras sortie. Tu me raconteras ce qu'il t'a dit.

— Rob...

— Je m'en fais pour toi, Kara, tu comprends ? Je ne veux pas qu'il t'arrive quoi que ce soit.

— Merci, Rob, fit-elle d'une petite voix. Ça fait du bien d'entendre ça. Je t'appellerai. »

Après avoir raccroché, Rob consulta sa montre. Il se demanda s'il pouvait voir Doc Winters aujourd'hui même. Il voulait éclaircir quelques points concernant Lazlo Gati.

17 h 06

« Vous pouvez entrer », lui dit la secrétaire.

Kara pénétra dans le cabinet du Dr Gates, comme jeudi dernier ; seulement, cette fois-ci, elle était seule. Elle avait laissé Jill chez tante Ellen. La malheureuse enfant ne comprenait pas trop ce qui se passait, elle savait simplement que cela n'allait pas. Kara aurait aimé pouvoir tout lui expliquer, mais elle n'y parvenait pas. Elle lui avait dit qu'elle ne se sentait pas bien et qu'elle venait à New York pour consulter un docteur susceptible de l'aider. Jill demanda des détails, mais Kara esquiva.

Kara avait appelé Marge, la directrice de l'hôpital, pour s'excuser de son absence. Elle avait encore quelques jours à prendre et le moment était venu d'en profiter. Marge n'avait pas trop apprécié : si elle était incapable de faire son travail, ils engageraient quelqu'un d'autre. Kara avait raccroché avec le sentiment que le monde se refermait sur elle. Elle n'avait pas besoin de cela, elle dont l'esprit lui jouait des tours et dont le livre prenait de plus en plus de retard.

Le Dr Gates était à son bureau, comme d'habitude. Sa chemise bleu ciel était parfaitement assortie au bleu de ses yeux. Sa cravate beige clair rappelait la couleur sable de ses cheveux et de sa moustache. Son visage était toujours aussi impassible.

Il lui fit signe de prendre place.

« Asseyez-vous, mademoiselle Wade, et parlez-moi de ces "choses bizarres" qui vous sont arrivées. »

Kara lui décrivit brièvement les événements survenus au cours du week-end, des pieds sales au message gravé au-dessus du lit de Jill. Le Dr Gates l'écoutait en silence. Il faisait tourner son porte-clefs autour de son doigt. Quand elle eut fini, il se leva et s'approcha de la fenêtre. Il avait l'air soucieux quand il se retourna vers Kara.

« Je suis très inquiet.

— Pourquoi ? Dites-moi ce qui se passe. C'est pour cela que je suis ici.

— C'est pourtant évident, non ? Janine, votre seconde personnalité... elle n'est plus endormie.

— Justement. Pour moi, c'est trop évident, trop bizarre aussi. Je ne marche pas. Je ne crois pas à l'existence de Janine. »

Le Dr Gates reprit place dans son fauteuil. Son visage était redevenu impassible.

« La négation est le premier obstacle sur la voie de la guérison. Vous devez le surmonter avant d'entreprendre une thérapie efficace.

— Il n'y a pas d'autre explication ? C'est tout de même une drôle de coïncidence : vous me parlez de la seconde personnalité de Kelly et de la possibilité que j'en ai une, moi aussi, appelée Janine, et paf ! du jour au lendemain, Janine se met à écrire sur les murs. C'est un peu facile, je trouve.

— Vous oubliez la séance d'hypnose, fit Gates d'un air grave. J'y étais opposé dès le début, mais vous avez insisté. Je vous ai prévenue des risques que vous encouriez. Cela pourrait réveiller une chose qu'il vaudrait mieux laisser endormie. Il semble que j'avais raison. »

En temps normal, la suffisance du Dr Gates aurait rendu Kara furieuse, mais le sentiment de malaise qui la tenaillait lui interdisait toute réaction.

« Deux sœurs jumelles ayant chacune une double personnalité, c'est un peu tiré par les cheveux, non ?

— A première vue, je vous l'accorde. Mais pas lorsqu'on prend en compte les particularités de votre cas : deux enfants génétiquement identiques soumises simultanément au même traumatisme. Dans de telles circonstances, il n'est pas absurde de penser que les mécanismes de défense psychologiques seront également identiques. » Il compta sur ses doigts. « Mêmes gènes, même traumatisme, même réaction. C'est logique, non ? »

Kara était abasourdie.

« Quand commençons-nous la thérapie ? demanda-t-elle.

— Aujourd'hui, si vous le désirez.

— D'accord. Quel type de thérapie ?

— Si vous voulez bien vous en remettre à moi », dit-il avec un sourire plein de condescendance.

Kara ne pouvait plus contenir sa colère.

« Je ne suis pas une idiote, docteur Gates. Pour que cela marche, il faut que je sache où je vais. Je ne suis pas une gamine et je ne vous laisserai pas m'emmener dans le noir en me tenant par la main. »

Il la regarda fixement un instant avant de lui répondre.

« Très bien. J'envisage de débuter par l'association libre. Vous vous allongerez et je vous ferai parler de votre enfance. Je rechercherai ce que nous appelons des “zones de blocage”. Quand j'aurai identifié certaines de ces zones, je vous mettrai sous hypnose et tenterai de les débloquer. Si je réussis, il vous faudra alors entreprendre la partie la plus délicate de votre thérapie : vous devrez faire face aux souvenirs douloureux que vous réprimez depuis l'enfance.

— Et cela suffira ?

— En théorie, oui. Une fois libérés les souvenirs réprimés, une fois que vous les aurez envisagés intellectuellement et émotionnellement en tant que Kara, Janine ne sera plus utile. Elle restera en permanence à l'état dormant ou cessera d'exister. »

Cela parut raisonnable à Kara. Un espoir lointain…

« On y va.

— Il y a autre chose que vous devez savoir, dit-il en levant la main. Cela prendre *longtemps*, peut-être même des années, pendant lesquelles vous en viendrez à me détester, à me traiter d'incompétent ou de charlatan et à vouloir partir. Mais vous devez avoir la foi. Vous devez vous tenir à votre thérapie. »

Une boule de peur se forma à nouveau dans la gorge de Kara.

« Des années ? Vous voulez dire que je vais devoir passer des années à me demander si je ne vais pas me transformer en cette personne qui écrit sur les murs et fait Dieu sait quoi d'autre ? »

Il secoua la tête et prit un bloc dans un tiroir.

« On peut faire quelque chose pour ça. Votre seconde personnalité semble adopter un type d'activité semblable à celui de votre sœur : Janine ne prend le dessus que lorsque vous êtes en état de sommeil. »

C'était un soulagement.

« Je suis donc en sécurité pendant la journée.

— Pour l'instant.

— Qu'est-ce que vous voulez dire ?

— Kara est votre personnalité primaire, dominante, celle qui vous permet d'affronter le monde quotidien. C'est une personnalité solide, adulte, bien intégrée, qui n'a pas besoin de "Janine". Imaginez une voiture : "Kara" occupe le siège du conducteur tandis que "Janine", personnalité relativement mineure, n'est que passagère. Elle est dormante depuis un quart de siècle environ et n'a pas le pouvoir de pousser "Kara" pour prendre le volant — sauf lorsque "Kara" est endormie. Cependant plus elle tient les commandes et plus elle acquiert de force. Un jour, elle risque d'imposer sa domination au moment choisi par elle. »

Kara en frissonna d'horreur. Surtout ne pas être contrôlée... dominée par un étranger, même s'il s'agissait de sa propre création.

« Qu'est-ce que je peux faire ?

— Ce que nous *pouvons* faire : la supprimer. Ne la laissez pas prendre le volant. C'est pourquoi je vais vous prescrire quelque chose qui vous fera dormir toute la nuit, vous *et* "Janine". »

Il rédigea une ordonnance et la lui tendit. Trente comprimés d'Halcion.

« Vous en avez donné à Kelly. Visiblement cela ne l'a pas trop aidée. »

Le Dr Gates eut un petit sourire amer.

« Votre sœur ne les prenait pas quand il lui fallait travailler le lendemain. Elle disait qu'elle se sentait un peu groggy. C'est très possible. »

Un peu groggy... un prix bien infime à payer pour la domination de Janine.

« Vous me garantissez que cela va marcher ?

— Rien n'est garanti en psychiatrie, mais cela vous aidera. Prenez un comprimé chaque soir, mademoiselle Wade. »

Kara plia l'ordonnance et la rangea dans son sac. Elle indiqua le siège inclinable.

« On commence ? »

18 h 26

Assis dans sa voiture, Rob vit Kara sortir de la maison des Arts médicaux.

« Eh, mademoiselle, je vous dépose ? »

Elle le regarda sans le reconnaître, puis son visage se détendit et un sourire apparut sur ses lèvres. Elle s'approcha de la voiture.

« Tu m'attends depuis longtemps ? »

Cela faisait une heure. Il n'avait pas réussi à voir Doc Winters et il avait remis l'entretien à demain. Il était arrivé vers cinq heures et demie et commençait à se demander s'il ne l'avait pas ratée.

« Depuis trop longtemps. Monte. Je t'emmène où tu veux. »

Elle s'installa et s'appuya au repose-tête avant de fermer les yeux. Elle paraissait épuisée. Rob lui prit la main. Elle ne la retira pas.

« Une journée difficile ? lui dit-il.

— Tu ne peux pas imaginer.

— Tu veux qu'on bavarde devant un verre ? »

Elle ouvrit les yeux et se tourna vers lui.

« Pourquoi pas ? »

Il ne voulait pas l'emmener chez Leo's et il trouva un restaurant de la Huitième Avenue. Il se gara devant la bouche d'incendie. Cet établissement était décoré de néons tapageurs — le genre d'endroit où l'on vous fait payer vingt-cinq dollars un plat qui ne remplirait pas l'estomac d'un nouveau-né. Mais il n'y avait pratiquement personne et ils purent avoir une table au fond de la salle. Pas pour dîner, rien que pour consommer. Rob commanda un scotch, Kara un verre de Chablis.

Elle était réticente, mais, peu à peu, il réussit à lui faire raconter les événements du week-end. C'était impressionnant. Les mots gravés au-dessus du lit de Jill lui donnèrent des frissons.

« Je crois que tu as bien fait de partir, dit-il. J'aimerais seulement que tu aies un autre docteur.

— Tu dis tout le temps ça. Tu sais sur lui des choses que j'ignore ?

— Rien d'inquiétant. Tous ceux à qui j'en parle me disent que c'est un as. Je ne l'aime pas, c'est tout.

— Moi non plus. Il est aussi chaleureux qu'un ver de terre. On n'a vraiment pas envie de passer une heure avec lui à raison de trois fois par semaine.

— Tant que ça ?

— Lundi, mercredi et vendredi. Il veut entreprendre une thérapie assez lourde pour que je réagisse rapidement. D'accord, il est plutôt glacial, mais s'il connaît bien son job et s'il peut me tirer d'affaire, je suis partante.

— Je comprends. Je voulais seulement...

— Tout ça c'est de ma faute ! » Des larmes brillèrent dans ses yeux. « Si je l'avais écouté, je ne me serais pas fait hypnotiser et rien de cela ne serait arrivé !

— Mais non, tu avais besoin de savoir si...

— Eh bien, maintenant, je le sais ! Rob, j'ai peur ! Dire que je suis allée dans la chambre de Jill et que j'ai gravé des mots dans le mur avec le vieux couteau à découper de mon père ! Ça me rend malade !

— Ça ira. Il n'y a pas plus forte que toi, Kara. Si quelqu'un peut réussir, c'est bien toi. »

Rob faisait de son mieux pour lui remonter le moral et il était sincère. Kara était très forte et il avait entière confiance dans sa force d'âme.

« J'espère bien... » dit-elle en reniflant. Elle s'essuya les yeux avec une serviette en papier et termina son vin. « On peut s'en aller ?

— Sans problème. »

« Tu es descendue chez ta tante ? » dit-il alors qu'il roulait dans la 24e Rue en direction de l'East Side.

La circulation était particulièrement fluide : les petits commerces étaient fermés et il n'y avait pas de camions de livraison garés en double file.

« Pour l'instant. Je ne sais pas ce que je vais faire à longue échéance. Cela risque de prendre du temps. Je vais peut-être m'installer en ville. »

Rob eut honte de la petite bouffée de plaisir que ces mots lui procurèrent. Elle détestait tellement New York.

« Pendant la journée, je resterai chez tante Ellen avec Jill. Elle dormira là-bas. Moi, je passerai la nuit chez Kelly.

— Toute seule ? Qu'est-ce que c'est que cette idée ?

— Elle n'est pas de moi. Le Dr Gates me l'a suggérée. Il m'a dit que je devrais coucher chez Kelly en attendant d'y voir plus clair. Sinon je risquerais de me présenter à Jill sous la forme de Janine. Il n'en est pas question. Tu te rends compte, si elle s'était réveillée quand je gravais les mots au-dessus de son lit ? Si elle avait voulu me parler, parler à cette personne qui ressemblait à sa mère mais qui ne l'était pas ? Je ne peux pas prendre le risque de la terroriser. Et encore moins de lui faire du mal quand je suis Janine.

— Cela peut durer longtemps ?

— Il faut être sûr que les somnifères font également dormir Janine. Ensuite je pourrai me permettre de vivre dans la même maison que Jill. »

Rob secoua la tête. On se serait cru dans un vieux film du genre *Qu'est-il arrivé à Baby Jane ?* D'ici à ce que l'on voit apparaître Bette Davis ou Joan Crawford...

Mais ce n'était pas du cinéma.

« Je vais rester avec toi », lui dit-il.

Rob s'étonna lui-même. *Quelle idée !* Il frissonna intérieurement à l'idée de faire la connaissance de Janine.

Kara le regarda, un sourire quelque peu sceptique aux lèvres.

« Merci, Rob. C'est gentil, mais ce ne sera pas nécessaire.

— Tu ne peux pas toujours tout faire toute seule, Kara. » Il était un peu vexé d'avoir été repoussé, mais il le cachait bien. « N'importe qui peut avoir besoin d'aide.

— Je sais. » Son sourire se fit plus éclatant. « Quand cela m'arrivera, c'est à toi que je téléphonerai en premier. »

Ils ne dirent pratiquement rien pendant le reste du trajet. Rob espéra tout le temps que Kara l'emmènerait dîner chez tante Ellen.

Elle n'en fit rien.

21 h 30

Après dîner, après avoir couché Jill et lui avoir expliqué pour la centième fois pourquoi elle devait passer quelques nuits chez tante Kelly, Kara regagna l'appartement de la 63e Rue. Son estomac était un peu noué. Qu'allait-il lui arriver cette nuit ?

Dans le vestibule, une carte de visite était coincée dans la boîte à lettres 2-C — celle de Kelly. C'était la carte d'Ed Bannion.

Kara Wade

Contactez-moi à propos de la succession de Kelly.

E. B.

Il avait noté son numéro personnel.

La succession de Kelly ? Sa sœur n'avait aucun bien. Kara décida de l'appeler dès le lendemain.

Dans l'appartement, elle s'efforça de repousser son appréhension à parcourir les pièces vides.

Car c'était là que Kelly avait cherché à résoudre le même problème. Et c'était là qu'elle avait échoué.

Mais Kelly n'avait pas pris ses somnifères — selon le Dr Gates tout au moins. Kara les prendrait. Tous les soirs si cela pouvait lui être bénéfique.

Mais elle ne se contenterait pas de ça.

Elle entra dans la chambre de Kelly et rassembla les sous-vêtements sexy, les chemisiers, les mini-jupes, tout ce qu'elle put trouver sous les tables de chevet ou dans le placard, et elle fourra le tout dans deux sacs de chez Dagostino que Kelly avait dissimulés entre le réfrigérateur et le mur. Elle ressortit de l'appartement et alla déposer les sacs sous un réverbère, au coin de la 63e Rue et de la Première Avenue. Elle ne s'inquiétait pas pour ça : tout serait emporté avant même qu'elle ne regagnât l'appartement.

Elle verrouilla la porte et chercha un endroit où cacher la clef. Le Dr Gates lui avait expliqué que, dans les cas semblables au sien, la personnalité dormante ignorait les faits et gestes accomplis par l'autre personnalité. Kara n'avait pas vu d'autres clefs dans l'appartement de Kelly. Si Janine prenait le dessus pendant la nuit, elle ne pourrait quitter l'appartement.

Elle opta finalement pour la grille du four de la cuisinière. Qui pourrait bien chercher une clef dans un tel endroit ?

Ne te pose pas la question.

Elle prit sa douche. Comme elle séchait, les paroles de Rob lui revinrent à l'esprit :

Tu ne peux pas toujours tout faire toute seule, Kara.

Combien de fois lui avait-on dit cela ? Sa mère et son père, Kelly, ses amis. Personne ne semblait la comprendre. Elle ne voulait pas tout faire toute seule. Elle ne voulait pas se couper des autres. Elle désirait simplement être claire et nette. Elle demandait de l'aide quand cela s'avérait nécessaire — en allant se faire soigner par le Dr Gates, par exemple — , mais ce qu'elle *pouvait* faire seule, elle le *ferait* seule.

Peut-être tenait-elle ce trait de caractère de ses voisins, les Amish, qui n'étaient « les obligés de personne », ainsi qu'ils le disaient. Mais Kara sentait bien que c'était plus profond que cela. Ce besoin d'autonomie, de maîtrise de sa propre vie, était gravé dans son âme. Ce qui rendait particulièrement écœurante la possibilité de voir une autre personnalité prendre les rênes — ne fût-ce que pour un court instant.

Elle était prête à se coucher. Elle aurait aimé écrire un peu, mais elle était épuisée. Elle ne pensait pas avoir besoin de somnifère, mais elle se devait de suivre à la lettre les recommandations du médecin. Pour l'instant tout au moins. Elle prit l'un des Halcion de Kelly, se coucha dans le lit de Kelly avec l'un des derniers numéros de *Rolling Stone* de Kelly et s'efforça de ne pas penser à Kelly. Ou à Janine. A la solitude et à la peur qu'elle éprouvait. Au fait qu'il serait bien agréable d'avoir quelqu'un à qui parler. A la bêtise qu'elle avait faite en refusant à Rob de passer la nuit ici.

Kara s'endormit.

LETTRES DU PURGATOIRE

Pauvre petite idiote. Elle est revenue.

Il exulte. Comme il jubile, comme il se pavane ! S'émerveille de son intelligence. Le Napoléon des Comploteurs, le Machiavel des Manipulateurs.

Me rend malade !

Comme j'aimerais lui donner une bonne leçon, à ce porc. Croit que je suis incapable, sans danger, que je n'ai rien d'une menace pour son intelligence supérieure. C'est ce que je déteste le plus... même s'il a raison. Il sait que je suis une personne complètement démunie.

Non. Peut-être pas complètement. Ai ma propre intelligence. Ne vois pas pourquoi je ne peux pas m'arranger pour manifester autant de ruse et de fourberie que lui. Pas au-delà de mes capacités d'adresser un avertissement à cette nouvelle.

Ne serait-ce pas fabuleux ? Quel coup d'éclat ! Sans autres ressources que ce que je peux voler et dissimuler, l'avertir pour qu'elle s'éloigne de lui. Voilà qui le déboussolerait !

Oh, il me punira, je le sais bien, me punira sévèrement, mais cela en vaudra le coup. Rien que pour lui montrer, lui faire comprendre qu'on ne me réduit pas ainsi à la soumission la plus totale. Je suis encore ici. Je peux encore agir.

Ne me considérera plus de la même façon après ça.

Si j'y arrive naturellement. Dois essayer.

Mais d'abord il me faut l'adresse de la fille.

MARDI 17 FÉVRIER

8 h 06

Kara se réveilla un peu groggy, pas vraiment reposée. Elle s'ébroua et glissa à bas du lit. Elle vit qu'elle portait la même chemise de nuit que la veille au soir. La chambre était inchangée. Pas d'inscription sur les murs. Elle se palpa. Pas de coupure ou de trace de coup. Elle se précipita dans la salle de bains. Pas de message sur le miroir. Elle vérifia également le séjour et la cuisine. Il n'y avait pas de couteau sur le comptoir et la clef était toujours au même endroit, sur la grille du four, exactement là où elle l'avait laissée.

Elle s'appuya au comptoir et poussa un soupir de soulagement.

« Ça va », dit-elle tout haut. Elle tapa du poing sur le comptoir. « *Ça va !* »

10 h

« Merci de me recevoir aussi vite, Doc », dit Rob en s'installant sur la chaise faisant face au bureau.

Doc Winters le regardait par-dessus ses lunettes. Il tapotait son bureau de la pointe de son stylo ; le mot *Navane* était gravé sur le corps du stylo.

« Vous m'avez dit que c'était urgent.

— Oui, ça l'est. C'est à propos de Lawrence Gates...

— Qu'est-ce que vous avez tout le temps avec Gates ? C'est une affaire personnelle ou quoi ? »

Rob fut surpris par la véhémence de Doc Winters.

« Pas du tout. Je ne l'ai rencontré que deux fois. Je n'aime pas particulièrement ce type, mais cela n'a rien à voir.

— Beaucoup de gens n'aiment pas Larry Gates, mais cela ne justifie pas le harcèlement policier.

— Eh, je ne harcèle personne ! Il vous a dit ça ?

— Non, je n'ai pas eu l'occasion de parler avec lui depuis des années, mais permettez-moi de vous dire quelque chose à son propos. Je sais qu'il fait preuve d'une certaine froideur à l'égard de tout le monde...

— "Froideur", le mot n'est pas trop fort.

— Je ne le nie pas. J'ignore pourquoi il agit ainsi. A priori, cela ne va vraiment pas dans le sens de la pratique psychiatrique. Mais nous ne devons pas oublier que les considérations financières comptent peu pour un homme de cette richesse. De plus, je crois savoir que cela n'arrête pas vraiment ses patients.

— Je doute que la patiente que je connais irait le consulter s'il n'était pas qualifié pour traiter son problème.

— Une personnalité multiple, c'est bien ça ? Comme je vous l'ai déjà dit, elle ne pouvait pas mieux trouver. Mais je dois vous avouer quelque chose : j'ai vu le masque de froideur de Larry tomber une fois, quand son frère Gabor a contracté une pneumonie. »

L'intérêt de Rob s'éveilla à la mention du nom de Gabor.

« C'était quand ?

— A l'époque où Larry était résident, pendant sa troisième année, je crois. Gabor a attrapé la grippe et cela a mal tourné. Il était invalide et sa grippe a rapidement dégénéré en pneumonie. Larry a fait en sorte qu'un des pneumologues l'admette à Brooklyn. Il pourrait ainsi veiller sur son frère tout en se spécialisant dans la psychiatrie. » Doc Winters se pencha en avant et brandit son stylo en direction de Rob. « Il n'a jamais quitté l'hôpital pendant la maladie de Gabor. Il *vivait* là-bas. C'est ça, le vrai Larry Gates. »

Rob était étonné. Peut-être avait-il mal jugé Gates.

« Gabor a survécu, me semble-t-il.

— Oui.

— Mais il est mort depuis.

— Oui, quelques années plus tard. Il devait avoir la quarantaine. Sa longévité témoigne de la qualité des soins que lui a prodigués Larry.

— Pourquoi dites-vous cela ?

— Gabor était un cauchemar ambulant. Un personnage grotesque, déformé par de nombreuses tares congénitales... pratiquement aveugle, aphone...

— Pardon ?

— Muet. Incapable de parler. Je pense que son quotient intellectuel était celui d'un idiot. Il avait le corps bulbeux, scoliotique, avec des membres atrophiés. Il était totalement dépendant. Incapable de se nourrir, de se vêtir ou de se laver seul. Assez répugnant, en fait. Mais Larry lui était entièrement dévoué. S'il avait caché Gabor à l'époque des Nazis et l'avait aidé à échapper aux communistes, ce n'était pas pour laisser une saloperie de bactérie lui voler son frère. » Winters hocha la tête. « Drôle de type, hein ?

— Je le reconnais, fit Rob qui n'avait cependant pas envie de lui décerner le prix Nobel.

— Alors, pourquoi vous vouliez me voir ?

— Gates a signé le certificat de décès de Gabor. J'ai trouvé cela plutôt étonnant. »

Doc Winters plissa le front.

« Ce le serait dans la plupart des cas. On pourrait même dire qu'on frise l'illégalité, sans y tomber toutefois. Mais n'oubliez pas que Larry est docteur en médecine et qu'il est habilité à signer. Il s'est tout le temps occupé de Gabor et connaissait mieux que quiconque son passé médical. C'est un cas tout à fait unique. Je ne vois pas pourquoi vous vous excitez là-dessus. »

Rob soupira et se leva.

« Moi non plus. Je faisais le point, c'est tout. Merci.

— Je vous en prie. Croyez-moi, ne pensez plus à Larry. C'est un type consciencieux. Il ne prend quasiment jamais de vacances, à ce qu'on dit. Un bourreau de travail, peut-être, mais un brave type.

— Puisque vous le dites... »

N'empêche, je ne l'aime toujours pas.

3 h 37

La voix de la secrétaire d'Ed Bannion résonna dans l'interphone.

« Il a une certaine Kara Wade sur la 76, elle dit que c'est personnel. »

Ed sentit une bouffée de plaisir monter en lui.

« Passez-la moi, Nancy. » Il appuya sur le bouton qui clignotait. « Bonjour ! C'est difficile de vous joindre.

— J'étais repartie en Pennsylvanie. Je suis rentrée hier. J'ai trouvé votre carte.

— Oui. » Il se mit à rire. « Après vous avoir appelée au moins douze fois, je me suis dit que c'était le meilleur moyen de vous contacter.

— Qu'est-ce que vous savez de la succession de Kelly ?

— Elle n'avait pas fait de testament.

— Comment le savez-vous ?

— J'ai vérifié. On n'a jamais enregistré de testament à son nom.

— Pourquoi avez-vous cherché ? »

Il décela une touche d'hostilité dans la voix de Kara. Elle le trouvait peut-être trop curieux.

Elle n'avait pas tout à fait tort. Il s'était creusé la cervelle pour garder le contact avec elle et il avait trouvé cette solution ingénieuse. Il s'était dit que Kelly Wade n'avait certainement pas rédigé de testament, comme presque tous les célibataires de sa tranche d'âge. Ce sont seulement les gens mariés avec des enfants qui songent à ce qu'ils pourront leur léguer s'il leur arrive de passer l'arme à gauche avant l'heure.

Il avait eu raison. Kelly était morte intestat.

« Je voulais simplement vous aider, Kara. Je règle une dette, en quelque sorte. Kelly a rendu service à ma famille d'un point de vue professionnel, c'est mon tour d'en faire autant. »

Cette histoire de mère à l'hôpital était inventée de toutes pièces, mais ce qu'il allait maintenant dire à Kara était parfaitement véridique et légalement fondé. Il devait seulement y aller sur la pointe des pieds pour ne pas l'affoler.

« Si vous voulez que sa succession soit homologuée et avoir accès à son compte en banque — ou à ses comptes, je ne sais pas ce qu'elle avait — , vous devez vous faire nommer tutrice.

— Je ne veux pas de son argent.

— Ce n'est pas être grippe-sous, vous savez. Elle avait certainement des dettes — prélèvements mensuels, cartes de crédit, ce genre de chose. Elles doivent être réglées, sinon ses créanciers peuvent mettre sa succession en liquidation judiciaire. »

Il y eut un silence à l'autre bout de la ligne. Ed n'intervint pas.

« Je n'y avais jamais pensé, dit enfin Kara.

— Eh, c'est normal, non ? fit Ed d'un air jovial. C'est le boulot des conseillers juridiques. De toute façon, si vous ne reprenez pas ses comptes en banque, le gouvernement s'en chargera. J'imagine que vous en feriez meilleur usage.

— Sûrement, oui. Qu'est-ce que je dois faire ?

— Je vais m'occuper de tout. Je vous conseillerai et je me présenterai au tribunal des successions et tutelles pour que vous soyez nommée tutrice de la succession de Kelly. Cela ne devrait pas poser de problème. Comme elle n'avait ni mari ni enfant, le choix de sa sœur jumelle est le plus évident — à moins que vos parents ne s'y opposent, naturellement.

— Ils ne s'y opposeront pas.

— Bien. Vous pourrez alors régler ses dettes en tirant sur son compte, vider son appartement, emporter tout ce que vous voudrez à titre de souvenir et être en règle avec la loi.

— Qu'est-ce que cela va me coûter ?

— C'est la maison qui paye. Un échange de bons procédés, si vous voulez. Alors je peux entamer les démarches ? »

Dis oui ! *Dis oui !*

« D'accord, dit-elle au bout d'un moment. C'est très aimable de votre part.

— N'en parlons plus. Bon, il va falloir que l'on se voie pour signer quelques papiers. Demain, ça vous va ?

— Seulement l'après-midi. J'ai un rendez-vous le matin. »

Ed devait s'occuper de financiers de la côte Ouest pendant tout l'après-midi et la soirée du lendemain.

« Et jeudi ?

— Je préférerais. J'ai toute ma journée à moi.

— Bien. Je passerai vous prendre chez Kelly et on déjeunera ensemble. »

Une autre hésitation. *Accepte, Kara.*

Et enfin :

« D'accord, on marche comme ça. A jeudi. »

Ed raccrocha et bondit de son siège pour exécuter une danse de victoire quand sa secrétaire entra.

« Vous vous sentez bien, monsieur Bannion ? »

Ed se figea brusquement et rangea des papiers sur son bureau.

« J'avais le pied engourdi, mais ça va mieux, merci. »

Et ça va aller de mieux en mieux !

Kara regagna l'appartement de Kelly en se jurant que, si les prochaines nuits se passaient aussi bien que la précédente, elle se considérerait apte à rester dormir chez tante Ellen. Seule cette perspective pouvait la pousser à revenir ici. L'idée de devoir occuper encore une fois la chambre de Kelly était désespérante.

C'est pourquoi une douce bouffée de chaleur l'envahit quand Rob descendit de sa voiture et la rejoignit devant la porte de l'immeuble. Un peu de compagnie lui ferait du bien.

« Je ne vais pas rester, lui dit-il. Je voulais seulement savoir comment tu allais. J'ai appelé plusieurs fois, mais il n'y avait personne.

— Je vais bien. Monte, on va boire un verre. A moins que tu préfères un café. Ce que tu veux. »

Il parut surpris.

« Tu es sûre ?

— Tout à fait. »

Un verre en entraîna un autre. Ils étaient assis sur le canapé et bavardaient tandis que des clips passaient à la télévision. Plus ils parlaient et plus Kara se rendait compte que ses sentiments à l'égard de Rob étaient encore très vivaces. Elle se sentait si bien auprès de lui, si protégée. Et puis elle entrevit le revolver rangé dans son étui, posé sur la desserte.

« Ce que j'aimerais que tu ne sois pas flic.

— Je crois bien que c'est héréditaire. Je tiens ça de mon père, je n'y peux rien.

— D'accord. Dans ce cas, ce que j'aimerais que tu ne sois pas flic à New York.

— Où cela alors ?

— Dans un endroit qui ne soit pas un repaire de camés, de maquereaux, de violeurs et de tueurs.

— Je ne suis pas de ton avis, Kara. Pour moi, cette ville n'est pas remplie de camés, de maquereaux, de violeurs et de tueurs, comme tu dis. Ce ne sont pas eux qui font la ville. Ils ont été attirés par ses dimensions. Manhattan ressemble à un immense lac, eux ne sont que l'écume qui flotte à la surface. Ils accaparent l'attention. Trop souvent, les étrangers ne voient qu'eux en arrivant ici et ne se souviennent que d'eux en repartant. A cause de l'écume, le lac peut paraître répugnant, mais il ne faut pas assimiler l'un à l'autre. Je travaille ici pour tous les autres, ceux que l'on ne remarque pas, qui vivent et travaillent ici. Des gens comme tante Ellen. Comme... Kelly. Je suis là pour eux. Je ne suis ni Lancelot ni l'inspecteur Harry, mais je tiens un peu des deux, c'est vrai. Je rouspète contre les hommes politiques et leur législation stupide comme tout un chacun, mais ce que je fais, je le fais sérieusement et je compte bien le faire encore longtemps. »

Kara le regarda fixement. Elle réalisa qu'elle n'avait jamais apprécié Rob à sa juste valeur. Elle l'avait aimé, c'est vrai, et elle l'aimait certainement encore, mais elle n'avait jamais vraiment saisi toute la profondeur du personnage. Elle sentait en lui quelque chose de rare, qu'il convenait d'entretenir et de respecter.

Sans réfléchir, elle l'embrassa sur la bouche.

« Ils ont de la chance de t'avoir. »

La télévision passait alors le clip de « Superman » de Barbara Streisand.

« On dansait sur cet air-là, dit Rob. Tu veux danser ? »

Kara lui sourit.

« Oui. »

Ils se levèrent et se blottirent dans les bras l'un de l'autre avant de se balancer au rythme de la musique. Rob n'était pas très bon danseur, mais Kara s'en fichait éperdument. Elle retrouva la chaleur de ses bras qui l'enserraient, son discret parfum d'Old Spice.

« Cela fait si longtemps, Rob.

— Une éternité. »

Ils s'embrassèrent. Un long baiser. Kara sentait une douce sensation l'envahir. Par réflexe, elle commença de se dégager, puis elle se ressaisit. Elle s'abandonna. Bientôt ils cherchèrent à se débarrasser de leurs vêtements.

« Dix ans, murmura Rob. Ça fait dix ans que je t'attends ! »

Kara ne répliqua pas. Elle savait qu'elle n'était pas réellement revenue, mais, ce soir, elle désirait la compagnie de Rob.

Ses doigts caressèrent son dos, puis ses épaules, avant de redescendre vers ses seins. Ils s'embrassèrent à nouveau.

« Qu'est-ce que tu m'as manqué, lui dit-il à l'oreille.

— Toi aussi, Rob. Surtout comme ça. »

Il redressa la tête et lui sourit.

« Je ne savais pas que les écrivains féministes appréciaient ce genre de chose.

— On aime ça comme tout le monde. Peut-être même plus.

— Je suppose que c'est toi qui es dessus ?

— Gagné ! »

En riant, ils se dirigèrent vers la chambre, où ce fut chacun son tour d'être dessus.

Pour finir côte à côte. La tête de Kara reposait sur sa poitrine.

« On devrait faire ça plus souvent, dit Rob. Dix ans, c'est long à effacer en une fois. Tu crois qu'on se reverra avant la fin du siècle ?

— J'aimerais bien, Rob. Ce serait merveilleux. »

Elle le pensait sincèrement. Elle ne se souvenait pas de s'être sentie aussi bien depuis si longtemps. Elle se sentait détendue, comblée. Elle savait que cette impression serait fugitive, et elle la savourait d'autant plus. Elle se rendit compte de tout ce qui lui avait manqué. Ce n'était pas seulement l'orgasme qui comptait, mais surtout l'intimité. Elle avait évité tout rapport intime depuis son départ de New York. Son comportement répondait à des normes rigoureuses : ne pas trop connaître un homme pour éviter tout lien affectif, toujours conserver une certaine distance. Quelques membres des associations féministes qu'elle fréquentait avaient interprété *à leur manière* cette façon d'être et Kara avait jugé bon de mettre les pendules à l'heure : elle ne voulait de relation *avec qui que ce soit*. Le réflexe avait été rapidement acquis et, ce soir, il lui avait fallu l'oublier.

Elle était heureuse d'y être parvenue. Ce qu'elle vivait en cet instant était juste et bon, rare et précieux. Blottie contre Rob, elle se sentait en sécurité et, surtout, *vivante*.

Elle se laissa aller au sommeil.

LETTRES DU PURGATOIRE

Ça y est ! J'ai envoyé mon avertissement ! Quel coup de génie ! Quelle action brillante, même si c'est moi qui le dis !

Et ce porc n'a pas la moindre idée de ce que j'ai fait. C'est évident. Sinon il serait fou de rage. Et me punirait sévèrement.

Je ne peux échapper à la punition.

Et quand bien même ? Je le savais en me lançant dans ce projet. S'il intercepte mon avertissement, il me fera souffrir. Si elle reçoit l'avertissement, elle le lui montrera, ou quelqu'un d'autre lui en parlera, et le résultat sera le même, même si c'est encore pire dans ce dernier cas de figure.

Que je réussisse ou que j'échoue, j'aurai à souffrir. L'attente du châtiment est pire qu'une lame brandie au-dessus de ma nuque. La décapitation — ha ! Ce serait un plaisir comparé à ce que je vais devoir endurer.

Je souffrirai, mais cela vaudra le coup. Pas seulement pour elle. Au début je pensais que mon désir de l'avertir était purement désintéressé, mais ce n'est pas le cas. Non, je fais ça plus pour moi que pour elle. C'est mon soulèvement de Sparte, ma prise de la Bastille, mon Boston Tea Party ! Par cet acte je lui notifie qu'il n'a pas réussi à me briser.

J'espère simplement que mon avertissement lui parviendra. Si c'est le cas et si elle en tient compte, je l'aurai blessé, et il n'a jamais été blessé auparavant. Savoir cela vaut bien toute punition.

Il devrait lui arriver jeudi.

Et alors ce sera l'Apocalypse.

MERCREDI 18 FÉVRIER

2 h 32

Rob se réveilla dans le noir, en proie à une délicieuse sensation. Il était en érection. Et son sexe se trouvait dans la bouche de Kara. Il gémissait et cambrait les reins tandis que sa langue et ses lèvres parcouraient toute la longueur de sa verge. Ils avaient déjà fait l'amour de cette façon à l'époque où ils se fréquentaient, mais jamais avec autant d'intensité. C'était fabuleux. Rob ferma les yeux et se laissa aller au plaisir.

Il sentit Kara se déplacer et le chevaucher. Il la pénétra et elle se mit à onduler, à le faire aller et venir en elle à un rythme toujours accru. Il souleva la tête et la vit penchée au-dessus de lui, les seins pendants, les yeux clos, la lèvre supérieure coincée entre les dents. Il posa les mains sur les pointes dressées de ses seins et elle gémit à son tour avant d'accélérer ses mouvements de hanches. Rob s'accorda à son rythme. Puis, quand cela tourna à la frénésie, quand il sut qu'il ne pourrait plus se retenir, Kara s'immobilisa. Il explosa en elle et elle fut parcourue d'un long frémissement tandis qu'une plainte suraiguë jaillissait entre ses dents serrées. Elle s'effondra alors à côté de lui et tous deux demeurèrent là, haletants.

Quand il retrouva son souffle, quand il fut à nouveau en état de parler, Rob dit :

« Kara, c'était fantastique. Tu... »

Sans un mot, Kara lui tourna le dos.

« Kara ? » Il se redressa en s'appuyant sur un coude et la secoua doucement par l'épaule. « Kara ? »

Elle était profondément endormie.

Rob contempla son dos nu et éprouva des sentiments mêlés. Il était ennuyé, gêné, mais ce n'était pas tout. Une autre sensation l'envahissait, qu'il ne reconnut pas dans un premier temps. C'était une chose qui lui était étrangère, une expérience inédite : il se sentait... utilisé.

C'était ridicule. Kara ne se servait pas des gens. Kara n'était en aucun cas une...

Une pensée s'imposa à lui avec une violence inouïe.

A qui venait-il de faire l'amour ? A Kara ? *Ou à Janine ?*

Rob ne réussit pas à se rendormir.

7 h 52

Kara remarqua que Rob avait peu d'entrain au petit déjeuner. Il avait toujours été du matin. La semaine précédente, après une nuit passée sur une chaise, il débordait de vitalité. Pas aujourd'hui. Appuyé au comptoir de la cuisine, il buvait lentement son café. Il avait l'air fatigué, préoccupé.

Kara, pour sa part, était en pleine forme.

Deux nuits, oui, deux nuits d'affilée sans acte incohérent. Pas de message sur les miroirs, pas de mots gravés sur les murs, rien ! Et, surtout, pas de somnifère la nuit dernière.

L'amour représentait peut-être un meilleur remède que l'Halcion.

Quoi qu'il en soit, les choses commençaient à rentrer dans l'ordre. Si elle persévérait dans cette voie, elle pourrait envisager de chercher un thérapeute à Philadelphie. Au centre médical Jefferson et Hahnemann, elle était certaine de trouver un psychiatre de la trempe de Gates auprès de qui elle poursuivrait son traitement. Elle voyait Gates aujourd'hui et avait bien l'intention de lui en parler.

Et puis ce serait si agréable de retrouver la Pennsylvanie. Elle rapatrierait les affaires de Kelly et les trierait à loisir, gardant pour elle les effets personnels — agendas, photos, disques, ce genre de chose — et offrirait le reste à une organisation charitable.

Revenir à la ferme, cela signifiait également quitter Rob. Une partie d'elle-même — une partie très importante — refusait de l'abandonner. La nuit dernière, il s'était montré merveilleux, et s'éveiller auprès de lui avait ensoleillé sa matinée. Il devait y avoir un moyen de concilier les deux.

Elle l'observa et sentit le désir monter à nouveau en elle. Elle s'en étonna. Faire l'amour avec Rob avait dû déclencher en elle une sorte de réaction en chaîne. Son corps réclamait ce dont il avait été privé pendant toutes ces années. Cela faisait si longtemps ! Son bas-ventre était un peu douloureux. Elle se rappelait vaguement un rêve sexuel au cours duquel elle violait pratiquement Rob. Curieusement, le Dr Gates était également présent. Un rêve étrange, mais les rêves ne sont pas la réalité, chacun le sait. Elle avait été déçue en le voyant se lever pour aller prendre une douche. Elle espérait que leurs ébats reprendraient.

« Rob, ça ne va pas ? »

Il sursauta et renversa un peu de café sur le dos de sa main.

« Non, non, tout va bien. Pourquoi ?

— Tu ne dis rien. »

Il eut un sourire que Kara trouva un peu forcé.

« Désolé. J'ai pas mal de choses en tête, je crois. Un tas d'affaires qui m'attendent au bureau. Les journées ne sont pas assez longues. » Il s'empressa de changer de sujet. « Tu vois le Dr Gates aujourd'hui ?

— A onze heures précises. Le lundi, le mercredi et le vendredi. Mais je ne sais pas pendant combien de temps. »

Il parut inquiet.

« Qu'est-ce que tu veux dire ?

— Eh bien, j'ai l'impression de maîtriser assez bien les choses en ce moment. Rien de ce que j'ai vécu à la ferme n'est arrivé ici.

— Peut-être, mais tu ne peux pas abandonner ta thérapie.

— Je n'ai pas l'intention de... Rob, qu'est-ce que tu as ? »

Son visage était douloureux. Il posa son café et la prit par la taille, la serrant si fort qu'elle en eut la respiration coupée.

« Je veux seulement que tu ailles bien, c'est tout. »

Kara le regarda droit dans les yeux et comprit qu'il était sincère. Elle l'embrassa.

« J'irai bien, Rob. Je ferai tout pour. » Elle jeta un coup d'œil à sa montre. « Il faut que je parte. Je veux être de retour chez tante Ellen quand Jill se réveillera. Je prendrai mon petit déjeuner avec elle.

— Je vais te déposer.

— Pas la peine, je marcherai. Je me sens en pleine forme ce matin. »

Ce n'était pas le cas de Rob, elle s'en rendait bien compte.

Ils se séparèrent devant l'immeuble. Kara lui fit signe au

revoir et se dirigea vers la Deuxième Avenue. Elle marchait d'un bon pas. Elle voulait faire travailler un peu Jill entre le petit déjeuner et son rendez-vous avec le Dr Gates. Kara n'aimait pas voir sa fille manquer l'école, mais il n'y avait pas d'autre solution pour l'instant. Tant qu'elle ne saurait pas combien de temps il lui faudrait rester ici, elle devrait jouer les répétitrices.

Le soleil lui réchauffait les épaules. C'était une belle journée d'hiver, fraîche mais ensoleillée. Il lui fallait bien le reconnaître : New York était quand même une chouette ville.

La sensation d'étouffement que Rob avait éprouvée pendant tout le petit déjeuner s'atténua un peu quand Kara partit. Toute la nuit, il était resté éveillé et avait réfléchi au moyen de lui demander si la femme qui l'avait chevauché en pleine nuit était bien Kara. Il avait cherché les mots justes, la formulation exacte de cette question délicate. Elle ne devait pas se sentir blessée ni insultée si la réponse était oui, elle ne devait pas être terrorisée si elle lui répondait par la négative.

Il n'avait abouti à rien. Dès l'instant où elle s'était réveillée à ses côtés, il avait essayé de l'interroger, mais s'en était montré incapable.

Cela ne lui ressemblait pas. Il était capable de poser à des suspects les questions les plus personnelles, les plus dures, les plus vulgaires même, sans jamais s'émouvoir. Mais Kara n'avait rien d'un suspect et il refusait de lui faire du mal.

Rob sentait bien que Kara dissimulait une extrême sensibilité derrière son masque d'assurance. Il devait faire très attention. Il l'avait perdue une fois. Il ne voulait pas la perdre de nouveau.

Il la vit disparaître dans la Deuxième Avenue. Il espérait que le Dr Gates était aussi bon que l'affirmait Doc Winters. Car Rob avait le sentiment que Kara avait besoin de plus d'aide qu'elle ne le pensait.

12 h 48

Jill était assise sur les genoux de Kara, dans la salle à manger de tante Ellen.

« Alors, poussin, tu ne t'embêtes pas trop ?

— Oh non ! dit la petite fille. Lucia me laisse lui donner un coup de main à la cuisine. Et puis j'ai le magnéto. Viens, voir, maman.

— Je connais, Jill, j'ai... »

Mais Jill était déjà partie en courant. Kara la rejoignit près du poste de télévision.

« C'est super, non ? On met la cassette là-dedans et on voit le film à la télé. Tiens, j'étais en train de regarder *L'histoire sans fin* avant de déjeuner. Ce n'est pas encore fini. Ça me plaît drôlement, tu sais ? »

Kara vit un garçon chevaucher une sorte de dragon blanc tout pelucheux à tête de chien. Ils volaient à toute allure dans l'espace.

« J'ai vu aussi *Navigator*, c'était bizarre, et *Pinocchio* et *Le fidèle vagabond*. Tante Ellen a dit qu'elle me passerait un nouveau Walt Disney tous les jours. Qu'est-ce que c'est bien ! Dis, maman, on ne peut pas en avoir un ?

— On verra. »

Kara lui promit qu'elle achèterait un magnétoscope lorsqu'elle toucherait la dernière avance sur son livre. Mais, pour cela, il fallait qu'elle y travaille. Elle n'arrivait pas à mettre de l'ordre dans ses idées. Vivement qu'elle revienne en Pennsylvanie !

Pour l'instant, le magnétoscope était le bienvenu. Jill n'avait pas ses copines d'école et elle se serait ennuyée à mourir sans la vidéo.

« Quand le film sera terminé, on ira faire un tour au musée. Ça te dit ?

— Celui qui a un drôle de nom ?

— Non, pas le Guggenheim. On va aller au musée d'Art moderne, au MOMA comme disent les gens. C'est comme ça que tu m'appelais quand tu étais toute petite, tu te rappelles ? »

Jill lui sourit et elles regardèrent ensemble la fin du film.

21 h 30

Kara regagna tôt l'appartement de Kelly. Elle était fatiguée. En chemin, elle repensa à la séance du matin avec le Dr Gates. Il était distant, comme d'habitude, et ne cessait de faire tourner son porte-clefs. Il se contentait d'émettre quelques grognements quand elle pratiquait l'association libre à propos de son enfance. Tout cet exercice paraissait d'une grande futilité. Mais il devait être normal d'en penser cela.

Un peu de patience, ma vieille, se dit Kara. *Un peu de patience.*

Mais elle savait que la patience n'avait jamais été son fort. Elle voulait toujours tout tout de suite.

Elle pensait avoir décelé une certaine réaction de la part du Dr Gates quand elle lui avait parlé de son projet de poursuivre sa thérapie à Philadelphie. Il avait brièvement levé les sourcils, pincé la bouche. Mais peut-être son imagination lui avait-elle joué des tours. Peut-être n'était-ce que son désir de le voir réagir.

Encore deux nuits, se dit-elle au moment d'insérer la clef dans la serrure de la porte d'entrée de l'immeuble.

Elle s'était promis d'abandonner l'appartement de Kelly et de venir dormir chez tante Ellen si les deux prochaines nuits se déroulaient sans le moindre incident. Cela vaudrait mieux pour elle et aussi pour Jill.

Elle tourna la clef. Elle aperçut la rangée de boîtes aux lettres. Des enveloppes se trouvaient à l'intérieur de la boîte 2-C, celle de Kelly Wade.

Des factures probablement.

Cela lui rappela la proposition d'Ed Bannion. Il allait l'aider à devenir tutrice de la succession de Kelly. Les choses s'arrangeaient. C'était bon de se dire qu'une graine de gentillesse plantée de son vivant donnerait des fruits après sa mort. Même à New York.

Kara se demanda où se trouvait la clef de la boîte aux lettres. Probablement accrochée au trousseau qui faisait partie des effets personnels conservés au commissariat de Midtown North.

En entrant dans l'appartement, elle se rendit compte qu'elle n'avait plus l'impression de jouer les profanateurs de sépulture. Elle s'habituait à ce lieu, elle commençait à s'y sentir à l'aise.

Elle cacha la clef de l'appartement au même endroit que la nuit précédente — sur la grille du four — et chercha rapidement la clef de la boîte. Elle ne la trouva pas. Elle en demanderait un double au régisseur dès demain matin.

Elle prit une douche et, comme elle se séchait, elle réalisa qu'elle n'avait eu aucune nouvelle de Rob. C'était un peu bizarre. Mais il lui avait dit être surchargé de travail.

Elle s'assit au bord du lit et hésita à prendre son Halcion. Elle n'en avait peut-être pas vraiment besoin.

Ne sois pas idiote. Avale ce comprimé. Kelly ne les prenait pas et tu vois ce qui lui est arrivé.

Kara prit l'Halcion avec un peu d'eau et éteignit la lumière.

23 h 44

Ed Bannion se trouvait dans le hall du Waldorf, il serrait la main à Murray Weiss et Jay Delano, bronzés tous les deux, et les remerciait de cet excellent dîner avant de leur souhaiter bon retour sur la côte Ouest. Weiss et Delano produisaient un film qui devait être tourné exclusivement en extérieur à Manhattan. Tous les trois, ils avaient abordé d'innombrables points relatifs au budget, aux équipes techniques et aux autorisations nécessaires pour filmer dans des lieux publics.

Ils se séparaient assez tôt — leur avion décollait de bonne heure de JFK demain matin.

Ils avaient travaillé ensemble toute la journée et aligné d'interminables colonnes de chiffres. Ensuite, ils avaient bu plusieurs cocktails et fait un excellent dîner au Cirque — trois vins suivis de liqueurs. Ed était un peu fatigué. Les deux hommes d'affaires paraissaient en pleine forme.

Une question de métabolisme. A moins qu'ils ne fonctionnent encore à l'heure de Los Angeles. Oui, c'était certainement ça.

Weiss et Delano se dirigèrent vers les ascenseurs. Ed entrevit alors une blonde à l'allure familière, une jeune femme mince portant une mini-jupe de cuir rouge. Elle était au bras d'un individu basané coiffé d'un turban. Ed se figea. Elle ressemblait tout à fait à Kelly Wade — non, à *Kara* Wade !

Les portes de la cabine se refermèrent sur l'apparition.

Ed s'ébroua. Il se sentait mal à l'aise, comme s'il venait de voir un fantôme. Il avait trop arrosé son repas, c'était plutôt cela.

Il sortit de l'hôtel et monta dans un taxi.

JEUDI 19 FÉVRIER

11 H 40

Kara regagna l'appartement de Kelly avant l'arrivée d'Ed.

Encore une belle matinée : le soleil brillait, la clef de l'appartement était là où elle l'avait laissée, les murs et les miroirs étaient intacts. Elle avait pris son petit déjeuner avec Jill, lui avait fait réviser ses leçons de mathématiques et de lecture, puis avait eu une longue conversation avec tante Ellen.

Elle avait le vague souvenir d'un rêve à connotation sexuelle. Il ne lui en restait que des images fugitives... un Hindou... toutes sortes de positions étranges...

Elle se demanda si cela était dû à l'Halcion.

Mais elle avait encore une fois l'impression que le Dr Gates était présent dans son rêve. Pas visible, non, il ne participait pas au rêve, mais il était *là*.

Ce ne devait pas être exceptionnel. Les rêves réorganisent, au niveau de l'inconscient, les événements de la journée. Elle avait vu le Dr Gates la veille et il jouait désormais un rôle important dans sa vie ; il n'y avait rien d'étonnant à ce qu'il apparût également dans ses rêves.

Mais pourquoi un Hindou ?

Dans le vestibule, elle remarqua que la boîte aux lettres de Kelly était plus pleine que la veille. Elle avait demandé un double de la clef au régisseur. Il la lui avait facturée cinq dollars. C'était de bonne guerre.

Elle trouva sous la porte de l'appartement la petite enveloppe contenant la clef en question.

A cet instant, l'interphone sonna. C'était Ed. Au lieu de lui ouvrir, elle descendit l'accueillir. Elle en profiterait pour prendre le courrier.

Ed était élégamment vêtu d'un pardessus de chez Burberry et d'une écharpe de cachemire. Ses cheveux bruns étaient quelque peu ébouriffés par le vent. Il tenait une petite mallette en cuir.

« Vous avez l'air en pleine forme ! dit-il quand elle lui ouvrit la porte du vestibule.

— N'exagérons rien, mais merci quand même. »

Elle ne portait qu'un jeans et un pull. Il faut dire que, lundi matin, elle n'avait pas vraiment pris le temps de faire ses bagages. Elle avait d'autres choses en tête.

Ed tint la porte tandis que Kara ouvrait la boîte aux lettres et relevait le courrier.

« Des factures ? » demanda Ed alors qu'ils se dirigeaient vers l'escalier.

Elle regarda brièvement les adresses des expéditeurs.

« On dirait bien.

— Dans ce cas, j'arrive juste à temps ! »

Kara lui sourit. Il faisait tout pour se montrer sympa.

Une fois à l'appartement, il posa sa mallette à terre et dit :

« Si vous préférez, on peut ne voir les papiers qu'après déjeuner.

— Il vaudrait peut-être mieux... »

Kara s'interrompit en découvrant le nom de Gates sur l'une des enveloppes.

« Qu'est-ce qu'il y a ? dit Ed.

— Cette enveloppe... »

Le nom du Dr Gates apparaissait sur une étiquette autocollante apposée dans le coin supérieur gauche. Avec une adresse, dans la 21ᵉ Rue Ouest. Son domicile, probablement. Le reste de l'enveloppe était encore plus étrange. Le nom du destinataire y était imprimé — il s'agissait de la Consolidated Edison — , comme toujours lorsqu'il s'agit d'envoyer une facture à un fournisseur. Cependant l'adresse de la Con Ed avait été grossièrement rayée au stylo pour être remplacée par celle de l'appartement de Kelly. Plus étonnant encore était le nom du destinataire.

« ... m'est adressée personnellement. »

Elle n'était pas fermée. Le rabat avait été soulevé, puis coincé à l'intérieur. Il y avait une facture d'électricité et un chèque de règlement. Kara ne comprenait pas.

« Qu'est-ce que c'est que...
— Il y a quelque chose d'écrit au dos », dit Ed en lui désignant le verso de l'enveloppe.

Kara la retourna et découvrit des mots griffonnés à la hâte. Elle sentit sa gorge se nouer.

Kara Wade

Éloignez-vous du Dr Gates, le plus loin possible. Il s'empare de votre corps pendant votre sommeil et s'en sert pour son propre plaisir. Vous ne pouvez lutter contre lui. Sauvez-vous ou vous finirez comme votre sœur. FUYEZ ! ! ! ! !

Kara eut l'impression que la température de l'appartement avait chuté d'une dizaine de degrés. Elle avait la chair de poule. Elle secoua la tête d'un air incrédule.

« C'est la chose la plus dingue que j'ai jamais vue. »

Et c'est précisément parce que c'était vraiment dingue qu'elle réagissait aussi violemment. Un cinglé connaissait son nom et son adresse, il savait aussi qu'elle était la patiente du Dr Gates. Elle avait vraiment besoin de cela !

Mais, ce qui était pis encore, c'est que ces mots faisaient vibrer en elle une corde sensible. Comme si elle soupçonnait la même chose. Elle frissonna.

« Vous permettez ? » dit Ed en tendant la main.

Il lut et fronça les sourcils. Puis il la regarda d'un air inquiet.

« Qu'est-ce que c'est que cette histoire ?
— Le Dr Gates était le psychiatre de ma sœur. Je l'ai vu à plusieurs reprises. Je ne sais vraiment pas qui a pu m'envoyer cela, mais j'imagine qu'il s'agit de l'un de ses patients.
— Admettons, mais pourquoi au dos d'une facture d'électricité ?
— Je l'ignore, mais je le saurai un jour.
— La police ?
— Oui. Cela a rapport avec la mort de Kelly. »

D'un doigt tremblant, elle composa le numéro du commissariat de Midtown North. Quand la sonnerie retentit, elle regarda Ed et le trouva soudainement crispé.

Ed enfonça ses mains moites dans les poches de son pardessus. *La police !* Chaque fois qu'il mettait les pieds ici, la police intervenait d'une manière ou d'une autre.

Il s'empara de la facture.

Et ça ? Est-ce que ces jumelles attiraient systématiquement les barjos ? *Il s'empare de votre corps pendant votre sommeil et s'en sert pour son propre plaisir.* Qu'est-ce que cela signifiait ?

Kara prononça quelques mots au téléphone et raccrocha.

« Rob n'est pas là, mais je lui ai laissé un message pour quand il reviendra. »

Merci, mon Dieu.

Il avait envie de changer de sujet.

« Tiens, puisqu'on parle de choses bizarres, dit-il, j'étais au Waldorf hier au soir et j'y ai vu quelqu'un qui vous ressemblait tout à fait. C'était vous ?

— Oh non, je me suis couchée tôt.

— Je pensais bien que ce n'était pas vous. Elle n'avait pas votre genre. Elle portait des bas noirs, une mini-jupe de cuir rouge. »

Elle le regarda droit dans les yeux.

« Et qu'est-ce que je... qu'est-ce qu'elle faisait ?

— Elle prenait l'ascenseur avec un type enturbanné.

— Pardon ?

— Oui, vous savez bien, un Pakistanais ou un Hindou coiffé d'un turban. »

Il lui sourit, mais elle ne lui rendit pas son sourire. Son visage perdit brusquement toute couleur.

« Kara, ça ne va pas ? »

Elle ne lui répondit pas et se précipita dans la chambre. Ed la suivit, à distance respectable, et la vit fouiller frénétiquement dans les tables de chevet, sortir les tiroirs, les renverser. Elle ouvrit la penderie, plongea la main parmi les vêtements. Le cri qu'elle poussa lui fit froid dans le dos.

« Kara ? »

Elle était tombée à genoux et serrait contre sa poitrine quelque chose de rouge qu'Ed ne distinguait pas. Elle leva les yeux vers lui et lui adressa un regard qu'il reconnut instantanément — ce même regard désespéré, terrorisé, qui avait été celui de sa sœur avant qu'elle ne se précipitât par la fenêtre du Plaza.

« Seigneur, mais qu'est-ce qui se passe ? »

Les yeux remplis de larmes, elle lui tendit un vêtement rouge, un vêtement de cuir. Il ne comprit pas de quoi il s'agissait. C'est alors que le téléphone sonna. Elle courut dans l'autre pièce. Il l'entendit dire quelques mots, prononcer le nom de Rob, lui demander de venir le plus vite possible.

Il lui fallut un certain temps, mais Ed finit par reconnaître le vêtement rouge tombé à terre. C'était une mini-jupe de cuir.

Rob relut le message griffonné au dos de l'enveloppe de la Con Ed. C'était de la folie pure. Il frissonna à l'idée que l'on pût écrire de telles phrases — et les adresser à Kara.

« Ça fait froid dans le dos !

— Tu m'étonnes ! »

Kara semblait terrorisée. Les yeux révulsés, elle était assise à table et se tordait les mains. Ed avait décampé dès que Rob était arrivé. Il lui avait laissé des papiers qu'elle devrait signer quand elle en aurait le temps.

Ce type était tout de même curieux...

« Ce n'est pas tout », dit Kara. Elle brandit une mini-jupe de cuir rouge, des bas noirs et un chemisier noir tout froissé. « Regarde ça ! »

Après le départ d'Ed, elle avait parlé à Rob de son rêve et lui avait également dit qu'Ed avait vu la veille au soir une fille lui ressemblant au bras d'un homme portant un turban.

« Tu es peut-être passée à côté quand tu as fait du rangement », dit Rob, sans trop y croire lui-même.

Comment aurait-il pu, après cette folle nuit en compagnie de Kara ?

« Non, Rob. J'ai balancé toutes les cochonneries que j'ai trouvées. Ce n'était pas dans la penderie quand j'ai fouillé lundi soir ! »

Il comprit qu'elle était bouleversée.

« Bon, d'accord, mais calme-toi, ce n'était qu'une hypothèse.

— Rob, dit-elle d'une voix blanche, qu'est-ce qui m'arrive ?

— Je l'ignore. Et je ne sais pas comment t'aider. Mais je ferai tout mon possible. Tu le sais. » Il désigna l'enveloppe de la Con Ed. « Et je vais commencer par le commencement.

— C'est-à-dire ?

— Je vais montrer cela au type dont l'adresse figure là », dit-il en indiquant l'étiquette autocollante.

Accompagné de Kara, Rob revint au commissariat. Il photocopia le chèque, l'enveloppe et la facture d'électricité. Puis il scella les trois documents dans des sachets de plastique.

« Je vais faire rechercher les empreintes aussitôt que possible. Cela ne donnera rien avec l'enveloppe parce que des dizaines de mains ont pu la manipuler, mais la facture peut se révéler utile. »

Kara hocha la tête, sans conviction. Son esprit était autre part.

« Je veux également tes empreintes.

— Pour quoi faire ?

— Pour les éliminer. Tu as touché cette lettre. Même si nous ne trouvons pas la moindre empreinte, ce message permettra de ne pas classer l'affaire de ta sœur.

— Vraiment ? »

Elle commençait à manifester un certain intérêt.

C'était une bonne chose.

« Absolument. La partie où il dit que tu finiras comme ta sœur peut passer pour une menace à ton égard tout en admettant que la mort de Kelly n'est pas naturelle.

— Je serais menacée ?

— Non, parlons plutôt d'avertissement. Il y a un esprit dérangé qui sait quelque chose — ou qui croit savoir quelque chose — à propos de la mort de Kelly et il t'envoie un avertissement. Je ne crois pas qu'il te veuille du mal.

— Pourquoi dis-tu tout le temps "il" ? »

Rob lui tendit la photocopie du message.

« Ça ressemble à une écriture d'homme, non ?

— Je l'admets. »

Il claqua des doigts.

« Je devrais demander l'avis d'un graphologue. Ça risque d'être intéressant. Mais, pour l'instant, nous allons voir comment le distingué Dr Gates réagit à ceci. »

Kara l'observait attentivement.

« Tu penses vraiment que cela va donner quelque chose ? »

Rob souriait. Il bouillonnait d'impatience, cela se lisait dans ses yeux.

« Et comment ! »

13 h 57

« Demandez au docteur de nous recevoir entre deux rendez-vous, dit Rob à la secrétaire.

— Je vais voir ce que je peux faire », répondit-elle d'un air dubitatif.

Rob lui adressa son regard de flic le plus dur.

« Débrouillez-vous. C'est capital. Je suis de la police. »

Ils prirent place dans la salle d'attente à côté d'une jeune femme assez séduisante qui devait avoir dans les vingt-cinq ans. Rob la dévisagea : elle lisait un magazine et ne cessait de se ronger les ongles. Quand le patient qui se trouvait avec Gates sortit du cabinet de consultation, Rob prit Kara par la main.

« Un instant, monsieur... » commença la secrétaire.

Rob l'ignora. Il ne voulait pas donner à Gates le temps de se préparer à cette entrevue. La surprise le déstabiliserait peut-être.

« Docteur Gates, dit-il en se dirigeant vers le grand bureau d'ébène, il y a du nouveau dans l'affaire Kelly Wade. Je dois vous poser quelques questions.

— Je n'apprécie pas beaucoup vos manières, inspecteur Harris, dit Gates, l'air sincèrement indigné. Cela pourrait certainement attendre la fin de mes consultations.

— Désolé, mais c'est comme ça. » Il sortit les photocopies de sa poche et les déplia. « Kara Wade a reçu ceci aujourd'hui même. J'ai besoin de savoir ce que vous en pensez. »

Rob tendit les feuillets à Gates et s'installa dans le siège lui permettant de bien observer le praticien.

Rob avait disposé les feuillets dans un ordre bien précis. Le recto de l'enveloppe, tout d'abord, puis le chèque, le recto de la facture et, enfin, le verso de celle-ci.

Gates fronça les sourcils en découvrant la première page. Il garda la même expression en parcourant la deuxième et la troisième. Puis il sursauta à la lecture du quatrième feuillet.

« C'est incroyable ! » s'écria-t-il avec un regard rapide en direction de Rob.

Il reprit le premier feuillet, le compara au quatrième et secoua la tête. Rob décela de la colère et une intense indignation sur le visage de Gates — il s'y attendait, d'ailleurs — , mais aussi, ce qui était plus surprenant, comme de l'admiration. Rob crut même entrevoir un sourire fugitif sur les lèvres du psychiatre. Finalement il reposa les feuillets.

« Eh bien, fit-il, voilà qui est intéressant !

— *Intéressant ?* dit Kara. C'est tout ce que cela vous inspire ? »

Rob était tellement obnubilé par Gates qu'il en avait presque oublié la présence de Kara. Elle se tenait debout à côté de lui.

« Oui, même si je suppose que cela a dû vous effrayer.

— On peut le dire. »

Kara prit place sur l'autre siège.

« Vous avez une idée de qui cela peut venir ? demanda Rob.

— Oui, je la connais très bien.

— "La" ?

— Oui. C'est une schizophrène paranoïaque. L'illusion d'être le fantoche d'autrui est très répandue chez les individus présentant un tel diagnostic.

— Votre patiente ne dit pas qu'elle est sous votre contrôle. Elle a écrit à Kara et elle mentionne Kelly.

— C'est vrai, mais elle croit aussi que je la domine. Il n'est pas rare que les schizos paranoïaques voient dans leur thérapeute un être tout-puissant, investi de pouvoirs quasi mystiques et capable de dominer qui que ce soit, y compris eux-mêmes. Après tout, le but de mon interaction consiste à les aider à modifier leur comportement par la thérapie et la médication. De là à croire que je peux contrôler leur vie... Ils me rendent ainsi responsables des bizarreries de leur comportement. Non, croyez-moi, cela se produit très souvent. »

Cela paraissait plausible à Rob, mais ce n'était pas cela qui l'intéressait.

« Comment s'appelle-t-elle ? demanda-t-il.

— Vous avez un drôle de culot, inspecteur Harris, dit Gates avec un sourire condescendant. Je dois le reconnaître.

— Est-ce que cela signifie que vous refusez de l'identifier ?

— Tout à fait. Vous le saviez d'ailleurs avant même de me poser la question.

— Je peux porter l'affaire devant les tribunaux.

— Et moi je peux avoir des trous de mémoire. »

L'impasse.

« Je la retrouverai, docteur Gates. Je sais qu'elle vous voit régulièrement.

— Ah bon ? Et comment ?

— Elle est au courant pour Kelly, elle a l'adresse de Kara et s'est servi de votre courrier personnel pour envoyer son message. »

Gates eut à nouveau ce sourire méprisant.

« Dans ce cas, inspecteur Harris, je vous suggère de placer ma secrétaire en tête de liste des suspects.

— C'est déjà fait. »

Les deux hommes se regardèrent un instant sans rien dire. Kara prit alors la parole :

« J'aimerais bien changer de sujet si cela ne vous dérange pas. »

Kara savait qu'ils n'avaient pas beaucoup de temps et elle voulait aborder un certain problème avec le Dr Gates.

« Quelqu'un dit qu'il m'a vue au Waldorf la nuit dernière. »

Le Dr Gates ne cilla pas.

« Et alors ?

— Je n'y suis pas allée — du moins me semble-t-il.

— Cette personne a-t-elle dit que c'était vous ou quelqu'un qui vous ressemblait ?

— Qui me ressemblait et qui portait une mini-jupe de cuir rouge. Cet après-midi, j'ai retrouvé une mini-jupe de cuir là où Kelly — enfin Ingrid — dissimulait ses vêtements provocants.

— Vous m'avez dit que vous avez caché la clef de l'appartement. Ce matin, elle se trouvait toujours au même endroit ?

— Oui. »

Le Dr Gates s'adossa à son siège et commença à faire tourner son porte-clefs.

« Voyons les choses avec logique, mademoiselle Wade. S'il n'y a qu'une clef et que personne ne s'en s'est servi, comment auriez-vous pu vous être au Waldorf la nuit dernière ? C'était quelqu'un qui vous *ressemblait.*

— Mais... la mini-jupe ?

— Elle était du même style que celles cachées par Ingrid ?

— Oui, la même marque, la même qualité.

— Il ne vous semble pas étonnant que votre autre personnalité, Janine, ait exactement les mêmes goûts en matière de vêtements "provocants" ? » Il se pencha et la regarda droit dans les yeux. « Vous voyez où je veux en venir ? »

Il voulait visiblement qu'elle tire elle-même la conclusion, et celle-ci s'imposait d'elle-même.

« Eh bien, il est possible que la jupe se soit coincée au fond de la penderie, mais tout de même...

— Vous avez une autre explication ?

— Non.

— Il ne s'agit donc que d'une malheureuse coïncidence et rien de plus. Je vous en prie, faites un effort, ce genre d'incident ne doit pas vous gâcher la vie. »

Facile à dire, pensa-t-elle, même si elle se sentait un peu moins tendue après cette conversation.

« Et si Janine savait où je cache la clef ?

— Les personnalités multiples n'ont pas d'interaction. Lorsque l'une d'elles prend le commandement, les autres sont réduites au silence. C'est ce qui vous est arrivé pendant ce week-end où Janine s'est manifestée. Je vous assure qu'elle *ignore* où vous dissimulez la clef. »

Kara n'était pas totalement convaincue, mais cela allait quand même un peu mieux. Peut-être ne s'était-elle pas rendue au Waldorf la veille au soir.

Le Dr Gates se leva.

« Maintenant, si vous voulez bien me laisser, je vais pouvoir reprendre le cours normal de mon travail et recevoir mes patients. Quant à cela… » Il désigna les photocopies. « … elle ne vous importunera plus.

— Comment pouvez-vous en être certain ? » lui demanda Rob.

Le Dr Gates eut un sourire de requin.

« Parce que je vais avoir une longue conversation avec elle. »

« Il ment », dit Rob dès qu'ils eurent atteint l'ascenseur.

Kara sentit comme un coup de poignard.

« A propos de quoi ? Du Waldorf ?

— Non, dit très vite Rob. Pas pour ça, mais pour le message que tu as reçu. Ce n'est pas une écriture de femme.

— Je ne savais pas que tu étais expert en la matière.

— Je ne le suis pas, mais j'en connais un. »

Quand ils se trouvèrent au rez-de-chaussée de la maison des Arts médicaux, Rob sortit son calepin et passa un coup de téléphone. Elle le regarda téléphoner et se rendit brusquement compte qu'il y avait en fait *deux* Rob Harris. Il y avait le jeune homme rencontré dix ans plus tôt — l'amant très tendre et le cuisinier pas très doué qu'il était encore. Et puis il y avait l'autre — le flic. Elle l'avait vu à l'œuvre aujourd'hui même, au commissariat : c'était un homme qui connaissait bien son boulot, sûr de lui et respecté de ses collègues. Elle avait fait la connaissance de son partenaire, Augie, elle l'avait vu discuter avec les autres flics. Il était plus qu'à l'aise parmi les inspecteurs et les policiers en uniforme : il était dans son univers.

Elle savait qu'elle ne pouvait espérer le faire changer de métier.

« C'est bon, dit-il en se retournant vers elle. Le professeur Jensen va nous recevoir. C'est un expert en graphologie à qui la police fait appel de temps en temps. Il est prof de philo à l'université. C'est un drôle de type, mais la graphologie est son dada et je dois avouer qu'il en connaît un rayon. »

L'université de New York se dressait à l'est du Washington Square Park, pas très loin du cabinet du Dr Gates. Ils passèrent à côté du grand arc de pierre qui marque l'entrée du parc. La base du monument était couverte, sur plus de deux mètres de haut, de graffitis et de tags. Kara eut l'image d'un géant aux pieds sales. Le stationnement ne leur posa aucun problème : la carte de police de Rob était bien en évidence derrière le pare-brise. Il l'entraîna dans un bâtiment de brique et de verre d'allure assez moderne. C'était là que les étudiants traînaient entre deux cours. Le noir semblait la douleur dominante : vêtements, maquillage, ongles, cheveux même, sauf lorsqu'ils étaient verts ou orange. La plupart des jeunes semblaient avoir consacré énormément de temps et d'énergie à la dissimulation de leurs caractéristiques naturelles.

Le bureau du Pr Jensen se trouvait au cinquième étage. Jensen était plus jeune que ce à quoi Kara s'attendait. Il avait la quarantaine, tout au plus, et était très maigre avec un front largement dégarni et de longs cheveux qui lui retombaient sur les épaules.

« Ah oui, dit-il quand Rob franchit la porte. L'inspecteur Harris. Je me souviens de vous maintenant. Qu'est-ce que vous m'apportez ? »

Kara remarqua qu'il se frottait les mains d'avance. La graphologie était vraiment sa passion.

« Je ne vous demanderai pas d'analyse détaillée, dit Rob. Je veux seulement savoir si l'auteur de ceci est un homme ou une femme.

— Ah, toujours le même problème ! D'aucuns prétendent qu'on ne peut le résoudre.

— Je sais, oui.

— Mais je ne suis pas de cet avis. Je n'ai pas cent pour cent de réussites, certes, mais j'ai tout de même un beau palmarès. Faites-moi voir ça. »

Rob tendit les photocopies au Pr Jensen, qui les déposa sur son bureau plus qu'encombré.

« Vous n'avez pas les originaux ?

— Ils sont au commissariat. Je peux aller les chercher si vous voulez.

— Cela devrait aller. »

Il prit une loupe et se pencha sur les feuillets.

« L'auteur est un homme, il n'y a pratiquement pas de doutes là-dessus. »

Rob donna un petit coup de coude à Kara.

Le Pr Jensen étudiait la photocopie de l'enveloppe.

« C'est une façon diablement curieuse d'expédier une lettre, non ? »

Kara essaya de se rappeler quand elle avait entendu quelqu'un dire « diablement » pour la dernière fois. Rob désigna la photocopie du chèque.

« Il y a une chance pour que cela ait été écrit par le même bonhomme ? »

Jensen se pencha à nouveau sur sa loupe. Inquiète, Kara se tourna vers Rob. Il posa un doigt sur ses lèvres. *Fais-moi confiance.*

« Difficile à dire, fit Jensen. Si je disposais d'un échantillon plus complet de cette seconde écriture... »

Kara se souvint brusquement de quelque chose et se mit à fouiller dans son sac. Pourvu qu'elle ne l'ait pas perdu !

« Ça ira, ça ? C'est une ordonnance. »

Jensen s'en saisit et la posa sur son bureau à côté des photocopies du chèque, du message et de l'adresse. Il observa longuement les documents avant de se redresser et de croiser les bras.

« C'est curieux, fit-il avant de jeter un nouveau coup d'œil. D'emblée, je dirais qu'on a affaire à deux personnes différentes. Les jambes et les boucles sont similaires, mais ce ne sont pas tout à fait les mêmes. Et pourtant... il y a un facteur commun, une influence unificatrice, dirais-je. Je ne peux pas vous expliquer cela de façon concrète, mais, quand on a longuement pratiqué la graphologie, on acquiert une sorte de perception subliminale de la *gestalt* d'un texte. Ces deux types d'échantillon me *semblent* identiques, et pourtant ils ne le sont pas. »

Rob dit :

« Celui qui a rédigé le chèque et l'ordonnance aurait-il pu déguiser son écriture pour le message et l'adresse ?

— C'est possible, mais j'ai le sentiment que c'est plutôt le contraire.

— Qu'est-ce que vous voulez dire ?

— Que l'auteur du message a peut-être essayé d'imiter l'écriture de celui qui a rédigé le chèque. »

Rob démarra. Kara était effondrée sur le siège de la voiture. L'analyse du Pr Jensen l'avait profondément ébranlée.

« Tu crois que le Dr Gates aurait pu m'envoyer ce message ? Pourquoi ferait-il ça ?

— Aucune idée. Je peux fumer ?

— Oui. Et si ce n'est pas lui, pourquoi a-t-il menti ? Pourquoi a-t-il dit que c'est une femme quand l'analyse révèle que c'est un homme ?

— Peut-être pour protéger son patient. Nous savons tous deux que c'est un maniaque du secret professionnel.

— Tu crois que le Dr Gates est aussi sérieux qu'on le dit ? »

Rob haussa les épaules.

« Ce type ne me plaît pas, mais c'est une question d'instinct. Tous ceux à qui j'en parle lui tressent des couronnes de laurier, ils disent que c'est un as en matière de personnalité multiple.

— Et si lui-même avait une double personnalité ? Si c'était son double qui m'envoyait des messages d'avertissement ? »

Rob ouvrit tout grand les yeux et baissa la voix.

« Dr Gates et M. Hyde, c'est ça ?

— Ne te moque pas de moi, Rob, je suis sérieuse.

— Excuse-moi, mais ça me semble un peu trop tiré par les cheveux. »

Une idée encore plus farfelue ne cessait de tourmenter Kara. C'était si fou, si ridicule qu'elle ne voulait pas l'exposer, mais elle s'obligea tout de même à le faire.

« Rob, écoute-moi. Qu'est-ce qui se passerait si le Dr Gates était *vraiment* capable de s'emparer de ton corps pendant ton sommeil ?

— Et de s'en servir "pour son propre plaisir" ? Voyons, Kara...

— Je sais que cela peut te paraître débile, mais je ne conçois pas du tout les choses de la même façon. Tu ne vis pas sous la menace d'une certaine Janine qui risque de prendre le contrôle de ton corps et lui faire faire ce qu'elle veut. Quand on perd la maîtrise de soi dont on a toujours joui, les choses les plus folles peuvent paraître plausibles.

— J'ai vraiment besoin d'une cigarette », dit Rob.

Il descendit de voiture et fit le tour de celle-ci avant de s'adosser au panneau d'interdiction de stationner. Il craqua une allumette et fit signe à Kara de baisser sa vitre.

« Tu te fais mourir à petit feu, lui dit-elle.

— Et toi tu me tues avec toutes ces théories.

— Attends. Imagine que ce message ne soit pas complètement absurde. Que le Dr Gates ait pu pénétrer dans mon esprit pendant qu'il m'hypnotisait et qu'il puisse le faire à tout moment. S'il avait fait la même chose avec Kelly ? L'avertissement pourrait émaner de l'une de ses anciennes victimes. » Elle s'efforça de rire d'elle-même. « C'est vrai, je suis peut-être en plein délire. »

Rob la regardait fixement.

« Arrête de rire comme ça, dit-il. Tu me fous la trouille.

— Eh bien moi, c'est ma vie entière qui me fout la trouille, Rob. Tout ce que j'imagine, dis-moi que c'est idiot, que c'est complètement impossible.

— C'est complètement impossible.

— Ouf. Je dormirai mieux ce soir. » Elle se mit à tousser. « Bon, je peux remonter la vitre maintenant ? Il y a ta fumée qui rentre dans la voiture. »

Rob tira une dernière bouffée et jeta sa cigarette.

« Où est-ce qu'on va ? lui demanda-t-il en se remettant au volant.

— Chez Tante Ellen, si cela ne te dérange pas.

— Et cette nuit ? Tu vas encore coucher seule chez Kelly ?

— Absolument. »

Kara n'avait pas la moindre envie de dormir seule dans cet appartement, mais il le fallait bien tant qu'elle n'était pas sûre...

« Je te proposerais bien de rester avec toi, dit-il, mais on surveille l'appartement d'un suspect, un type qu'on soupçonne de meurtre, et c'est mon tour de garde. Dès que j'aurai fini, je passerai te voir. »

Kara lui trouva un drôle d'air. C'était bizarre. On aurait dit qu'il l'évitait. Est-ce qu'il devenait aussi paranoïaque que l'auteur du message ?

Elle se sentit brusquement très seule.

22 h 32

Ed avait appelé chez Kara — ou plutôt chez Kelly — tous les quarts d'heure depuis dix-huit heures trente. Il n'avait rien à faire de spécial et son téléphone disposait d'une mémoire autorisant le rappel automatique du dernier numéro composé.

Les documents légaux qu'il lui avait laissés constituaient un excellent prétexte, mais, en vérité, il voulait entendre sa voix et s'assurer que tout allait bien.

Pourquoi est-ce que j'accorde autant d'importance à toute cette histoire ?

Ed ne savait pas trop quelle réponse apporter à cette question. La seule chose dont il était sûr, c'est qu'il avait de plus en plus envie de la protéger depuis qu'elle avait déchiffré devant lui cet étrange message, depuis aussi qu'il avait lu la terreur sur son visage quand elle avait découvert la mini-jupe.

D'une certaine façon, il se sentait responsable de Kara. C'était absurde, il en était parfaitement conscient, mais c'était tout de même cela qu'il éprouvait. Quelqu'un devait veiller sur elle, sinon elle risquait, comme le disait le message, de finir comme sa sœur.

Il appelait pour la seizième fois quand elle décrocha enfin.

Il lui débita des broutilles et la sentit très tendue. Pauvre petite. Elle était vraiment paniquée.

« Votre ami l'inspecteur va venir vous rejoindre ?

— Non. Il est en planque. »

Zut. Pour une fois qu'Ed aurait pu la voir librement. Mais il était un peu trop tard pour débarquer chez elle.

Il lui parla des documents, lui expliqua où elle devait signer et apposer ses initiales.

« Voilà. Ce n'est pas si compliqué. J'enverrai quelqu'un les prendre demain matin. Attendez, on pourrait peut-être se voir quelque part. Il est un peu tard, je sais, mais....

— Merci, Ed, mais je suis claquée. La journée n'a pas été formidable et j'aimerais bien me coucher.

— C'est à cause de ce message, hein ?

— Oui. Ce message. Et l'analyse graphologique qu'on en a faite.

— Ah oui ? » Voilà qui commençait à être intéressant.

« Qu'est-ce qu'elle a révélé ?

— Rien de définitif, mais les hypothèses sont plutôt effrayantes.

— Quel genre ? »

Elle lui raconta que son psychiatre avait dit qu' il connaissait l'auteur du message et que c'était une femme, mais qu'un expert avait opté pour un homme, sans exclure la possibilité que le Dr Gates pût l'avoir lui-même écrit.

Ed avait la tête qui tournait quand il lui souhaita une bonne nuit et raccrocha. Assis dans son séjour, il contemplait le ciel nocturne.

Les pires ennuis semblaient s'abattre sur cette pauvre Kara Wade. Surtout, cela devenait de plus en plus mystérieux.

Et qui s'occupait d'elle ? Ce flic, Harris, qui était censé être son ami et ne faisait qu'augmenter ses soucis. Il n'aurait jamais dû lui révéler le résultat de l'analyse graphologique. Elle avait déjà assez de préoccupations.

Quant à son psychiatre, le Dr Gates... Il lui apportait une drôle d'aide, oui. S'il lui mentait à propos de l'auteur du message, il pouvait lui mentir à propos de *n'importe quoi*. Elle aurait probablement donné ce qu'elle avait de plus cher au monde pour qu'il vienne à son secours, et lui ne faisait rien pour elle.

Rien, vraiment ? Ne lui faisait-il pas *quelque chose* ?

Ed se mit à arpenter la pièce. Où avait-il pêché cette idée ?

Kelly et Kara. Toutes deux patientes du Dr Gates. Toutes deux présentant un visage déformé par la terreur — Kelly, il y avait déjà quinze jours de cela, et Kara, aujourd'hui même. C'était vraiment étrange. Pas catholique pour un sou.

Et moi, se demanda-t-il, *je suis normal ?*

Il prit l'annuaire téléphonique et ne trouva qu'un psychiatre portant le nom de Gates. Son cabinet était dans la Septième Avenue. Ed apprit l'adresse par cœur, mit son pardessus et descendit dans la rue.

Il arrêta un taxi. La circulation était fluide. Moins de dix minutes plus tard, il s'arrêtait devant un petit immeuble à la limite des quartiers de Chelsea et de Greenwich Village. Il y avait de la lumière dans le vestibule, mais pas de gardien. Sans même réfléchir, il essaya d'ouvrir la porte. Elle était verrouillée.

Bon Dieu, mais qu'est-ce que je fous là ?

Il fit les cent pas sur le trottoir sans cesser de regarder la porte d'entrée. A plusieurs reprises, à la fac, il avait essayé les amphétamines, et il se sentait à présent comme s'il en avait pris — hypernerveux, incapable de rester en place, prêt à faire n'importe quoi du moment que cela consiste à bouger.

Ce dont il avait envie était complètement dingue. Il voulait pénétrer dans le cabinet du Dr Gates, fouiller dans ses dossiers, voir ce qu'il écrivait sur les sœurs Wade et, surtout, quels projets il nourrissait à l'encontre de Kara. Peut-être découvrirait-il un indice susceptible d'incriminer Gates. Peut-être était-il responsable de cette terreur sans nom qui avait déformé le visage de Kelly, juste avant sa mort, et celui de Kara, aujourd'hui. Kara avait dit que sa sœur et elle-même avaient été hypnotisées par Gates. Peut-être leur avait-il implanté des suggestions post-hypnotiques.

Il entendit des pas et se tapit dans l'ombre d'une maison quand un homme aux cheveux et à la moustache couleur sable s'avança vers la porte du petit immeuble. L'individu portait un manteau de cachemire bleu. Il jouait avec un porte-clefs, dont l'une des clefs lui servit à ouvrir la porte. Puis il disparut à l'intérieur.

Une clef. Rien de plus. Il n'y avait pas de gardien. Il ne fallait qu'une clef pour entrer.

Une idée insensée prit naissance dans l'esprit d'Ed Bannion. Il tenta de la repousser, mais cela ne fit que la renforcer. Ed en frémissait d'avance.

Je vais pénétrer par effraction dans le cabinet du Dr Gates !

Oui. Il était bien décidé. Et il agirait demain soir ! Parce qu'il était capable de se dégonfler s'il y réfléchissait à deux fois.

La folie de son projet lui tournait la tête. Et c'est en riant aux éclats qu'il se mit en quête d'un taxi afin de retourner chez lui.

Rob n'avait pas vraiment menti à Kara. Il était en planque, c'était vrai, mais pas devant l'appartement de n'importe quel suspect. Non. Il surveillait la maison particulière du Dr Lawrence Gates, à Chelsea.

A l'heure du dîner, il l'avait suivi de son cabinet à son domicile. Le trajet n'était pas très long, sept pâtés de maisons tout au plus. Il avait vu les trois étages éclairés jusqu'à minuit environ. Puis Gates était ressorti et s'était dirigé vers l'ouest. Rob l'imaginait déjà héler un taxi dans la Septième Avenue. Il n'allait pas perdre son temps : il allait tout connaître de la vie secrète de Lazlo Gati, alias Lawrence Gates.

Mais Gates s'était contenté de revenir à pied à son cabinet.

A minuit ?

Pourquoi le psychiatre retournait-il à son cabinet à une heure pareille ?

Rob se gara au coin de la rue. Un patient allait peut-être se présenter pour une urgence. Il vit effectivement une silhouette tout près de l'entrée de la maison des Arts médicaux. L'homme, quel qu'il fût, éclata de rire et disparut dans la nuit.

Un dingue. Un client de Gates, certainement.

Rob poursuivit sa surveillance, mais personne ne se manifesta.

Il se cala dans son siège de voiture. Il avait l'impression que la nuit serait décidément bien longue.

Kara était assise au bord de son lit. Elle tremblait. Elle était épuisée et avait pris son Halcion quelques minutes auparavant, mais elle s'imaginait mal en train de dormir cette nuit. Pas après tout ce qui était arrivé pendant la journée.

Elle avait jeté la mini-jupe de cuir. Et elle avait à nouveau fouillé partout, sous les meubles, derrière les meubles. Il ne restait plus aucun vêtement sexy. Elle deviendrait vraiment dingue si elle en retrouvait un demain.

Ce n'était pourtant pas la découverte de la mini-jupe rouge qui la troublait le plus. Non, c'était le message. Ce message bizarre, si effrayant.

Il s'empare de votre corps pendant votre sommeil et s'en sert pour son propre plaisir.

Elle ne pouvait s'empêcher d'associer cette phrase à l'impression vague que lui avaient laissée ses rêves érotiques des deux dernières nuits, des rêves où le Dr Gates était mystérieusement présent.

Qu'est-ce que je vais imaginer là ?

Elle se devait de voir les choses en face. La personnalité multiple de Kelly était bien réelle à la lumière de ce que Gates lui avait expliqué, mais aussi de ce qu'elle avait découvert dans l'appartement de sa sœur. Les troubles de la personnalité expliquaient les incidents survenus à la ferme au cours du week-end. Les personnalités partagées constituaient une réalité psychiatrique parfaitement décrite ; de nombreux ouvrages avaient été écrits à ce sujet.

Peut-être, mais Kara ne pouvait se résoudre à accepter en elle la présence d'une seconde personnalité. Puisqu'elle refusait l'existence de cette « Janine », pourquoi envisageait-elle que le Dr Gates pût prendre le contrôle de son esprit pendant son sommeil ?

Elle éteignit la lumière et tira sur elle les couvertures. Elle devait apprendre la confiance. Oui, fais confiance à Gates, car lui seul peut démêler cet écheveau. Fais confiance à ton thérapeute.

Elle sourit. S'emparer du corps de quelqu'un pendant son sommeil. C'était vraiment n'importe quoi.

VENDREDI 20 FÉVRIER

0 h 30

C'est ta quatrième visite à l'esprit de Kara Wade et tu profites de ce qu'elle est en pleine transition vers le sommeil profond pour t'y insinuer.

Enfin.

Cela fait plus d'une heure que tu attends et tu manifestes de l'impatience. Tu te glisses vivement en elle et tu supprimes immédiatement toute conscience de sa part. Quand tu es satisfait de la voir demeurer au stade 3, tu te détends et tu te laisses dériver dans son système nerveux, tu prends le contrôle de son cortex cérébral.

Tu éprouves des sensations : le doux contact de la flanelle de la chemise de nuit sur sa peau ; la légère acidité de son estomac, suite aux contrariétés de la journée ; le goût un peu suret de sa bouche ; l'air qui franchit ses lèvres et ses narines pour emplir ses poumons ; les bruits de la ville qui pénètrent, assourdis, dans la chambre obscure.

Oui, à nouveau elle est à toi.

Tu es *devenu* Kara Wade.

Sa peau, ses muscles, ses os, ses seins, ses organes génitaux, ses cinq sens, ils sont à toi et tu peux en faire ce que tu veux.

Tu as envie de quitter ce lit.

Tu rejettes les couvertures et tu allumes la lumière. Puis tu ôtes la chemise de nuit et tu te plantes devant le miroir pour te regarder.

Quel corps magnifique.

Tu ne te lasses jamais d'admirer le corps de Kara Wade,

d'*endosser* le corps de Kara Wade. Tu fais courir tes mains sur ses seins — *tes* seins désormais — et tu ressens un délicieux frisson quand leurs pointes se durcissent. Les seins de Kelly étaient un peu plus fermes, leurs tétons plus roses, mais cela tient à ce qu'elle était nullipare. Kara a eu un enfant et cela produit d'inévitables modifications.

Tu aimais le corps de Kelly et tu as souffert de sa perte. Tu t'es donné tant de bon temps — quelque chose en elle attirait les hommes comme des mouches. Pas un seul ne refusait tes avances quand tu étais Kelly. C'est ce qui t'a décidé à avoir Kara dès l'instant où elle est entrée dans ton cabinet de consultation. Tu savais que ce serait comme retrouver ta chère et douce Kelly. Et ça l'a été. C'est même mieux. Encore mieux.

Tu prends une profonde inspiration, tu gonfles la poitrine et tu rentres le ventre. Un contour admirable. Assez de muscles pour que la forme féminine soit admirable, mais pas un gramme de graisse superflue. Et ce triangle blond entre ses cuisses — superbe.

Tu bandes les muscles des bras, des jambes et des fesses, tu apprécies leur excellente condition. Kara prend merveilleusement soin de son corps, mieux que Kelly en tout cas. Voilà un corps qui peut tenir la distance, qui ne se fatiguera jamais. Tu aimerais l'habiter en permanence.

Dire qu'on l'a avertie pour qu'elle s'enfuie. Tu as failli en pleurer en voyant ce message. Quelle audace. Se mêler ainsi de tes affaires. Le châtiment a été prompt et sévère — et il n'est pas encore terminé. Le message d'hier était le premier du genre — le dernier aussi.

Mais tout ceci ne doit pas te perturber. Le temps que tu passes dans le corps de Kara est limité — après tout, tu dois lui accorder *un peu* de repos — et tu désires le rentabiliser au maximum. Tu enfiles un jeans et un pull sans prendre la peine de mettre des sous-vêtements, puis tu ouvres la penderie. Tu te mets à genoux et retires une lame du parquet. Dans cette cachette, tu trouves des clefs et un rouleau de billets de banque, des billets de cent dollars pour la plupart. Tu prends de petites coupures, de très grosses aussi, et tu remets en place la lame de parquet.

Comme c'est pratique de dissimuler au même endroit l'argent et les clefs, mais Kara a découvert où tu conservais les effets nécessaires à tes petites sorties nocturnes. Il faudra trouver un nouvel emplacement. Il y a toujours la maison de Chelsea. Tu pourrais y conserver les vêtements, mais tu risquerais ainsi qu'on te voie entrer et sortir en pleine nuit. Pas question que l'on établisse un lien quelconque entre Kara et son thérapeute en dehors de son cabinet.

Un coffre. Oui, c'est ça. Il te faut un coffre pour y ranger tes vêtements, quelque part entre l'appartement et le quartier des hôtels. Tu pourras te changer dans la chambre que tu auras louée pour la nuit. Cela ira très bien.

Mais pourquoi ne pas jeter chaque soir les vêtements après les avoir portés ? Tu n'as pas de soucis d'argent.

Tu en décideras plus tard. Pour l'instant, tu dois aller dans cette boutique de SoHo qui reste ouverte toute la nuit, puis tu choisiras un hôtel.

Tu déverrouilles la porte de l'appartement. L'autre clef est celle de la maison de Chelsea parce que tu dois souvent t'y rendre avec ton corps d'emprunt, pour y prendre de l'argent liquide, principalement. Tu jettes un coup d'œil dans le couloir. Vide. Tant mieux. Tu ne veux pas tomber sur tes voisins.

Tu souris avec les lèvres de Kara. Tu n'as pas à te soucier de ce petit inspecteur amoureux transi de Kara. Il ne te verra pas. Tu l'as surpris en train de te suivre en voiture alors que tu te rendais de la maison au cabinet. Qu'il passe toute la nuit devant le cabinet si cela lui chante. Il n'apprendra rien.

Ah, cet inspecteur — c'est l'unique grain de sable d'un engrenage parfaitement huilé. Il pourrait tout gâcher si Kara devenait trop intime avec lui. Il faudrait alors trouver le moyen de se débarrasser de lui. Cela pourrait être amusant. Tu aurais pu le terroriser mardi soir, mais tu as préféré un petit coup rapide — assez agréable par ailleurs — et tu as ensuite laissé dormir Kara. L'inspecteur n'est pas mauvais au lit, mais tu t'ennuierais de coucher chaque nuit avec le même homme. Cela manquerait de diversité.

Et, comme on dit, la diversité est le sel de l'existence.

En faisant tourner le porte-clefs autour de ton doigt, tu descends l'escalier et tu te demandes pour quel hôtel tu vas opter. Tu as toujours beaucoup aimé le Waldorf et sa clientèle cosmopolite. Cet Indien, la nuit dernière, connaissait pratiquement par cœur le *Kama Soutra.* Entre sa langue agile et son pénis érigé, il vous a fait connaître cinq fois l'orgasme, au corps de Kara et à toi-même ! Il valait trois hommes normaux. Dommage qu'il soit reparti pour l'Inde ce matin. Une seconde performance, voilà qui serait intéressant.

Mais non. Même si l'Indien était disponible ce soir, tu devrais t'en trouver un autre. Jamais deux fois avec le même partenaire. Jamais d'habitant de New York, du New Jersey ou du Connecticut. L'éloignement est très important. Et l'unicité des rencontres.

Certes, cela accroît les risques de MST ou même de sida, mais ce sont des risques qu'il faut prendre. Naturellement, tu n'encours toi-même aucun danger, mais ce serait dommage que le sida dévaste un aussi beau corps que celui de Kara. Tu serais alors contraint d'en trouver un nouveau.

Kara n'est pas le seul corps dont tu puisses disposer, mais c'est certainement le meilleur. Tu utilises encore les autres, de temps en temps, pour garder le contact et pour permettre à Kara de se reposer. Mais Kara est ta favorite et elle prend très exactement la place laissée vacante par Kelly. Dommage que Kelly soit morte. C'eût été amusant de passer de l'une à l'autre. Dommage que tu ne puisses en contrôler qu'une à la fois. Mettre Kara et Kelly dans le même lit, quel superbe fantasme !

Le souvenir de Kelly te fait penser à une chose que tu voulais faire. Tu vas devoir retourner à l'étude de Wheatley pour modifier encore une fois ton testament.

Une fois dans la rue, tu n'as aucun mal à trouver un taxi. Trois chauffeurs se précipitent sur toi dès que Kara lève la main.

Tu adores la beauté.

Tu donnes à l'heureux élu l'adresse d'une boutique de Greene Street et tu t'installes moelleusement à l'arrière pour savourer toutes les sensations qui te parcourent. Même après toutes ces années, c'est toujours le grand frisson que de changer de corps, surtout quand il est tout neuf. Toujours le grand frisson de déambuler dans un hall d'hôtel ou un bar et de capter les regards avides des hommes, voire de quelques femmes. Cela ne te déplairait pas de faire rencontrer une femme à Kara si l'occasion se présentait, mais c'est tout de même plus délicat à organiser. Les hommes sont si faciles à lever, même quand ils sont deux.

Tu préfères endosser un corps de femme. Les femmes sont plus changeantes, capables de plaisirs plus nombreux que les hommes. Tu as eu une vaste expérience des deux sexes et tu en as conclu qu'il n'y avait décidément pas de comparaison. Un corps féminin est un instrument sexuel infiniment supérieur. Le problème étant bien entendu de trouver un virtuose de cet instrument.

Tu empruntes des corps depuis combien de temps ? Quarante-cinq ans, c'est ça ? Depuis l'âge de six ans, en fait. Pas avec la subtilité qui est tienne aujourd'hui, naturellement. Tu as tiré partie de tes échecs. Car cet art ne connaît point d'enseignant

Tu te rappelles comment tout a commencé. C'était à l'époque où la famille se préparait à fuir le pays. Partout c'était la tourmente, les conflits, la confusion. C'est alors que tu as commencé à entrevoir ces émotions. Pas de l'intérieur, mais de l'extérieur. Les émotions des *autres*. Tu t'en tenais à ces émotions et tu te retrouvais en train de regarder par les yeux de Marta ou de l'un de tes frères, tu voyais ce qu'ils voyaient, sentais ce qu'ils sentaient, tu étais *réellement* en eux.

Mais tu ne pouvais maintenir le contact. Pas à cette époque. Et les autres esprits se rebellaient et te chassaient. Ils ne savaient pas que c'était toi, que c'était *quiconque*. Ils savaient seulement que quelque chose n'allait pas et, inconsciemment, ils réagissaient contre toi. Tu n'en es pas resté là, tu t'es accroché. Il le fallait. Et, à force de tâtonnements, tu as découvert que tu obtenais tes meilleurs résultats au cours de la nuit, quand ils dormaient. Tu pénétrais en eux sans la moindre résistance. Tant qu'ils étaient endormis, tu pouvais faire mouvoir leurs bras et leurs jambes. Finalement tu as appris à les maintenir dans le sommeil et l'inconscience. Une fois cela fait, tu pouvais les lever et déambuler avec leurs corps.

D'instinct, tu as su dès le début que c'était une forme d'activité qui devait demeurer secrète. Tu étais capable d'une chose interdite à autrui — même si tu soupçonnais ta sœur Marta d'avoir le même don que toi. Peut-être était-ce d'ordre génétique. Tu as cru comprendre que d'autres membres de ta famille avaient les mêmes capacités, mais tu n'as rien découvert de précis. Tous les documents ont disparu à présent.

De toute façon, quelle importance ? C'est absurde de s'intéresser aux causes. Pourquoi, comment, l'on s'en moque bien. Ton pouvoir existe, tu sais l'utiliser, tu *aimes* l'utiliser. D'où il vient ? Cela n'a *aucune importance*.

Qu'elle qu'en soit la cause — hasard ou hérédité —, tu as très vite compris que ce don faisait peur aux autres, et tu l'as tenu secret pendant toute ton enfance.

Avec l'adolescence, tu as pu accroître ta témérité et parfaire ta technique.

Dans Greene Street, tu règles le taxi et tu entres au Nite Owl, boutique spécialisée dans la lingerie sexy. Ouverte toute la nuit. Les yeux de la gérante s'allument quand elle découvre le visage familier de Kara — elle croit qu'elle a encore affaire à Kelly. C'est une si bonne cliente. Elle s'occupe immédiatement d'elle.

Tandis que tu fouilles parmi ces bustiers moulants et ces jupes ultra-courtes, mais aussi ces sous-vêtements fendus aux emplacements stratégiques, tu te rends compte du chemin parcouru. De la simple écoute des émotions à la prise du pouvoir total de ce corps splendide.

La vie est belle.

Tu as été vraiment génial de te lancer dans la psychiatrie, n'hésite pas à le dire. Cela te donne accès aux personnes atteintes de problèmes d'ordre émotionnel et la majorité d'entre elles sont des femmes, puisque chacun sait que les femmes sont bien plus à même de reconnaître qu'elles ont ce type de problème et à chercher à les résoudre. Un certain pourcentage de femmes — cela ne tient qu'aux lois de la statistique — sont jeunes et attirantes. Tu as été très fort de décider un jour de soigner les infirmières à titre gracieux. Quand tu rencontres une jeune femme belle, influençable selon tes critères, tu l'entraînes sur une voie telle qu'elle finira par être convaincue de receler une personnalité multiple. Quand elle t'autorise à l'hypnotiser, tu établis le contact, tu pénètres dans son esprit et t'y installes une petite cachette douillette. C'est un peu comme si tu lui implantais un marqueur, une balise. Tu peux la retrouver aussi longtemps qu'elle est à ta portée et t'emparer d'elle chaque fois qu'elle s'endort. Tu obliges son corps à exécuter des actes grossiers au cours de la nuit, ce qui viendra confirmer au-delà de toute espérance le diagnostic de personnalité multiple. Ensuite, elle est à toi chaque fois que tu le désires, dès l'instant où elle s'en remet au sommeil.

Le rôle du sommeil est essentiel. Dès que tu as endossé un certain nombre de fois un corps endormi, tu es capable d'en prendre possession à tout moment. Mais si tu fais cela lorsque l'individu est conscient et éveillé, la victime sait qu'elle est possédée. Elle risque même de t'identifier. Il ne faut pas t'amuser à cela. Tu te contentes donc des patientes convaincues d'abriter une personnalité multiple et tu n'en prends le contrôle que lorsqu'elles dorment.

Cet art auquel tu t'adonnes est, en réalité, fort délicat. Tu dois les maintenir dans la frayeur et le déséquilibre pour qu'elles poursuivent leur thérapie, mais elles ne doivent pas être terrorisées ou déstabilisées au point de renoncer et d'aller chercher secours auprès d'un confrère. En leur apportant une lueur d'espoir, tu peux les conserver et te jouer indéfiniment d'elles.

Et si, un jour, tu t'en lasses... tu les *guéris*.

Certaines guérissent seules en s'éloignant. Car la portée de ton action est limitée. Tu peux aller jusqu'à Hartford et Catskill, à l'ouest jusqu'à Philadelphie. Même lorsqu'elles sont aussi loin, tu n'éprouves pas de sensation de voyages — tu occupes ton propre corps et, l'instant suivant, le leur. A la lisière de tes pouvoirs, le lien est si ténu et l'effort pour garder le contact si intense que le jeu n'en vaut plus la chandelle. Sauf dans le cas de Kara. Pendant le week-end où elle est revenue dans sa ferme, cela t'a épuisé de lui faire faire des choses simples, écrire sur le miroir par exemple, mais ce ne fut pas en vain. Car cela l'a ramenée à New York.

Tu n'as jamais échoué. Ton stratagème fonctionne à la perfection depuis des années et il n'y a pas de raison pour que cela s'arrête un jour. Ton corps et ton cerveau peuvent connaître la vieillesse, qu'importe, tu habiteras toujours des corps vibrant de jeunesse.

Tu sors avec tes achats du Nite Owl et prends un taxi pour te rendre au Helmsley Palace, au coin de Madison et de la 50e Rue. Tu y loues une chambre — au nom de Janine Wade — et règles d'avance. Tu vas ensuite à la pharmacie pour acheter du maquillage et d'autres produits. Une demi-heure plus tard, tu conduis au bar le corps provocateur de Kara. En moins de temps qu'il n'en faut pour le dire, tu accroches un Texan en Stetson. Il est grand, plein de fougue, et c'est sa dernière nuit en ville. Il est parfait.

2 h 45

Tu es seul au lit dans le corps de Kara et tu éprouves une vague frustration. Le Texan était très bien, mais il n'arrivait pas à la cheville de l'Indien de la nuit dernière. Tu te rends bien compte que tu vas devoir recommencer à draguer deux hommes à la fois. Tu te détournes de ce genre de pratique depuis l'incident du Plaza, mais tu n'as pas vraiment le choix si tu veux rentabiliser tes excursions.

Tu te lèves, te démaquilles et passes dans la salle de bains avant de ranger tes vêtements dans les sacs du Nite Owl. Tu décides de prendre un casier à la gare de Grand Central. C'est situé en plein centre ville et tu n'auras pas besoin de descendre chaque fois à SoHo.

De nouveau vêtue d'un jeans et d'un pull, tu quittes ta chambre. L'exaltation s'est envolée et, parce que la soirée ne s'est pas déroulée aussi bien que prévu, tu te sens un peu déprimé. C'est dans des instants comme celui-ci que les problèmes moraux s'imposent à toi comme des ombres surgies de tombes oubliées.

De quel droit fais-je cela ?

Cette question ne se pose plus aussi souvent qu'au début. Mais, ce soir, elle le fait, et tu y fais face, courageusement.

Je n'ai aucun droit.

Pourquoi alors ? Pourquoi le fais-tu ?

Tu connais la litanie. Tu n'éludes pas la réponse.

Parce que je le puis ! Parce que je le dois ! Parce que je ne peux m'arrêter ! Et surtout parce que je serais pratiquement mort sans cela !

Mais ce n'est pas tout. Tu es un être unique, tu es ta propre loi, ta justification. Cela ne suffit-il donc pas ?

3 h 30

Un mouvement devant la maison des Arts médicaux attira l'attention de Rob, qui avait pourtant les yeux mi-clos. Il se redressa.

C'était Gates. Il quittait son cabinet.

Bon sang, qu'avait-il donc fait pendant tout ce temps ?

Gates emprunta la Septième Avenue. Il y avait un sens interdit et Rob ne put le suivre. Il joua le tout pour le tout. Il démarra, partit vers l'est, remonta la Sixième Avenue et tourna à gauche dans la 21e Rue pour retrouver ensuite la Septième Avenue. Tous feux éteints. Il se gara devant une bouche d'incendie.

Gates apparut au bout de quelques minutes. Il gravit les marches de sa maison et disparut à l'intérieur. Cinq minutes plus tard, toutes les lumières s'éteignaient.

Rob se demanda s'il devait rester plus longtemps et décida que non. Le cabinet de Gates ouvrait dans cinq heures et demie, le praticien n'irait nulle part entre-temps.

Une nuit de perdue. Enfin, pas vraiment. Il savait que le psychiatre ne s'était pas rendu au domicile de Kelly pour jouer avec l'esprit de Kara. Mais il se demandait ce qu'il avait bien pu faire à son cabinet pendant tant de temps.

Tôt ou tard, il l'apprendrait. Rob n'en doutait pas. La patience et la vigilance paient toujours.

Il alluma les phares et rentra chez lui.

9 h 32

Ed avait essayé de vieillir la combinaison en la mettant en boule, en la traînant par terre et en sautant dessus à pieds joints. Elle paraissait toujours aussi neuve. De même pour la boîte à outils, qu'il avait cabossée à coups de marteau.

Je ne peux pas faire mieux, se dit-il en pénétrant dans la maison des Arts médicaux.

Il avait tout de même pris la précaution de ne pas se raser et de ne pas se doucher ce matin, et il était satisfait de l'allure que cela lui donnait.

Il consulta le panneau, vit que le cabinet du Dr Gates se trouvait au troisième étage et prit l'ascenseur. Des gouttes de sueur lui coulèrent sur les tempes.

Je suis complètement dingue ! C'est un truc à me faire rayer du barreau !

Il pouvait encore redescendre, retourner chez lui, faire sa toilette et arriver un peu en retard à la Paramount. Il avait appelé pour se faire porter pâle, mais il pouvait toujours dire que le virus avait subitement déserté et qu'il se sentait en pleine forme.

Non, tu vas y aller, pas question de te dégonfler !

L'ascenseur s'arrêta et il se dirigea vers le cabinet du Dr Gates. La porte était en acier. Il respira profondément et s'affubla d'un sourire enjôleur ainsi que d'un accent du Bronx plus vrai que nature. Il poussa la porte.

« Salut ! lança-t-il à la secrétaire. Alors, ça baigne, ma poule ?

— Je peux vous renseigner ? dit-elle d'un air pincé.

— Z'avez pas des problèmes avec vos serrures ?

— Non, dit-elle en secouant la tête. Pourquoi me demandez-vous ça ?

— Y a eu des plaintes, tout un paquet. Surtout au quatrième, mais les proprios veulent que je regarde chez tout le monde pendant que je suis là.

— Je ne puis vous laisser importuner les patients du Dr Gates et...

— Z'en faites pas, je veux voir que cette porte-là. Donnez-moi votre trousseau. »

Elle fouilla dans son sac, puis s'arrêta.

« Je ne sais pas si... »

Ed avait prévu ce genre de réaction, mais il savait comment faire face : *Insiste !*

« Allez, ma p'tite dame, déballez-moi tout ça. »

Elle hésitait toujours.

« Qu'est-ce que vous croyez, que je veux vous les piquer ? J'ai pas que ça à faire, moi. Et pis, si y a des problèmes avec les pênes ou les gorges, faudra que ça soye votre boss qui crache la moitié de sa poche, vous pigez ? »

Elle lui tendit un anneau retenant deux clefs — dont celle du cabinet, certainement — ainsi que les deux autres clefs rangées dans le tiroir de son bureau.

Ed lui sourit.

« Merci, ma poule. J'vais vous faire ça en un rien de temps. »

Il vérifia la serrure de la porte du cabinet. La seconde clef était la bonne et tournait parfaitement, mais il colla l'oreille à la porte et prit une mine dubitative.

« Z'entendez pas ? Votre cylindre, il est sec comme un coup de trique. Bougez pas, je m'en occupe. »

Il brandit une bombe de graisse achetée le matin même et en pulvérisa un peu dans le trou de serrure. Il fit à nouveau tourner la clef.

« Et voilà le travail. Bon, je vais voir les autres serrures, surtout celle du dehors. »

Avant même qu'elle ait pu réagir, Ed referma la porte d'entrée et se rua dans l'escalier. Une fois en bas, il courut jusqu'à la serrurerie de la 14e Rue, jeta les clefs du cabinet sur le comptoir et demanda des doubles.

Le serrurier le regarda de travers, mais se mit aussitôt au travail. Il lui fit payer quatre dollars plus les taxes. Ed avait déjà préparé un billet de cinq dollars. Il le posa sur le comptoir en disant de garder la monnaie et regagna à toutes jambes la maison des Arts médicaux.

Il monta en ascenseur pour avoir le temps de reprendre son souffle et entra dans le cabinet du Dr Gates. La secrétaire paraissait soulagée de le revoir.

« Resalut ! Ya plus de lézard, tout baigne dans l'huile.

— Merci », dit-elle avec froideur et distance.

Il ne lui restait plus qu'à appliquer la dernière partie de son plan, la plus amusante aussi. S'il partait trop vite, la secrétaire pourrait avoir des doutes. De sorte qu'Ed avait décidé que ce serait *elle* qui le mettrait à la porte.

« Dites-moi, ma jolie, vous faites quelque chose ce soir ?

— Oui.

— Et demain ?

— Désolée, mais je suis mariée.

— Eh, moi aussi, j'suis marida, mais ça empêche pas de se donner du bon temps, si vous voyez ce que je veux dire.

— J'ai une famille, monsieur, et je vous prierais... »

Il leva les mains.

« Bon, bon, j'dis plus rien ! »

La porte du cabinet de consultation s'ouvrit et un homme d'âge mûr en sortit.

« Salut, toubib, fit Ed.

— Ce n'est pas le Dr Gates, fit la secrétaire. Maintenant, si vous voulez bien me laisser, j'ai du travail.

— Comme vous voudrez, mais ça vous dirait pas que je repasse sur les choses de cinq heures ? On pourrait boire un coup dans un troquet peinard. Allez, dites pas non ! »

Elle l'ignorait superbement.

Ed haussa les épaules d'un air grandiloquent, ramassa sa caisse à outils et reprit l'ascenseur. Seul dans la cabine, il éclata de rire et serra les poings.

« Tu l'as fait, mon salaud, tu as réussi ! »

Son cœur battait à tout rompre et il dégoulinait de sueur, mais il ne s'était jamais senti aussi vivant. Il avait les doigts crispés sur les doubles des clefs. La porte s'ouvrit au rez-de-chaussée et la panique l'envahit quand il vit Kara.

Heureusement, elle paraissait perdue dans ses pensées. Elle avait la mine défaite, les traits tirés. Ed baissa la tête et se détourna. Kara entra dans l'ascenseur sans même le remarquer.

Ed se hâta de sortir dans la rue. Tout en marchant, il repensait à Kara. Elle semblait porter toutes les misères du monde sur ses épaules. Il trouverait le moyen de l'aider. Surtout depuis qu'il était convaincu qu'une visite au cabinet du Dr Gates lui apporterait un indice précieux.

Une visite qu'il avait prévue pour le soir même.

0 h 07

« J'ai parlé à la patiente qui vous a adressé ce message, dit le Dr Gates, et je puis vous assurer qu'elle ne vous importunera plus. »

Kara s'efforçait de pas accorder une trop grande importance au mensonge flagrant de Gates : elle savait que ce n'était pas une femme, mais un homme qui avait écrit cet avertissement. Le praticien cherchait tout simplement à préserver le secret professionnel.

Elle hocha la tête, machinalement. Elle pensait à tant de choses. Au rêve érotique qu'elle avait fait, par exemple. Elle n'en avait que des images floues : un homme affublé d'un chapeau de cow-boy, par exemple, et toujours la présence du Dr Gates.

Elle bâilla discrètement.

Elle était épuisée. Les rêves en étaient certainement responsables. Mais peut-être cela tenait-il au fait qu'elle n'avait pas travaillé depuis une semaine. A moins que ce ne fût les derniers effets de l'Halcion.

Elle ne voulait pas arrêter les somnifères parce qu'ils semblaient faire effet. La clef de l'appartement était toujours à la même place. Elle avait même collé un cheveu à la porte du four. Le cheveu y était toujours quand elle s'était levée. Elle était donc certaine de ne pas avoir quitté l'appartement de la nuit.

Rob était venu de bon matin. Il avait l'air épuisé, lui aussi. Il ne pouvait pas passer la nuit avec elle parce que, ce soir encore, il devait assurer une planque.

C'était aussi bien. Kara avait l'intention de se mettre tôt au lit. Très tôt.

4 h 33

Le lieutenant Mooney tenait à la main le dossier de l'affaire Kelly Wade. Il avait sa voix geignarde des grands jours.

« Harris, pourquoi vous faites ça ?

— Je ne fais rien du tout, chef. Je viens seulement vous dire qu'il y a un nouvel élément dans l'affaire Kelly Wade et qu'elle ne peut pas être classée.

— Mais c'est une lettre anonyme ! Ça ne vaut rien !

— Elle est adressée à Kara Wade et lui dit, effectivement, de quitter la ville si elle ne veut pas finir comme sa sœur. Chez moi, on appelle cela une menace. Cela signifie peut-être que Kelly Wade a pu recevoir des lettres de menace avant sa mort. »

Rob vit Mooney mâchonner son mégot et hocher la tête.

« Bon, mettons. On continue. Qu'est-ce que vous comptez faire avec votre "lettre de menace" ?

— J'ai demandé à ce qu'on relève les empreintes. Hier, j'ai eu celles de la sœur de la victime ; nous avons aussi celles du Dr Gates. Elles datent de 1980, quand il a fait une demande de port d'arme. On les retrouve sur la facture et le chèque. Mais il y a une troisième série et c'est celle-là qu'on cherche à identifier.

— Et si vous faites chou blanc comme avec les empreintes de la chambre d'hôtel ?

— Je secouerai le Dr Gates comme un prunier pour voir s'il en tombe quelque chose.

— Mouais, soupira Mooney. Mais restez dans la légalité. Et n'oubliez pas de faire votre rapport. Je ne veux pas avoir ce psy sur le poil pour harcèlement.

— Sans problème, chef. A condition que vous me souteniez à cent pour cent s'il vient à se plaindre. D'accord ? »

Mooney jeta le dossier sur le bureau.

« D'accord. »

Rob regarda sa montre. S'il rédigeait rapidement les rapports en cours, il arriverait à temps pour filer à nouveau le Dr Gates. Il devait bien se rendre quelque part entre sa maison et son cabinet.

23 h 35

Eh bien, c'est l'heure d'y aller, se dit Ed. Mais il n'y alla pas pour autant.

Il avait la frousse. C'était une chose que de baratiner une secrétaire, c'en était une autre que de s'introduire en pleine nuit dans un immeuble, de pénétrer dans un cabinet médical avec des doubles de clefs et de consulter des dossiers secrets. L'heure n'était plus à la rigolade, mais aux choses sérieuses.

Il prit le gobelet de café acheté au Burger King situé dans la 23e Rue et se dirigea vers la Septième Avenue.

Il portait toujours sa combinaison d'ouvrier mais avait dessous un pantalon kaki et une chemise de flanelle, au cas où il lui faudrait changer rapidement d'apparence. Il avait laissé chez lui sa boîte à outils. Tout ce dont il avait besoin, c'étaient les clefs et une lampe-torche.

Il passa devant Barney's et jeta un coup d'œil aux vitrines — il préférait celles de Brooks Brothers — et s'arrêta à quelques pas de la maison des Arts médicaux. Que se passerait-il si quelqu'un l'abordait ou le questionnait ?

Il avait trouvé une réponse qui ne lui semblait pas si idiote que ça. Il se ferait tout simplement passer pour le Dr Gates, et le tour serait joué.

Il n'y avait personne en vue. Ed se hâta de pénétrer dans le vestibule et de se diriger vers l'escalier. Il ne voulait pas prendre l'ascenseur, la lumière de la cabine étant visible de la rue.

Il avait la bouche sèche quand il s'immobilisa devant la porte du cabinet médical. Il ne se donna pas le temps de penser, introduisit la clef dans la serrure et ouvrit. S'il tombait sur quelqu'un, il se ferait passer pour un employé de l'équipe de nettoyage et s'en irait aussitôt un peu plus loin.

La salle d'attente était dans la pénombre. Il n'y avait que la lumière de l'aquarium et le clignotant du répondeur téléphonique. Tout était calme. Il referma la porte à clef.

Ça y était !

Zut, il avait envie de faire pipi. Il aurait dû aller aux toilettes du Burger King. Il n'allait quand même pas ressortir pour ça. Il alluma sa lampe et entama sa fouille.

Il entra dans le cabinet de consultation. Il aurait préféré allumer l'électricité, mais cela se serait vu de la rue. Il ne pouvait pas se permettre de prendre le moindre risque.

Il n'y avait rien dans le cabinet, rien d'intéressant tout au moins. Ce qu'il recherchait, c'étaient les dossiers des patients. Il y avait une porte en chêne derrière le grand bureau du médecin. Il l'ouvrit et se trouva face à trois autres portes. Celle du milieu donnait sur une petite salle de bains.

Merci mon Dieu ! dit-il en se soulageant dans les toilettes. *Je n'aurais jamais dû boire trois cafés à la suite.*

La porte de gauche permettait d'accéder à une petite pièce meublée de semainiers. Elle n'avait pas de fenêtre. Il put allumer. Il posa la main sur la poignée de l'un des tiroirs et tira. Le tiroir était bloqué. Tous les autres aussi, d'ailleurs. Tout était verrouillé.

Ed traita mentalement le Dr Gates de tous les noms. Pas un seul instant, il n'avait jamais imaginé trouver des tiroirs fermés à clef dans un bureau lui-même fermé à clef.

Il allait regagner le cabinet de consultation quand il vit que la troisième porte était entrebâillée. Il la poussa délicatement et braqua sa torche.

Encore une pièce aveugle. Et vide. Cependant les murs étaient recouverts de tissu. Ils étaient matelassés. De même que le plafond et le sol. La porte aussi.

Il comprit alors où il se trouvait.

Dans une cellule capitonnée.

SAMEDI 21 FÉVRIER

0 h 05

Kara raccrocha le combiné téléphonique. Elle était heureuse d'avoir reçu un coup de fil de Rob, mais gênée que quelqu'un dût veiller sur elle quasi en permanence. Mais peut-être se faisait-elle trop d'idées.

Elle se coucha et attendit que l'Halcion fît effet.

Pas de rêves ce soir, oh non, pas de rêves.

Elle n'avait pas la moindre envie de sexe, qu'il fût réel ou imaginaire. Du calme, c'était tout ce qu'elle demandait. Et une vie raisonnablement normale, où elle pût dormir en toute sécurité dans la même maison que sa fille.

En réalité, elle consacrait beaucoup de temps à Jill depuis ces cinq derniers jours. Du haut de ses neuf ans, la petite fille adorait se promener dans les parcs ou visiter le muséum d'Histoire naturelle quand sa mère était là et regarder des cassettes quand elle devait s'absenter. Aujourd'hui, Kara avait voulu visionner une cassette avec Jill. Ce n'était pas un Walt Disney, mais *Un vendredi dingue, dingue, dingue,* où l'on voit Jodie Foster changer de corps avec sa mère. C'en était trop pour Kara, qui dut sortir de la pièce.

Quant à son livre... Il n'avançait pas et la date de remise se profilait à l'horizon. Elle ne voulait pas rater cette occasion. Elle avait besoin de la seconde avance. Et, surtout, elle croyait à ce livre, elle savait que ce serait une importante contribution aux mouvements féministes. Si seulement elle pouvait se remettre au travail.

Demain... oui, demain, elle ferait l'effort de s'y atteler.

Mais, pour l'instant, elle sentait le sommeil l'envelopper. Elle s'y abandonna de bon cœur.

Assis dans sa voiture, Rob buvait un café sans quitter des yeux la maison de Gates. Il attendait que les lumières s'éteignent, que la vraie nuit tombe enfin.

Rob avait posé pas mal de questions à propos du psychiatre. Il n'avait pas obtenu de vraies réponses. Il semblait très casanier. Il prenait parfois des congés, mais ne quittait jamais la ville. On ne lui connaissait pas de vie sociale. Son univers était des plus réduits : son cabinet, sa maison particulière et, parfois, l'hôpital. Gates pouvait se rendre à pied aux trois endroits, que seuls séparaient quelques pâtés de maisons. Chelsea, le Village, la Septième Avenue, c'était là son petit monde. Il n'avait plus de famille, pas d'amis, pas de liens véritables avec la communauté médicale. Le vide total.

Gates occupait une maison datant du siècle dernier. Rob connaissait bien ce type de demeure : trois étages et un sous-sol. Jadis, avant la rénovation de Chelsea, il avait vécu dans l'une de ces splendides bâtisses, pas très loin de la 19e Rue. Jeune flic, il y partageait un appartement avec Tony Morano, un copain qu'il avait rencontré à l'école de police. Un appartement sur les sept que comportait le petit immeuble : trois par étages plus un au sous-sol.

Gates avait toute la maison pour lui. Cela en faisait, des paquets de dollars...

Rob jeta sa cigarette par la vitre entr'ouverte.

Allez, Lazlo Gati, ferme ton château et va te coucher.

C'est alors que la porte d'entrée s'ouvrit et que Gates en descendit les marches. Il prit la direction de la Septième Avenue, comme la nuit précédente. Il se rendait à son cabinet.

Rob grommela quelque chose et démarra.

Ed alluma la lumière dans la pièce capitonnée. Un tube au néon était installé au plafond, derrière un grillage vissé. Il n'y avait aucun meuble, rien que la porte, quatre murs, un sol et un plafond recouverts d'un tissu épais.

C'était complètement dingue. Une cellule capitonnée dans le cabinet d'un psychiatre ! Mais pourquoi ? Au cas où un patient piquerait une crise en pleine séance ? Ed ne put s'empêcher de sourire. La découverte du montant des honoraires était peut-être trop brutale.

Non, plus sérieusement, quel type de patient le Dr Gates traitait-il pour avoir besoin d'une cellule capitonnée ?

En tout cas, ce n'était pas cela qui lui permettrait d'aider Kara Wade.

Ed se préparait à sortir quand il remarqua une rangée de boutons à l'intérieur de la porte. Il reconnut immédiatement le clavier d'une serrure électronique. Six chiffres et une touche d'ouverture ou de fermeture.

Cela l'étonna de trouver un tel clavier *à l'intérieur* d'une pièce. Il est normal d'interdire l'accès à un local, mais pourquoi s'y enfermer volontairement. C'était de plus en plus bizarre.

Une fois de plus, cela ne le regardait pas, il n'était pas venu pour ça. Il éteignit et revint dans le cabinet en laissant la porte comme il l'avait trouvée.

Il était temps de partir.

Dans la salle d'attente, le clignotant du répondeur attira son attention. Sans savoir pourquoi, il s'approcha du bureau de la secrétaire sur lequel était posé un ordinateur.

Je me demande...

Il s'assit au bureau et regarda fixement l'écran. Il appuya sur l'interrupteur. Un mot se dessina sur l'écran.

PRÊT ?

Ed tapa OUI et enfonça la touche d'entrée.

Il y eut un bip sonore et l'écran afficha : CODE ?

Eh oui, il fallait bien s'en douter. Les tiroirs étaient tous fermés à clef, Gates n'allait pas laisser le premier venu avoir accès à ses dossiers.

Ed tapa GATES et fit Retour. Il fut récompensé par les mots :

COMMANDE ILLISIBLE

CODE ?

Ed essaya à nouveau avec LAWRENCE, LARRY, DOCTEUR, PSY, CINGLÉ et termina par un MERDE rageur. L'ordinateur lui répondait toujours de la même façon. Il allait abandonner quand il se rappela l'ouvrage de référence qu'il avait consulté à la bibliothèque et qui permettait aux psychiatres de classifier leurs diagnostics. Le *DSM-III-R*. Quel était donc le code correspondant aux personnalités multiples ? Oui, 300.14, c'était bien ça. Il tapa les chiffres.

Il y eut un bip et une liste de noms apparut.

Ça y est, mon vieux !

Il appuya sur la flèche descendante et fit dérouler la liste, à la recherche du nom de Kara Wade.

Rob se gara à quelques mètres de la maison des Arts médicaux et attendit l'arrivée de Gates.

Cela ne fut pas long. Le psychiatre marchait d'un bon pas.

Et voilà, encore une nuit passée en voiture.

Ed était abasourdi. Il n'avait pas vraiment compté, mais une grosse partie de la clientèle de Gates avait des problèmes de personnalité partagée. Il s'agissait à chaque fois de femmes entre vingt et trente ans. Les livres qu'Ed avait étudiés disaient que c'était une maladie assez rare. Le Dr Gates semblait rassembler tous les cas de la ville et des environs.

Il n'y avait pas que cela d'étonnant. Ed avait parcouru le dossier de Kara puis celui de Kelly. Ils se ressemblaient énormément. C'était normal puisque les deux sœurs avaient les mêmes problèmes, mais des paragraphes entiers étaient recopiés mot pour mot. Cela l'intrigua. Il ouvrit d'autres dossiers, au hasard.

Les femmes avaient toutes le même passé psychiatrique. Personnalité multiple à chaque fois. Et leurs histoires personnelles étaient décrites avec les mêmes mots. Comme si le Dr Gates avait rédigé un texte une fois pour toutes et qu'il se contentât d'y changer quelques noms, quelques dates. Un peu ce qu'Ed faisait avec ses contrats.

Une clef tourna dans la serrure de la porte d'entrée.

Seigneur !

Ed plongea sous le bureau, si terrorisé qu'il avait un mal fou à se retenir pour ne pas faire dans son pantalon. Qu'est-ce qu'il allait...

La lampe-torche !

Il l'attrapa et l'éteignit à l'instant précis où la lumière s'alluma. Coincé sous le bureau, il retenait son souffle et promettait à Dieu d'aller tous les dimanches à la messe au lieu de se contenter d'une ou deux fois par an. Il aurait promis n'importe quoi, en fait.

La personne qui venait d'arriver se dirigea vers le cabinet de consultation et s'y enferma.

Ed lui accorda trente secondes. Il compta mentalement avant de se relever et marcher sur la pointe des pieds jusqu'à la porte. Il sortit et se rendit à pas feutrés vers les escaliers. Il mourait d'envie de piquer un sprint.

Rob commençait à tourner de l'œil quand son bip le rappela à l'ordre.

« Bon Dieu, qu'est-ce que c'est encore ? »

Il descendit de voiture et s'engouffra dans la première cabine téléphonique. Il composa le numéro du commissariat et apprit que Tommy Doyle cherchait à le joindre.

« Dis donc, c'est dur de t'avoir. Tu es en planque ou quoi ?

— Qu'est-ce qu'il y a ? fit Rob en bâillant.

— On vient de recevoir le rapport concernant les empreintes sur la facture d'électricité. Elles correspondent à la troisième série. »

Rob n'avait plus la moindre envie de dormir.

« C'est quelqu'un qu'on connaît ?

— On n'a pas son nom, mais cela correspond aux empreintes partielles relevées dans la chambre d'hôtel louée par Kelly Wade. »

La gorge de Rob se noua. Il s'était jugé un peu trop alarmiste en insistant pour que l'affaire Kelly Wade ne soit pas classée. Mais, maintenant, on n'en était plus là. L'avertissement n'était pas gratuit. Et Kara courait peut-être un réel danger.

« Merci, Tom. Je te... Bon sang ! »

Un homme en combinaison venait de sortir du bâtiment et voici qu'il courait dans la rue. Ce n'était pas Gates — il était plus petit, ses cheveux étaient plus bruns.

Rob raccrocha et se lança à sa poursuite, mais l'autre disparut dans une rue transversale. Il fut tenté d'essayer de le rattraper, mais cela l'éloignerait de Gates. Et le psychiatre était le seul qui l'intéressât vraiment.

Rob regagna sa voiture et se cala sur son siège, les yeux rivés sur la maison des Arts médicaux.

Ed s'engouffra dans la première ruelle qu'il trouva et se débarrassa de sa combinaison. Sa chemise de flanelle ne le protégeait pas vraiment de l'air nocturne, mais il s'en moquait bien.

Il courut jusqu'à la Sixième Avenue et aperçut, sur le trottoir d'en face, un bar, chez Edwin's. L'endroit était sombre, enfumé, bondé. Parfait. Il commanda une double Absolut on the rocks avec un trait de jus de citron.

Seigneur, quelle nuit !

Qui aurait imaginé que Gates — car c'était certainement lui — reviendrait à son cabinet à une heure pareille ?

J'aurais pu me faire piquer !

Mais ce n'était pas arrivé. Il était entré et sorti sans se faire remarquer. Comme dans *Mission impossible.*

Il but sa vodka et réfléchit à ce qu'il venait d'apprendre.

Pourquoi un psychiatre inventerait-il un passé médical à ses patients ? Cela n'avait aucun sens et il ne voyait vraiment pas ce qu'il pouvait faire. A part une chose : prévenir Kara. Le plus vite possible.

Pourquoi pas maintenant ? Elle dormait certainement, mais tant pis. Et puis, il avait un besoin pressant de se confier. Il gagna la cabine téléphonique et l'appela.

Elle répondit assez vite.

« C'est moi, Ed.

— Ed ? dit-elle comme si elle ne le connaissait pas.

— Oui. Je sais qu'il est tard, mais je viens de découvrir quelque chose de capital et je voudrais vous en parler.

— A cette heure-ci ? Tout de suite ?

— Oui. Je peux passer ?

— Je suis très fatiguée, Ed, je ne crois pas...

— C'est à propos du Dr Gates. »

Il y eut un long silence.

« Quoi, le Dr Gates ?

— J'ai appris des choses sur son compte. Je crois qu'il se passe de drôles de trucs.

— Cela m'intéresse, Ed. Où êtes-vous ?

— Dans un bar de la Sixième Avenue, mais c'est un peu loin pour vous.

— Je peux vous retrouver dans un endroit plus pratique. »

Ed réfléchit à toute allure aux établissements ouverts à une heure aussi avancée.

« Vous connaissez le Warwick ? C'est au coin de la Sixième Avenue et de la 54e Rue, à peu près à mi-chemin.

— D'accord, j'y serai dans une demi-heure.

— Super. »

Ed raccrocha et se demanda pourquoi sa soudaine envie de parler avait disparu. Il devrait plutôt être satisfait d'avoir rendez-vous avec Kara. Elle avait accepté très vite de le voir après qu'il eut mentionné le nom du Dr Gates, mais, d'une certaine façon, elle semblait bizarre, distante.

Bah, elle était fatiguée, c'est tout.

Il finit son verre et quitta le bar. S'il ne trouvait pas de taxi, il lui faudrait marcher assez longtemps.

Rob avait les yeux rivés sur l'entrée de la maison des Arts médicaux et se demandait à qui pouvaient bien appartenir les empreintes relevées sur la facture. Car cette personne était au Plaza avec Kelly la nuit de sa mort. Rob sentait les pièces du puzzle se rassembler, mais pas encore assez pour former une image complète.

Il se demandait aussi qui avait pu sortir en courant de l'immeuble. Cet homme, il l'aurait mieux vu s'il avait été en voiture à ce moment-là. Tout ce que Rob pouvait dire, c'est qu'il ressemblait vaguement à ce juriste, Ed, celui qui tournait autour de Kara.

Ed... un drôle de type. Pas dangereux, en tout cas. Il s'occupait des formalités. C'était sympa de sa part d'être venu jeudi chez Kara avec les papiers de tutelle. Peut-être était-il secrètement amoureux d'elle.

Rob sursauta.

Jeudi ! Ed était avec Kara quand elle avait reçu le message ! Il l'avait certainement touché ! Oui, il l'avait *bel et bien* touché ! Il l'avait lu !

Merde !

Et Ed connaissait Kelly ! Il pouvait très bien se trouver avec elle la nuit de sa mort. Ce type était la pièce manquante du puzzle que Rob essayait de reconstituer.

Rob jaillit de voiture et fonça vers le téléphone. Il composa le numéro de Kara. Si elle savait où Ed vivait ou si elle connaissait son numéro, Rob irait le questionner. *Tout de suite !*

Le téléphone sonna chez Kara. Rob regarda l'immeuble. Que Gates aille se faire foutre ! Il pouvait travailler jusqu'à l'aube, il s'en moquait bien. Il avait enfin une vraie piste et il n'allait pas la lâcher de sitôt.

Les sonneries se succédaient.

Rob éprouva une certaine appréhension. Il savait qu'elle prenait des somnifères, mais le récepteur était placé non loin de son lit. Il savait aussi qu'elle était là, puisqu'il l'avait appelée juste à minuit pile.

Quelque chose clochait.

Il raccrocha et appela Doyle pour lui demander de rassembler les effets personnels de Kelly Wade et d'être prêt à intervenir, puis il courut jusqu'à sa voiture.

Le Warwick était quasiment désert quand Ed acheva le récit

de ses exploits. Il quêtait un signe d'approbation sur le visage de Kara. Ce fut long à venir, mais un sourire finit par l'illuminer.

« Vous avez fait tout ça pour moi ?

— Eh bien, oui... J'avais une dette envers vous... et envers Kelly.

— Vous auriez pu vous faire prendre.

— Il y avait des risques, je sais, mais sans cela la vie n'est pas très intéressante. »

Ed descendit sa troisième double vodka. Il se sentait plutôt bien — fier de lui et satisfait d'avoir un tête-à-tête avec Kara dans un bar pratiquement vide.

« Ed, qu'est-ce que je dois faire selon vous ? Je suis complètement perdue. »

Il la regarda. Elle était si belle. Dans cette pénombre et en dépit du jeans et du pull qui ne la mettaient pas vraiment en valeur, elle lui rappelait plus que jamais sa sœur. Mais elle était très tendue. Elle faisait tourner un anneau de porte-clefs autour de son doigt. Et elle lui demandait conseil. Il essaya de mettre de l'ordre dans ses idées un peu brouillées par la vodka.

« Selon moi, vous avez le choix entre deux choses. Vous pouvez quitter cette ville et mettre le maximum de distance entre ce type et vous. »

Pour des raisons personnelles, égoïstes, tout à fait évidentes, Ed n'aimait pas du tout cette solution. Cela signifiait qu'il ne la reverrait plus.

« Sinon... vous pouvez prendre le taureau par les cornes et vous adresser au Conseil de l'Ordre pour exiger une enquête approfondie sur ce type et ses méthodes. »

Elle le fixait de ses grands yeux bleus. Ils l'hypnotisaient.

« Selon *vous*, qu'est-ce que je devrais faire ?

— Je pense que vous avez le courage et l'honnêteté de déposer une plainte devant le Conseil de l'Ordre afin de vous protéger vous-même, mais aussi les autres victimes. Voilà ce que je crois. »

Elle posa la main sur la sienne alors que le barman annonçait l'heure prochaine de la fermeture.

« Merci de votre confiance, mais je n'ai encore rien décidé. On ne pourrait pas aller quelque part pour continuer à discuter ?

— Chez moi, si vous voulez. » Les mots avaient jailli tout seuls, mais Ed ne le regrettait pas. « Nous pourrons bavarder aussi longtemps que vous le désirerez.

— Eh bien, d'accord. Allons-y. »

Sur ce, elle se leva et se dirigea vers la porte. Une douce chaleur au bas-ventre, Ed lança un billet sur la table et la suivit.

Rob avait fait halte à Midtown North pour prendre les affaires préparées par Doyle, puis il était reparti au pas de charge en direction de la Première Avenue. Il serrait dans sa main les clefs de l'appartement de Kelly.

Par politesse, il frappa à la porte de l'appartement et attendit quelques instants avant de déverrouiller et de se précipiter à l'intérieur. Le séjour, la chambre, la cuisine et la salle de bains étaient vides. Il n'y avait pas de traces de lutte.

Où diable Kara était-elle donc ?

Une pensée atroce lui traversa l'esprit : et si ce n'était pas Kara qui écumait la ville ? Si c'était Janine ?

Il y avait pis encore : si ce type, cet Ed Bannion, était une sorte de cinglé désireux d'entraîner Kara dans un endroit louche pour lui faire subir le même sort que sa sœur ?

Rob devait retrouver Bannion. Mais comment ? Il avait son téléphone professionnel, mais personne ne répondrait à cette heure-ci. Et, demain, il serait peut-être trop tard.

Rob prit l'annuaire de Manhattan et l'ouvrit à la lettre B. Il trouva le nom de *Bannion*. Ils étaient des dizaines. Il se limita aux *Bannion E* ou *Edward*. Cela faisait encore pas mal de monde.

Il s'assit près du téléphone et composa le premier numéro.

Tu visites l'appartement d'Ed Bannion par les yeux de Kara et tu te dis que cette nuit n'a été qu'une succession de coups de théâtre.

Le premier fut ce coup de fil tardif de la part d'un certain Ed, qui prétendait détenir des informations capitales au sujet du Dr Gates. Cela t'a obligé à annuler ton projet de revenir au Helmsley. Tu n'avais plus qu'à improviser.

Tu as éprouvé le deuxième choc en reconnaissant dans cet Ed Bannion l'un des frères du Plaza, la nuit où Kelly est passée par la fenêtre. Ed était celui qui te prenait par derrière. Celui qui t'a mordu à la nuque.

Tu es parvenu à dissimuler ta surprise, mais ce fut bien plus difficile quand Ed Bannion fit ses révélations : ton cabinet avait été visité, ton code informatique violé, et tu as frôlé le coupable moins d'une heure plus tôt sans soupçonner quoi que ce soit !

Tu arpentes le beau plancher de l'appartement de Bannion tandis que le propriétaire des lieux est enfermé dans la salle de bains. Tu inspectes les tables de verre et de métal, le fauteuil de cuir italien. Cet individu n'a pas de goût. Il n'y a aucun thème ; aucune harmonie, aucune personnalité dans ce décor. Il n'y a que des *objets* achetés. Ils n'ont pas de signification pour lui en dehors du fait qu'il les considère comme adéquats, fonctionnels. On se croirait dans un de ces appartements modèles que présentent les revues spécialisées. Un homme vide qui occupe un appartement vide et dont le travail constituait la seule passion. Jusqu'à ce jour. Mais pourquoi a-t-il cherché à violer tes secrets ?

Prendre possession de Kara Wade n'a fait qu'engendrer un nœud gordien de complications, mais tu n'es pas encore prêt à abandonner ce corps magnifique. Tu aperçois un service à découper et une planche sur le comptoir de la cuisine. La méthode imaginée par Alexandre le Grand pour trancher les problèmes insolubles était certes brutale, mais tout à fait efficace.

Tu examines les couteaux et choisis celui qui possède la lame la plus longue, la plus tranchante, avant de courir dans la chambre et de le dissimuler sous le lit. Tu te tiens près de la baie vitrée quand Bannion te rejoint. Il titube un peu, mais va tout de même se préparer un verre au bar.

« Tu ne crois pas que tu as assez bu pour ce soir, Ed ? » dis-tu en te débarrassant des chaussures de Kara et en traversant la chambre d'un air alangui.

Tu penses que la nuit a des chances d'être intéressante si Bannion ne se saoule pas trop.

« J'arrose ça. »

Délicatement, tu retires la bouteille à Bannion et tu poses les mains de Kara sur ses épaules.

« Tu n'as pas besoin de boire pour fêter notre rencontre. Cela risque même de gâcher les projets que j'ai pour nous deux. »

Tu vois les joues de Bannion s'empourprer.

« Des... des projets ?

— Oui, le genre de projets qui germe dans la tête d'une fille un peu perdue quand elle trouve un garçon sympa... et séduisant.

— Ce n'est pas nécessaire.

— Oh si. »

Tu recules d'un pas et ôte le pull-over pour dénuder les seins de Kara.

« Ils te plaisent ? Touche-les. »

Bannion est bouche bée. On le croirait paralysé. Tu dois prendre ses mains et les placer sur les seins de Kara.

« C'est agréable, Ed. Caresse-les. »

Bannion réagit, enfin. Le jeans de Kara ne tarde pas à tomber. Tu écartes les bras.

« Alors, Ed, qu'est-ce que tu penses de ce corps ? Il n'est pas splendide ?

— Il est... fabuleux...

— Oh oui. Et moi aussi je veux voir ton corps, Ed. Mais pas tout d'un coup. » Tu t'agenouilles devant lui et défais sa fermeture Eclair. « On va commencer par là. »

Ed avait vaguement conscience que les événements lui échappaient, mais son cerveau, déjà embrumé par la vodka, n'était plus capable de grand-chose, sinon lui adresser des ondes de plaisir qui déferlaient dans tout son corps.

Kara ressemblait tant à sa sœur, elle ressemblait *tant* à Kelly, comme elle, elle savait flatter son sexe, et maintenant elle se tenait à quatre pattes sur le lit tandis qu'il la prenait par derrière. C'était quasiment la même chose qu'au Plaza ; seules différences, elle ne portait pas de porte-jarretelles noir à quoi s'accrocher et Phil n'était pas là. Elle était là uniquement pour lui.

Peut-être était-ce parce que cette scène était trop proche de celle du Plaza que son esprit regimbait un peu. Mais, après tout, Kara et Kelly étaient de vraies jumelles, pourquoi ne seraient-elles pas identiques *en tout* ?

Quelques détails les différenciaient tout de même. Le corps de Kara était plus ferme, ses muscles plus affirmés. Si on lui donnait le choix, il opterait certainement pour Kelly, mais la question ne se posait pas.

Kara tourna lentement la tête.

« Va plus vite, lui dit-elle. Et plus fort ! Je veux *jouir*, nom de Dieu ! »

Un frisson parcourut la peau nue d'Ed quand elle écrasa les fesses contre lui. Ce qu'elle venait de dire lui semblait si familier.

Elle dévoila ses dents et sourit.

« Et ce coup-ci, ne me mords pas. »

Ces mots lui firent l'effet d'une bombe atomique. Il se dégagea d'elle, le sexe subitement flasque, et tomba en arrière. Ses lèvres remuaient, mais il était incapable d'émettre un son. Comment pouvait-elle savoir ? Nul ne le pouvait en dehors de Kelly. Même Phil ignorait qu'il l'avait mordue. Ed était trop gêné pour le lui avouer.

Elle s'assit au bord du lit et le scruta du regard. Il eut honte de sa nudité ainsi exposée.

« Alors, Ed Bannion, dit-elle d'une voix grave, une sorte de murmure, qu'est-ce qu'on va faire de toi ?

— Qui es-tu ? parvint à dire Ed.

— J'ai plusieurs noms. Nous nous sommes déjà rencontrés et je t'ai alors dit que je m'appelais Ingrid.

— Non ! Ce n'est pas possible ! Tu mens !

— Vraiment ? Tu étais avec ton frère, Phil ou Bill, quelque chose comme ça. Vous m'avez dit que vous étiez dans le textile. Tu m'as menti. Ce n'est pas gentil. Et cette morsure... cela a bien compliqué les choses. »

Ed était plaqué à son bureau. La créature qui conversait avec lui ressemblait à Kara, elle utilisait la voix de Kara — pas son vocabulaire —, pourtant ce n'était pas Kara. Elle connaissait des détails que Kara ne pouvait qu'ignorer. Seule sa sœur défunte aurait pu les mentionner.

« Comment... ? »

Ce fut tout ce qu'il put dire.

Elle se leva et se mit à marcher devant lui sans se préoccuper de sa nudité. Ed était abasourdi qu'un corps aussi désirable ne lui inspirât que terreur et dégoût.

« Comment ? C'est pourtant évident, me semble-t-il. Je ne suis pas Kara. Je suis le docteur Gates et je me sers du corps de Kara, exactement comme le disait le message. Un corps vraiment superbe, tu ne trouves pas ? » Elle lui adressa un sourire à lui glacer le sang dans les veines. « Tu veux des explications, hein ? Je vais t'en donner. Et ne t'inquiète pas, il n'y en aura pas pour très longtemps. »

Il t'est très très difficile de te montrer concis. Tu cherches à t'en tenir aux grandes lignes de ton récit, tu te contrains à taire à Ed Bannion une foule de détails. Peut-être est-ce parce que c'est la première occasion de raconter ton histoire à quelqu'un. Toute ta vie durant, elle a fermenté, elle a bouillonné en toi. Comme le champagne d'une bouteille hermétiquement fermée. Et aujourd'hui qu'Ed Bannion te permet enfin d'ôter le bouchon, ton histoire jaillit et se déverse comme un torrent.

« Voyez-vous, dis-tu en t'obligeant à conclure ta biographie, j'ai découvert le moyen le plus ingénieux qui soit pour dissimuler mes talents. »

Bannion est toujours nu, toujours adossé au petit bureau de la chambre. Il ne dit rien. Ce n'est pas un public très enthousiaste que tu as devant toi.

« Quant aux dossiers informatiques que vous avez découverts, vous avez raison. Ils sont stéréotypés. Je dicte les rapports originaux à Mlle Carney, elle les entre dans l'ordinateur et ils sont tous accessibles à tous. Mais j'en fais des copies que je place sur le disque dur, avec un accès codé, naturellement. S'il arrive quelque chose à l'une de mes patientes — comme ce fut le cas pour Kelly Wade — , et si la police m'interroge, je tire le listing de son dossier et révèle volontiers quel fut son passé médical. J'ai tout prévu, Ed, tout. »

Pauvre Bannion. Il tremble. Il a l'air si pathétique. Mais il te croit. Cela se voit à ses yeux.

Cela veut dire que le moment est venu.

Tu te penches pour attraper le couteau caché sous le lit.

« Qu'est-ce que tu... qu'est-ce que vous faites ? » dit Ed qui retrouvait enfin sa voix.

Kara avait saisi quelque chose sous le lit et, maintenant, elle tenait le drap serré contre sa poitrine. Elle dissimulait... quoi, l'un de ses chaussons ?

Mais qu'est-ce que cela faisait ? Tout ce qui lui importait, c'est qu'il — elle, enfin cette créature — foute le camp d'ici !

Créature, oui, c'était le seul terme qui convenait, car qui donc était Gates pour posséder des corps comme celui-là ? Ed était pleinement convaincu de ses pouvoirs. Sinon, comment expliquer qu'il connût tant de choses ? Gates se devait d'être dans Kelly Wade pour savoir ce qui s'était dit ! C'était un cauchemar étrange, démoniaque. Non, Ed était éveillé et il en était parfaitement conscient.

Il fallait que cette... *créature* parte, tout de suite !

Mais comment ? Il regrettait de ne pas avoir d'arme à portée de la main. Il opta pour l'action directe. Il jetterait dehors Kara. Il en était capable, il pesait bien vingt-cinq kilos de plus qu'elle. L'affrontement ne serait peut-être pas agréable, mais il devait avoir lieu.

« Allez-vous-en. Foutez le camp d'ici. »

Elle ne dit rien. Se contenta de le regarder, la main dissimulée sous le drap.

Le cœur battant, il marcha sur elle.

« Tirez-vous ! »

Tu pèses le pour et le contre. T'est-il possible de laisser vivre Bannion ? Il parlera certainement. Il se rendra au Conseil de l'Ordre et déposera une plainte. Il peut même aller trouver un journaliste. On le prendra pour un dingue. Mais le mal sera fait. La réputation du Dr Lawrence Gates sera définitivement détruite.

Tu seras réduit à l'impuissance.

C'est regrettable, mais il n'y a pas d'autre solution.

Il n'y a pas à hésiter. Kara est forte et en excellente condition, mais c'est une femme et elle ne pourra rien contre le physique de Bannion.

« Vous avez entendu ? » dit Bannion, la voix vibrante d'émotion. Il fit un pas en avant. « Je vous ai dit de vous tirer ! »

Tu serres le manche du couteau. En un éclair, tu le brandis et te jettes sur Bannion. Il écarquille les yeux en découvrant la lame. Il tente de la bloquer des deux mains, mais tu l'évites. Mue par toute la force de Kara, elle s'enfonce dans la partie inférieure du sternum, sectionne le diaphragme et atteint le cœur. Tu remues la lame de droite à gauche pour être certain de percer le myocarde, puis tu la retires.

Les yeux de Bannion s'emplissent de terreur, son visage se déforme sous l'effet de la souffrance quand il plaque la main sur sa poitrine. Le sang sourd entre ses doigts. Sa gorge émet des gargouillis et il tombe à genoux avant de s'affaler face contre terre.

Tu observes Bannion un instant. Tu n'as jamais tué auparavant. Cela n'a rien de plaisant que d'assister à la mort de quelqu'un. Comment certaines personnalités peuvent-elles trouver cela gratifiant ? C'est vraiment désagréable. C'est pourtant hautement nécessaire dans le cas présent.

Tu te précipites dans la salle de bains. Il y a du sang sur tes mains et tes seins. Tu l'enlèves avec de l'eau — il y a, semble-t-il, des avantages à commettre un meurtre en état de nudité. Tu nettoies bien le couteau et le ranges avec les autres.

Un dernier regard à Bannion. Par miracle, il vit encore, mais si peu. Une nappe de sang s'étale sous lui, ses lèvres se couvrent d'écume.

Quel gâchis. Du moins le secret de ta vie est-il préservé.

Tu reviens dans le séjour et enfiles les vêtements de Kara avant de quitter l'appartement. La porte se referme derrière toi. La sonnerie du téléphone retentit juste à cet instant.

Désolé. Personne ne vit plus ici.

Il est trop tard pour faire quoi que ce soit d'autre. Tu vas regagner directement l'appartement de Kara. Les fêtards du week-end traînent encore dans les rues. Il ne devrait pas être difficile de trouver un taxi. Surtout avec le corps de Kara.

Dans l'appartement de Kelly, Rob reposa sans ménagement le combiné téléphonique. Il n'avait pas de chance avec sa liste de Bannion. Il y avait eu tellement de numéros où cela ne répondait pas qu'il ne pouvait être sûr de rien.

Il fallait réfléchir.

Ed n'aurait-il pas donné son numéro personnel à Kara ?

Rob fouilla l'appartement et trouva les documents légaux qu'Ed avait déposés jeudi. Il y avait aussi sa carte de visite, avec ses coordonnées personnelles. 70e Rue Ouest. Il composa le numéro et laissa longtemps sonner. Il allait raccrocher quand la sonnerie s'interrompit. Il y eut un bruit bizarre, comme si le récepteur était tombé à terre.

Puis une voix mourante se fit entendre.

La sonnerie du téléphone tira Ed de la douce léthargie qui s'emparait de lui. Il avait froid. En fait, il n'avait jamais eu aussi froid de sa vie, mais cela n'avait pas d'importance. Il se trouvait dans cet état intermédiaire entre l'éveil et le sommeil, où la conscience est encore présente, mais où tout paraît possible.

Il sentait qu'il était mouillé. Sa poitrine et son abdomen étaient trempés. De sang, probablement. Quelque chose lui disait vaguement qu'il était en train de mourir. Mais ce n'était pas vrai. Non, ce n'était pas vrai. Il avait été poignardé, mais la douleur n'existait plus. Il n'y avait plus rien que le froid. Et l'on ne meurt pas de froid. Pas dans un luxueux appartement new-yorkais.

Sa main tendue n'était qu'à quelques centimètres du cordon du téléphone. Il s'en saisit et le tira, faisant tomber le récepteur. Le choc de l'appareil sur le sol résonna longuement dans son crâne.

Ed voulait approcher le combiné de ses lèvres, mais ses bras ne répondaient plus. Il pensa bien crier, mais les mots s'entremêlaient dans sa gorge, et seul un croassement inaudible en sortit.

Une voix lointaine lui parlait.

« Allô ? Allô ? Je suis bien chez Ed Bannion ? De la Paramount ? Allô ? Ici la police ! »

Ed ne reconnaissait pas cette voix. Il chercha tout de même à lui répondre.

« ... secours... vais mourir... »

Pourquoi disait-il cela ? Il n'était pas en train de mourir. Il était fatigué, c'est tout. Et puis il avait froid.

« Quoi ? Qu'est-ce que vous dites ? Vous appelez au secours ? Allô ? »

Cette voix... on eût dit l'ami de Kara, l'inspecteur de police... Harris. Ed voulait parler, rassurer l'inspecteur Harris, lui dire que tout allait bien. Mais les mots ne venaient pas. Il était si fatigué. Trop fatigué pour bavarder. Plus tard, peut-être.

« Répondez, nom de Dieu ! Ed, c'est vous ? »

Il y eut un déclic et le silence remplaça la voix. Un silence béni. Il allait enfin pouvoir dormir. Il était si fatigué. Il avait si froid. Si seulement il pouvait se réchauffer, tout s'arrangerait...

La panique l'envahit soudain. Et si c'était vrai ? S'il allait s'endormir pour ne plus jamais se réveiller ? Il devait les prévenir pour le Dr Gates, leur dire ce qu'il faisait à Kara, aux autres, à toutes les autres. Mais comment ? Même s'il avait réussi à composer un numéro de téléphone, il aurait été bien incapable de parler. Il ne pouvait plus que bouger un doigt.

Bouger un doigt...

Rob ignorait qui lui avait répondu au téléphone, mais c'était un être en détresse. Il appela Doyle et lui demanda d'envoyer une voiture à l'adresse de la 70ᵉ Rue Ouest, puis il prit son propre véhicule.

Il était bien incapable de dire si c'était une voix d'homme ou de femme, mais la personne qui lui avait parlé était en train de mourir. Pourvu que ce ne fût pas Kara.

Si Bannion lui avait fait du mal...

Il freina brutalement devant l'immeuble où résidait Bannion. Une voiture de police se trouvait déjà là, gyrophare en marche. Il se précipita dans le bâtiment. Il consulta le tableau. Bannion habitait au cinquième étage. Deux hommes en uniforme attendaient devant la porte 5-A.

« C'est vous, Harris ? demanda le plus âgé, celui qui arborait une grosse moustache. Mon nom, c'est Grosso. C'est vous qui avez appelé ? »

Rob hocha la tête.

« Ça ne répond pas ?

— Non.

— On va enfoncer la porte.

— Eh bien, je ne sais pas si...

— Le type au téléphone a dit qu'il était en train de mourir. Cela me semble une raison suffisante, non ? On y va. »

Les deux policiers en uniforme se consultèrent du regard et haussèrent les épaules. Les trois hommes se jetèrent contre la porte qui céda au premier assaut.

Rob fonça dans l'appartement, son arme de service à la main. Il jeta un coup d'œil dans le séjour illuminé.

« Kara ! Kara, tu es là ? »

Le silence. Il inspecta la salle à manger et la cuisine avant de passer dans la salle de bains. Il entendit Grosso l'appeler depuis la chambre.

« Harris ! Il est là ! »

Rob courut jusqu'à la chambre. Grosso était accroupi à côté d'un homme nu, l'index et le majeur posés sur la gorge. Il baignait dans son sang.

Rob le dévisagea. C'était bien Ed Bannion, l'homme qu'il cherchait désespérément à joindre.

« Il n'est pas encore froid », dit Grosso.

Rob n'avait rencontré Ed qu'à deux reprises, mais le retrouver dans cet état lui fit quelque chose. Bien sûr, il avait vu des centaines de victimes d'assassinat, mais c'était la première qu'il connût réellement. Il se sentit nauséeux. Et furieux. Il ne saurait peut-être jamais ce qui s'était vraiment passé dans la chambre de Kelly, au Plaza.

Il allait quitter la pièce quand il remarqua la façon dont le sang était étalé près de la main de Bannion, un peu comme si...

« Bon Dieu, c'est lui qui a écrit ça ? »

Grosso se pencha.

« Merde, on dirait bien ! »

Rob s'agenouilla sur le tapis, tout près du cadavre de Bannion. Des lettres de sang étaient tracées sur le parquet :

Gates

Le reste était illisible.

« Gates ? fit Grosso. C'est quoi, un mot espagnol ?

— Je ne pense pas, dit Rob qui avait du mal à se maîtriser. Je crois qu'il a désigné son assassin. »

Il se releva et fit signe à Grosso de s'écarter.

« Ne touchez à rien, vous m'entendez ? A rien ! Attendez que l'on prenne des photos et que l'on relève les empreintes. Dans toutes les pièces ! »

Il contempla le corps. Il avait la gorge nouée. Bannion était mort, mais où était Kara ?

Kara se réveilla en sursaut. Il y avait du bruit dans l'autre pièce, des pas...

Un cambrioleur !

Elle bondit hors du lit. Elle était sans défense, sans arme. Et terrorisée. Elle décrocha le téléphone et composa le 911 pour appeler la police. Mais, ce faisant, elle regarda par la porte entrebâillée. Il y avait un homme en blouson de cuir, un homme qui ressemblait à...

« Rob, c'est toi ? »

Il se retourna. Il avait les traits tendus. Il parut soulagé de la voir.

« Oh Kara, Kara, tu es là !

— Mais bien sûr que je suis là. Je dors ici depuis une semaine. C'est plutôt à moi de te demander ce que tu fais ici. Et comment es-tu entré ? »

Il la prit par les épaules — doucement, mais sans lui donner la possibilité de lui échapper.

« Tu étais où cette nuit ?

— Mais... ici, naturellement.

— Non, tu n'étais pas là. Je suis venu et tu n'y étais pas ! »

Le regard de Rob lui faisait peur.

« Je t'ai téléphoné et tu n'as pas répondu.
— Voyons, on s'est parlé et...
— Non, après ça. J'étais si inquiet que j'ai pris les clefs de Kelly au commissariat. Je suis venu ici et il n'y avait personne. Je me suis servi de ton téléphone pour appeler tout un tas de numéros. » Il la lâcha et lui désigna un coin de la pièce. « Tiens, l'annuaire est là où je l'ai laissé. »

Kara vit le bottin et sentit la terreur s'insinuer en elle. Elle ne l'avait pas ouvert de la semaine. Elle courut dans la cuisine et ouvrit le four. La clef était bien là, avec le cheveu collé à la porte.

« Rob, je n'ai pas pu sortir, la clef n'a pas bougé. »

Elle le vit secouer lentement la tête et sut, avec une indiscutable certitude, qu'il disait la vérité. Il était venu et elle n'était pas là.

Comment ? Elle en aurait hurlé. *COMMENT ?*

Il la fit asseoir sur le canapé avant de prendre place à côté d'elle. Tout près.

« Il y a une autre chose que tu dois savoir, Kara. » Il ne la quittait pas des yeux. « Ed Bannion est mort. Il a été assassiné il y a une heure environ.
— Ed ? Oh mon Dieu ! Ed ? »

Un instant, tout tourna autour d'elle, et elle éclata en sanglots.

« Ed, le pauvre... C'est une façon de mourir si horrible... »

Elle sentit Rob se crisper.

« Quelle façon, Kara ?
— D'un coup de couteau... oh...
— Comment sais-tu qu'il a été poignardé ? »

Savoir ? Oui, comment *pouvait-elle* savoir ?

« Je... je l'ignore... c'est toi qui viens de me le dire, n'est-ce pas ? Dis-moi que c'est toi ! »

Rob secoua la tête d'un air désespéré. C'était sans appel.

« Mon Dieu, mais qu'est-ce qui m'arrive, Rob ? Tout devient complètement cinglé autour de moi et je ne comprends rien. Rob, qu'est-ce qui se passe ? »

Il la prit doucement par les épaules.

« Je ne sais pas, Kara, dit-il, je ne sais pas. »

Et il répéta plusieurs fois cette phrase.

LUNDI 23 FÉVRIER

8 h 22

« Alors, Rob, tu as passé un bon dimanche ? » dit Augie Manetti tout en déposant une pile de circulaires sur son bureau.

Le dimanche était le jour de congé traditionnel de Rob et il avait passé celui-ci en compagnie de Kara et de Jill. Il mourait d'envie de travailler sur l'assassinat de Bannion, mais Kara avait absolument besoin de sa présence. Il avait donc évité de se rendre au commissariat. Ce n'était pas très grave, en fait : Manetti, son partenaire habituel, connaissait sur le bout des doigts le dossier Kelly Wade. Rob lui avait parlé en détail de Bannion. Officiellement, la mort d'Ed Bannion ne dépendait pas de leur juridiction, mais Rob avait déclaré que les deux décès étaient liés. Il s'attendait d'ailleurs à être convoqué d'une minute à l'autre chez Mooney.

La journée d'hier n'avait pas été extraordinaire. Kara balançait entre la dépression et l'agitation due à l'angoisse. Mais il aimait la compagnie de Jill. Cette gamine était un vrai bonheur. Sa présence obligeait Kara à ne pas sombrer dans le désespoir.

Rob leur avait montré les coins de New York qui avaient sa préférence : le New York Yacht Club, dans la 44e Rue Ouest, avec ses fenêtres en forme de poupes de bateaux entourées d'écume ; le Dakota ; l'île Roosevelt avec son drôle de tramway ; et, enfin, la terrasse du Chrysler Building. Kara paraissait s'intéresser, mais, dès que Jill s'éloignait un peu, elle se remettait à parler de ses rêves étranges où le Dr Gates apparaissait toujours. Rob commençait à s'inquiéter de son équilibre mental.

Aujourd'hui, cela irait peut-être mieux.

« On en est où ? dit Rob.

— L'affaire Bannion. Ça se resserre. »

Manetti prit place sur un siège à côté du bureau de Rob. C'était un homme trapu, aux cheveux noir corbeau rasés sur le côté, mais assez longs sur la nuque. Rob et lui étaient de la même promotion et ils avaient souvent fait équipe.

« Les empreintes du Plaza et celles de la facture, ce sont bien les mêmes, non ? fit Rob.

— Oui. Tu avais deviné juste.

— Simple déduction, mon cher Augie, simple déduction.

— Arrête, Sherlock. Parce que moi, je suis allé plus loin que toi. J'ai demandé au légiste un moulage de la denture de Bannion. Et tu sais à quoi ça correspond ?

— A la morsure qu'on a trouvé sur Kelly Wade !

— Exact ! »

Les deux hommes se tapèrent dans les mains.

« C'est encore mieux que des empreintes, dit Rob.

— Tu l'as dit. Les empreintes ne disaient pas *quand* il était venu dans cette chambre, mais les marques de dents indiquent qu'il était jusqu'au bout avec Kelly Wade. Et j'espère que l'analyse de l'ADN révélera que c'était bien son sperme qu'on a prélevé dans son vagin ! »

Rob se demanda comment Kara réagirait à cette nouvelle. Mal, très certainement.

« Bien joué.

— On a également l'arme du crime. C'est l'un des couteaux de cuisine. Il y avait des traces de sang, celui de Bannion, entre la lame et le manche. Malheureusement, il n'y a pas d'empreintes.

— Tu n'as pas chômé, à ce que je vois.

— Il y a quand même un os. Et de taille. Bannion a écrit de son sang le nom du psychiatre de Kelly. Mais on n'a pas trouvé la moindre trace du passage de Gates dans son appartement.

— Il avait probablement des gants.

— Ce n'est pas sûr. Parce que des empreintes, il y en a un paquet. Et on les a identifiées.

— Continue.

— Ce sont celles de la sœur de Kelly, comment s'appelle-t-elle déjà ? Kara ? »

Rob regarda Manetti droit dans les yeux. Il ne plaisantait pas. Oh non. Il ignorait tout des liens qui avaient jadis uni Rob et Kara. Des liens qui renaissaient aujourd'hui.

« Bon Dieu ! fit Rob.

— Tu comprends maintenant pourquoi je dis qu'il y a un os ? Primo, on a un cadavre du nom d'Ed Bannion qu'on peut associer à la mort de Kelly Wade. Ce n'est peut-être pas lui qui l'a tuée, mais, en tout cas, il était aux premières loges... Enfin, quand je dis aux premières loges... Bon, deuxio, on est certain de la présence de la jumelle de Kelly Wade sur le lieu du crime de ce Bannion. Et quel nom Bannion écrit sur le plancher en trempant les doigts dans son propre sang ? Celui du psychiatre qui soigne Kelly Wade !

— Tu n'es pas au bout de tes surprises, mon vieux, dit Rob qui n'avait toujours pas digéré la nouvelle de la présence de Kara dans l'appartement d'Ed Bannion.

— Ah oui ? Annonce, je suis prêt à tout.

— Le Dr Gates est également le psychiatre de Kara Wade.

— Oh putain ! s'écria Manetti en riant. Je sens que je vais écrire un bouquin là-dessus ! »

Un bouquin, pensa Rob, Kara en écrivait justement un en ce moment. Et il espérait qu'elle ne le finirait pas en prison.

« Alors, dit Manetti, qu'est-ce qu'on fait ? On boucle la frangine ? »

Rob prit sur lui pour ne pas hurler *Non !* Il se cala sur son siège et fit celui qui réfléchissait sérieusement à la proposition de son partenaire. Kara avait besoin de temps. Elle n'avait pas tué Bannion. Il en était persuadé.

Du moins le croyait-il.

« Pas encore. Si on avait relevé ses empreintes sur le manche du couteau ou si Bannion avait écrit son nom à elle sur le sol, il n'y aurait pas de problème, je la ferais arrêter sur-le-champ. Mais ce n'est pas le cas. Bannion a écrit “Gates”. Et c'est lui que je vais cuisiner. Pendant ce temps, tu peux te pencher sur le passé de Kara Wade. »

On gagnera bien quelques jours.

« Ça marche comme ça. »

Manetti regagna son bureau et Rob se retrouva seul avec ses interrogations. Quelques jours, d'accord, mais après ? Et comment dire à Kara qu'elle se trouvait chez Bannion sans la faire plonger ?

Rob ne connaissait qu'une seule solution à ce type de problème : parler avec franchise.

« Je suis peut-être allée chez Ed », dit Kara.

Elle s'étonnait de son propre calme, bien que son attitude n'eût rien d'étonnant. Elle s'attendait à une telle révélation. Le souvenir de ses rêves étranges l'y avait aidée.

« Oui, Kara, tu y es allée. Les empreintes ne mentent pas.

— Les empreintes ne mentent pas, répéta-t-elle machinalement.

— Seulement, elles ne peuvent pas nous dire *quand* tu y étais.

— Samedi matin, probablement. Mais il n'y avait que *mon corps*. *Moi*, je n'y étais pas.

— Tu veux dire... Janine ? »

Elle ne lui répondit pas. Ils se trouvaient dans le séjour du bel appartement d'Ellen, au douzième étage du luxueux immeuble de la 46e Rue Est. Ils étaient seuls pour le moment. Ellen était sortie déjeuner. Jill aidait la bonne à préparer des gâteaux. Kara regarda par la fenêtre. Devait-elle révéler à Rob ce qu'elle-même était venue à croire ? C'était si fou, si exagéré qu'elle faisait tout pour rejeter cette hypothèse. D'un autre côté, cela permettait de tout expliquer.

C'était pour cela qu'elle ne s'était pas rendue à la consultation du Dr Gates.

« Je ne sais pas, dit Rob, si cette histoire de personnalité multiple pèserait lourd devant un jury qui aurait la preuve de ta présence chez Bannion dans la nuit de vendredi à samedi. »

Kara prit son souffle. C'était le moment où jamais.

« Ce n'est peut-être pas une question de trouble de la personnalité. C'est peut-être tout simplement le Dr Gates.

— Je ne comprends pas.

— La lettre que j'ai reçue, le message au dos de la facture d'électricité. Elle disait peut-être vrai. Je pense que le Dr Gates sait comment s'emparer des corps et s'en servir pour son propre plaisir. »

Elle lui raconta les souvenirs de son rêve du samedi — des fragments de dialogue, la vision d'un couteau, le sang, Ed qui s'effondre à terre.

Rob était abasourdi.

« Kara... Kara...

— Je sais que ça a l'air complètement dingue, mais cela explique tout : le message qui émane de l'un de ses anciens “jouets”, le personnage d’Ingrid qui vivait en Kelly, celui de Janine qui vit en moi. Cela explique surtout pourquoi Ed a écrit le nom de Gates au lieu du mien !

— Kara, il n’y a pas un jury au monde qui gobera ça. »

Kara se sentait prise au piège. Le monde se refermait sur elle.

« Je suis dans la merde, hein ? »

Rob hocha la tête.

« Il y a tes empreintes dans tout l’appartement, tu n’as pas d’alibi pour l’heure du crime et, en plus, tu as même un mobile.

— Un mobile ? J’ignorais qu’Ed avait... qu’il était avec Kelly jusqu’à ce que tu m’en parles hier !

— Toi et moi, on le sait, mais... »

Il ne put achever sa phrase et se contenta de hausser les épaules.

« Tu crois qu’Ed a poussé Kelly par la fenêtre ?

— Il était avec elle, en tout cas. »

Oui. Ed Bannion était présent. Et il avait *mordu* Kelly ! Il s’était également trouvé seul avec Kara dans l’appartement de Kelly. Elle se sentit frissonner.

« Quand il me tournait autour... tu crois qu’il voulait aussi me tuer ?

— Peut-être, mais on ne le saura certainement jamais.

— Et celui qui était avec Ed au Plaza ? Il me guette aussi ? »

Rob lui prit la main et la lui serra.

« Je vais surveiller cet appartement, parce que c’est *ici* que je veux que tu habites. Pas chez Kelly. »

Kara se cabra machinalement, elle n’aimait pas qu’on lui dicte sa conduite, mais elle dut admettre que Rob avait raison.

« Imagine que je sois... dangereuse pendant que je dors ?

— Tu ne peux pas en parler à Ellen ? Qu’elle t’enferme dans ta chambre pour la nuit ? »

Kara réfléchit. Oui, elle pourrait révéler à Ellen et à Jill qu’elle souffrait de somnambulisme.

« Et toi, qu’est-ce que tu vas faire ?

— Je vais aller trouver Gates. Il est dans cette affaire jusqu’au cou. Certainement pas autant que tu le prétends. Excuse-moi, mais ce genre d’histoire est plutôt dure à avaler. En tout cas, il est impliqué. C’est tout de même son nom à lui que Bannion a écrit sur le plancher. Ce qui signifie que le bon docteur va devoir répondre à certaines questions. Et que c’est moi-même qui vais les lui poser. »

L'air décidé de Rob apportait une lueur d'espoir à Kara.

Jill déboula dans la pièce, une assiette dans une main et sa paire de baguettes chinoises dans l'autre.

« Rob ! Rob ! » cria-t-elle. Puis, en découvrant le regard sévère de Kara : « Monsieur Harris, regardez ça ! »

Kara vit le visage de Rob s'illuminer. Il prit Jill par la taille et l'attira à lui.

« Qu'est-ce que c'est ?

— Devinez !

— Des rochers à la noix de coco ?

— Non, fit-elle en gloussant, ce sont des cookies qui ne sont pas encore cuits.

— Ça ne ressemble pas à des cookies. Ils devraient être plats, ceux-là ressemblent à des grosses billes.

— Ils s'aplatissent en cuisant, mais regardez plutôt ça ! » Avec ses baguettes, elle attrapa une boule de pâte et la porta à sa bouche. « J'y arrive maintenant !

— Eh bien, tu manges comme une vraie Chinoise, dit-il en la serrant davantage. Je peux en avoir un ? »

Jill saisit une boule avec ses baguettes et la plaça entre les lèvres de Rob.

« Hum, fit-il. Pas mal. Mais tu diras à la cuisinière que ça manque un peu de vanille.

— C'est vous qui le lui direz, pas moi ! »

Jill engloutit une autre boule de pâte.

« Tu sais, lui dit Rob, maintenant que tu manies parfaitement les baguettes, on va pouvoir t'emmener manger des sushis.

— Qu'est-ce que c'est que ça ?

— Du poisson cru avec des boulettes de riz roulées dans des algues.

— Arrgh ! »

Kara regarda Rob et Jill se tordre de rire. Elle lui dirait toute la vérité sur sa fille. Très bientôt, même. Avant qu'il ne la découvre par lui-même.

14 h 55

Dans la salle d'attente du Dr Gates, Rob examinait les photos prises sur le lieu du crime. La plus intéressante de toutes était un gros plan du mot tracé sur le sol. Rob avait demandé au photographe de la police de régler l'éclairage de telle sorte que la lumière se refléta sur les lettres encore humides. Il avait hâte de montrer cela à Gates et d'observer sa réaction.

Kara était innocente et Gates coupable. Il en était intimement persuadé. Mais il n'en avait pas le droit. Il n'avait rien pour étayer une telle théorie. C'était viscéral, inexplicable.

Mais peut-être était-il en train de se fourvoyer. Normalement, les flics ne doivent pas s'occuper d'affaires qui les touchent de près ou de loin. Les émotions faussent le jugement. Était-ce le cas dans la situation présente ?

Rob étudiait le cliché et, soudain, il s'arrêta de le manipuler. Sous un certain angle, les taches visibles à côté de « Gates » ressemblaient au signe « égale » suivi d'un « K ».

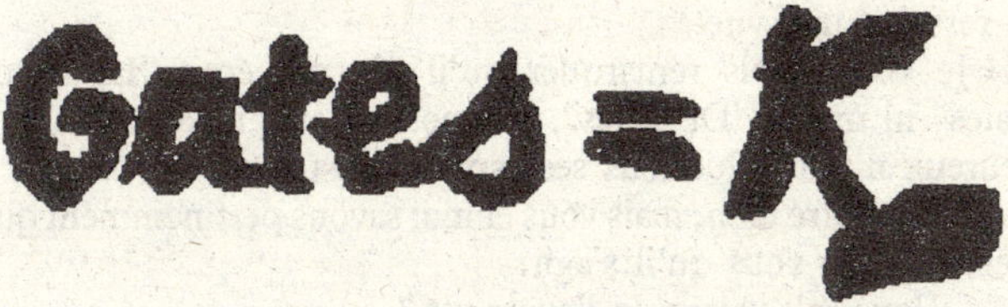

Il eut la chair de poule. *Gates est Kara.* Était-ce là ce que Bannion avait voulu dire ? Que Gates était *dans* Kara ? Qu'il s'était emparé de son corps, comme l'indiquait l'avertissement au dos de la facture d'électricité ? Comme Kara elle-même l'avait dit moins d'une heure plus tôt ?

Les personnes qui croyaient cela étaient de plus en plus nombreuses. Était-il possible que... ?

Rob rejeta cette idée. C'était tout simplement impossible. La partie brouillée du message de Bannion — le fameux « =K » — n'était que le résultat d'un jeu de lumière. On voit les trucs les plus dingues à New York, d'accord, mais de là à prendre possession du corps d'autrui !

Le patient du Dr Gates quitta le cabinet de consultation et Rob s'y engouffra aussitôt sans y être invité par la secrétaire.

« Inspecteur Harris, dit Gates d'un air las. Qu'est-ce qui vous amène aujourd'hui ?

— Votre ami Edward Bannion est mort », lui lança Rob sans le moindre préambule.

Cette phrase eut l'effet escompté. Gates se raidit et bredouilla :

« Mon ami ? »

Les doutes de Rob s'évanouirent instantanément. Il avait la satisfaction de constater que Gates ne demandait pas qui était cet Edward Bannion ou de quoi il pouvait bien parler. C'était l'expression « ami » qui le faisait tiquer.

Rob mit sous les yeux du psychiatre une photo particulièrement sanguinolente.

« Oui. Vous ne le reconnaissez pas ? »

Gates prit le cliché et l'étudia. La vue de tout ce sang ne paraissait pas le déranger.

« Je ne connais pas cet individu.

— Ah oui ? » Rob lui tendit le gros plan du message macabre. « Avant de mourir, il a écrit votre nom. »

Gates était visiblement ébranlé, mais il était aussi très fort. Il se ressaisit très vite.

« Je vous ferais remarquer qu'il n'a pas écrit "Lawrence Gates" ni même "Dr Gates". Ce mot n'a aucun sens. Le malheureux n'avait plus tous ses esprits, c'est tout.

— Peut-être bien, mais vous et moi savons pertinemment que c'est bien de vous qu'il s'agit.

— Vous m'accusez de l'avoir tué ?

— C'est vous qui le dites, pas moi. »

Gates se détendit quelque peu. Il prit le porte-clefs posé sur son bureau et commença à le faire tourner autour de son doigt.

« Très bien, inspecteur Harris. Vous m'accusez du meurtre d'un homme dont je n'ai jamais entendu parler avant cet instant. Admettons, mais je vous ferai remarquer que je n'ai pas de mobile et que j'ai certainement un alibi.

— Ah oui ? Que faisiez-vous à l'heure du crime ?

— Il faudrait que je la connaisse pour vous répondre.

— Samedi, vers deux heures et demie du matin.

— J'étais ici même, dans mon cabinet, et je revoyais les dossiers d'un certain nombre de patients. Et puis, j'ai le meilleur témoin qui soit.

— Vraiment ? Qui est-ce ?

— Un fonctionnaire de police assermenté. Vous-même. »

Rob ne put dissimuler sa surprise. Le sourire de Gates se fit plus radieux.

« Allons, inspecteur Harris, vous pensez sincèrement que je n'ai pas observé votre stratagème ? Vous me surveilliez depuis votre voiture. Amusant, non ? »

Ce que tu ne sais pas, c'est que je n'ai pas été là toute la nuit, se dit Rob. Il se trouvait chez Kara avant le meurtre et chez Bannion après. Gates avait tout son temps pour commettre son forfait.

Mais il n'était pas question d'avouer une chose pareille au psychiatre. Pas encore, tout au moins.

« Si vous vous croyez surveillé, vous n'avez pas encore tout vu, mon vieux. »

Sur le visage de Gates, le mépris glacé remplaça le sourire radieux.

« Vous cherchez les ennuis, inspecteur.

— Non, c'est vous que je cherche. Et je vous trouverai. Je ne vous lâcherai plus d'une semelle. J'établirai le rapport entre vous et Bannion et je vous ferai tomber. Vous pouvez déposer une plainte pour harcèlement, cela ne m'arrêtera pas.

— Une plainte pour harcèlement ? Contre vous ? Vous croyez peut-être que je vais m'abaisser à cela, que je vais perdre mon temps avec un petit flic comme vous ? Vous n'êtes pas de taille à lutter contre un homme de mon intelligence, avec une telle connaissance de la nature humaine ! Ne me faites pas rire !

— C'est bien la dernière chose dont j'ai envie, mon vieux », dit Rob qui était parvenu à garder son sang-froid.

Il reprit ses photos. Ce type était coupable. Et il le ferait condamner. Il y mettrait tout son poids. Il jouerait sa carrière même. Rob se dirigea vers la porte.

« A bientôt. »

[illegible] qu'on a [illegible] avait [illegible]

n'a [illegible] chez [illegible] avant le [illegible]

[illegible] avait tout son temps pour [illegible] son forfait.

Mais il n'est pas question d'avouer que [illegible] perdu [illegible] tout au moins.

— Vous vous croyez suffisamment [illegible] qu'il ne [illegible] pas encore tout [illegible]

sur le [illegible] le mort [illegible]

— Vous [illegible] les ennuis, inspecteur.

— Mon cher, vous savez que je déteste [illegible] Et [illegible] Je ne [illegible] d'une [illegible] entre [illegible] et [illegible] et je [illegible] faire [illegible] un pauvre [illegible] pour [illegible]

— Car plutôt [illegible] comment [illegible] vous ? [illegible] que je [illegible] comme vous ? Vous [illegible] de [illegible] à [illegible] de [illegible] avec une telle [illegible] de la nature humaine ? Ne me faites pas rire !

— C'est bien la dernière chose dont j'ai envie [illegible]

[illegible] parvenu à garder son sang-froid [illegible] Ce type était [illegible] Il [illegible] son [illegible] Il [illegible] vers la porte.

« [illegible]

LETTRES DU PURGATOIRE

Enfin ! Le châtiment est à son terme !

Je n'en avais jamais connu de pire. Suis si faible que je n'arrive même pas à écrire. Pas physiquement faible, non, mais dans mon esprit, dans mon âme. Cette fois-ci, j'ai presque basculé dans l'abîme de la folie. Je parviens toujours à m'en tenir à ma santé mentale, mais là, j'ai bien failli céder. Quelques heures de plus de cette torture et j'aurais définitivement sombré dans la démence !

J'ai échoué ! C'est ça le plus triste. Mon avertissement lui est parvenu, mais elle n'en a pas tenu compte. Cette petite idiote mérite peut-être tout ce qui lui arrive ! Peut-être...

Non. Ce n'est pas juste. On ne peut demander à quelqu'un de croire à une chose aussi éloignée de ses convictions, une chose qui n'a pas de précédent dans tout ce qu'elle a vécu, une chose qui paraît à tous impossible.

Peut-être n'ai-je pas échoué sur toute la ligne. Il est perturbé. Pourquoi ? Je n'en sais rien, mais il est inquiet. Détecte des frémissements à la surface habituellement sereine de sa sublime indifférence au monde. Comme un défi à la confiance suprême qu'il a dans sa capacité à traiter les actes futiles des pauvres mortels qui l'entourent.

Suis-je responsable de ce trouble ? Je l'espère sincèrement.

Sens également que, ce soir, il va relever le défi. J'espère que son adversaire a beaucoup d'agilité mentale. Pour sa propre survie.

J'applaudirai à chacun de ses gestes ! J'espère que l'adversaire tuera ce porc immonde ! A moins que cette chance ne me soit offerte. Si j'en ai la possibilité, je le ferai ! Car je saisis désormais que j'en suis capable !

C'en sera fini des punitions !

MARDI 24 FÉVRIER

0 h 10

Gates jouait sur du velours. Il quitta son domicile sans jeter le moindre coup d'œil alentour. Marcha jusqu'à la Septième Avenue et gagna son cabinet sans rien changer à ses habitudes.

Rob était très mal à l'aise. Gates avait toutes les cartes en main. C'était évident. Il pouvait faire ce qu'il voulait, quand il le désirait. Et Rob devait être prêt à agir à tout moment.

Il se gara dans la Septième Avenue et se prépara à surveiller l'immeuble. Il verrouilla les portières et s'assura que la bride de l'étui de son arme de service était défaite.

0 h 25

Il t'est si facile d'entrer dans son esprit à présent. Comme si tu glissais sur un toboggan avant de pénétrer dans une piscine d'eau chaude. Tu es familier de cette chaleur. Elle te convient parfaitement, ce qui est normal puisque tu l'as toi-même adaptée à tes besoins. Tu enfermes sa conscience dans le sommeil et t'empares d'elle.

Il y a un instant de surprise quand tu ouvres ses yeux. Tu n'es pas dans l'appartement de Kelly. Tu allumes. C'est une petite chambre, meublée avec goût. Kara serait-elle restée coucher chez cette tante dont elle parlait ? Il semble que ce soit le cas.

Bah, cela ne devrait présenter qu'une difficulté mineure. Si tous les autres occupants de l'appartement dorment aussi, rien ne t'empêche de sortir.

Tu regretteras ce corps. C'est le meilleur que tu aies jamais possédé. Non pas que tu lui feras du mal. Ce serait un péché. Mais ce que tu lui prévois pour cette nuit le mettra définitivement hors de circulation.

Car tu as décidé de t'occuper de cet insolent inspecteur Harris. Une fin des plus ignominieuses. Il sera non seulement poignardé de la même manière que l'homme sur qui il enquête, mais ce sera aussi par la même main — celle de la femme à laquelle il s'intéresse tant.

L'aspect ironique de la chose ne t'échappe pas. A l'instant de sa mort, tu lui apprendras avec la voix de sa maîtresse qui tu es vraiment, ce dont tu es capable et pourquoi il est impossible de te suivre quand tu ne le veux pas.

Et tu éclateras de rire.

Après cela, Kara Wade sera inculpée de meurtre. Son avocat plaidera la folie et tu t'empresseras de témoigner en sa faveur, tu parleras de sa personnalité partagée, mais elle sera tout de même claquemurée dans une institution spécialisée. Elle ne sera plus libre d'aller et venir comme tu le souhaiterais. Tu pourras tout de même t'insinuer en elle de temps à autre pour voir si l'on ne peut avoir d'expérience sexuelle originale dans un milieu aussi protégé.

Tu enfiles des vêtements et te diriges vers la porte. Si l'appartement est sombre et paisible, tu prendras un couteau dans la cuisine avant de te rendre en ville. Tu abaisses la poignée et tires.

La porte ne bouge pas. Tu la secoues — pas trop fort — et tires à nouveau. Elle est fermée à clef. Tu constates que c'est une de ces portes à l'ancienne, avec serrure. Mais la clef n'est pas dedans.

Elle est bien quelque part, tout de même. Tu fouilles la chambre pour mettre la main dessus.

Et si Kara s'était fait enfermer pour la nuit ? Tu serais alors totalement impuissant. C'est une solution simple et efficace. Qui t'a totalement échappé.

Tu es tenté de punir ce corps, de le mutiler au moment de l'abandonner, rien que pour lui montrer qui commande. Mais cela contrecarrerait tes plans. Tu as besoin qu'elle soit en parfaite condition. Oublie-la quelques jours et elle ne sera plus sur ses gardes. Tu pourras alors agir à ta guise.

Il est temps de regagner Chelsea où l'inspecteur Harris te

surveille. Tu n'as pas à faire appel à tes dons pour vaincre un crétin comme Harris. Il y a d'autres façons de lui démontrer qu'il n'est pas de taille à affronter un individu de ta trempe. Cette manière de le préparer à sa fin est peut-être encore meilleure. Commencer par l'humilier. Le confondre. Le perdre quand il tente de te suivre. Nuit après nuit, lui prouver son impuissance en face de toi.

Et quand il sera totalement démoralisé, *alors seulement* tu pourras le poignarder de la main de Kara.

Ce sera très amusant. Et tu peux commencer dès cette nuit.

Tu remets de l'ordre dans la chambre et éteins la lumière. Tu te recouches et abandonnes le corps endormi de Kara.

1 h 08

Rob parcourut à toute allure la 21e Rue. Il poussa un soupir de soulagement en voyant Gates gravir les marches de son domicile. Le médecin avait quitté très tôt son cabinet, contrairement à son habitude, et Rob avait craint qu'il lui joue un sale tour. Mais non, il revenait chez lui, tout simplement.

Allait-il y passer toute la nuit ? Rob ne faisait pas suffisamment confiance à Gates pour croire une chose pareille. Il le surveillerait pendant plusieurs heures encore.

Il se gara comme d'habitude devant la borne d'incendie et remonta la fermeture Éclair de son blouson de cuir pour se protéger du froid. Il venait d'allumer une cigarette quand Gates ressortit et repartit en direction de la Septième Avenue.

Peut-être avait-il oublié quelque chose à son cabinet. Rob redémarra. Cette fois-ci, il ne le lâcherait pas d'une semelle. Et tant pis pour la discrétion. On n'en était plus là.

Au coin de la rue, Gates tourna subitement à droite au lieu de prendre à gauche. Il allait emprunter la Septième Avenue en direction du nord, et non plus du sud. Et l'avenue était en sens interdit !

Rob pila et abandonna sa voiture au bord du trottoir. Il s'élança à pied derrière Gates.

Le psychiatre avait un demi-pâté de maisons d'avance. Au coin de la 22e Rue, il grimpa à l'arrière d'un taxi en stationnement. Le véhicule partit vers l'est.

Rob sourit malgré lui. Le salaud ! Il avait dû appeler une

voiture par téléphone. Rob nota le numéro inscrit sur le toit et chercha un taxi dans la Septième Avenue. Il n'y en avait pas en vue. Il courut jusqu'à la 23e Rue, qui était à double sens. Il aurait certainement plus de chances.

Il en trouva un presque tout de suite. Il se précipita dedans et brandit sa plaque.

« Police ! Éteignez votre horodateur et foncez jusqu'à la Sixième ! Grouillez-vous ! »

Le chauffeur avait la peau sombre et parlait avec un fort accent.

« Je vous demande...

— Vous serez payé. Magnez-vous ! »

Le chauffeur obtempéra. Son nom était inscrit sur sa licence professionnelle. Rob vit qu'il s'appelait Achmed Moustaffah. C'eût pu être le colonel Kadhafi en personne, il s'en moquait bien du moment qu'il connaissait parfaitement les rues de la ville.

Le feu était au vert au coin de la Sixième Avenue. Gates allait-il continuer vers l'est ou remonter vers le nord ? Il attendit que le feu passe au rouge. Quelques secondes plus tard, un radio-taxi apparut dans l'avenue.

« Vous voyez ce taxi ? dit Rob. Brûlez le feu et suivez-le ! »

Achmed se retourna. Un sourire radieux illuminait son visage.

« C'est bien vrai ? Je ne rêve pas ? "Suivez cette voiture !", comme dans les films. Ça fait quatre ans que je fais le boulot et personne ne m'avait jamais demandé ça ! Le ciel vous bénisse !

— Vous feriez mieux de vous activer ! »

Dans un hurlement de pneus, Achmed démarra au rouge.

Rob s'installa au milieu de la banquette et baissa la tête. Le taxi de Gates n'était qu'à quelques mètres d'eux.

Tu regardes par la lunette arrière et tu ne vois personne qui te suit. Rien qu'un camion de livraison et un taxi à l'horodateur éteint. Facile de repérer quelqu'un à une heure pareille.

Tu te cales au dossier. Tu es un peu déçu. Trop facile. Tu as l'impression de battre un débutant aux échecs.

Inutile donc de poursuivre. Tu as fait mat du premier coup.

Tu demandes au chauffeur de te laisser au Plaza. Il s'arrête du côté de Central Park. Tu te rends au Oak Bar, dont tu apprécies les boiseries et le plafond décoré. Tu remarques l'avertissement : « L'occupation de ce lieu par plus de 240 personnes est dangereuse et illégale. » Tu t'imagines mal côtoyant 239 de tes contemporains.

Tu prends une table près de la fenêtre d'où tu peux admirer le parc et commandes un Rémy Martin. Tu agites le cognac dans son verre et en savoures le parfum. Tu apprécies l'ironie de la situation. Quand tu venais ici, dans un corps différent, tout le monde te remarquait.

Tu te prépares à vider ton verre quand le serveur t'en apporte un second.

« Je n'ai rien commandé », dis-tu.

Le serveur sourit et fait un signe de tête en direction du fond de la salle.

« Il vous est offert par ce monsieur, là-bas. »

Tu te tournes vers le bar. Ton regard se fige sur un homme en blouson de cuir, le pied négligemment posé sur la barre de cuivre. Il te sourit et lève son verre pour te saluer.

Harris !

L'impudent ! Comment t'a-t-il retrouvé ? Tu étais certain de l'avoir semé en plein Chelsea.

Bah, tant pis. Il a eu de la chance. Et tu n'as pas envie de le défier ce soir, n'est-ce pas ?

Il convient donc de passer à la seconde phase de ton projet pour te débarrasser de lui.

Tu laisses un gros billet sur la table et sors du bar avant de quitter l'hôtel par la porte donnant sur la Cinquième Avenue. Tu prends à gauche, en direction de Central Park South. Tu profites d'une accalmie dans le trafic pour marcher vers le parc.

Rob vit Gates entrer dans Central Park par le coin sud-est. Il ne croyait pas que le psychiatre avait véritablement envie de s'attarder dans un tel endroit. C'était bien trop dangereux, il risquait de se faire agresser.

Non, il se contentait de longer le parc. Mais il pouvait à tout moment attraper un taxi et disparaître à nouveau.

Gates marcha jusqu'à la Sixième Avenue et tourna à gauche. Au niveau de la 57ᵉ Rue, il s'arrêta, regarda autour de lui pour être sûr de ne pas être suivi et s'engouffra dans la bouche de métro.

Merci, toubib. Le métro, ça me connaît !

Rob sourit. Gates venait de pénétrer dans son royaume.

Tu achètes un jeton et attends au bas des marches. Tu es prêt à voir surgir l'inspecteur Harris. Des pas résonnent, mais ce n'est qu'un grand Noir coiffé d'un fez. Il pose un instant les yeux sur toi et poursuit son chemin. Quand tu entends le grondement de la rame, tu cours jusqu'au quai. Peu importe la direction. De toute façon, tu descendras à la prochaine station.

La rame va vers le sud. Très bien. Tu montes dans le wagon, mais ne t'assieds pas. Tu inspectes le quai. Pas de trace de l'inspecteur Harris. Les portes se referment.

Tu souris quand la rame repart. Tu as fait l'inattendu. Normalement un homme de ta classe ne s'abaisse pas à emprunter les transports en commun.

La prochaine station arrive très vite. C'est celle de la 49e Rue. C'est un peu trop près à ton goût et tu la laisses passer.

Parfois tu te surprends toi-même. Cette façon de modifier ton plan au dernier moment...

Harris va avoir bien du fil à retordre.

Rob avait attendu dans l'escalier jusqu'au tout dernier instant. Dès que la rame avait démarré, il s'était élancé sur le quai et avait saisi la chaîne de sécurité tendue entre les deux derniers wagons. Il avait sauté sur la plate-forme et repris son souffle. Il faisait ça mieux quand il avait quinze ans.

Il entrouvrit la porte de communication et pénétra dans l'avant-dernière voiture avant de progresser jusqu'à celle occupée par le Dr Gates.

Le praticien se tenait à une poignée et contemplait les ombres qui se dessinaient sur le tunnel.

Rob le bouscula sans ménagement.

« Pardon. »

Gates se retourna, l'air furieux. La colère fut immédiatement remplacée par la surprise.

Rob lui adressa un sourire poli, comme s'il s'agissait de n'importe quel autre passager.

« On est plutôt transbahutés, non ? » dit-il avant de gagner le prochain wagon.

Gates ne vit pas son sourire. L'expression du psychiatre valait bien tous les risques de la terre.

Dans le wagon de tête, Rob vit une grosse Noire en uniforme d'infirmière debout près de la porte. Elle s'apprêtait à descendre. Elle avait à peu près le physique de Roseanne Barr. Idéal.

La rame s'arrêta à la station de la 42e Rue et Rob quitta le wagon, dissimulé derrière la femme. Il était persuadé que Gates ne voudrait pas poursuivre son périple dans le métro. Il se cacha derrière un pilier pour voir la rame repartir en direction de la 34e Rue. S'il apercevait le psychiatre parmi les passagers, il aurait perdu. Et le médecin aurait gagné. Pour ce soir tout au moins.

Mais il ne vit pas Gates. Il avait dû descendre.

Rob ne bougea pas. Quand la rame eut disparu, il entendit un bruit familier : des pas qui montaient l'escalier.

Tu observes chacun des usagers et attends que toutes les portes se soient refermées. Tu vois le métro disparaître dans le tunnel. Tu es seul sur le quai. L'inspecteur n'est pas descendu.

Tu te hâtes d'emprunter l'escalier pour regagner la rue. Tu as encore à faire. L'expérience que tu viens de vivre t'a perturbé. L'inspecteur Harris s'est révélé particulièrement coriace ce soir. Il t'a bousculé et s'est excusé comme si tu n'étais rien pour lui. Quelle insulte ! Même si la poursuite a connu son terme, il est parvenu à t'humilier. Il s'en vantera certainement auprès de ses collègues de travail.

Oh, que ce sera bon de voir la main de Kara Wade lui enfoncer la lame dans le ventre !

Il faudra patienter. Que faire à présent ? Revenir à Chelsea ? Il pourrait fort bien t'attendre devant la porte. Et rire en te voyant ?

Une idée te vient. Pourquoi regagner la maison ? Tu vas passer la nuit à l'hôtel, tout simplement. Oui, c'est une idée formidable.

Tu regardes alentour. Tu ne vas tout de même pas rester planté au milieu de Times Square. Le Grand Hyatt n'est qu'à quelques pâtés de maisons de là, vers l'est. Le Helmsley Palace n'est pas très loin. Tu y es venu il y a peu sous la forme de Kara. Ce soir, c'est toi-même qui y viendras. C'est un établissement confortable.

Tu as à peine levé la main pour héler un taxi qu'il s'en arrête un devant toi. Tu vas saisir la poignée de la portière, mais elle s'ouvre d'elle-même. Un visage familier, hilare, se présente à toi.

« Je vous dépose, toubib ? »

Tu suffoques. C'est insupportable. Comment ce bouffon peut-il deviner chacun de tes actes ? Ce n'est pas possible ! Ce n'est pas naturel !

Tu pars dans la rue à la recherche d'un autre taxi, une voiture où tu puisses être seul, échapper enfin à cette sangsue qui te colle impitoyablement. Tu as la rage au cœur. Tu le tuerais de tes mains nues si tu le pouvais !

Brusquement, un avertisseur retentit, des pneus crissent sur la chaussée. Tu te retournes. Des phares, si brillants, si près, si...

« Oh merde, merde ! » s'écria le chauffeur du taxi de Rob en ouvrant sa portière.

Rob courait devant lui, vers Gates, étendu à terre, le visage tourné vers l'asphalte.

Le conducteur de la camionnette qui l'avait renversé tournait en rond, prenait tout le monde à témoin.

« Vous l'avez vu traverser devant moi, hein ? Je pouvais pas piler, il était trop près. Le feu était au vert, c'est pas de ma faute ! »

Rob voulait qu'il se taise.

« Ne vous inquiétez pas. Je suis officier de police. J'ai tout vu, vous n'y êtes pour rien. Garez-vous le long du trottoir. »

Gates gémit et se mit à genoux. Il avait l'air complètement perdu. Puis ses yeux s'arrêtèrent sur Rob. Il semblait pris de panique.

Rob fit un pas dans sa direction.

« Ne bougez pas, Gates, on va appeler une ambulance. »

Gates se releva et tituba. Il était blessé au front et saignait.

« *El ment !*

— Calmez-vous, Gates. Vous allez vous asseoir gentiment au bord du trottoir et attendre. »

Rob tendit la main au blessé, mais Gates se jeta sur lui.

« *Többet nen ! Kedeshen, többet nen !* »

Il s'accrocha à Rob, le prit par son blouson. Il y avait de la folie dans son regard. Rob essaya de le repousser sans le faire tomber.

« Hé, doucement, mon vieux. On va vous... »

Il sentit alors la main de Gates se poser sur son étui de *revolver*.

Il veut me piquer mon flingue !

Rob se débarrassa de Gates, mais celui-ci avait réussi à prendre l'arme et à en ôter le cran de sûreté. Rob empoigna l'arme. Gates se trouvait juste devant lui. Il avait l'air d'un dément. Il bavait et répétait sans cesse les mêmes mots d'une voix criarde.

« *Többet nen ! Többet nen !* »

Gates avait réussi à glisser un doigt dans la gâchette, mais Rob coinça son pouce contre la détente. Gates lui tordit le bras, mais Rob ne lâcha pas prise. Il savait qu'il était un homme mort si le revolver lui échappait.

Soudain Gates se redressa et frissonna. Il ouvrit tout grand les yeux et essaya de se dégager de l'arme. Ce geste prit Rob par surprise. Son pouce dérapa, plus rien ne retenait la détente.

La détonation fut terrible. Du coin de l'œil, Rob vit Gates sauter en arrière, la calotte crânienne arrachée. Son visage était inondé de sang. Les bras tendus, il fit deux pas en avant. Une dernière lueur passa dans ses yeux. Sa bouche se tordit. Il dit quelque chose qui ressemblait à « *Kissinim* », puis il s'écroula sur le dos.

Rob le regardait, la gorge nouée.

Autour de lui, des voix s'élevaient, les gens parlaient de ce dingue qui s'était littéralement jeté sous une camionnette avant de se battre avec un flic et de lui arracher son arme pour se tirer une balle dans la tête.

Rob ne les entendait pas. Il ne pouvait détacher son regard du cou de Gates, du petit trou par lequel la balle avait pénétré.

Le véhicule bleu et blanc des urgences ne fut pas long à arriver.

MERCREDI 25 FÉVRIER

11 h 30

« Alors, Rob, vous tenez le coup ? »

Le lieutenant Mooney devait être sincèrement inquiet pour l'appeler par son prénom. Rob fut même surpris qu'il le connût. Mooney était assis au bord de son bureau verdâtre et Rob sur une chaise, devant lui.

« Ça va, merci.

— Vous avez bossé près de vingt-quatre heures d'affilée. Vous auriez pu prendre votre journée.

— Je n'en éprouve pas le besoin. »

Pourquoi tout le monde lui parlait-il comme à un vieillard branlant ?

« Vous savez, la première fois où j'ai descendu un type...

— Ce n'est pas moi qui ai tiré, chef. C'est *son* doigt qui a actionné la détente, pas le mien. C'est lui qui a reçu la balle, mais ç'aurait pu être moi. Ou un passant. »

Rob se rendit compte qu'il élevait la voix. Il commençait à en avoir assez de cette affaire.

« Ne vous emballez pas comme ça, fit Mooney. Je m'intéresse, c'est tout.

— Excusez-moi, chef. Je me suis conduit comme un débutant. »

Rob s'en voulait énormément. Il était furieux d'avoir laissé un homme comme Gates s'emparer de son revolver. Il n'y a qu'aux bleus que cela arrive, pas aux flics qui ont du métier. Si Rob avait fait plus attention, il n'aurait pas vu le crâne du psychiatre exploser sous le choc. Il ne voulait pas revoir pas cette scène chaque fois qu'il fermait les yeux.

« Oui, mais ce qui est fait est fait. Il vous a berné. Vous croyiez qu'il était blessé, vous avez abaissé votre garde et il en a profité. Il ne faut quand même pas que cela vous tracasse indéfiniment.

— Non, mais il est probable que je ne connaîtrai jamais le lien qui unit Gates, Bannion et les sœurs Wade. Trois personnes sont mortes et la quatrième n'est en ville que depuis quelques semaines. Elle ne sait absolument rien.

— Justement. J'ai étudié les dossiers et voilà mon scénario : Gates a hypnotisé Kelly Wade ou l'a droguée pour lui faire faire le trottoir. Elle couchait avec des types riches ou puissants. Bannion s'est montré brutal avec elle et l'a passée par la fenêtre. Furieux d'avoir perdu une fille aussi rentable, Gates a tué Bannion. Gates tente d'échapper à toute surveillance policière, il s'en prend à un officier devant témoins et reçoit une balle pendant une bagarre. Trois affaires de réglé d'un coup. » Il tendit les dossiers à Rob. « J'apprécie vos méthodes, Harris.

— Hé, chef, cela ne correspond absolument pas à la réalité. Gates était plein aux as, il n'avait pas besoin de faire travailler ses patientes.

— Dans ce cas, c'était simplement un vicieux. De toute façon, le mobile n'a plus d'importance puisqu'il n'y aura pas de procès. Ce qu'il a fait, il ne le fera plus. Affaire classée. D'accord ? » Le visage de Mooney s'empourprait et son cou débordait de son col de chemise. « On a d'autres morts sur les bras, il serait peut-être temps de s'y intéresser. Sur ce, Harris, bonne journée.

— Vous aussi, chef. »

Rob soupira. Il savait qu'on ne pouvait rien espérer de Mooney quand il était comme ça.

Il regagna son bureau et posa les classeurs. Mooney n'avait peut-être pas tort. Un dossier ouvert, cela représente de la paperasse, des rapports. Pourquoi ne pas classer les affaires ? Officiellement, tout au moins. Kara ne serait plus sur la sellette : il n'y a plus de suspect dans une affaire classée.

Pourtant, en son for intérieur, Rob ne voulait pas de cela. Il avait le sentiment que ce n'était pas fini. Un jour, un élément nouveau interviendrait. Mais quand ? Il n'en avait pas la moindre idée, mais il éprouvait le réel besoin de réunir les trois morts. L'affaire Wade/Bannion/Gates.

Surtout après ce qu'il avait découvert hier en visitant le cabinet du Dr Gates.

Il était arrivé à neuf heures du matin et, avec ménagement, avait annoncé à la secrétaire que son employeur était décédé. Elle n'avait manifesté aucune émotion particulière. Si, elle était un peu déçue de perdre son travail. Et, tandis qu'elle réunissait ses affaires personnelles, il était entré dans le cabinet de consultation.

La petite pièce renfermant les archives était tentante. Il aurait aimé jeter un coup d'œil dans tous ces tiroirs, mais il n'avait pas de mandat de perquisition et n'en obtiendrait certainement pas.

L'autre pièce lui avait causé une intense surprise. Une cellule capitonnée. Pourvue d'une serrure à combinaison électronique, rien que ça. Il avait demandé à la secrétaire comment et quand le Dr Gates s'en servait. Elle n'était même pas au courant de son existence.

Non. Il y avait trop de questions sans réponse. Rob ignorait encore beaucoup de choses de Lazlo Gati, alias Lawrence Gates, docteur en médecine spécialisé en psychiatrie.

Manetti vint trouver Rob.

« Les gars de Pennsylvanie ont les renseignements concernant Kara Wade. Il n'y a pas grand-chose, mais ils vont tout de même nous les transmettre. Ils devraient nous parvenir d'une seconde à l'autre. Tu les veux toujours ? »

Rob haussa les épaules.

« Je les rangerai dans le dossier Bannion. Comme l'affaire est classée... *Toutes* les affaires sont classées, d'ailleurs.

— Mooney a encore frappé, à ce que je vois ! » dit Manetti en riant.

Rob se dirigea vers le télécopieur. L'imprimante était d'un modèle vieillot — une imprimante matricielle par points — qui poussait de véritables hurlements à chaque ligne. Rob arracha la feuille qu'elle venait de sortir et la parcourut.

Il arrêta Manetti au passage.

« Hé, Augie, qui est-ce qui nous envoie ça ?

— Le bureau du shérif du comté de Lancaster, pourquoi ?

— C'est complètement merdique. Il n'y a pas la date de son mariage et la date de naissance de sa fille est erronée.

— Eh bien, appelle-les », répliqua Manetti en haussant les épaules.

Rob relut la feuille. La date de naissance de Kara, son cursus scolaire et universitaire, son travail à l'hôpital, rien ne manquait. De même que le type de voiture qu'elle conduisait (une Buick vieille de cinq ans), son compte en banque (rien à redire), ses opinions politiques, etc. Seulement la date de naissance de Jill indiquait une erreur d'une année. Ils disaient qu'elle avait neuf ans et demi alors qu'elle n'en avait que huit et demi. On ne parlait pas non plus de la profession du mari de Kara. On ne savait rien de lui. On ne disait même pas qu'elle était veuve. Il y avait là une carence de taille, comme si ce pauvre type n'avait jamais...

« Nom de Dieu ! » s'écria-t-il.

Si elle ne s'était jamais mariée, qui était le père de Jill ?

Rob sentit ses jambes flageoler. Jill... la première fois qu'il l'avait rencontrée... dans la salle d'attente de Gates... elle avait dit avoir neuf ans et demi...

Neuf ans et demi ! Cela correspondait au rapport du shérif. Jill était née six mois après le départ de New York de Kara !

Six mois !

Ce qui signifiait...

La main tremblante, Rob décrocha le téléphone.

12 h 30

Kara attendait que Rob frappe à la porte. Il venait de l'appeler pour lui demander s'ils pouvaient parler — seuls. Il avait bien insisté sur ce point. Le portier l'avait prévenue de son arrivée.

Seuls. Kara se demandait bien pourquoi. Il avait une drôle de voix. Un peu hésitante, comme s'il avait bu. Kara espérait que ce n'était pas le cas, mais elle ne pourrait pas lui en vouloir. La veille, il avait tué un homme.

Le coup de fil qu'elle avait reçu mardi à sept heures du matin lui avait causé un véritable choc. Rob lui avait annoncé la mort de Gates. Tué par une balle en provenance de son arme de service. Il lui avait donné pas mal de détails. Elle lirait les récits des témoins dans le journal.

La surprise avait bientôt cédé la place à la joie, au soulagement. C'était un peu injuste. Elle n'avait pas le droit de danser et chanter à tue-tête parce que son psychiatre était mort, mais cette nouvelle avait déclenché en elle le désir fou de déboucher une bouteille de champagne. Elle se sentait comme un bagnard de Sing Sing qui se voit subitement libérer.

Cette exaltation avait duré toute la journée. Elle avait souhaité passer la soirée avec Rob, mais il était accablé de travail et avait envie de dormir. Kara, elle, ne ferma pratiquement pas l'œil de la nuit. Elle était trop énervée. Il y avait tout de même quelque chose d'indécent à se sentir si bien après la mort d'un homme...

Elle ouvrit la porte dès que Rob frappa. La journée était idéale pour un tête-à-tête. La cuisinière était de repos, Ellen avait emmené Jill déjeuner chez Rumplemeyer's.

Elle tendit les bras pour le serrer contre elle. Il en avait bien besoin après ce qui venait d'arriver. Mais il se contenta d'entrer, sans dire un mot. Il tenait des feuilles de papier.

« Je suis contente de te voir, Rob, dit-elle tout en se demandant pourquoi il se comportait de la sorte.

— On est seuls ? dit-il en inspectant le séjour.

— Mais oui, je t'ai dit...

— Bon. Lis ça. »

Il lui donna les documents.

« Qu'est-ce que c'est ?

— Cela concerne une personne qui n'a jamais été mariée. Et dont la fille est née un an plus tôt que ce qu'elle m'avait dit. »

Kara sentit sa bouche se dessécher. Elle le regarda droit dans les yeux.

« Alors tu sais ? »

Bras ballants, visage émacié, il avait l'air désemparé.

« C'est ma fille ?

— C'est notre fille. »

Kara fit un pas dans sa direction et s'arrêta. Depuis toujours, elle anticipait l'instant où il lui faudrait tout lui révéler. Elle avait d'abord pensé lui dire la vérité immédiatement après la naissance de l'enfant. Sans cesse, elle avait remis à plus tard cette révélation. Et les années s'étaient écoulées sans qu'elle fasse rien.

Et aujourd'hui, alors qu'il savait que Jill était sa fille, les mots lui manquaient, une fois de plus.

« Rob, il faut me comprendre... »

Il éclata en sanglots. Sa poitrine se soulevait, ses yeux s'emplissaient de larmes qui coulaient sur ses joues. Kara était abasourdie. Elle n'avait jamais vu Rob pleurer. Elle posa la main sur son bras. Elle n'aurait jamais imaginé qu'il pût réagir ainsi.

« Rob, je suis désolée de ne t'avoir rien dit, mais...

— C'est ma fille ? dit-il. C'est vraiment ma fille ?

— Oui. »

Il sourit, malgré les larmes qu'il continuait de verser, et, bientôt, il commença de rire sans pour autant cesser de sangloter.

« Depuis le début, j'espérais une chose pareille. Depuis ce soir où vous êtes venues dîner chez moi. Je n'arrêtais pas de me dire que, si j'avais un enfant, je voudrais qu'il fût comme Jill, je voudrais que ce fût Jill ! Et quand nous nous sommes retrouvés, tous les deux, j'ai même pensé l'adopter ! Mais ce ne sera plus nécessaire ! Je suis déjà son père ! »

Kara avait, comme lui, envie de rire et de pleurer.

« Qu'est-ce que c'est que toute cette histoire que tu m'as racontée sur ton mari, son accident, son métier ? Tu étais si convaincante.

— J'ai des années d'entraînement, que veux-tu. Et puis, je voulais voir ta réaction. Tu ne m'en veux pas ?

— Non ! Je suis fou furieux, mais je ne t'en veux pas ! Tu as fait de Jill une fille formidable ! Je crois que c'est le plus beau jour de ma vie ! »

Il la serra dans ses bras et Kara pleura à son tour.

« Je suis si heureuse que tu l'aies découvert par toi-même. Je voulais te le dire, mais ce n'était jamais le bon moment. Je te l'aurais quand même dit avant notre retour en Pennsylvanie. »

Elle le sentit se raidir. Il l'écarta de lui.

« En Pennsylvanie ? Tu ne vas pas la ramener dans ce bled ! Ce n'est pas possible, après ce que je viens d'apprendre !

— Rob, sa maison est là-bas, son école aussi...

— Pas question ! Tu m'as tenu à l'écart de sa vie pendant plus de neuf ans. C'est terminé. Cette petite fille a besoin d'un père et son père, ce sera moi. Je ne sais pas comment on va le lui dire, je ne sais même pas quand, mais tant pis ! Et si elle ne m'appelle pas "papa", je serai quand même son papa ! J'espère que je me fais bien comprendre.

— Mais Rob... ! »

La sonnerie du téléphone la coupa au milieu de sa phrase. Elle alla répondre.

« Résidence Tilsdale.

— Je désirerais parler à Mlle Kara Wade, dit une femme

— Soi-même.

— Un instant, je vous prie, je vous passe Me Wheatley. »

Wheatley ? Jamais entendu parler !

« Allô ? Mademoiselle Kara Wade ? Ici Gordon Wheatley. Je suis notaire et chargé de la succession du Dr Lawrence Gates Pouvez-vous vous rendre immédiatement à mon étude ? »

Kara sentit sa gorge se nouer.

« Pour quelle raison ?

— Cela a rapport avec l'héritage du Dr Gates. C'est très important.

— Je me moque bien de sa succession et...

— Je vous assure que c'est tout à votre avantage !

— J'ai à faire ! »

Il y eut un instant de silence, puis Me Wheatley soupira.

« Dans ce cas, puis-je venir vous trouver ? C'est d'une importance capitale. »

Kara fut prise par surprise. Elle ignorait que les notaires fissent des visites à domicile.

« Dans... combien de temps ?

— Quelques minutes. Je suis tout près de chez vous, dans Park Avenue. Je ne vous retiendrai pas longtemps.

— Dans ce cas... Je vous attends. »

Kara savait que Rob allait se lancer dans un petit discours destiné à la culpabiliser — elle le méritait bien, d'ailleurs — , mais le coup de fil du notaire l'en empêcha. Elle lui rapporta fidèlement sa conversation.

Gordon Wheatley arriva peu après, accompagné de sa secrétaire.

« C'est tout à fait inhabituel », dit-il en s'engouffrant dans la salle de séjour. C'était un petit homme d'une cinquantaine d'années, au crâne dégarni et aux lunettes cerclées d'or. « Mais les désirs du Dr Gates ont toujours été très étonnants. Il a déposé son premier testament en notre étude il y a vingt ans de cela.

— Étonnants ? En quoi ?

— Je ne puis discuter de cela avec vous et je suis certain que vous le comprendrez, mais permettez-moi de vous dire que je n'aurais pas été fâché de voir le Dr Gates recourir à l'un de mes confrères. »

Rob intervint.

« Venez-en aux faits, maître.

— Sur-le-champ. » Il tendit la main en direction de sa secrétaire. « Mademoiselle Capwell ? »

Elle lui donna une petite enveloppe en papier kraft. A son tour, Me Wheatley la confia à Kara. L'enveloppe était lourde, quelque chose remuait à l'intérieur. L'idée de recevoir quelque chose de la part de Gates ne plaisait pas spécialement à Kara.

« Qu'est-ce que c'est ?

— La liste des biens qui constituent sa succession et les clefs de sa maison de la 21e Rue Ouest.

— Mais... pourquoi ?

— Tout cela vous appartient désormais. »

Kara ne savait plus que dire. Elle dut s'asseoir.

« C'est *à moi* ?

— Oui. Vous êtes son unique héritière. Il vous a légué tout ce qu'il possédait. Si l'on compte les mines de Virginie-Occidentale, cela avoisine les trente-deux millions de dollars. »

Rob s'écroula à son tour sur le canapé.

« Mais je n'en veux pas !

— Vous pouvez refuser, naturellement, mais je réfléchirais à la question, si vous me permettez ce conseil. Je procéderai à une lecture légale du testament, mais le Dr Gates a insisté pour que les clefs soient remises à son légataire dès l'établissement du certificat de décès. » Il s'éclaircit la voix. « Nous avons eu certaines difficultés à vous toucher, sinon vous les auriez eues plus tôt.

— Quand a-t-il fait de Kara son héritière ? demanda Rob.

— La semaine dernière. Je vous recontacterai très bientôt, mademoiselle Wade, de manière plus officielle, comme il se doit. Bonne journée. »

Kara ne les raccompagna pas. Rob et elle étaient effondrés sur le canapé de tante Ellen et regardaient l'enveloppe qu'elle tenait à la main. Puis Rob se décida à parler.

« Que tu la gardes ou pas, je m'en fiche, mais je tiens absolument à voir l'intérieur de la maison. Il le faut, tu comprends ? »

Kara le regarda d'un air hésitant. Puis elle comprit qu'elle désirait également voir où Gates avait vécu.

« On y va. »

13 h 24

« Les lumières sont allumées », dit Kara en découvrant la maison de Gates.

C'était une demeure de style victorien, haute et étroite, que ceignait une grille en fer forgé. Une grande baie vitrée occupait chaque étage. Une pelouse noircie par l'hiver s'étendait de part et d'autre des ardoises de l'allée conduisant à l'escalier.

« Elles le sont depuis lundi soir, précisa Rob. Dépêchons-nous, je dois retourner au commissariat. »

Il ouvrit le portail et la précéda. Kara hésita. Quelque chose la retenait — elle ne savait quoi — , mais elle prit sur elle et le suivit jusqu'à la porte d'entrée.

Jusqu'aux portes d'entrée, en fait. Elles étaient au nombre de deux. La première n'était pas verrouillée. Ils pénétrèrent dans un minuscule vestibule et Kara colla son visage au vitrage ouvragé de la seconde porte pour voir à l'intérieur.

« Je devrais y aller le premier, dit Rob quand elle inséra la clef dans la serrure.

— Je ne suis pas une enfant.

— Je sais, mais je te rappelle qu'on a affaire à un type pas tout à fait normal, c'est le moins qu'on puisse dire. J'aimerais faire le tour du propriétaire et m'assurer que ce n'est pas un repaire de cinglés.

— Tu penses à la cellule capitonnée de son cabinet ?

— Entre autres choses, oui.

— D'accord, dit Kara. Fais comme chez toi. »

Elle le suivit dans le hall d'entrée. Sur la droite se dressait le mur qui séparait la maison du Dr Gates de la propriété voisine. Un escalier étroit courait le long de ce mur. Un lustre lourdement décoré éclairait le hall. Au fond, des fenêtres étroites donnaient sur un jardinet.

Un panneau d'alarme était installé sur le mur de gauche, tout près de l'entrée. Une lampe rouge était allumée. Les chiffres *1-7-4-2-3* étaient inscrits sur l'étiquette du porte-clefs. Kara les composa sur le clavier et la lumière passa au vert.

« Et voilà.

— Je vais d'abord jeter un œil au sous-sol », dit Rob.

Il y avait une petite porte sous l'escalier. Rob l'ouvrit et descendit.

En le voyant disparaître, Kara repensa à un événement survenu à Philadelphie plusieurs années auparavant : on avait retrouvé trois femmes enchaînées dans la cave d'une maison particulière. Elle frissonna de révulsion.

Elle regarda autour d'elle. Un instant, elle eut l'impression qu'il y avait quelqu'un. Mais le hall était vide. Elle ne pouvait malgré tout s'empêcher de penser qu'elle n'était pas seule.

Fais attention, Rob.

Pour se distraire, elle décida de visiter le reste de la maison.

Rob descendit au sous-sol en regrettant de ne pas avoir de lampe-torche, puis il découvrit un interrupteur et alluma. De nombreuses ampoules étaient accrochées au plafond entre les tuyaux de canalisation.

Le sous-sol ne correspondait pas vraiment à ce à quoi il s'attendait. Il y avait des caisses et des cartons ainsi qu'une chaudière, mais le local était d'assez petite taille. Il n'y faisait ni froid ni humide. Une moquette rugueuse de couleur verte tapissait le sol et les murs étaient recouverts de boiseries de chêne. Une partie du sous-sol semblait avoir été murée.

Rob détecta une odeur désagréable. Gates avait peut-être des problèmes avec ses canalisations.

En tout cas, il était certain d'une chose : personne ne se cachait au sous-sol.

Kara explorait le rez-de-chaussée. Les pièces étaient très hautes, les plafonds semblaient au moins à cinq mètres. La pièce qui donnait sur le devant était un petit cabinet de travail ; les rideaux étaient tirés devant la baie vitrée. Un ordinateur était posé sur un bureau. La pièce voisine était une salle de bains décorée à l'ancienne, avec carrelages muraux et baignoire à pieds. Il y avait aussi une cuisine et une buanderie. Elle ouvrit quelques-uns des placards. L'un d'eux était bourré d'aliments pour bébé.

Elle contemplait les piles de petits pots Gerber et se demandait quel usage le Dr Gates avait bien pu en faire quand elle se sentit soudainement prise de faiblesse. *Faim... j'ai si faim.* Ses genoux la lâchèrent, la tête lui tourna. Et puis cela s'arrêta.

Pourquoi avait-elle eu un début de malaise ? Elle se souvint alors que la visite surprise de Rob puis celle de Me Wheatley lui avaient fait oublier de déjeuner.

Elle se promit de grignoter dès que cela serait possible et se rendit dans la partie arrière de la maison, occupée par une immense salle à manger pourvue d'une immense cheminée.

Elle entendit les pas de Rob dans l'escalier et regagna le hall.

« Rien à redire, fit-il. Ce n'est pas grand, mais c'est propre. Je ne sais pas qui fait le ménage dans cette maison, mais le sous-sol est loin d'être négligé, tu peux me croire. Jamais vu une cave aussi impeccable.

— Cela va avec le reste, mais j'ai l'impression qu'il était plutôt du genre maniaque. »

Rob se frotta le menton en examinant les boiseries du hall d'entrée.

« Oui, mais ça n'explique pas pourquoi il te lègue sa maison. »

Kara haussa les épaules. Elle n'avait aucune réponse à apporter.

« On jette un coup d'œil aux autres pièces et on file, d'accord ? » proposa Rob.

Le premier étage était constitué d'une chambre à coucher et d'une impressionnante bibliothèque. Les murs étaient couverts de livres, du sol au plafond. Deux échelles roulantes permettaient d'accéder aux rayonnages supérieurs.

« Je n'ai jamais vu autant de bouquins chez un particulier, dit Rob.

— Ce sont des éditions anciennes. Je n'y connais pas grand-chose, mais je crois qu'il y a là des choses intéressantes. »

Elle prit un livre. Il s'agissait d'*Huckleberry Finn*, dans l'édition de 1884. Soudain le livre lui échappa. Ses doigts ne répondaient plus, comme s'ils étaient paralysés. Puis tout redevint normal.

« Oh là ! » fit-elle en remettant le livre à sa place.

Elle se demanda si elle n'était pas en état de faiblesse.

« Allez, on monte, dit Rob. La visite continue, suivez le guide ! »

Les cloisons avaient été abattues à cet étage, de sorte que la pièce unique était immense. De lourdes tentures masquaient les fenêtres et des tapisseries étaient accrochées aux murs. Des tapis moelleux recouvraient le sol. Un piano à queue occupait le fond de la pièce ; un écran de projection était déployé devant la baie vitrée. Les murs étaient flanqués d'un appareillage électronique extraordinaire. Il y avait là des milliers de disques noirs, de cassettes et de CD. Au plafond, un projecteur était braqué vers l'écran. Il n'y avait pour s'asseoir qu'un unique fauteuil relax.

Kara remarqua que Rob était irrésistiblement attiré par les appareils électroniques.

« Regarde-moi cette chaîne ! s'exclama-t-il.

— Il n'y a qu'une chaîne ?

— Oui, fit Rob en riant, il n'y a qu'une chaîne, comme tu dis, mais elle est à la stéréo moyenne ce que la navette spatiale est à l'avion en papier. Tu te rends compte ? Il y a une platine capable de lire les deux faces d'un disque sans le retourner, une double platine cassette, un magnéto à huit pistes, un lecteur de CD avec chargeur, sans parler de la vidéo multi-standard et d'un lecteur de vidéodisques ! » Rob était pareil à un gamin dans l'entrepôt du Père Noël. « Regardez-moi ces baffles ! Seigneur, il y a de quoi faire exploser les vitres !

— Ses voisins n'ont jamais déposé de plainte ?

— C'est pourquoi il y a toutes ces tentures, ça étouffe le son. Il s'était fabriqué une véritable salle de concert. »

Kara parcourut les albums de disques.

« Il devait avoir tous les opéras dans toutes les versions, dit-elle.

— Tu aimes l'opéra ? fit Rob en la rejoignant.

— J'ai horreur de ça. »

Tout en prononçant cette phrase, elle crut entendre une voix qui se lamentait au plus profond de son esprit. Elle secoua la tête et la voix disparut. Elle se dirigea vers la section classique.

« Il y a des compositeurs dont je n'ai même jamais entendu parler, dit-elle.

— Pas de ZZ Top ?

— Désolée.

— Les goûts et les couleurs... » Il posa la main sur son bras. « Allons-y, il faut que je rentre.

— Je voudrais bien continuer à visiter, dit Kara. Il n'y a rien à craindre.

— Non, il n'y a que nous ici. Tu veux vraiment rester ?

— J'aimerais jeter un œil dans son bureau, fouiller dans ses papiers. Je comprendrai peut-être ce qui s'est passé... pourquoi il fait de moi son héritière.

— Tu es certaine de vouloir savoir ?

— Oui. »

Kara n'en dit rien, mais elle était toujours persuadée que Gates avait réussi à s'emparer de son corps. Elle cherchait le moyen de contacter celui ou celle qui lui avait envoyé un message d'avertissement.

Elle accompagna Rob jusqu'à la porte d'entrée.

« Enferme-toi à double tour, n'ouvre à personne et branche l'alarme en t'en allant.

— Oui chef !

— Autre chose. Quand est-ce qu'on se revoit ? On a pas mal de choses à se dire, des décisions à prendre aussi. »

C'était inévitable.

« Après dîner. Viens me retrouver chez Ellen, on ira quelque part.

— Ellen était au courant ?

— Ellen, ma mère et Bert. C'étaient les seuls. Avec Kelly, bien entendu. »

Rob la regardait intensément.

« Tout le monde, donc. Sauf moi. Et Jill. Il va falloir lui parler, non ?

— Oui, je sais. »

Kara n'avait pas envie de discuter pour l'instant, c'était évident. Rob attendit dehors qu'elle eût refermé la porte d'entrée, puis il lui fit au revoir et s'en alla.

En s'éloignant de la porte, Kara sentit ses bras et ses jambes la lâcher, comme si toutes ses connexions nerveuses avaient été tranchées. Elle s'effondra et une voix parla dans son esprit.

« Enfin ! J'ai bien cru qu'il ne partirait *jamais* ! »

JEUDI 26 FÉVRIER

0 h 17

Rob roulait dans Manhattan.

Je suis papa ! Jill est ma fille !

Ces deux phrases ne cessaient de résonner dans sa tête, elles le tenaient éveillé, aux aguets. C'était à cause d'elles qu'il ne dormait pas et faisait une chose qui lui était assez étrangère : parcourir la ville en tous sens.

Il se limitait à Harlem, au nord, et à Canal Street, au sud. La circulation était fluide. Il roulait à faible allure, sur la file du milieu pour laisser passer à droite ou à gauche les taxis et tous ceux qui étaient pressés. Les feux tricolores se reflétaient sur son pare-brise et sur les autres véhicules, les néons des boutiques vacillaient derrière l'écran de vapeur qui montait des canalisations. La ville avait une beauté qui lui était propre. Cette nuit, il se sentait suffisamment en paix avec lui-même pour l'apprécier pleinement.

Il aurait préféré se trouver auprès de Kara, mais elle avait appelé vers seize heures trente pour dire qu'elle ne se sentait pas bien. Elle avait attrapé un virus intestinal, certainement, et elle souhaitait passer la soirée et la nuit au chaud. C'était une bonne idée. Elle avait une drôle de voix au téléphone. Rob avait songé aller chez Ellen et profiter de la compagnie de Jill, puis il avait repoussé ce projet. Il craignait d'éclater à nouveau en sanglots.

Qu'est-ce qui lui avait pris ? C'était bien la première fois qu'il chialait comme un gamin, et devant Kara en plus. Mais elle n'avait pas paru surprise.

Sa gorge se serrait malgré tout chaque fois qu'il pensait à Jill. Il valait donc mieux qu'il reste seul cette nuit.

Il traversait Chelsea quand une impulsion le poussa brusquement à tourner à gauche dans la 21e Rue. Grâce au ciel, il n'avait pu à s'embusquer toutes les nuits. Il pouvait maintenant stationner en toute légalité devant la maison de Gates.

Les lumières étaient allumées.

C'était plutôt bizarre. Kara avait dû oublier d'éteindre en partant.

Il se demanda si elle avait verrouillé la porte.

Rob monta les marches du perron. Il secoua la poignée. La première porte était bien fermée à clef, mais, en regardant à travers la seconde porte, il vit que l'ampoule verte brillait. Elle avait oublié de mettre l'alarme. Il secoua à nouveau la porte et revint à sa voiture. Il faudrait qu'elle branche l'alarme désormais. Ce serait dommage de laisser des casseurs s'amuser dans la bibliothèque ou la mini-salle de concert.

Il démarra et, une fois de plus, ressassa des idées de paternité.

Kara voulait hurler, mais elle n'avait pas de voix, elle voulait s'échapper, courir, fuir à toutes jambes, mais elle n'avait pas de membres, du moins aucun qui daignât répondre à ses ordres. De toute façon, à quoi lui servirait une course éperdue ? L'horreur était en elle, tout autour d'elle, elle imprégnait sa chair, elle l'englobait comme une capsule d'acier.

Horreur, panique, peur viscérale, fureur — tel était son univers depuis le début de l'après-midi. D'une certaine manière, elle était un peu calmée — comme une démente à qui l'on a passé la camisole de force. Elle devait tenir le coup. Elle ne pouvait rien faire d'autre. Sa santé mentale profiterait de la moindre occasion pour jouer la fille de l'air.

Après l'ignominie des dix dernières heures, c'était un miracle qu'elle pût encore se maîtriser.

Elle savait quand même un certain nombre de choses. Qu'il faisait nuit, qu'elle était dans la salle à manger. Elle sentait et entendait, sa bouche était sèche et elle ne pouvait remuer la langue ou les lèvres, elle voyait mais était incapable de faire bouger ses yeux. Depuis cet après-midi, elle était prisonnière de son propre corps.

Cet après-midi...

A présent que son corps connaissait une période d'accalmie, les événements insensés de l'après-midi et de la soirée lui revenaient avec force en mémoire.

Dans un premier temps, elle s'était contentée de se coucher sur le sol près de la porte. La voix ne disait rien. Elle en était même venue à penser qu'elle avait été victime d'un malaise, d'une rupture d'anévrisme, pourquoi pas ?

Et puis elle s'était mise en mouvement.

D'abord les doigts de la main droite, puis ceux de la gauche, qui remuent sans qu'elle le leur commande, qui se déplient comme ceux d'un pianiste qui fait ses gammes. Les bras se rapprochent du corps, les genoux se raidissent. Elle s'assied. Kara a la sensation d'un mouvement musculaire, mais elle ne déploie aucun effort.

La terreur s'accumule en elle. Son corps est une machine folle. Il y a quelques instants, elle implorait ses membres de réagir, et voici qu'elle désire les immobiliser. Son corps se retourne, elle se retrouve à quatre pattes et commence à avancer dans le hall d'entrée. *Où est-ce que je vais ?*

La voix lui parle à nouveau.

« Là ! C'est mieux comme ça ! Un coussin, c'est quand même préférable à un parquet, non ? Tu ne crois pas, Kara ? »

Elle veut crier, mais elle n'a toujours pas de voix.

« N'aie pas peur, Kara, tu n'es pas en danger. »

La panique l'enveloppe de nouveau. Elle a l'impression d'être prisonnière d'un bloc de verre d'une extraordinaire épaisseur, elle en martèle les parois à coups de poing, mais personne ne l'entend en dehors de cette voix désincarnée.

D'où vient-elle ? On dirait...

Elle ferme les yeux.

Kara cède à l'effroi. Elle est dans le noir total. Comme si elle était aveugle. Elle fait des efforts insensés pour entrouvrir les paupières, mais tout cela en vain.

La dernière chose qu'elle se rappelle avoir vue est l'horloge de la cheminée. Il est trois heures vingt. Dans le noir, elle perçoit les bruits affaiblis de la rue — klaxons, camions qui rétrogradent. Elle avait toujours détesté le tumulte de New York, qui l'empêchait de dormir ou de se concentrer. Aujourd'hui elle l'apprécie. Il lui prouve qu'elle est toujours vivante. Elle entend le carillon de l'horloge qui sonne les heures et les demies.

Quand elle ouvre à nouveau les yeux, la lumière du jour est moins vive et le cadran de l'horloge indique quatre heures trente-deux.

« Je me sens mieux. Beaucoup mieux. »

Son corps se redresse puis marche dans la salle à manger avant de retomber sur le canapé.

« Pas encore assez de force pour emprunter les escaliers, je le vois bien. Mais ce n'est pas très important. Ce qui compte, c'est le petit coup de fil que nous allons donner. »

Kara voit sa main se tendre et soulever le combiné téléphonique, elle voit son doigt composer le 411. Elle entend la standardiste des renseignements lui répondre.

Elle entend aussi sa propre voix.

« Manhattan, je vous prie. Le commissariat de police de Midtown North. »

Sa propre voix, avec les mots d'une tierce personne. Mentalement, elle réagit, mais son corps ne frémit pas. Elle écoute le message enregistré, puis voit sa main faire le numéro.

Elle s'entend demander l'inspecteur Harris, elle s'écoute lui expliquer qu'elle ne se sent pas très bien et qu'elle préfère se coucher tôt. Elle perçoit la déception dans la voix de Rob et veut lui crier : *Rob ! Non ! Ce n'est pas moi !* Mais sa voix continue de mentir et de promettre qu'ils se verront demain.

Elle raccroche et ses yeux se referment, elle passe à nouveau quelques heures dans le noir et la peur, elle écoute le tic-tac de l'horloge et les bruits de la rue.

Ses yeux s'ouvrent encore une fois et il est près de sept heures.

« Il va falloir prévenir tante Ellen. »

Elle se croit aguerrie, mais éprouve tout de même un choc quand elle compose le numéro d'Ellen et entend sa voix annoncer qu'elle va à nouveau coucher dans l'appartement de Kelly.

« Parfait ! Voilà qui nous donne du répit ! »

Une fureur soudaine ravage Kara. Elle veut attaquer cette chose, cette voix… mais ce n'est qu'une voix. Comment attaque-t-on une voix ?

Et *à qui* appartient cette voix ?

Elle croit le savoir. Des mots se forment dans son esprit. Une question. Mentalement, elle exprime sa pensée.

Tu n'es pas Janine, n'est-ce pas ?

« Non. »

Il y a dans cette voix quelque chose de… familier. Le rythme, le choix des mots. Elle est sûre à présent.

Vous êtes le Dr Gates ?

« Le Dr Gates est mort. »

Mais alors qui… ?

« Silence ! J'ai besoin de repos ! »

Vient alors une autre période de paupières closes, si longue que Kara croit avoir dormi — elle ne se sent pas en sécurité, mais elle échappe momentanément à l'horreur, et peut-être se réveillera-t-elle pour découvrir qu'il ne s'agissait que d'un épouvantable cauchemar.

Elle sent son corps agité de mouvements frénétiques, elle perçoit des bruits à la porte d'entrée. Quelqu'un cherche à la forcer.

La salle à manger est sombre, mais le hall d'entrée est éclairé par le lustre. Le corps de Kara quitte péniblement le canapé pour se rendre dans la cuisine où elle trouve un long couteau effilé dans un tiroir.

Elle attend. La porte bouge encore un peu, puis c'est le silence.

« A mon avis, c'est ton ami, l'inspecteur Harris. Même après minuit, quand il te croit au lit, chez toi, il vient fureter. Il va s'attirer des ennuis. »

Kara n'en doute pas.

Vous êtes le Dr Gates !

« Je te l'ai dit : le Dr Gates est mort. »

Qui êtes-vous alors ? Et pourquoi me faites-vous endurer tout ça ?

« Tu le sauras dans un instant. Je crois avoir recouvré mes forces. »

Elle va ouvrir un placard et prend deux petits pots, ceux-là même qu'elle donnait à Jill quand elle était bébé. Elle traverse le hall d'entrée et se dirige vers la porte du sous-sol.

« Je ne fais pas preuve de lâcheté. Quand tu verras qui je suis, ce sera la meilleure des explications. Tu comprendras. »

Elle prend appui à la rampe et descend l'escalier.

Rob s'engagea dans la Septième Avenue après avoir quitté la demeure du Dr Gates. Il passa devant la maison des Arts médicaux et chercha dans sa poche. Il avait toujours les clefs de la secrétaire. Il se gara au bord du trottoir.

Dans le cabinet, il fouilla dans le bureau de Gates pour tenter d'y trouver les clefs des tiroirs à dossiers, mais ce fut en vain. Frustré, furieux, il prit place dans le fauteuil du psychiatre. Et se rendit compte que ce n'étaient pas les dossiers qui l'avaient attiré ici. Non, c'était l'autre pièce : la cellule capitonnée. Il voulait la revoir.

Il en bloqua la porte avec plusieurs volumes du *Dictionnaire médical illustré* de Dorland — il ne voulait pas être enfermé accidentellement. Il mourrait certainement de faim avant qu'on le retrouve. Il alluma le plafonnier et regarda autour de lui.

Qu'est-ce que Gates pouvait bien faire de cette cellule ? Qui y avait-il enfermé ?

Ces questions le hantaient. Une question est faite pour avoir une réponse. Et celles-là n'en recueillaient aucune.

Il calcula les dimensions de la pièce, palpa le capiton du plat de la main et du talon. Le molleton était épais. Un dément qui aurait voulu se fracasser la tête contre les murs, comme cela se voit parfois, en aurait été incapable ici.

Il sentit quelque chose sous son pied.

La chaussure de Rob avait rencontré une petite bosse sous le revêtement du sol. Il se pencha et découvrit une incision dans le tissu. Ses doigts entrèrent en contact avec des morceaux de papier. Puis d'autres encore. Il y avait en fait toute une liasse d'ordonnances vierges, de feuilles de bloc-notes, de vieilles enveloppes, toutes recouvertes d'une minuscule écriture. Ainsi qu'un petit crayon qui semblait avoir été taillé avec les dents.

Rob examina l'écriture. Il n'avait rien d'un expert, mais ces mots étaient visiblement écrits par la même main qui avait adressé le message à Kara. Les textes étaient tous datés.

Rob les mit en ordre avant d'entreprendre de les lire.

Il avait l'impression que l'une de ses innombrables questions allait enfin trouver une réponse.

Le sous-sol était de petite taille, ainsi que l'avait dit Rob. Cela faisait-il moins de douze heures qu'ils étaient entrés pour la première fois dans cette bâtisse ? Il lui semblait que des siècles s'étaient écoulés. En comparaison des hauts plafonds et des pièces immenses, les dimensions réduites du lieu avaient quelque chose d'oppressant.

Le corps de Kara la conduisit vers un panneau. Sa main s'inséra entre les tuyaux et actionna un levier. Il y eut un déclic. Elle fit coulisser un panneau boisé et mit au jour une petite pièce.

Une odeur immonde d'urine et de déjections. Elle en aurait suffoqué si elle avait été maîtresse de son corps.

« Désagréable, n'est-ce pas ? Mais il faut que je respire ça. Toi aussi d'ailleurs. Je vis ainsi depuis près de deux jours. »

Un lampadaire projetait un cône de lumière sur un meuble unique. Un lit d'enfant. Et c'était de ce lit qu'émanait la puanteur.

« Permets-moi tout d'abord de me présenter officiellement. Je m'appelle Gabor. Et voici mon corps. »

Kara aurait hurlé si elle avait eu une voix. Dans le lit gisait une créature ridée et contrefaite, à la peau marbrée, aux cheveux blanchâtres et clairsemés. La tête était bien trop grosse par rapport au corps — un crâne d'adulte sur le corps d'un enfant de cinq ans, tout au plus. Le visage était une répugnante caricature, avec son nez aplati, sa bouche édentée gluante de salive, ses yeux couverts d'une taie, perpétuellement tournés vers le haut. Les membres étaient rachitiques, mais le torse lui-même était plutôt massif. Les fesses et l'entrejambes étaient recouverts d'une couche souillée.

« Ignoble, n'est-ce pas ? »

Kara était muette. Même si elle l'avait pu, elle n'aurait certainement pas répondu.

« Ne t'occupes pas de ce que je ressens. Moi-même, je me trouve assez dégoûtant. »

Par-delà les mots, elle perçut une formidable colère qui touchait au tragique.

Mais c'est la maison du Dr Gates !

« L'homme que tu connaissais sous le nom de "Dr Gates" était mon frère, Lazlo. Le corps, tout au moins, était celui de Lazlo. L'intelligence à laquelle tu as eu affaire, celle qui a conduit tes séances de thérapie, c'était la mienne. A moi, Gabor. On peut dire que le Dr Gates n'est pas mort. C'est moi qui ai suivi des études médicales, qui me suis spécialisé, c'est moi qui ai assisté à ces cours ennuyeux, c'est moi qui ai étudié ces textes poussiéreux jusqu'à ce que les yeux me fassent mal, c'est moi qui ai passé les tests et les examens. Le diplôme porte peut-être le nom de Lazlo, mais il est la conséquence de mon travail. Le titre de docteur me revient, *à moi* ! »

Où... où était Lazlo pendant tout ce temps ?

« Avec moi. Un passager de son propre corps. Comme toi. »

Oh, mon Dieu !

« Il n'est pas à plaindre, tu sais. Je le laissais seul de temps à autre. Et puis, après tout, ne sommes-nous pas frères ? Nous sommes même jumeaux. *Jumeaux !* Comme toi et Kelly étiez jumelles. Seulement, il m'est arrivé quelque chose *in utero,* alors que nous n'étions que de petits amas de cellules. Mon corps s'est déformé tandis que le sien se développait harmonieusement. Des jumeaux devraient pourtant tout partager, non ? »

Pauvre Lazlo !

« Oublie-le. Il est parti. Et mon corps a besoin de soins. Il faut d'abord changer ma couche — je préfère les Huggies aux Pampers — et ensuite nous me nourrirons. Cela fait deux jours que je ne mange pas et je meurs de faim. Les petits pots sont là pour ça. Je m'en sers quand je ne peux pas me préparer quelque chose de plus appétissant. Ah, après dîner, un bain avec l'éponge. Tu comprendras très vite que je suis très soigneux de mon corps. Je le baigne chaque jour. »

Kara aurait pleuré de désespoir, mais elle n'avait pas de larmes.

Laissez-moi tranquille ! Je t'en prie, laissez-moi !

« Lazlo suppliait aussi au début, et puis il a arrêté quand il a compris que cela n'était d'aucune utilité. Tu feras comme lui, Kara. Car nous allons passer beaucoup de temps ensemble. »

Avec les mains de Kara, tu introduis la petite cuiller dans ta bouche — cette autre bouche, celle avec laquelle tu es né. Tu es heureux d'avoir réussi à échapper à ce corps, cet après-midi. La faim devenait insupportable.

Mais tout cela c'est fini. Tu es à nouveau maître de la situation. Tu as tout prévu. Tu avais toujours su que Lazlo risquait de connaître une fin prématurée et tu t'y étais préparé. Tu savais que, légalement, son héritier direct serait son frère, c'est-à-dire toi-même, Gabor. Mais ton corps n'est pas à même d'assumer ce genre de responsabilité et Gabor aurait été déclaré incompétent ; tous les biens auraient été mis sous tutelle.

Il n'en était pas question. Tu t'es donc arrangé pour que Gabor « meurt ». Ensuite, en tant que Lazlo, tu as rédigé ton testament et légué tous tes biens à la femme dont le corps te satisfaisait le plus. Tu en as souvent changé, naturellement, et elles formèrent une véritable chaîne d'héritières potentielles. L'année dernière, ce fut Kelly Wade. Il y a une semaine, tu as modifié ton testament pour faire de Kara ta légataire universelle. Juste à temps. Tu peux être fier de toi.

Mais, dans ce cas, pourquoi connais-tu un tel vide ?

Ce n'est pas la faim. Ce n'est pas le traumatisme enduré deux nuits auparavant. C'est Lazlo. Il est parti. Il est mort. Il s'est tué pour t'échapper. Et cela t'a affecté infiniment plus que tu ne l'aurais cru.

Lazlo te manque. Le fonctionnement familier de son corps te manque ainsi que sa compagnie. C'était ton jumeau après tout.

Il est mort à présent. Tu fais remonter son décès jusqu'à Kelly Wade. Tout a commencé avec elle. Si elle n'était pas tombée par la fenêtre du Plaza cette nuit-là, tu continuerais de posséder le corps de Lazlo et de vaquer à tes occupations. La mort de Kelly a fait venir Kara en ville, et Kara fut une tentation à laquelle tu n'as pas su résister. Hélas, l'ami de Kara est policier, tenace de surcroît. S'il ne t'avait pas tant harcelé, tu ne te trouverais pas dans la position que tu occupes actuellement : celle de représentant unique de la famille Gati.

C'est la faute de Harris. S'il ne t'avait pas traqué, tu ne serais pas allé dans la 42e Rue et tu ne te serais pas fait renverser par cette camionnette. Le choc a momentanément rompu le lien avec Lazlo et lui a donné la possibilité de s'emparer du revolver de Harris. En revenant dans Lazlo, tu t'es aperçu que tu te battais avec le policier. Ton doigt était coincé dans la détente. Quand tu as voulu te dégager, le coup est parti.

C'est tout ce dont tu te souviens. La trajectoire de la balle dans le cerveau que tu asservissais a traumatisé ta conscience. Tu es resté dans le coma pendant près d'une journée. Tu es encore faible. Tu avais du mal à entrer en Kara quand elle est arrivée.

Mais tu reprends des forces. Et quand tu es aussi près de ton vrai corps, il est aisé de stimuler et de contrôler les actions réflexes de la mastication et de la déglutition tout en assurant ta maîtrise de Kara. Tu enfournes les aliments pour bébé dans ta bouche édentée. Bien que tu ne puisses les goûter (c'est au moins cela), tu sais que les nutriments de cette bouillie rendent ton corps plus fort.

Tout s'est déroulé ainsi que tu le prévoyais, mais rien n'est parfait. Les difficultés t'attendent. Kara a une fille et, de plus, elle vit une histoire d'amour avec ce policier, cet inspecteur Harris. Il sera facile de se débarrasser de l'inspecteur. Il te suffit de trouver un autre amant et de faire comprendre à Harris qu'il a été supplanté dans ton cœur. Ce sera peut-être pénible dans un premier temps, mais, par la suite, les liens se relâcheront. Certes, tu aimerais le voir aussi mort que Lazlo, mais il faudra te satisfaire en lui brisant le cœur, puisque tu ne peux pas le lui transpercer à coups de couteau.

L'enfant représente un problème majeur. Tu ne pourras l'abuser très longtemps. Elle ne devinera jamais exactement pourquoi sa mère est ainsi, mais elle se rendra bien compte qu'elle n'est plus la même. Elle sentira que quelque chose a changé.

Il va donc falloir passer à l'action.

Un accident. C'est le mieux. Un terrible accident. Une chute, pourquoi pas ? Comme sa chère tante Kelly. Ah, ces Wade ! Quelle famille marquée par le malheur !

L'esprit de Kara se révolte brusquement.

Tu ne peux pas faire ça ! C'est impossible ! Ton propre frère et moi maintenant ! Comment peux-tu agir de la sorte ?

Cette question, tu te l'es posée maintes fois. Quoi que tu fasses, tu considères ton pauvre corps déformé. Et tu sais que tu ne veux pas vivre ici.

Tu ne lui réponds pas. Tu t'intéresses à la force dont elle fait montre. Tu la sens lutter pour le contrôle de ses mains tandis qu'elle change ta couche. Son geste est parfois inachevé. Tu t'en inquiètes. Non pas que tu redoutes de perdre la maîtrise absolue, mais il te faudra redoubler d'effort. Sa volonté est autrement plus forte que celle de Lazlo. Heureusement, elle ne connaît pas sa propre force. Et tu ne lui donneras pas la moindre occasion d'apprendre. Toute velléité de sa part devra être rapidement brisée.

Tu as une idée. Quand le repas sera terminé et que tu seras baigné, elle recevra sa première leçon.

Rob était assis sur le sol de la cellule capitonnée, abasourdi par ce qu'il venait de lire sur les fragments de papier étalés devant lui.

De la folie. De la pure folie.

Mais une folie d'une étrange cohérence.

Cela tenait peut-être au fait que l'auteur était convaincu d'être Lazlo Gati, d'avoir vu son corps usurper par son frère jumeau, Gabor, lors de son adolescence et de ne l'avoir jamais récupéré sauf au cours de brèves périodes qu'il mettait à profit en rédigeant ces messages. Selon ces écrits, Lazlo était enfermé dans la cellule capitonnée pendant ces périodes de liberté que Gabor utilisait pour folâtrer dans d'autres corps, féminins la plupart du temps.

C'était de la folie furieuse, oui. *Mais qui était le fou furieux ?* Où se trouvait-il à présent ? C'était là le gros problème. Le dernier texte datait d'il y a trois jours… quand Lazlo était encore en vie. Oui, c'était bien cela le plus troublant : plus rien n'avait été écrit depuis la mort de Lazlo.

Rob se releva et secoua la tête. Il se força à sourire. Il se trouvait dans une cellule capitonnée et essayait de comprendre les divagations d'un cinglé. Mais non, cette histoire ne tenait pas debout, puisque Gabor Gati était mort depuis des années. Il avait même vu son certificat de décès...

... signé par Lazlo.

Il soupira. C'était d'une logique atroce — *si* l'on admettait que Gabor était encore en vie et capable de prendre le contrôle du corps d'autrui.

Mais s'il était vivant, où se cachait-il ?

Dans la maison de Chelsea, naturellement.

Rob sentit son sang se glacer dans ses veines.

Lazlo Gati — ou le Dr Gates, peu importe — avait tout légué à Kara. A la condition qu'elle prenne immédiatement possession de la maison de Chelsea.

Seigneur !

Et Rob l'y avait laissée seule. Il se demanda si sa soudaine maladie avait un quelconque rapport avec Gabor. Oui si...

Qu'est-ce que je raconte ? Reprends-toi, Harris !

Debout au centre de cette cellule capitonnée, épuisé, il comprit que son imagination lui jouait des tours. Kara était chez Ellen. Il allait rentrer chez lui et dormir un peu. Demain matin, il irait voir Kara et s'assurer que tout allait bien.

Qu'elle était *toujours* Kara.

1 h 35

Elle se trouvait dans un taxi qui empruntait la 42e Rue en direction de l'est. Kara se sentait misérable, sans membres et sans voix dans son propre corps, en quête d'une échappatoire.

« Lazlo est mort ici, très exactement », dit Gabor en se servant du doigt de Kara pour désigner un point du trottoir.

C'est pour ça que tu m'as amenée ici ?

« Bien sûr que non. »

Et pourquoi est-ce que je suis toute nue sous ce manteau ? Il fait si froid !

« Je te l'ai déjà dit à deux reprises : tes goûts vestimentaires sont épouvantables. Je vais nous offrir une nouvelle garde-robe. Quelque chose qui ait de la classe. »

Kara souhaitait que ce fût vrai, mais elle craignait qu'il eût autre chose en tête. Quelque chose de terrible.

Tu ne trouveras rien d'ouvert à cette heure.

« On ne cherche pas de vêtements. »

Dans ce cas, qu'est-ce... ?

« Patience, ma chère. »

Il dit au chauffeur de s'arrêter et d'attendre, puis sortit de voiture. Elle sentit les doigts glacés du vent courir sur ses cuisses.

Où est-ce qu'on va ?

« Tout droit. »

Ils se dirigèrent vers une boutique à la vitrine violemment éclairée. Des ampoules de couleur jaune ou blanche clignotaient à toute allure. Un néon turquoise annonçait LIVRES POUR ADULTES et un autre, rouge sang, PEEP-SHOW.

Tu m'emmènes là-dedans ?

« Oui. Tu n'y es jamais allée ? »

Jamais !

« Eh bien, cela te fera une nouvelle expérience. »

Les murs de la boutique étaient tapissés de revues et de livres pornographiques — hommes et femmes, femmes entre elles, hommes entre eux. Au fond, une petite porte protégée par une tenture donnait sur une autre salle. Le mot CABINES était imprimé sur un carton. Au milieu de la boutique, il y avait une vitrine d'exposition et une caisse enregistreuse. Derrière la caisse, un individu mal rasé, adipeux, arborait un T-shirt graisseux à la gloire de Guns n' Roses. Il y avait aussi deux clients, deux hommes qui disparurent par la petite porte dès qu'elle fit son entrée.

Le vendeur se pencha au-dessus de la vitrine d'exposition et la dévisagea.

« Je peux vous renseigner ?

— Je cherche un instrument », dit la voix de Kara tandis qu'elle examinait la vitrine poussiéreuse.

Deux douzaines de godemichés et de vibro-masseurs y étaient exposés.

Tu n'es pas sérieux !

« Tais-toi, je fais mon choix. »

« Pourquoi vous cherchez un instrument quand vous pouvez avoir du vrai ? dit le vendeur d'une voix rauque.

— Ah oui ? Le vôtre est disponible ?

— Vingt-quatre heures sur vingt-quatre ! répliqua-t-il avec un large sourire.

— Pas mal, mais je crois que je vais quand même prendre celui-là. »

Avec horreur, Kara vit son doigt indiquer un vibro-masseur rose d'une trentaine de centimètres. Il avait la forme d'une verge dressée. Gabor ne pouvait avoir qu'une seule raison d'acheter cela. Rien que d'y penser, elle en eut la nausée.

Non !

Le vendeur se saisit de l'objet, l'enveloppa après qu'elle l'eut payé et lui tendit le paquet avec un sourire lascif.

« Les piles ne sont pas comprises.

— J'en ai tout un tas à la maison.

— Si ça ne marche pas, revenez me voir et je vous montrerai l'original.

— Je vous prends au mot. »

Tu ne peux pas faire ça ! dit Kara en sortant de la boutique.

« Mais si. Rien que pour te donner une bonne leçon au cas où je ne serais pas satisfait de toi. »

Mais ce type est ignoble, il doit être plein de maladies !

« Probablement, mais je peux toujours te remplacer en cas d'infection. »

Le désespoir de sa situation pesait plus lourdement que jamais sur les épaules de Kara. Elle refusait toutefois de se laisser intimider.

Quel genre de monstre es-tu ? dit-elle quand son corps se moula à la banquette du taxi. *Quel genre d'homme peut avoir envie d'occuper un corps de femme ?*

« Un homme, dis-tu ? Qu'est-ce qui te fait croire que je suis un homme ? Tu as vu mon corps. Génétiquement, il possède peut-être un chromosome Y, mais c'est tout. Au cours de mes premières années, mes perceptions ont été extrêmement limitées et l'on ne m'a jamais traité en homme — ou en femme. J'étais un être asexué, un débile. Une chose. Mon propre corps n'a connu aucune expérience qui pût lui permettre d'influencer son orientation sexuelle. Mais quand je me suis mis à quitter mon corps pour posséder celui des autres, j'ai vite compris que les réactions sexuelles féminines étaient plus intenses, plus satisfaisantes. A propos de réaction... »

Kara vit ses mains ouvrir le paquet. Son corps se tendit et elle écarta les jambes. Sa main glissa le vibro-masseur sous son manteau.

Était-ce dans ce but qu'elle avait laissé ses affaires à la maison ? Il n'allait pas... ! Pas dans ce taxi !

Non, ne fais pas ça !

« Quel dommage que nous n'ayons pas de piles. »

Je t'en supplie !

Elle sentit le plastique froid pénétrer en elle. Même sans voix, elle réussit à hurler.

6 h 05

Kara vit sa main couper une grosse tranche de pain de seigle.

« Tu sais ce qu'il te reste à faire. Quand tu seras chez tante Ellen, je compte sur toi pour ne pas me faire commettre d'impairs. »

Kara souffrait encore de l'humiliation endurée dans le taxi, quelques heures auparavant. Elle refusa de répondre.

« Ne sois pas stupide, Kara. Nous allons vivre ensemble dans ce corps pendant pas mal de temps. Tu dois l'accepter. Nous pouvons être comme chien et chat ou nous comporter en bons compagnons. Mais je te préviens, si tu me poses des problèmes, des incidents semblables à celui du taxi se reproduiront. Et ce sera l'escalade jusqu'à ce que tu redeviennes la bonne petite fille que tu peux être, je le sais. C'est à toi de choisir. »

Je choisis la liberté, salaud !

« Ce choix n'est pas prévu. »

Kara luttait contre l'angoisse qui s'amoncelait. Elle était complètement désemparée, totalement à la merci de Gabor. Et il ne connaissait pas la pitié.

Même sans faire d'erreurs, Ellen va trouver bizarre que je vienne habiter ici.

« Ce qu'elle pense n'a aucune importance. Il lui suffira de te tenir la porte quand tu partiras avec ta fille. »

Elle sursauta.

Jill ? Pourquoi ? Tu n'en as pas parlé avant !

« Tu ne peux quand même pas l'abandonner. Une mère aussi admirable que toi. »

Eût-elle pu réagir que la chair de Kara eût frémi à l'idée de savoir que cette créature allait jouer le rôle de la mère de Jill.

Non ! Laisse-la habiter chez Ellen !

« Pas question. »

Kara bouillonnait. Si elle avait pu prendre ce couteau et...

Soudain, sa main droite ôta le couteau du pain et le dirigea vers son bras gauche. Il ne s'arrêta qu'à deux ou trois centimètres de la peau.

« Eh, tu m'as pris par surprise, hein ? Mais cela ne se reproduira plus. »

Je te déteste ! J'aimerais mieux crever que de vivre comme ça !

« Tu crois qu'être passagère de ton propre corps ou te masturber au fond d'un taxi est la pire des choses qui puisse t'arriver ? Tu te trompes, ma chère. J'ai été très gentil avec toi. Je te permets de rester en contact par les sens avec le monde qui t'entoure, mais cela aussi je peux très bien te l'interdire. »

Vas-y, ne te gêne pas.

« Vraiment ? Tu vas voir. On va commencer par le goût et l'odorat. »

L'odeur du pain s'évanouit, mais, en dehors de cela, Kara ne remarqua rien.

« L'ouïe à présent. »

Un silence tel que Kara n'eût jamais cru cela possible — même le chuintement de l'écoulement du sang dans les artères disparut. Seule la voix demeurait.

« La vue. »

Les ténèbres l'enveloppèrent. Des ténèbres si profondes que leur impact avait quelque chose de physique. C'était plus qu'une simple absence de lumière : une noirceur qui n'avait *jamais* connu la lumière.

« Ça fait peur, non ? Mais c'est supportable parce que tu possèdes encore le sens du toucher et ta sensibilité proprioceptive. Tu perçois le contact de l'air sur ta peau, de tes pieds sur le sol. Tu sais encore distinguer le haut du bas. Mais cela ne durera pas. »

Je n'ai pas peur.

« Tu as tort. Tu feras l'expérience de la privation totale des sens. C'était ainsi que je punissais Lazlo quand il était désagréable et il la redoutait beaucoup. Je ferai de même avec toi. Et si tu ne te révèles pas une compagne agréable, je te laisserai dans cet état de carence permanente. »

Plongée au cœur des ténèbres, Kara était épouvantée mais se refusait à le lui laisser savoir.

Ne te gêne pas.

« Fort bien. Ton premier châtiment sera très bref, mais il te semblera éternel. Au revoir. »

Le plancher se déroba brusquement sous ses pieds. Elle tituba et se précipita dans un infini de silence et de ténèbres. Tout point de référence avait disparu. Il n'y avait plus ni haut ni bas ni près ni loin. Elle explosait et se contractait par cycle. Si seulement elle avait pu mettre un terme à cette chute sans fin, mais il n'y avait rien à quoi se rattraper. Tout s'était évanoui.

Elle n'avait pas imaginé que ce pût être ainsi. Jamais, dans ses idées les plus sombres, elle n'avait conçu une telle terreur. Ici, il n'y avait rien, *rien !*

Elle hurla, mais ce fut sans bruit. Elle ne connaissait que la chute éternelle dans la muette obscurité.

Tu coupes une autre tranche de pain de seigle et tu constates que ta main tremble un peu. C'était risqué, très risqué. Elle a une volonté des plus fortes, celle-ci. Bien plus que Lazlo. Elle a mis à rude épreuve tes capacités motrices. Il va falloir lui tenir la bride sur le cou. Inutile de dire ce dont elle serait capable si elle prenait le dessus.

Sa punition, par exemple. Fais-lui croire que tu peux la maintenir en permanence dans cet état de privation sensorielle. Ne lui laisse pas deviner que tu as fait de très gros efforts, que tu es dans l'incapacité de la châtier plus longtemps. Elle doit croire que c'est par bienveillance et non pas par faiblesse que tu l'as graciée.

Oh, Lazlo... S'il était encore en vie. C'était tellement plus facile avec lui. Tu pouvais le dominer, lui apprendre son comportement. Tu savais à quoi t'attendre de sa part.

Il n'est parvenu à te surprendre qu'en de rares occasions. La fois où il a envoyé un message au dos de la facture d'électricité, par exemple. Cette initiative de sa part t'a rendu furieux, mais tu aurais aimé récompenser son audace d'une accolade.

Tu l'as puni sévèrement, bien entendu. De même que tu punis sévèrement Kara.

Tout en mangeant, tu te dis que tu dois t'assurer que Wheatley a bien fait ce qu'il fallait en ce qui concerne les funérailles du corps de Lazlo. Tu ne veux pas que ton frère traîne à la morgue plus longtemps que nécessaire.

Tu finis ta tartine et ton café et tu enlèves les miettes de la table de la salle à manger. Il est temps de fêter le retour de Kara dans le monde des sensations.

« Bonjour, Kara. »

Long moment de silence. Puis sa voix te parvient, si frêle.

Ne me fais plus jamais ça !

« C'est toi qui décides, ma chère. Montre-toi civile et nous vivrons en bons termes. Bon, il est temps de partir. »

Il est trop tôt pour aller chez Ellen.

« Exact, mais nous allons nous rendre au cabinet de ce malheureux Dr Lawrence Gates. »

Le cabinet est désert. Il n'y a que les poissons dans leur aquarium. Tu leur donnes à manger. Un jour, tu les ramèneras à la maison. Tu ne veux pas qu'ils meurent.

Tu remarques que le tiroir de ton bureau est ouvert. Quelqu'un a fouillé ton cabinet. L'inspecteur Harris, sans aucun doute. Dans la petite pièce qui abrite les dossiers, rien n'a été touché. Tu jettes un coup d'œil à la cellule.

Qu'est-ce... ?

Sa voix a plus de consistance. Tu allumes pour qu'elle voie bien.

« Ça, ma chère, c'est un endroit où tu te retrouveras de temps en temps. Pendant ces séjours, tu pourras profiter pleinement de ton corps. »

Et toi, où seras-tu ?

« Dans mon propre corps, parfois — je suis en meilleure santé quand je le regagne de temps à autre — , mais plutôt dans le corps d'une tierce personne. La diversité, vois-tu, fait le charme de l'existence. »

C'est là que tu enfermais Lazlo quand tu t'emparais de moi, la nuit ?

« Exact. Lazlo avait pris la fâcheuse habitude de se mutiler lorsque je le laissais dans une pièce normale. Il faisait cela pour m'embêter, pour que j'ai un œil au beurre noir ou la lèvre tuméfiée quand il retombait sous ma coupe. »

Bien fait pour lui !

« Je savais que tu apprécierais. J'ai dû faire aménager cette cellule capitonnée pour qu'il ne s'occasionne pas des blessures irrémédiables. J'aurais aimé avoir la même à la maison, mais son installation a suscité tant de commentaires que j'y ai renoncé. Au cabinet d'un psychiatre, passe encore, mais à son domicile ! J'ai toujours tenu à rester dans l'ombre. Viens. Je vais te montrer comment cela fonctionne. »

Tu refermes la porte et appuies sur le bouton marqué FERMETURE.

« Voilà. Nous sommes enfermés. Pour sortir, il suffit de composer une certaine combinaison de chiffres. »

Pour ce faire, tu supprimes le sens de la vue chez Kara.

Non !

« Ne t'inquiète pas, ma chère. Cela ne durera que quelques secondes. A quoi servirait une serrure électronique si tu en connaissais la combinaison ? »

Tu lui rends la vue au moment où la porte s'ouvre.

« N'essaye pas de mémoriser le mouvement de mes mains. Je change régulièrement la combinaison. »

Qui m'a envoyé le message si Lazlo était enfermé ?

« Lazlo. Il était très ingénieux. Mais peut-être ai-je été trop tendre avec lui. Une nuit où je l'ai enfermé pour aller te visiter, j'ai oublié qu'il y avait deux ou trois enveloppes timbrées dans la poche de ma veste. Il avait un crayon. Il a ouvert l'enveloppe destinée à la compagnie électrique et a écrit au dos de la facture. Puis il a remis l'enveloppe avec les autres. J'ai mis le tout à la poste sans me rendre compte de quoi que ce soit. C'était un personnage. Il me manque beaucoup. »

Est-ce que tu l'as... puni ?

« Naturellement ! Et de manière très sévère ! Tu n'as eu qu'un aperçu du châtiment. J'ai déconnecté Lazlo pendant toute une journée. Alors ne joue pas à ça ! »

Kara ne répond rien. Tu t'interroges à son sujet. Tu espères qu'elle se montrera docile. Tu n'es pas associé à elle de manière définitive, mais il te faudra un certain temps pour t'emparer de quelqu'un d'autre. Tu dois la convaincre d'être une bonne petite.

« Maintenant on va chez ta tante. »

L'arrivée chez Ellen se passa bien mieux que Kara ne s'y était attendue. Ce qui ne fit qu'accroître sa dépression.

Lucia, la cuisinière, la fit entrer dès qu'elle frappa à la porte.

« Oh, mademoiselle Kara, je ne savais pas que vous étiez sortie. Vous voulez un petit déjeuner ?

— Non, merci, dit Gabor avec la voix de Kara, mais vous pourriez préparer quelque chose pour Jill ? On va bientôt s'en aller.

— Bien sûr. Qu'est-ce qu'elle voudra ? »

« Vite ! Qu'est-ce qu'elle préfère ? »

Des gaufres.

« Des gaufres si cela ne vous fait pas trop de travail.
— Pas de problème ! »

Lucia regagna la cuisine. Gabor fit faire à Kara un tour rapide de l'appartement.

« Ta tante a bon goût. L'argent ne semble pas lui faire défaut. »

Kara ne répliqua rien. Elle se moquait bien de ce que Gabor pouvait penser de la décoration de tante Ellen. Elle avait peur. Il lui était insupportable d'être asservie à Gabor, mais l'idée que Jill fût à portée de sa main était encore plus atroce. Si au moins elle pouvait éloigner sa fille. Rien que quelque temps. Pour échafauder un moyen d'échapper à Gabor.

Car elle avait l'intime conviction que son asservissement ne serait pas permanent. Tôt ou tard, elle quitterait Gabor. Elle se raccrochait de toutes ses forces à cette idée. Il n'y avait que cela et les craintes qu'elle éprouvait pour Jill qui pussent préserver sa santé mentale.

« Où se trouve la chambre de ta fille ? »

Laisse-la tranquille !

« Allons, Kara, je croyais le problème réglé. Nous allons emmener Jill avec nous. Il y aura trop de questions, trop de curiosité si nous la laissons ici. Et puis cela lui briserait le cœur. Je suis peut-être beaucoup de choses, Kara, mais je ne suis pas dépourvu de sentiments. »

Kara comprit qu'il ne servait à rien de lui cacher où dormait Jill. Il n'aurait aucun mal à le trouver par lui-même.

La chambre au bout du couloir.

« Merci. »

Kara dut reconnaître que Gabor était très gentil avec Jill. Il la réveilla doucement et lui expliqua qu'elles allaient continuer de vivre quelque temps en ville, dans une grande maison avec un énorme poste de télévision et une super chaîne stéréo. Jill était aux anges. Kara aurait voulu lui hurler sa détresse, la serrer dans ses bras, mais elle n'en fit rien. Jill sauta du lit et enfila son peignoir avant de courir dans la cuisine, attirée par l'odeur des gaufres.

« Tu ne m'as jamais dit qu'elle était aussi mignonne ! »

Kara ne voulait pas qu'il la touche ou qu'il lui parle d'elle, mais le lui faire savoir ne parviendrait qu'à renforcer le pouvoir qu'il exerçait déjà.

Oui, je l'ai élevée toute seule.

« Je sais. Toutes mes félicitations. »

Merci, dit Kara qui mourait d'envie de lui indiquer où il pouvait se mettre ses compliments.

L'heure suivante s'écoula sans encombre. Gabor se lança dans une imitation fort crédible de Kara en expliquant à Ellen pourquoi elles déménageaient. Elles furent bientôt prêtes à partir. Jill avait dévoré ses gaufres, la cuisinière l'embrassait comme du bon pain et leurs quelques affaires étaient empaquetées.

C'est alors que Rob apparut.

« Qu'est-ce qu'il fout là ? »

Son émoi avait quelque chose de tangible.

Je n'en sais rien. Nous étions censés nous voir hier soir, mais tu as appelé pour dire que j'étais malade, tu te souviens ? Il est peut-être simplement venu voir comment j'allais.

Rob l'entraîna dans le séjour.

« Kara, qu'est-ce qui se passe ?

— Rien. Je déménage. Cela te regarde ?

— Plutôt, oui ! Je ne veux pas que ma fille aille vivre dans la maison de ce type ! »

« Sa *fille ?* De quoi est-ce qu'il parle ? »

Rob est le père de Jill.

« Tu m'as dit que son père était mort ! »

J'ai menti.

« Salope ! »

J'ai menti aussi à Rob. Il ne le sait que depuis hier. Mais dis donc, Gabor, qu'est-ce que ça peut te faire ? A moi aussi, tu m'as menti à propos de mon père. C'était un brave homme et tu m'as fait imaginer les choses les plus immondes !

« Peu importe ! Qu'est-ce que je vais lui dire ? »

Débrouille-toi.

« Pas de ça avec moi ! Tu sais ce que tu risques ! »

Ah, le fameux châtiment ? Oui, je prends le risque.

Elle frissonna à l'idée de perdre à nouveau tous ses sens, mais c'était si bon de voir Gabor vaciller.

« Je lui ferai du mal ! »

A qui ?

« A ta fille ! Les enfants ont souvent des accidents, elle peut tomber ou se couper. C'est ce qui lui arrivera si tu ne coopères pas ! »

Tu es infect ! Tu n'es qu'un dégénéré !

« Je la ferai souffrir ! »

Kara capitula. Une fois de plus. Cela devenait une habitude. Sa vie serait-elle donc tout le temps ainsi ?

Bien. Je vais lui dire qu'il ne voulait pas que je la ramène en Pennsylvanie et que je suis d'accord sur ce point.

Elle écouta sa propre voix débiter ces mots. Mais Rob ne paraissait pas satisfait. Il la dévisageait.

« Kara, dit-il, tu te souviens du jour où nous nous sommes rencontrés au Caramba ? »

« Qu'est-ce que cela veut dire ? »

C'est un piège, nous nous sommes rencontrés chez McSorley's ?

« Il a des soupçons ? »

Visiblement.

« Pourquoi ? »

Je n'en sais rien !

« Non, s'entendit-elle dire, c'est chez McSorley's que nous nous sommes vus la première fois. Comment peux-tu avoir oublié ?

— C'est vrai, fit Rob avec un rictus de soulagement. McSorley's. C'est dans le même quartier. Je me mélange parfois. Dis, tu te rappelles... ? »

Tu écoutes Kara et tu fournis les réponses qui conviennent à cet inspecteur. Pourtant, en ton for intérieur, tu te rends compte qu'il y a danger.

Tu avais songé à te débarrasser de l'inspecteur en lui battant froid, en refusant de le voir, en ne lui téléphonant plus. Tôt ou tard, il abandonnerait. Du moins le croyais-tu.

Tu sais désormais qu'il n'en sera pas ainsi. Il y a autre chose entre vous qu'une bluette sans importance. Il y a un lien de chair et de sang qui s'appelle Jill.

Tu sais que tes efforts pour écarter l'inspecteur ne serviront à rien — ce n'est pas Kara qu'il voudra voir, mais sa fille.

Il faut se débarrasser de cet inspecteur.

Mais comment ?

Tu dois y réfléchir. Attentivement.

Et, surtout, tu ne devras mettre Kara au courant qu'au tout dernier moment.

Rob décrocha à la troisième sonnerie.

« Harris.

— Ah, inspecteur, fit une voix familière. Professeur Jensen. Les textes que vous m'avez fait parvenir ce matin... »

Les notes retrouvées dans la cellule capitonnée.

« Oui ? Vous les avez... ?

— C'est la même écriture que sur la facture d'électricité. Je suis formel.

— Vraiment ?

— C'est indiscutable !

— Formidable ! Merci beaucoup. »

Oui. Merci *beaucoup*. Cela signifiait que l'occupant de la cellule capitonnée et l'auteur du message d'avertissement ne faisaient qu'un. Mais de qui s'agissait-il ?

Cela devenait de plus en plus dingue. Assis à son bureau, Rob s'efforçait de réfléchir. Il y avait trop de bruit. Il leva les yeux et vit Manetti en train de taper à la machine.

« Augie, on a un collègue d'origine hongroise ?

— Bien sûr, fit Manetti sans cesser de travailler. Varadi.

— Varadi ? Je le croyais italien ? »

Manetti cessa de frapper sur les touches et présenta à Rob un visage déformé par le mépris le plus total.

« Italien ? Tu te moques ou quoi ? Mike a des cheveux carotte et des taches de son ! Tu as déjà vu des *paesani* avec une tête pareille ?

— Excuse-moi. »

Il alla voir Varadi.

Kara avait bien répondu à toutes ses questions, ce matin, mais elle avait été incapable d'expliquer son emménagement dans la maison de Chelsea. Elle l'évitait, c'était évident.

Mais pourquoi ?

Rob trouva Varadi aux toilettes.

« Mike, tu parles hongrois ? »

Varadi avait un air très sérieux qui allait mal avec son visage enfantin et ses taches de son.

« Oui, un peu. »

Rob n'avait cessé de penser à la phrase prononcée par Gates juste avant le coup de feu.

« Qu'est-ce que ça veut dire, "*El ment*" ?

— "*El ment*" ? ça veut dire "il est parti", pourquoi ?
— Et "*Kissinim*" ou "*Kissinem*" ? »
C'était le tout dernier mot de Gates.
« "Merci". Mais qu'est-ce qu'il y a ? Tu veux sortir une petite dans un restaurant hongrois ? J'en connais un très bien, le patron est...
— Merci, Mike. »
Rob regagna son bureau en toute hâte. *Il est parti !* et *Merci !* Seigneur Dieu ! Pourquoi Gates aurait-il dit cela ? Pour un illuminé, cela n'avait qu'un sens : Lazlo Gati s'était donné la mort pour échapper au contrôle de son frère Gabor.
Seulement Rob Harris n'était pas un illuminé. C'était un flic new-yorkais. Et s'il voulait le demeurer, il avait tout intérêt à garder ses conclusions pour lui.
Sa marge de manœuvre était limitée : il ne pouvait que coller aux talons de Jill et de Kara. Il se passait de drôles de choses et, pour découvrir lesquelles, il se devait d'être en permanence auprès d'elles. D'habiter avec elles, pourquoi pas ?
Le téléphone sonna. C'était Kara.
« Rob, tu as un peu de temps libre demain ?
— J'ai toute ma journée. Il me reste des jours à prendre.
— Cela t'embêterait de venir me donner un coup de main ? Je voudrais changer deux ou trois choses dans la maison ?
— Aucun problème ! Vers neuf heures, ça te va ? »
Il raccrocha. Incroyable, non ? Elle voulait « changer deux ou trois choses ». C'est ce que fait toute femme qui arrive dans une nouvelle maison, non ? Ses craintes n'étaient peut-être pas fondées.
Il verrait bien. Demain, à la première heure, il se présenterait 21e Rue Ouest.

21 h 35

Kara ne supportait plus tout ce bruit.
C'est épouvantable ! Ne me dis pas que tu aimes cette cacophonie !
Après que Jill se fut couchée, Gabor avait installé le corps de Kara dans le fauteuil relax du salon de musique. Grâce à la télécommande, il avait mis en marche le lecteur de CD. Quelques secondes plus tard, des voix de chanteurs d'opéra s'étaient élevées. Il avait fait basculer le fauteuil, fermé les yeux de Kara,

et celle-ci s'était retrouvée dans le noir tandis qu'une femme se lamentait en italien. Elle ne pouvait le nier, l'installation électronique était de tout premier ordre. On se serait vraiment cru dans une salle d'opéra. Mais cela ne lui procurait pas de plaisir pour autant.

« Ce n'est pas une cacophonie, c'est l'enregistrement public d'une représentation de *Hernani* de Verdi à la Scala de Milan. Et c'est Mirella Freni qui chante en ce moment. C'est sublime. »

C'est atroce. Mais pas aussi atroce que la façon dont tu as perverti tes capacités.

Elle ouvrit les yeux.

« "Perverti" ? Et à quoi, je te prie de me le dire, aurais-tu voulu que je consacre mes talents ? Au bien de l'humanité ? Ne me fais pas rire ! »

Kara avait refusé de céder à la dépression. Elle avait couché Jill. Elle avait entrepris de se débarrasser de Gabor. Ce ne serait pas facile — il avait une expérience énorme en ce domaine —, peut-être même impossible. Mais il lui fallait essayer. Et pour réussir, elle devait savoir ce qui le poussait à se comporter ainsi.

Pourquoi pas ? Songe à ce que tu pourrais faire avec des personnes plongées dans le coma ? Tu arriverais peut-être à les réveiller. Et les schizophrènes, tu les remettrais peut-être sur les rails.

« Possible. »

Tu n'as même pas essayé. Tu possédais ce pouvoir et, au lieu de t'en servir de manière positive, tu n'as... tu n'es qu'un sybarite !

« Un sybarite. J'aime ce mot. Ton vocabulaire est très riche, Kara, mais tu n'as pas la maîtrise du scénario. Me voici, Gabor Gati, le héros du monde médical, l'homme qui arrache au coma et à la psychose de malheureuses victimes ! Formidable, hein ? Mais qu'est-ce qui se passe quand chacun rentre chez soi, le soir ? Où est Gabor Gati ? Gabor occupe un lit d'enfant, il porte des couches et on lui donne à manger à la petite cuiller ! Il ne peut pas voir de films à la télévision, il ne peut pas choisir la musique qu'il a envie d'entendre, il ne peut même pas avoir de conversation. Où sont donc les amis et les compagnons que Gabor souhaiterait avoir ? Ils sont ailleurs, et heureux d'y être, heureux de ne pas être obligés de porter les yeux sur ce corps immonde et répugnant qui leur est si utile pendant la journée ! »

C'est comme ça que tu *te vois. Les psychiatres diraient que tu fais une « projection », non ?*

« C'est exactement cela ! Mais n'essaye pas de me psychanalyser, ma chère. Je suis bien trop fort pour toi. Tu crois que je ne pense pas ? Eh bien si. Je sais que je suis égocentrique, on pourrait même dire narcissique. Allons même jusqu'à inadapté social. Mais j'existe en dehors de la terminologie propre à *Homo sapiens*. Les incidents qui ont perturbé la croissance de mon corps ont également altéré mon cerveau. Je suis différent de toi. De vous tous. Vos règles ne s'appliquent pas à moi. Je suis d'une autre espèce. »

Hitler pensait probablement la même chose.

« Je cherche peut-être à me justifier. Mais je ne suis pas mégalomane. Je n'ai pas de projets grandioses, moi, je n'ai pas envie de féconder les femmes pour qu'elles donnent naissance à une race nouvelle. »

De toute façon, ça ne marcherait pas.

« Je suis d'accord. Mais si j'étais le monstre hideux dont ce sont fait la spécialité les films de série B, j'essaierais certainement. Être maître du monde, cela ne m'intéresse pas. Je me moque du monde. Ce qui m'importe, c'est Gabor. La vie m'a pourvu d'un corps mutilé, aveugle, muet, incapable de connaître autre chose que les sensations les plus rudimentaires. Mais j'ai trouvé en moi une force qui me permet d'avoir accès à toutes sortes de sensations par le truchement des autres. Cette force, ce pouvoir, je l'utilise. Gaspiller un tel talent, ce serait un péché ! »

Ce pouvoir dont tu parles, c'est lui qui a façonné ta conception morale des choses ? Ou c'est toi qui l'a développée ?

« Je ne me l'explique pas, Kara. »

Tu devrais peut-être...

Kara se sentit sursauter. On lui tapait sur l'épaule.

C'était Jill, et elle se frottait les yeux.

« Je n'arrive pas à dormir avec tout ce bruit », cria-t-elle.

Le son baissa quand le pouce de Kara appuya sur un bouton.

« Et tu ne m'as pas dit bonne nuit. »

Kara aurait voulu rester de glace. L'idée que Gabor pût embrasser Jill !

« Excuse-moi. Allez, ma chère, retourne te coucher.

— Pourquoi tu m'appelles "ma chère" ?

— Parce que tu es ma petite chérie. »

« Comment l'appelles-tu d'habitude ? »

Poussin, la plupart du temps.

« C'est bizarre. »

Il la conduisit dans la chambre et la mit au lit avant de la border.

« Mon bisou ! »

Le corps de Kara se pencha et embrassa Jill sur la joue.

« Un câlin ! »

Kara sentit les bras de Jill se refermer autour de son cou et la serrer très fort.

« Je t'aime, maman ! »

Eût-elle eu des larmes que Kara aurait pleuré. Ce baiser et ce câlin, c'était à elle qu'ils s'adressaient, et Gabor les lui volait ! Elle était folle de rage.

Je nous sortirai de là, Jill. Je ne sais pas comment, mais je me débarrasserai de lui !

Une voix paisible, monstrueusement sereine, lui répondit :

« Tu n'y arriveras jamais. »

VENDREDI 27 FÉVRIER

8 h 22

« Où tu vas avec tous ces petits pots, maman ? »

Tu te figes. Tu faisais ce que tu fais toujours : préparer au sous-sol la nourriture destinée à ton corps. Tu es allé fouiller dans le placard pour y prendre des aliments pour enfants, mais tu as oublié la petite fille.

La matinée s'est déroulée sans encombre jusqu'à maintenant. Jill est charmante, brillante, intelligente et aimable. Elle éveille en toi un sentiment endormi depuis longtemps. Un désir d'enfant. De progéniture. D'avenir. Tu éprouves de l'affliction en te rendant compte que tu n'auras jamais d'enfant bien à toi, qu'avec toi s'effondre un pan entier de la famille Gati. Cette perspective t'avait échappé avant aujourd'hui. C'est une réelle tragédie.

Mais la fillette a vu les conserves et veut savoir à quoi elles servent.

Tu lui dis :

« Je vais les descendre au sous-sol. Ça fera un peu plus de place.

— Pourquoi il y a tous ces pots ?

— La personne qui habitait ici avant nous avait probablement un enfant en bas âge.

— Tu sais pourquoi ils sont partis ?

— Non, je n'en sais rien, lui dis-tu, incapable de garder ton sang-froid. Tu me fatigues, avec toutes tes questions. »

La fillette sursaute comme si elle avait été giflée.

Ne lui parle pas comme ça !

« Je lui parle comme j'en ai envie ! Qu'est-ce qu'elle est curieuse, elle ne s'arrête jamais ? »

Jamais. Comment veux-tu qu'un enfant apprenne ? Comment as-tu fait pour apprendre, toi ?

« En volant. Je n'ai jamais eu d'enfance à moi. J'ai dû la dérober aux autres. »

Demander, c'est tout de même mieux que voler.

« Je n'ai pas eu le choix. »

Tu vas me faire pleurer !

Tu ignores combien de temps tu parviendras à partager ce corps avec cette femme. Son mépris à ton égard te fait froid dans le dos. Sa fureur de ne pouvoir maîtriser son corps a quelque chose de palpable, c'est un poids sans cesse plus lourd sur tes épaules. Son sens de l'identité est trop fort, trop profondément ancré pour t'offrir une cohabitation confortable.

Si tu avais su... Tant de gens vivent leur vie sans savoir où ils vont, sans savoir qui ils sont, influencés par la dernière mode, ballottés au gré du vent. La vie serait bien plus facile si Kara leur ressemblait.

Mais que faire d'autre ? Tu es coincé dans ce corps tant que tu n'auras pas pris d'autres dispositions.

« Tu veux que je t'aide à descendre tout ça ? » demande Jill, ses grands yeux bruns rivés sur toi, désireuse de s'amender bien qu'ignorant ce qu'elle a fait de mal.

Cette petite fille accrochée à tes basques est bien la dernière chose dont tu aies besoin. Tu ne peux la laisser découvrir que tu vis au sous-sol.

« Non, merci, ma chère, lui dis-tu avec le maximum de douceur. J'y arriverai toute seule.

— D'accord. »

Tu prends une cuiller dans le tiroir.

« C'est pourquoi, ça ? »

Encore une question. Tu t'en mords la langue.

« Pour rien. »

Tu te diriges vers la porte de la cave, mais elle ne te lâche pas d'une semelle.

« Reste là, je n'en ai que pour une minute.

— Je n'ai pas envie.

— Monte voir la télévision. Des dessins animés sur écran géant, c'est super, non ?

— Je ne veux pas rester toute seule. Je veux venir avec toi.

— Non. »

Ses lèvres frémissent, les larmes lui montent aux yeux.

« Maman, j'ai la trouille toute seule ! »

Tu fais des efforts, mais tu ne parviens pas à lui parler autrement que sur un ton incisif.

« Tant pis. Tu ferais bien de t'y habituer parce que ça va t'arriver plus souvent qu'à ton tour. A commencer par maintenant. »

Tu t'engages dans l'escalier et tu refermes la porte derrière toi. Il y a un loquet. Tu bloques la porte.

Tu dévales les escaliers tandis qu'elle tambourine contre la porte, tu entends ses cris de terreur.

Immonde salaud ! Comment as-tu pu...

« Assez ! Ma patience est à bout. Je vois bien que cette gamine va nous poser de très gros problèmes. Je vais devoir m'en occuper. »

La voix de Kara se fait soudain conciliante.

Cela ira. Elle va s'habituer à cette maison. Et quand elle ira à l'école, elle sera absente toute la journée. Elle ne t'embêtera pas.

« J'en suis persuadé », dis-tu.

Mais, au plus profond de toi-même, tu sais que la situation actuelle est intolérable. En dépit des innombrables précautions que tu prendras, cette gamine découvrira de manière quasi certaine la raison de tes visites au sous-sol. Ce n'est pas tout. Que se passera-t-il quand tu voudras, pour de brèves périodes, quitter le corps de Kara et retrouver le tien — ou quelque autre corps que tu as utilisé dans le passé ? Tu conduiras Kara dans la cellule capitonnée. Fort bien, mais la fillette ? Tu vas engager une baby-sitter ?

C'est inconcevable. Tu veux jouir de l'intimité totale dans ta propre maison. Trois, c'est un de trop. Tu dois te débarrasser de Jill. Une école privée dans un autre État, pourquoi pas ? Un internat pendant l'année scolaire et des colonies de vacances pendant l'été. Plein de parents font ainsi. Cela pourrait marcher. Mais ce n'est pas certain. Il te faut une solution dont tu puisses être sûr à cent pour cent, une solution permanente.

Tu as une idée.

Tu la savoures bien plus que la compote qu'elle dépose dans ta bouche. Parce que le problème Kara s'en trouverait résolu par la même occasion.

Cela peut même se passer aujourd'hui. Tu as déjà envisagé un

« accident » — fatal naturellement — pour l'inspecteur Harris. Pourquoi ne pas impliquer l'enfant dans le même accident ? Une double mort tragique. Avec, en prime, une superbe dépression nerveuse pour Kara Wade. Être témoin de la mort de son amant et de celle de sa fille, savoir que c'est elle-même la responsable, être dans l'incapacité totale de les sauver, oui, voilà qui devrait annihiler sa volonté, broyer son esprit.

Après l'accident, la vie avec Kara Wade sera bien plus agréable et bien moins dangereuse. Non seulement il n'y aura plus ce policier pour lui tourner autour, mais la gamine sera définitivement éliminée. La maison te reviendra, à toi seul. Et Kara Wade aura appris à être une hôtesse docile et soumise.

Ce sera à nouveau la belle vie.

Tu consultes ta montre. L'inspecteur Harris ne va pas tarder. Mieux vaut remonter pour planter le décor.

Jill ouvrit la porte d'entrée. Rob sentit sa gorge se serrer en voyant sa fille. Sa voix se fit plus rauque.

« Salut, mademoiselle Wade, ça va aujourd'hui ?

— Ça va, je crois. »

Elle s'écarta, mais Rob l'attrapa par le bras et l'obligea à le regarder dans les yeux.

« Je n'ai jamais entendu un "ça va" aussi peu convaincant. Jill, qu'est-ce qui se passe ?

— Je n'aime pas cette maison », fit-elle en reniflant.

Il posa un genou à terre et la prit par la taille. Ce contact lui procura une sensation de bien-être jamais éprouvée auparavant. Les cheveux sombres de Jill, son teint, c'étaient les siens. Cela sautait aux yeux.

« C'est normal, on n'aime pas débarquer comme ça dans une maison qu'on ne connaît pas, mais je suis sûr que tu vas très vite t'y habituer. »

Rob se moquait bien de cette maison. Ce qui lui importait, c'est que Jill vécût à New York. Près de lui.

« Il y a trop de marches, dit-elle.

— Pour une sportive comme toi ? Ça te fera le plus grand bien, tu vas avoir des mollets musclés et...

— Maman a changé. »

Ces trois mots lui glacèrent la moelle épinière.

« Qu'est-ce que tu veux dire par "changé" ?

— Ce n'est plus la même, on dirait quelqu'un d'autre. »

Rob avait du mal à se ressaisir.

« Et c'est arrivé quand ?

— Hier. C'est comme dans le film. Sauf qu'hier, c'était jeudi.

— Quel film ?

— *Un vendredi dingue, dingue, dingue.* Je l'ai vu chez tante Ellen. Ça parle d'une fille qui échange son corps avec sa mère.

— Elle échange son corps ?

— Oui, elle passe dans le corps de sa mère et sa mère dans le sien. Ce n'est pas exactement la même chose avec maman, je ne suis pas dans son corps. Il y a quelqu'un d'autre. »

Rob se sentit trembler tandis que sa fille prononçait ces paroles terribles.

« Pourquoi... pourquoi dis-tu,ça ?

— Parce qu'elle parle bizarrement. Et qu'elle me crie après. »

Rob s'obligea à se détendre. Jill subissait peut-être le contrecoup des événements de ces dernières semaines. La mort de Kelly, l'abandon de la ferme, l'arrivée chez tante Ellen, l'emménagement dans cette grande maison inconnue. De plus, Kara était très nerveuse, elle perdait peut-être patience avec sa fille. Jill était à un âge où l'on se laisse facilement impressionner. Le film qu'elle avait visionné chez sa tante n'avait rien arrangé. Résultat : elle pensait que sa mère était quelqu'un d'autre.

Voilà une explication des plus logiques, se dit Rob. *Malheureusement, elle ne me convainc pas.*

« Je vais lui parler, dit-il en serrant Jill contre lui. Alors, cette mère bizarre, où se cache-t-elle ?

— Elle est là-haut. Elle écoute de la musique.

— Eh bien on va monter la rejoindre. »

Il prit sa fille par la main et ils gagnèrent le dernier étage de la maison. Il entendit la musique avant même d'arriver. Une voix masculine, très grave, issue du plus profond des entrailles, une voix féminine suraiguë.

De l'opéra.

Un nouveau frisson le parcourut.

« Tu as la main toute mouillée, lui dit Jill.

— Excuse-moi. »

Il s'essuya la paume de la main sur son pantalon.

Ta mère a horreur de l'opéra.

La matinée était très lumineuse, mais l'étage était plongé dans l'obscurité. La musique jaillissait des énormes haut-parleurs. Kara était allongée dans le relax, le visage reposé, comme si elle dormait. Il se pencha vers elle et lui chuchota à l'oreille.

« Tu t'es mise à l'opéra ? »

Elle ouvrit les yeux et lui sourit avant de l'attirer à elle. Elle lui donna un long baiser passionné. Rob y répondit, mais il se sentait un peu gêné de se comporter ainsi en présence de Jill.

« Je suis heureuse de te voir, dit-elle quand il se releva.

— Moi aussi. Alors, l'opéra...

— Il y avait tant de disques que j'ai voulu faire un essai. La musique n'est pas désagréable. J'aimerais seulement savoir ce que cela dit.

— On peut vivre sans savoir. Tu avais besoin de moi ? »

Rob remarqua sa façon d'utiliser la télécommande pour diminuer le volume sonore. Elle était tout à fait à l'aise dans cette maison. Dans *sa* maison.

« Oui, dit-elle en quittant le fauteuil. Je veux ôter les tentures des fenêtres de derrière pour laisser entrer le jour. On se croirait dans un mausolée. »

Elle n'avait pas tort. Kara avait toujours aimé les fenêtres ouvertes et les pièces inondées de lumière. Rob se dirigea vers la fenêtre et tira les rideaux, trois immenses tentures coulissant sur une tringle de bois accrochée au plafond.

« Ça ne fera pas de mal, dit-il, mais je les décroche comment ?

— Si tu prenais une des échelles de la bibliothèque ?

— Bonne idée. Je vais en chercher une.

— Je viens avec toi.

— Merci, je peux me débrouiller tout seul. »

Rob ôta sa veste et la posa sur l'un des casiers à disques. Il détacha l'étui de son revolver et le déposa soigneusement sur sa veste. Puis il emprunta l'escalier.

Qu'est-ce que tu mijotes ? demande Kara tandis que tu vois l'inspecteur Harris descendre au premier. Elle a des soupçons.

« Mais rien, Kara, rien du tout. »

Tu adores cette pièce, elle ressemble à un tombeau. Pourquoi fais-tu semblant de vouloir la transformer ? Réponds-moi !

« C'est très simple. Ton ami l'inspecteur a des soupçons à ton égard. C'est pourquoi il pose toutes ces questions relatives à votre passé commun. Je fais cela pour apaiser ses doutes. Il sera plus à l'aise s'il me voit effectuer des transformations dans la maison, il prêtera une attention moins grande aux gaffes que je pourrais faire. »

Long silence. Puis :

Je n'ai pas confiance.

« Je m'en rends bien compte, mais ce n'est pas grave. »

Tu ne lui dis pas ce que tu prépares réellement. Elle l'apprendra bien assez tôt. Le choc la clouera sur place, littéralement.

Et cela va se passer bientôt. Très bientôt.

Non sans malaise, Kara vit Rob placer l'échelle tout près de la fenêtre. Gabor faisait peut-être cela pour dissiper les soupçons de Rob, mais ses explications sonnaient faux. Elle avait le sentiment qu'il avait quelque chose d'autre en tête.

En revanche, elle devait reconnaître qu'il se comportait en parent affectueux à l'encontre de Jill. Gabor parvenait chaque fois à la convaincre du contraire lorsqu'elle demandait à se rendre au sous-sol. Pour elle, il alluma le gros poste de télévision et lui passa *Pee Wee Big Adventure.*

« Elle ne verra plus grand-chose avec la lumière, dit Rob.

— Elle s'y fera, dit Kara. Il me semble qu'une bonne exposition au sud mérite quelques sacrifices, non ?

— Comme tu voudras. »

Rob bloqua l'échelle et en éprouva la stabilité avant de commencer à grimper.

« Tu veux que je tienne l'échelle ?

— Non, ça va aller. »

Pour atteindre le rideau central, Rob dut se hisser tout en haut de l'échelle, laquelle frémissait sous son poids.

« Il vaut peut-être mieux que tu la stabilises, après tout », dit-il.

Rob décrocha le rideau de la tringle. Un flot de lumière pénétra dans la pièce.

« Alors ?

— Super. Continue. »

Rob s'intéressait à la tenture de droite quand Kara remarqua que sa main avait lâché l'échelle pour plonger dans la poche de son jeans. Elle en sortit un anneau de porte-clefs qu'elle se mit à faire tourner autour de son index.

Pourquoi fais-tu ça ?

« Je veux voir s'il va le remarquer. »

Mais bien sûr !

« Tant mieux. Je veux qu'il comprenne tout avant de mourir. »

Une vague de terreur submergea Kara.

Non ! Qu'est-ce que tu vas lui faire ?

« Regarde. »

Rob décrocha le deuxième rideau.

« Et de deux. Tu m'as dit que tu voulais... »

Il écarquilla les yeux en voyant Kara jouer avec un anneau de porte-clefs.

« C'est vous ! dit-il dans un souffle rauque. C'est *vous !* »

Kara entendit sa propre voix crier *« Oui ! »* et vit ses mains tenter de débloquer l'échelle. Elle ne put les empêcher d'agir. Rob était totalement déséquilibré. Il bascula vers la grande baie vitrée. Avec un cri d'effroi, il se raccrocha au dernier rideau, mais celui-ci se déchira sous son poids et Rob s'écrasa contre la vitre. Il y eut un bruit terrible et le verre explosa, projetant en tout sens des tessons de toutes formes et de toutes dimensions sur lesquels jouait la lumière du soleil.

Kara entendit Jill hurler. Le corps de Rob se tordait désespérément au milieu d'une pluie de verre. Suspendu dans le vide, il tenait toujours le rideau d'une main. La toile résista un instant avant de se mettre à craquer sur toute sa longueur.

Non ! ! !

Tu vois l'inspecteur entamer sa chute mortelle. Deux étages très élevés, cela devrait suffire. Mais si ce n'est pas encore assez, il y a la petite cour ceinte d'une grille de fer forgé. Il n'y a pas de piquants, il ne s'empalera malheureusement pas, mais le choc lui brisera tout de même les reins.

La seconde partie de ton projet, à présent : l'enfant.

Tu te retournes et tu vois son visage horrifié. Elle court jusqu'à toi. Tu n'as qu'à la prendre par la main et la projeter par la fenêtre pour qu'elle rejoigne son papa chéri. Elle n'est plus qu'à quelques dizaines de centimètres de toi. Tu veux saisir son bras...

Mais cela remue près de la fenêtre et cela détourne ton attention. Tu regardes. C'est une main, ensanglantée certes, mais qui s'accroche au rebord de la fenêtre.

L'inspecteur n'est pas tombé !

Il est vivant ! s'écrie Kara. *Dieu merci, il est vivant !*

Tu te précipites vers lui et tu vois qu'il se débat dans le vide. Il lui suffirait de poser le pied sur la gouttière pour rétablir son assiette. Il faut l'arrêter !

« Je vais y remédier. »

D'innombrables poignards de verre jonchent le sol, il suffit d'en saisir un et de lui trancher les doigts pour qu'il lâche prise à tout jamais.

Non !

Tu ramasses un éclat de verre particulièrement coupant. Cela devrait convenir. Mais voici qu'il t'échappe. Tu te baisses pour le reprendre, une longue écharde s'enfonce dans la paume de ta main, une douleur très vive t'envahit...

... et soudain l'univers s'assombrit et ton corps n'est plus qu'une petite chose ratatinée pourvue de membres informes que tu peux à peine remuer.

« NON ! »

Les genoux de Kara la lâchèrent brusquement et elle s'écroula, manquant de peu passer à son tour par la fenêtre. Sa main saignait. Elle la retourna et vit le morceau de verre qui la transperçait, de part en part. La douleur se fit encore plus cuisante quand elle le retira.

Kara comprit alors que c'était *elle* qui avait tourné la main, que c'était *elle* qui avait arraché le morceau de verre... pas quelqu'un d'autre.

« Je suis libre ! s'exclama-t-elle. Mon Dieu, je suis *libre !* »

Mais comment, pourquoi ? Son esprit fonctionnait à toute allure. Kelly s'était débarrassée de lui — et Kelly avait été mordue au cou. Lazlo s'était débarrassé de lui — juste après avoir été renversé par une camionnette.

Rob avait réussi à se hisser, sa tête et ses épaules apparaissaient dans l'encadrement de la fenêtre. Dans ses yeux se mêlaient la fureur et l'effroi.

« La douleur, Rob ! *La douleur !* C'est ça, oui ! C'est la douleur qui coupe le contact, elle lui enlève tous ses pouvoirs ! »

Il fit un rétablissement et rentra dans la pièce. Il la regardait sans comprendre.

« C'est moi, Rob ! C'est vraiment moi ! Je suis libre ! »

Comme c'était bon de parler avec ses propres mots, de maîtriser ses propres membres ! Mais combien de temps cela allait-il durer ?

Elle ramassa un éclat de verre et contempla sa paume ensanglantée. C'était peut-être le moyen de tenir éloigné Gabor. Elle serra les dents et enfonça la pointe dans la plaie. Elle poussa un nouveau cri.

« Kara ! s'écria Rob, horrifié. Qu'est-ce que tu fais !

— Il ne reviendra pas !

— Alors... c'est donc vrai ? Gabor est derrière tout ça ? »

Elle avait les yeux fous, comme si elle ne croyait pas totalement à ce qui lui arrivait. Mais Rob avait prononcé le nom de Gabor, cela signifiait qu'il savait !

« Oui, Gabor ! Ce monstre !

— Où est-il ? »

Kara entendait Jill sangloter et balbutier son nom.

« Au sous-sol. Derrière le panneau. Vas-y, Rob, tue-le ! » Elle n'avait pas l'habitude de s'exprimer ainsi, mais c'était pourtant le seul moyen. « Tue-le avant qu'il revienne. Ne le laisse plus jamais me faire ça ! *Tue-le !* »

Et elle plongea à nouveau le morceau de verre dans sa main.

« Arrête ! lui cria Rob. Tu vas complètement te mutiler ! »

Il regarda autour de lui. Il fallait faire quelque chose. La cordelette de velours des tentures gisait à terre au milieu du verre brisé. Il la ramassa.

« Qu'est-ce que tu veux faire avec ça ?

— Je vais te ligoter. »

Elle fronça les sourcils, puis eut un sourire de soulagement.

« Oh, merci, merci ! » Elle contempla le morceau de verre ensanglanté qu'elle tenait toujours à la main. « Je ne crois pas que je pourrai faire ça très longtemps. »

Rob se demanda s'il serait capable de se poignarder ainsi qu'elle le faisait. Ce dont il était certain, en tout cas, c'est de se trouver en présence de la femme la plus courageuse — la *personne* la plus courageuse — qu'il eût jamais connue.

Il l'aida à s'asseoir sur une chaise placée près du mur. Kara mit les mains dans le dos.

« Attache-moi bien, Rob. Je ne veux pas pouvoir me libérer. »

Il commença à la ligoter quand Jill cria :

« Pourquoi tu fais ça à maman ! Arrête !

— Ne t'inquiète pas, Jill, lui dit Kara d'une voix destinée à l'apaiser. C'est moi qui le lui ai demandé.

— Mais tu saignes !

— Je sais. Je me suis fait ça toute seule. Rob est mon ami. Il fait ça pour que je n'ai plus jamais mal.

— Mais *pourquoi ?*

— Il y a un méchant monsieur à la cave qui m'oblige à me faire du mal. Rob m'attache et il va me laisser ici pendant quelques minutes, le temps d'arrêter définitivement ce monsieur, pas vrai, Rob ? »

Pour toute réponse, il l'embrassa sur le front. Il ne l'avait jamais plus aimée qu'en cet instant.

« Bien. » Il regarda Jill droit dans les yeux pour lui prouver sa bonne foi. « Ensuite, je remonterai et je la détacherai. Et on s'en ira de cette maison. Mais je t'en supplie, quoi qu'il arrive, ta mère ne doit pas se détacher tant que je ne suis pas là ! »

Il se rendait bien compte que Jill ne comprenait pas tout, mais elle avait l'air calmée et c'était le principal.

« Il a raison, Jill, dit Kara. Ne me laisse pas me détacher, d'accord ? »

Elle hésita, puis hocha la tête.

Rob tira sur la cordelette. Il ne voulait pas lui bloquer la circulation sanguine, mais il ne voulait pas non plus qu'elle puisse se libérer. Pas après ce qu'elle venait de lui faire.

Rob frissonna au souvenir de cette chute. Il aurait suffi d'un rien pour qu'il...

Il s'approcha du casier à disques et ouvrit son étui pour prendre son revolver. Il adressa un dernier signe de tête à Kara.

« Il y a un levier caché parmi les tuyaux. Tire dessus !

— Compris ! »

Il s'élança dans l'escalier.

Malgré tous tes efforts, tu ne réussis pas à rentrer dans Kara. Tu as essayé, mais, à deux reprises, tu as été repoussé par une douleur atroce. La troisième fois est cependant la bonne. Tu es revenu. Il y a de la lumière dans la pièce, de l'air frais qui pénètre par la vitre brisée. Ta main gauche te fait mal, mais pas assez pour rompre le lien. Tu reprends les rênes et tu entends Kara regimber.

Non ! ne recommence pas !

« Si, je recommence. Et cette fois-ci... »

Tu ne peux bouger ses bras. Une chaise... tu es sur une chaise. Ligoté ! Tu tires frénétiquement sur la corde qui enserre tes poignets. L'inspecteur n'est plus dans la pièce.

« Où est-il ? »

Au sous-sol, Gabor. Pour faire des trous dans ton sale petit corps pourri !

Sa colère, sa haine à ton égard, ce sont des déferlantes qui te submergent et t'entraînent et te font rouler. Elle est trop puissante. Trop enragée pour te céder sa vie. Mais tu résistes et tu tires furieusement sur cette corde qui te déchire les poignets. Elle se détend un peu, mais cela ne change rien. Tu es prisonnier et, bientôt, il sera trop tard !

C'est impossible ! Tu refuses de laisser la panique t'envahir ! Tu ne peux être vaincu par ces deux pitoyables créatures ! Il faut réfléchir, *réfléchir !*

Et, soudain, tu vois Jill, debout devant toi, toute tremblante, les joues ruisselantes de larmes.

« Jill, mon poussin, détache-moi s'il te plaît. »

Tu t'es souvenu de l'expression de prédilection de sa mère. Tu sens redoubler la colère et le désespoir de Kara.

Non ! Laisse-la en dehors de tout ça !

« Tu m'as dit de ne pas le faire, répond Jill. Pas avant que Rob ait arrêté le méchant monsieur qui est à la cave. »

Prononcés par la bouche d'un enfant, ces mots sont encore plus terribles. Tu cherches une raison plausible qui puisse expliquer le changement d'avis de Kara.

« Je sais, poussin, mais j'ai oublié de dire à l'inspec... à Rob quelque chose de très important. Il y a un piège dans la cave, c'est le méchant monsieur qui l'a installé. Si on ne prévient pas Rob tout de suite, il va tomber dedans, et tu ne veux pas qu'il se fasse mal, dis ?

— Non, fit Jill d'une faible voix.

— Alors détache-moi ! Fais vite, poussin ! Il ne faut pas perdre de temps si on veut le sauver ! »

Jill hésite, puis elle fait le tour de la chaise.

C'est trop tard, Gabor ! dit Kara. Il t'a retrouvé. Dans quelques secondes, je serai débarrassée de toi, à tout jamais !

Tu sais qu'elle a probablement raison, mais tu ne dois pas abandonner.

L'enfant gémit en tirant sur les nœuds. Tu sens que quelque chose se relâche. Tes poignets sont moins serrés. Tu les agites et fais tomber la cordelette avant de bondir sur Jill que tu saisis par le bras. La terreur te propulse dans l'escalier et tu traînes derrière toi la fillette épouvantée.

Qu'est-ce que tu lui fais, espèce de saloperie ? Laisse-la tranquille !

Tu pourrais plonger Kara dans les limbes pour qu'elle te laisse tranquille mais cela te prendrait trop de temps, et tu as besoin de la moindre seconde si tu veux survivre.

Au rez-de-chaussée, tu fais halte dans la cuisine et t'empares d'un grand couteau à découper avant de foncer vers le sous-sol.

C'est trop tard, Gabor ! Trop tard !

Mais tu sais que ce n'est pas vrai. Tant que tu vivras, tant que tu occuperas le corps de Kara, il ne sera pas trop tard.

Tu descends les premières marches et tu te mets à crier.

Rob frappait la cloison et glissait la main parmi les tuyaux, mais il ne trouvait rien. Il y avait un espace inoccupé derrière le panneau, il en était certain, mais il ne voyait rien qui ressemblât à un levier.

Si.

Ses doigts se refermèrent sur une sorte de barre en forme de L. Il l'abaissa et entendit un déclic. Une partie du panneau coulissa. Il tentait de se frayer un chemin quand il perçut des cris dans l'escalier.

C'était la voix de Kara ! Comment avait-elle pu... ?

« Ne faites pas ça, Harris ! Je tiens votre fille et, si je meurs, elle mourra aussi ! »

Rob entendit les sanglots de terreur de Jill avant de la voir. Kara la tenait serrée contre elle, un couteau sur sa gorge.

Pas Jill !

Rob céda un instant à la panique. Puis il braqua son arme.

« Donnez-moi votre revolver, Harris », dit la voix de Kara.

La menace dans ses yeux, son expression si étrange... La vision de ce couteau sur le cou de Jill avait quelque chose d'écœurant.

« Pas question, Gabor.

— Je vais l'égorger. Je n'hésiterai pas. »

Rob remarqua que le très léger accent qui affectait la voix de Gates commençait à marquer celle de Kara. Il regarda Jill dans les yeux et y lut de la douleur mêlée de terreur.

« Ce n'est pas ta mère, Jill. C'est quelqu'un qui se fait passer pour elle. Ne bouge surtout pas, je vais te tirer de là.

— Sincèrement, Harris, permettez-moi d'en douter. Votre arme !

— C'est ça, oui, je vais vous livrer mon revolver et vous nous descendrez tous les deux. »

Rob réfléchissait à toute allure. En cas de prise d'otage, la première chose à faire était de maintenir le contact, de faire parler le ravisseur pour se donner à soi-même le temps de penser.

« Je ne veux pas cela, dit la voix de Kara. Je me protège, c'est tout. Vous serez libres de vous en aller. »

Entendre quelqu'un dire cela alors qu'il vient d'essayer de vous balancer par la fenêtre du deuxième étage !

Le visage de Kara se durcit. Sa main dirigea la pointe du couteau vers l'œil droit.

La petite fille hurla.

« Je vais m'occuper d'elle, Harris. En commençant par cet œil. Je m'intéresserai ensuite à l'autre. Je la mutilerai tant que vous n'aurez pas déposé votre arme à terre. »

Rob sentait la sueur lui couler par tous les pores de la peau. Il braqua son arme vers la partie du panneau qui avait coulissé.

« Une goutte de son sang, Gabor... dit-il d'une voix rauque. Une goutte de son sang et je vide mon barillet. Je vais vous massacrer, Gabor.

Jill sera déjà atrocement mutilée.

— Et vous, vous serez crevé !

— Vous croyez ? Je vis en Kara, ne l'oubliez pas. Elle pourrait mourir avec moi. Il se peut aussi que mon corps meure mais que mon esprit subsiste en elle. Cette situation est tout à fait inédite. Il peut se produire n'importe quoi. »

Quoi qu'il arrive, je suis foutu, pensa Rob.

« Votre arme, Harris. Faites-la glisser jusqu'à moi. »

Rob savait qu'il lui restait une chance tant qu'il avait son arme. Il n'y avait qu'un moyen de sauver Jill : en tuant Kara. Il saisit son revolver à deux mains et visa Kara au front.

Elle lui sourit.

« Vous auriez fait un excellent général, Harris. Sacrifier une section pour éviter d'en perdre deux. Allez-y. Tirez. Vous pouvez faire ça ? A Kara ? Elle est avec moi, vous savez, et elle regarde votre arme tout comme je le fais. Allez, appuyez sur la détente... *Rob.* »

Il abaissa son arme. Il ne pouvait se résoudre à tirer. Même s'il la blessait, la douleur la libérerait de Gabor, mais c'était trop risqué. Elle s'abritait derrière Jill. Il ne voulait pas la toucher.

Rob sentit que Gabor reprenait le dessus. C'était inévitable. Gabor contrôlait les deux personnes que Rob aimait le plus au monde. Il se sentait déchiré, écartelé.

« Allez-y, Harris ! »

Tu as perdu assez de temps. A force de traîner, cela va se retourner contre toi.

Je voudrais bien qu'il tire ! dit Kara.

« Cela m'etonnerait. »

Au moins Jill serait sauvée.

Tu mesures sa sincérité et tu t'étonnes de la profondeur des sentiments maternels. Tu ne te vois pas en train de te sacrifier pour autrui.

Mais c'en est assez de ces palabres avec l'inspecteur Harris. Tu n'arrives pas à lui faire lâcher son arme, il est donc temps de passer à l'action. Tu n'es pas emballé par l'idée de mutiler l'enfant — ce sera très déplaisant — , mais la situation est désespérée. C'est pour ta survie que tu te bats. Un petit coup de couteau, rien de plus. Il te suffit de bouger la main de deux ou trois centimètres pour que la pointe du couteau lui perfore l'œil. Harris sera désemparé. Et tu reprendras le contrôle de la situation.

Et puis cela donnera une bonne leçon à Kara.

« Regarde bien, Kara. Je vais te montrer qui commande ici. »

La panique la submerge.

Non ! Ne fais pas... !

« Regarde ! »

La voix de Kara se change en un cri inarticulé tandis que sa main recule pour mieux plonger la lame dans l'œil de Jill. Voilà, tu n'as plus qu'à...

Ta main se paralyse !

Le couteau se fige en l'air. Et maintenant il s'éloigne ! *Il s'éloigne !* C'est Kara ! Elle reprend le contrôle ! Mais c'est impossible ! Tu savais qu'elle avait une forte volonté, mais tu n'aurais jamais imaginé qu'elle pût...

Tu veux être le plus fort, mais sa fureur est une bête fauve qui se jette sur toi, toutes griffes dehors. L'instinct de protection de Kara se libère, il jaillit de la partie la plus primitive de son cervelet et fonce sur toi. Des souvenirs codés dans chacune des cellules de son corps sortent de leur torpeur. Toutes les femmes qui ont vécu sous la domination... toutes les mères qui, depuis l'aurore de l'humanité, se sont battues pour sauver leur progéniture... elles se réveillent en elle et unissent leurs forces contre ta volonté.

Tu as mal jugé cette femme. Tu espères que tu n'as pas commis là une erreur fatale. Tu résistes en jetant dans la bataille tout le poids de ton expérience. Tu dois gagner ! *Tu le dois !*

Kara poussa un cri de triomphe quand elle réussit à éloigner le couteau de l'œil de Jill. Elle n'avait la maîtrise que de son bras droit, semblait-il — Gabor tenait toujours Jill serrée — , mais c'était le plus important des deux. La violence de sa fureur l'étonna, mais c'était sa seule arme contre Gabor. Oui, elle allait pouvoir vaincre ce monstre !

« Le panneau ! dit-elle à Rob d'une voix brisée qu'il eut du mal à reconnaître. Fais-le glisser... *ah !* »

Les efforts déployés pour parler l'avaient affaiblie et la main qui tenait le couteau s'était rapprochée de l'œil de Jill. Elle s'était arrêtée à temps. Elle n'osait plus dire un mot.

Il se passait quelque chose. Rob vit le corps de Kara trembler violemment. Des spasmes lui agitaient le bras droit. Qu'avait-elle dit à propos du panneau ? De le faire glisser ?

Il poussa de toutes ses forces la paroi et découvrit une petite pièce avec, pour tout ameublement, un lit d'enfant. Il fit deux pas et, là, il vit. Sa gorge se noua quand il découvrit le corps difforme protégé par une couche sale.

La créature levait vers lui des yeux opaques. C'était Gabor. Rob débloqua le chien de son revolver et visa la tête démesurée de Gabor. Il allait appuyer sur la détente, mais quelque chose le retint. Il repensa à ce que Gabor avait dit : son corps allait mourir, mais son esprit n'allait-il pas demeurer dans celui de Kara et le dominer de manière permanente ?

Kara se précipita dans la petite pièce malodorante, Jill toujours plaquée contre elle. Le couteau ne cessait de s'éloigner et de se rapprocher de l'œil de la fillette. Un combat titanesque se déroulait auquel il ne pouvait prendre part. Il était totalement impuissant, il ne pouvait qu'attendre l'issue de la confrontation — ou se jeter sur Jill et l'arracher à Kara à la première occasion.

Plus près, encore plus près. Kara ne cessait de s'approcher du petit lit. Et plus elle avançait, plus elle sentait Gabor lutter avec vigueur, puiser ses dernières forces dans sa terreur.

A moins d'un mètre du lit, elle s'immobilisa. La rage ancestrale de Kara ne pouvait rien contre l'instinct de survie de Gabor.

Pourquoi Rob ne lui tirait-il pas dessus ? Qu'est-ce qu'il attendait ? Elle n'osait pas parler, Gabor aurait pu reprendre définitivement le dessus.

La main... le couteau était toujours dans sa main. Elle fit appel à toutes ses réserves. Les milliards de voix des femmes qui constituaient l'humanité depuis sa création se mêlaient en un formidable chœur qui résonnait à ses oreilles. Ses doigts se crispèrent sur le manche...

Et le couteau frappa.

Kara hurla de douleur quand la lame s'enfonça dans sa cuisse. Jill cria aussi. Mais, brusquement, le corps de Kara redevenait le sien propre. Elle propulsa Jill en direction de Rob.

« Emmène-la ! »

Alors elle se jeta sur le petit lit.

Elle vit le corps de Gabor se tordre, ses membres s'agiter, sa langue remuer comme pour former des mots.

Kara n'hésita pas. Elle enfonça la lame dans le torse trapu de Gabor. Il poussa un cri aigu comme celui d'un porc à l'abattoir, mais cela n'arrêta pas Kara. Elle ressortit la lame ensanglantée et la lui plongea à nouveau dans le corps, frappant à multiples reprises, sans répit. Elle le frappait pour Jill, pour le père dont il avait sali la mémoire, pour sa sœur qu'il avait pervertie. Elle le frappait aussi pour elle-même. Elle ferma les yeux pour ne pas être témoin de cette ignominie, de cette boucherie, mais elle continua de le poignarder, inlassablement, jusqu'à ce qu'il n'en reste plus rien.

La main de Rob l'immobilisa.

« C'est terminé, Kara, lui dit-il doucement. C'est fini. »

Elle s'écroula contre lui et il la prit dans ses bras pour l'emporter hors de la pièce. Il l'allongea sur la banquette du hall d'entrée. Elle rouvrit les yeux pour découvrir Jill debout dans l'encadrement de la porte de cuisine. Elle avait les doigts dans la bouche.

« C'est fini, poussin, dit Kara en lui tendant la main. C'est fini. Le méchant monsieur de la cave ne me fera plus jamais de mal. »

Rob s'approcha de Jill et elle se jeta dans ses bras comme pour lui demander de la protéger de sa mère. Pour elle, ce fut très dur, mais elle comprenait. La fillette mettrait beaucoup de temps à se remettre de ce traumatisme.

« Tout va bien, Jill, dit Rob en la ramenant à Kara. Ta maman va bien. C'était comme tu disais, comme dans *Un vendredi dingue, dingue, dingue,* mais le méchant monsieur qui vivait dans la tête de ta mère est parti et il ne reviendra plus jamais. Fais-lui un câlin. Elle en a bien besoin, tu sais. »

Jill poussa un petit cri et se précipita vers sa mère. Kara la serra dans ses bras et éclata en sanglots. Elles restèrent ainsi tandis que Rob nouait autour de la cuisse de Kara une serviette qu'il était allé chercher dans la salle de bains.

Il repartit ensuite vers l'escalier.

« Qu'est-ce que tu fais ?

— Mon boulot. »

Il referma derrière lui la porte du sous-sol. Quelques instants plus tard, Kara perçut une série de bruits étouffés. Comme des coups de feu. Rob ne tarda pas à réapparaître.

« Qu'est-ce... ?

— Cinq balles dans la tête, dit-il d'un air désinvolte. Par précaution. »

Kara ferma les yeux.

« Merci. »

SAMEDI 28 FÉVRIER

18 h 48

« Qu'est-ce que tu as fait du corps ? »

Kara répugnait à poser cette question, mais elle voulait savoir.

Rob la regarda. Il était assis à l'autre bout du canapé, dans son propre appartement.

« Je l'ai balancé aux poissons. Même si on le retrouve — ce qui est improbable — , on ne pourra pas l'identifier. Gabor Gati est décédé on ne peut plus officiellement. J'ai déposé le lit et le matelas dans un terrain vague du Bronx et j'ai fait brûler les draps dans la cheminée. C'est terminé, tu comprends ? *Terminé !*

— Amen, », fit Kara.

Elle s'adossa aux coussins. Les cicatrices qu'elle portait à la main et à la cuisse lui faisaient un peu mal. Les blessures pouvaient facilement s'expliquer par l'explosion de la fenêtre. Heureusement, ses tendons n'étaient pas coupés. Les blessures physiques auraient besoin d'une semaine pour guérir. Quant aux autres... Elle ne savait pas si elle oublierait jamais les trois semaines qui venaient de s'écouler.

C'était surtout pour Jill qu'elle s'en faisait. Mais l'enfant paraissait s'en sortir mieux que sa mère ou même que Rob. Elle mettait beaucoup de cœur à jouer les gardes-malades. Elle sortit de la cuisine, un verre de Coca à la main.

« Tiens, maman.

— Merci, docteur. »

Kara aurait préféré quelque chose de plus fort, mais les calmants et les antibiotiques l'obligeaient à s'en tenir aux boissons sans alcool.

« Je crois que je vais m'en reverser un, dit Rob en agitant les glaçons de son verre.

— Et moi, je vais ranger tout ce bazar », dit Jill.

Elle prit les journaux et les magazines qui traînaient par terre, en fit une pile, ramassa le porte-clefs de Rob...

... et le fit tourner autour de son index. Un tour, deux tours, stop. Un tour, deux tours, stop.

L'estomac de Kara se noua. Elle bondit du canapé et l'attrapa par le bras.

« Jill ! Jill, regarde-moi ! »

De grands yeux bleus se tournèrent vers elle, pleins d'innocence. Kara sentait son cœur battre à tout rompre.

« Maman, tu me fais mal ! »

Kara desserra son étreinte, mais ne la libéra pas pour autant.

« Pourquoi est-ce que tu fais ça ?

— Que je fais quoi, maman ?

— Faire tourner ce porte-clefs ! Réponds-moi !

— Mais... je t'ai vue le faire, c'est tout. Pourquoi tu es en colère ? »

Kara lui lâcha le bras et la serra contre elle.

« Je ne suis pas en colère, poussin. J'ai peur, c'est tout. »

Mon Dieu, allait-elle jamais oublier toute cette épreuve ?

Oui ! se dit-elle. Oui, elle laverait l'ignominie de Gabor. Elle recommencerait à zéro. Avec Jill. Et Rob. Et, un jour, elle parviendrait à contempler le monde sans redouter d'y trouver la trace de Gabor. Tout ceci ne serait plus que le vague souvenir d'un cauchemar lointain.

Mais pour l'instant, pour quelque temps encore — elle s'en voulait de penser à une chose pareille, mais c'était plus fort qu'elle — , elle allait surveiller Jill de très près.

OUVRAGES DE LA COLLECTION « TERREUR »

IAIN BANKS
Le seigneur des guêpes

CLIVE BARKER
Secret Show
Le royaume des devins

WILLIAM P. BLATTY
L'Exorciste : la suite

ROBERT BLOCH
L'écharpe
Lori
Psychose
Psychose 2
Psychose 13
Contes de terreur

RANDALL BOYLL
Froid devant
Monssstre
Territoires du crépuscule

MARION ZIMNER BRADLEY
Sara

RAMSEY CAMPBELL
Envoûtement
La secte sans nom
Soleil de minuit

MATTHEW J. COSTELLO
Cauchemars d'une nuit d'été
La chose des profondeurs

MARTIN CRUZ-SMITH
Le vol noir

THOMAS DISCH
Le caducée maléfique

KATHERINE DUNN
Un amour de monstres

JOHN FARRIS
L'ange des ténèbres
Le fils de la nuit éternelle

RAYMOND FEIST
Faërie

CHRIS FOWLER
Le diable aux trousses

RAY GARTON
Crucifax
Extase sanglante

LINDA C. GRAY
Médium

WILLIAM HALLAHAN
Les renaissances de Joseph Tully

BARBARA HAMBEY
Le sang de l'immortalité

THOMAS HARRIS
Dragon rouge
Le silence des agneaux

JAMES HERBERT
Dis-moi qui tu hantes
Fluke
Fog
La lance
Les rats
Le repaire des rats
L'empire des rats
Le survivant
Sanctuaire

SHIRLEY JACKSON
Maison hantée
La loterie

STEPHEN KING
La part des ténèbres
Salem

ANDREW KLAVAN
Il y aura toujours quelqu'un derrière vous

DEAN R. KOONTZ
Le masque de l'oubli
Miroirs de sang
La mort à la traîne
La nuit des cafards
La nuit du forain
La peste grise
Une porte sur l'hiver
La voix des ténèbres
Les yeux des ténèbres
La maison interdite

STEVEN LAWS
Train fantôme

Tanith Lee
La danse des ombres

Charles de Lint
Mulengro
Symphonie macabre
Les murmures de la nuit

Charles McLean
Le guetteur

Robert Marasco
Votre vénérée chérie

Graham Masterton
Démences
Le démon des morts
Le djinn
Le jour « J » du jugement
Manitou
Le miroir de Satan
La nuit des salamandres
Le portrait du mal
Les puits de l'enfer
Rituels de chair
Transe de mort
La vengeance de Manitou
Le trône de Satan
Apparition
La maison de chair

Robert McCammon
L'heure du loup
La malédiction de Bethany
Scorpion

Michael McDowell
Les brumes de Babylone
Cauchemars de sable

Andrew Neiderman
L'avocat du diable

Garfield Reeves-Stevens
Contrat sur un vampire
La danse du scalpel

Anne Rice
Lestat le vampire
Entretien avec un vampire
La reine des damnés
La momie
Le lien maléfique

Anne Rivers Siddons
La maison d'à côté

Fred Saberhagen
Un vieil ami de la famille
Le dossier Holmes-Dracula

John Saul
Cassie
Hantises
Créature

Peter Straub
Ghost Story
Julia
Koko
Mystery
Sans portes, ni fenêtres

Michael Talbot
La tourbière du diable

Sheri S. Tepper
Ossements

Thomas Tessier
L'antre du cauchemar

Thomas Tryon
L'autre
La fête du maïs

Jack Vance
Méchant garçon

Lawrence Watt-Evans
La horde du cauchemar

Chet Williamson
La forêt maudite

Paul F. Wilson
La forteresse noire

Douglas E. Winter
13 histoires diaboliques

Bari Wood
Amy girl

Bari Wood/Jack Geasland
Faux-semblants

T. M. Wright
L'antichambre
Manhattan Ghost Story
L'autre pays

**FANTÔMES, VAMPIRES, LOUPS-GAROUS...
LES CHEFS-D'ŒUVRE DE LA TERREUR**

STEPHEN KING
Salem

La paisible petite bourgade était devenue une ville fantôme et personne n'osait parler de ce rire aigu, maléfique, enfantin.

Jerusalem's Lot n'avait rien de remarquable, sinon, sur la colline, la présence de cette grande demeure inhabitée depuis la mort tragique de ses propriétaires, vingt ans auparavant. Et lorsque Ben Mears revient à "Salem", c'est seulement pour retrouver ses souvenirs d'enfance.

Mais, très vite, il devra se rendre à l'évidence : il s'y passe des choses étranges, sinistres. Un chien est immolé, un enfant disparaît et l'horreur s'infiltre, s'étend, se répand, aussi inéluctable que la nuit qui descend sur Salem.

ROBERT MCCAMMON
L'heure du loup

Michael Gallatin est un as de l'espionnage, un séducteur, mais surtout un loup-garou.

Capable de se transformer à la vitesse de l'éclair, de tuer silencieusement et avec une incroyable férocité, il a déjà prouvé, en Afrique, ses talents contre Rommel. Maintenant on lui confie une mission aussi dangereuse que délicate : découvrir ce qui se cache derrière l'opération "Poing de fer", le mieux gardé des plans secrets nazis.

GRAHAM MASTERTON
Démences

Libre de suite. Dans cadre agréable. Ancien hôpital psychiatrique hanté.

Les 137 pensionnaires de l'asile, tous de dangereux criminels, avaient brusquement disparu sans laisser de trace. La police ne les avait jamais retrouvés. Comment aurait-on pu imaginer, ne serait-ce qu'une seconde, qu'ils s'étaient réfugiés dans les murs mêmes de l'asile, à *l'intérieur* des murs ?

Il n'y a que les fous pour croire sérieusement à l'efficacité de la magie noire. Et les fous furieux pour s'en servir.

ANNE RICE
Entretien avec un vampire

Celui qui mange ma chair et qui boit mon sang aura la vie éternelle...

De nos jours, à La Nouvelle-Orléans, un jeune homme a été convoqué dans l'obscurité d'une chambre d'hôtel pour écouter la plus étrange histoire qui soit. Tandis que tourne le magnétophone, son mystérieux interlocuteur raconte sa vie, sa vie de vampire. Laissez-vous subjuguer, fasciner et entraîner à travers les siècles dans un monde sensuel et terrifiant où l'atroce le dispute au sublime.

PETER STRAUB
Ghost Story

Les quatre vieux messieurs respectables passaient leurs soirées à se raconter de fabuleuses histoires de fantômes.

Depuis la disparition d'un des membres de leur club dans des circonstances étranges, ils se sentaient menacés, perdaient le sommeil : ils allaient bientôt se trouver impliqués dans la plus hallucinante histoire de réincarnation qui se puisse imaginer...

DEAN R. KOONTZ
Une porte sur l'hiver

Elle seule savait ce qu'il y avait derrière la porte, mais elle ne pouvait pas parler, juste hurler d'effroi.

Alors qu'elle avait tout juste trois ans, Mélanie a été enlevée, par son père, un psychologue passionné d'occultisme.

Six ans plus tard, on retrouve la petite fille errant en état de choc dans les rues de Los Angeles. On découvre également son père, ou plutôt ce qu'il reste de son corps, mutilé, broyé.

Mélanie, profondément traumatisée, ne sort de son mutisme que pour supplier que l'on referme une mystérieuse "porte sur l'hiver" et bientôt, en plein été californien, un vent glacial, inexplicable, balaie tout dans la maison.

La porte sur l'hiver est entrouverte...

Achevé d'imprimer en février 1995
sur les presses de l'Imprimerie Bussière
à Saint-Amand (Cher)

POCKET - 12, avenue d'Italie - 75627 Paris Cedex 13
Tél. : 44-16-05-00

— N° d'imp. 493. —
Dépôt légal : mars 1995.

Imprimé en France